ग़ज़ल की बाबत

आलोचना

वीनस केसरी

अंजुमन प्रकाशन

अंजुमन प्रकाशन
942, मुट्ठीगंज, प्रयागराज-3 उत्तर प्रदेश, भारत
www.anjumanpublication.com
contact@anjumanpublication.com

मूल्य भारत में : 600.00

पहला संस्करण अंजुमन प्रकाशन द्वारा 2015 में प्रकाशित
पाँचवा संस्करण अंजुमन प्रकाशन द्वारा 2019 में प्रकाशित

आवरण व टाइप सेटिंग : अंजुमन प्रकाशन
भारत में मुद्रित व जिल्दबंद

ISBN : 978-93-83969-14-2

निवेदन

शास्त्र केन्द्रित पुस्तक लिखते हुए एक बात तो स्पष्ट होती है कि उक्त विषय के जो नियम पहले बनाये जा चुके हैं उनको ही लेखनीबद्ध किया जायेगा, हाँ! लेखक की प्रस्तुति ही पुस्तक को अलग पहचान दिलाती है, परन्तु किसी लेखक की सोच और उसके मन्तव्य शास्त्र के नियमों से छेड़छाड़ करने की अनुमति नहीं देते। इसीलिए यदि मैंने किन्हीं बिन्दुओं पर अपने मन्तव्य और अपनी विचारधारा प्रकट की है तो मेरी भरसक कोशिश रही है कि वह शास्त्र के नियमों और पाठकों पर आरोपित न लगें और स्पष्ट रहे कि उक्त विषय पर यह लेखक के अपने विचार हैं।

मैं स्वीकार करता हूँ कि पुस्तक लिखते हुए मैं हर विषय के लिए संदर्भ प्रस्तुत नहीं कर सका कि कोई जानकारी कब और कहाँ से प्राप्त हुई है क्योंकि कई विषय ऐसे भी रहे हैं जिनकी प्रथम जानकारी तो किसी अन्य माध्यम से प्राप्त हुई, परन्तु वह अपूर्ण थी या भ्रम बना रहा और बाद में अन्य कई पुस्तकों अथवा माध्यमों से उस विषय में पूर्णता प्राप्त हुई या भ्रम दूर हुआ। प्रत्येक पृष्ठ पर इस प्रकार के अनेक संदर्भ देना असंभव सा है और यदि प्रयास किया भी जाये तो पृष्ठ विस्तार का भय सतायेगा व अत्यधिक समय ख़र्च करने के पश्चात भी मैं दिए गये संदर्भों से संतुष्ट हो सकूँगा इसमें भी मुझे शंका है। किसी विषय पर मनीषियों द्वारा प्रस्तुत की गयी परिभाषा तथा अश्आर आदि को प्रस्तुत करते समय समुचित संदर्भ अवश्य प्रस्तुत किया गया है तथा उन सभी पत्र-पत्रिका, संग्रह, आलोचना तथा ग्रन्थ आदि की सूची आभार सहित आगे के पृष्ठों में प्रस्तुत की गयी है। इस सूची में भी उन पत्र-पत्रिका, ग्रन्थ आदि को सम्मिलित करना संभव न हो सका, जिनसे जानकारी तो प्राप्त हुई है, परन्तु अब संदर्भ प्रस्तुत करने के लिये वह उपलब्ध नहीं हैं।

मेरा मानना है कि मेरी बोलचाल की भाषा न हिन्दी है न उर्दू, मैं बोलचाल के लिए इन दोनों के बीच की उस ज़बान का इस्तेमाल करता हूँ जिसे महात्मा गाँधी ने वर्ष 1947 से लगभग 35-40 वर्ष पूर्व ही 'हिन्दुस्तानी ज़बान' का नाम दिया था। वो हिन्दुस्तानी ज़बान जिसे आम आदमी अपने सामान्य व्यवहार में लाता है। इस पुस्तक का उद्‌देश्य 'कठिन विषय को सरलतम ढंग से प्रस्तुत

करना' है, इसलिए मैंने पुस्तक को लिखते हुए भरसक प्रयास किया है कि भाषा की वज़ह से बातें उलझने न लगें और विषयगत प्रस्तुति सरलतम हो।

सच यही है कि, यह किताब मेरी अति उत्सुकताओं का सुखद परिणाम है और इसे प्रकाशित करने का उद्देश्य उन लोगों के साथ अपनी जानकारी को साझा करना मात्र है जो इसके सच्चे हक़दार हैं।

प्रकाशन के दौरान अंतिम प्रारूप पर अपना कीमती समय देकर टंकण की त्रुटियों को दूर करने और पुस्तक को प्रकाशित होने योग्य बनाने में प्रिय मित्र डॉ. दीपक रूहानी और विनय त्रिपाठी ने महत्वपूर्ण भूमिका निभायी है जिसके लिये मैं उनका तहे-दिल से आभारी हूँ।

अंत में मैं उन सभी मित्रों, शुभचिंतकों के प्रति आभारी हूँ जिन्होंने किसी भी रूप में इस पुस्तक को पाठकों तक पहुँचाने में अपना सहयोग प्रदान किया है।

आशा करता हूँ कि पाठक इस पुस्तक को स्वीकारेंगे, इसकी अच्छाइयों से लाभ प्राप्त करेंगे तथा कमियों से मुझे अवगत करायेंगे। जिससे पुस्तक के अगले संस्करण में उन कमियों को दूर किया जा सके। आगे मेरे मन का हाल आप ज़ौक़ साहब की इस रुबाई से समझ सकते हैं -

इस जिहल का है ज़ौक़ ठिकाना कुछ भी
दानिश ने किया दिल को न दाना कुछ भी
हम जानते थे कि इल्म से कुछ जानेंगे
जाना तो ये जाना कि न जाना कुछ भी
ज़ौक़ (1775-1837)

आपका

वीनस केसरी

प्रथम संस्करण की भूमिका

कैसे और किन उलझनों को सुलझाते हुए ग़ज़ल की बारीकियों को लेखनीबद्ध करना शुरू किया था, इस प्रश्न का उत्तर तो याद नहीं पड़ता, मगर यह ज़रूर है कि सीखने के क्रम में जब वर्ष 2008 में शुरूआत की तो ब्लॉग, पुस्तकों, लेखों व अन्य माध्यम से जानकारी प्राप्त होती रही और वर्ष 2009 के अंत में मेरे पास एक ऐसी नोटबुक थी जिसके 25-30 पन्ने ग़ज़ल के व्याकरण से सम्बन्धित बिंदुओं और नियमों से भर गये थे। याद पड़ता है कि वर्ष 2010 भी इसी का एक हिस्सा बना और दिन-ब-दिन नोटबुक के बाकी पन्ने भी भरते गये। 2011 के शुरूआती चार महीने एक क़श-म-क़श में बीते, और इस क़श-म-क़श का नतीजा यह रहा कि पाँच अप्रैल को विधिवत् इस किताब के बारे में सोच कर एक अनुक्रमणिका तैयार की और नये सिरे से योजनाबद्ध ढंग से लिखना शुरू किया। फिर अगले तीन साल कैसे बीते, यह शब्दों में बयान कर पाना मुम्किन नहीं है।

किताब के बारे में सोचने के बाद 2011 का पूरा साल केवल ज़रूरी तैयारियों में निकल गया और ख़ुद को यक़ीन दिलाने में भी कि, मैं यह काम कर सकता हूँ। इसी दौरान इलाहाबाद में जनाब एहतराम इस्लाम साहब से मुलाक़ात हुई और पहली मुलाक़ात में ही मैं उनसे बेहद प्रभावित हुआ और अगली कुछ मुलाक़ातों के बाद मैं आपसे ग़ज़लों पर इस्लाह लेने लगा। आपने न केवल मेरी ग़ज़लों की इस्लाह की और ज़बान की बारीकियों के बारे में बताया, मेरे शौक़े-इल्म-ए-अरूज़ को जान कर समय-समय पर इस हवाले से भी मेरी हौसला अफ़ज़ाई करते रहे। उस वक़्त मेरे लिये इस बात का बड़ा हौसला रहा कि एक ओर लगभग सभी लोग मेरी इस मुहब्बत को ग़ैर-ज़रूरी क़रार दे रहे थे और कहीं न कहीं इतने गम्भीर विषय को मेरी उम्र से जोड़ कर देख रहे थे, वहीं जनाब एहतराम इस्लाम साहब ने हमेशा मेरी पीठ ठोंकी। आपकी रहनुमाई में ही मैं सफ़र के इस पहले पड़ाव तक पहुँच सका हूँ। मैं अपने परिवार के सभी सदस्यों के प्रति आभारी हूँ। इन छः वर्षों में जो वक़्त और समर्पण मुझे परिवार को देना चाहिए था मैंने उसका बड़ा हिस्सा इस किताब को दिया। इसके बावजूद मुझे परिवार की ओर से भरपूर सहयोग मिला और मैं यह किताब लिख सका।

- वीनस केसरी

नये संस्करण के लिये

जब पुस्तक का प्रथम संस्करण प्रकाशित होता है, तो लेखक के मन में जोश और ख़ुशी के साथ-साथ शंका भी बनी रहती है, कि क्या पुस्तक सर्वस्वीकार्य हो सकेगी? काफ़ी हद तक सन्तुष्ट होने के बावजूद यह सवाल मेरे मन के किसी कोने में भी था, मगर किताब प्रकाशित होकर आते ही हर तरह की शंका निर्मूल साबित हुई।

मेरे लिये यह संतोष का विषय है कि 'ग़ज़ल की बाबत' को पाठक, आलोचक और समीक्षक सभी ने सराहा और पुस्तक को एक स्वर में अपने उद्‌देश्य में सफल ठहराया गया और छह महीने से भी कम समय में पुस्तक का पहला संस्करण समाप्त हो जाना और अब पाँचवा संस्करण प्रकाशित होना यह साबित करता है कि पुस्तक की सफलता के संदर्भ में मेरा यह संवाद, आत्ममुग्ध न होकर, यथार्थ की ज़मीन पर टिका है।

मित्र विनय त्रिपाठी ने अपना क़ीमती समय देकर प्रत्येक संस्करण में टंकण की त्रुटियों को इंगित करके संशोधन में महत्त्वपूर्ण सहयोग दिया है जिसके लिये मैं पुनः आभारी हूँ। मित्र विपिन श्रीवास्तव 'दिलकश' ने, जो स्वयं अच्छे ग़ज़लकार हैं और अरूज़ के अच्छे जानकार भी, मेरे निवेदन पर अपना क़ीमती समय निकाला और कुछ तथ्यात्कम त्रुटियों को सुधारने में मेरी बहुत मदद की, जिसके लिये मैं हृदय से आभार व्यक्त करता हूँ।

पाँचवा संस्करण आपके हाथों में है। मैंने इस पुस्तक को लिखकर अपने कर्तव्य का निर्वाह किया है और मुझे विश्वास है कि अगर इस पुस्तक से आपको कोई लाभ प्राप्त होता है तो ज्ञान की धारा को अविरल आगे बढ़ाने के लिये आप अन्य ग़ज़लप्रेमियों, ज़रूरतमंदों की पहुँच इस पुस्तक तक बनवाकर अपने कर्तव्य का सुन्दर निर्वाह करेंगे।

- वीनस केसरी

अनुक्रम

खण्ड 1

खण्ड 2

खण्ड 3

खण्ड

एक

अध्याय-1

ग़ज़ल की लोकप्रियता

ग़ज़ल वह लफ़्ज़ है जो शहद का बेलौस मीठा अहसास करवा सकता है। फूलों सा नाज़ुक अहसास अता कर सकता है तो नश्तर सा दिल में चुभ भी सकता है। इसका मिज़ाज कभी स्वेटर की नई डिजाइन जैसा ख़ूबसूरत, कच्ची नींद के ख़्वाब सा नाज़ुक, बच्चे के लिए चंदा मामा जैसा प्यारा और इश्क़ जैसा पाक होता है तो कभी यही लफ़्ज़ 'ग़ज़ल' बेवा की टूटी चूड़ियों जैसा, भूखे के लिए रोटी जैसा और मक़्तल में चिंगारियाँ उड़ाती तलवार के जैसा हो जाता है।

ग़ज़ल काव्य की वह विधा है जिसने भारत में 1000 वर्षों का लंबा सफ़र तय किया है और यह सफ़र पूरी आन-बान और शान के साथ जारी है। इस सफ़र में अनेक उतार चढ़ाव आये, भाषागत बड़े बदलाव हुए। ग़ज़ल ने नई भाषाओं को जन्म देने जैसा महान कार्य किया तो भाषाओं को बचाये रखने का बीड़ा भी उठाया। इस लंबे सफ़र के दौरान ग़ज़ल ने दरबारों को सजते भी देख लिया और उजड़ते भी, मुग़लों का स्वागत भी किया और आख़िरी मुग़ल शासक की रूदाद का ज़रिया भी बनी। अंग्रेजों को आते, पाँव जमाते देखा तो उनका वह रूप भी देखा जिसमें इंसान, इंसान पर इस क़दर हावी हो जाता है कि सब्र की इन्तिहा हो जाए। ग़ज़ल क्रांतिकारियों की आवाज़ बनी तो संतों की ज़ुबान भी, माँ की मीठी लोरी बनी तो आशिक़ की कहानी भी। जिसने ग़ज़ल को सर-माथे लगाया इसने उसे माला-माल कर दिया। इसने आशिक़ के गले से दर्द का पुरकशिश साग़र छलकाया जिससे माशूक़ दीवानगी में अपने होश खो बैठा, तो सितमकश का बयान भी बनी जिसके अश्'आर ने सितमगर के ज़ेह्न पर असर किया।

इन सभी रंगों को समेटे हुए ग़ज़ल वो नाज़ुक सिन्फ़ है जिसका असली हुनर तब नुमायाँ होता है जब इसके अश्'आर में वो अर्थ भी निकलने लगते हैं जिनका मिस्रों में ज़िक्र ही न किया गया हो। इस हवाले से फैज़ साहिब का यह शे'र कैसा मौज़ूँ हो गया है

वो बात सारे फ़साने में जिसका ज़िक्र न था
वो बात उनको बहुत नागवार गुज़री है

शाइरी का यह हुनर हर किसी को नसीब नहीं होता, मगर जिसे नसीब होता

है वो मीर तक़ी मीर, मिर्ज़ा ग़ालिब, मिर्ज़ा दाग़ और फैज़ अहमद फैज़ हो जाते हैं, बल्कि इससे भी बढ़कर ग़ज़ल की राह पर चलने वाले ऐसे लोगों को ग़ज़ल ख़ुद अपना राहबर बना लेती है और ये लोग ग़ज़ल की राह को और सुन्दर, सरल और सहज करते चलते हैं और 'सँवरने' के जुनून में 'सँवारने' का काम भी होता रहता है। यह ऐसा काम है जिसे सोच-विचार कर अंजाम तक नहीं पहुँचाया जा सकता है।

इन 1000 वर्षों में ग़ज़ल को चुननेवालों की संख्या लाखों करोंड़ो में रही, मगर ग़ज़ल ने जिनको चुना वो ग़ज़ल के इस सफ़र में, वक़्त के पहिये पर ऐसी कील बने जिन्होंने इस रथ को और मज़्बूत तो किया ही ख़ूबसूरती भी बख़्शी।

ग़ज़ल पानी के जैसी रंगहीन है मगर इसमें आश्चर्यचकित करनेवाली बात तो यह है कि ज़रा सा गहरे उतरते ही इसमें हर वो रंग मौजूद है जो ज़िंदगी से सीधे जुड़ा है। सीमाब अकबराबादी का यह शे'र ग़ज़ल की ख़ूबसूरती को बयान करने के लिए प्रस्तुत किया जा सकता है -

कहानी मेरी रूदादे-जहाँ मालूम होती है।
जो सुनता है उसी की दास्ताँ मालूम होती है।

और शायद इस विधा के इतने रंगों का ही कमाल है कि इसमें हर इंसान अपनी ज़िंदगी से वाबस्ता रंग ढूँढ़ लेता है और ग़ज़ल उसके दिल की गहराइयों में बस जाती है और किताब के पन्नों तक न सिमट कर यह सिन्फ़ लोक को प्रिय हो जाती है

अदबी तारीख़ के माथे की बिंदी 'ग़ज़ल' ने अरबी-फ़ारसी से होते हुए नई ज़बान के पैमाने गढ़े, रेख़्ता में ढली और आगे बढ़कर उर्दू का रंग भी अख़्तियार किया। समय के साथ हिन्दी का चोला पहना तो अब उससे आगे बढ़कर नेपाली, मराठी, गुजराती, अवधी मैथिली, भोजपुरी भाषाओं/बोलियों और इनको बोलनेवालों के दिलों पर भी अपना साम्राज्य स्थापित कर रही है और अंग्रेजी, संस्कृत सहित अनेक भाषाओं तक पहुँच बना रही है यह इसकी लोकप्रियता का सुबूत ही तो है।

अध्याय-2

भारतीय परिवेश में ग़ज़ल और भाषा का इतिहास

भारत को ग़ज़ल विधा ईरान की देन है। आठवीं शताब्दी में ओमान में जन्मे अब्दुर्रहमान ख़लील बिन अहमद बसरी फ़रहूदी (ख़लील बिन अहमद) को अरूज़ (ग़ज़ल छंद शास्त्र) का आविष्कारक माना जाता है। आपने दो महत्वपूर्ण पुस्तकें लिखीं 1. इल्म-ए-अरूज़ (अरूज़ शास्त्र), 2. किताबुल-ऐन (अरबी शब्द कोष)। ऐसा माना जाता है कि इल्म-ए-अरूज़ लिखते समय आपने पिंगल शास्त्र से विशेष सहायता प्राप्त की थी, क्योंकि दोनों की मूल इकाइयों तथा बहुत से छंदों में समानता पाई गयी है। मगर अरबी शाइरी की परम्परा आठवीं शताब्दी अर्थात् अरूज़ के आविष्कार से अधिक पुरानी है और इसकी जाँच-पड़ताल करते हुए जनाब अब्दुल बिस्मिल्लाह अपने महत्वपूर्ण लेख में कहते हैं –

> *क़सीदे में जब प्रेम का प्रवेश हुआ तो ग़ज़ल का जन्म हुआ और इसका श्रेय जाता है इमरकैस (539 ई॰) को। अरबी साहित्य के विशेषज्ञों का मानना है कि इमरउल कैस, ज़मानः-ए-जाहिलयः का पहला शाइर है जिसने ग़ज़ल कही।*
>
> *- नया ज्ञानोदय जनवरी 2013*

ख़लील बिन अहमद के समय से पहले अरबी काव्य का प्रारूप कैसा था इस बारे में जनाब अब्दुल बिस्मिल्लाह ने अपने लेख में अच्छी जानकारी उपलब्ध करवाई है। ऐसा माना जाता है कि ख़लील बिन अहमद ने जब अपने अथक परिश्रम से अरूज़ का आविष्कार किया तो अरबी तथा फ़ारसी साहित्य में इन्क़लाब आ गया। ग़ज़ल के बारे में सामान्यतः सर्वमान्य है कि यह क़सीदा से निकली है। क़सीदा लेखन का आरम्भ अरब में हुआ। अरबी क़सीदानिगारी में सामान्यतः नायक-नायिका और प्रकृति का वर्णन होता था तथा इसे क़बीले के सरदार को ख़ुश करने तथा तारीफ़ करने के लिए भी लिखा जाता था। क़सीदे का फ़ारसीकरण हुआ तो क़सीदे का यही रूप अरबी से फ़ारसी में आया। परन्तु अरब और फ़ारस के समाज में पर्याप्त अंतर था। फ़ारस में अधिकतर क़सीदानिगार राजदरबार में शाइरी करते थे और राजदरबार आश्रित होते थे, इसलिए बादशाह को ख़ुश करके अधिक से अधिक इनआम हासिल करने के

लिए क़सीदानिगारों ने ख़ूब क़सीदे लिखे जिसमें अधिकतर शाइर बादशाह की झूठी तारीफ़ के पुल बाँध देते थे।[1] फ़ारसीकरण होने के पश्चात क़सीदा का स्वरूप तेज़ी से बदला। अब क़सीदा के पहले खंड तश्बीब में जो भूमिका बाँधी जाती थी उसमें बादशाह के सुख-वैभव आदि का वर्णन किया जाने लगा। इस प्रथम खंड तशबीब में शृंगारिक पहलू भी होता था। यह भी माना जाता है कि ईरान के शाइर क़सीदा के पहले खंड तश्बीब में से शृंगारिक पहलू को अलग करके शृंगारिक शाइरी करने लगे और इसका नाम ग़ज़ल रखा।

हिन्दी तथा उर्दू को ग़ज़ल विधा फ़ारसी की देन है, परन्तु 'हिन्दी ग़ज़ल' प्रथम सोपान में प्रचलित नहीं हुई और हिन्दी तक पुनः पहुँचने से पूर्व ग़ज़ल ने उर्दू के साथ एक लंबा सफ़र तय किया है इसलिए यह कहना भी उचित ही है कि हिन्दी को ग़ज़ल विधा उर्दू से, तथा उर्दू को फ़ारसी से प्राप्त हुई है। यदि भारत में ग़ज़ल के इतिहास को जानने की कोशिश की जाए तो यह आवश्यक है कि हम उर्दू तथा हिन्दी के इतिहास से पूर्व परिचित हों। भारतीय साहित्यिक परिवेश में ग़ज़ल विधा उर्दू से इस प्रकार समायोजित हो चुकी है कि उर्दू और हिन्दी के इतिहास को जाने बिना ग़ज़ल के इतिहास को समझ लेना चुनौतीपूर्ण होगा। अतः आवश्यक है कि हम ग़ज़ल के साथ-साथ उर्दू और हिन्दी के इतिहास से भी परिचित होते चलें।

भारतीय इतिहास के पन्नों को पलटें तो यह तथ्य स्पष्ट रूप से सामने प्रस्तुत होता है कि जब भी इस देश में धार्मिक या राजनीतिक परिवर्तन हुए हैं तो यहाँ की भाषाओं, बोलियों तथा साहित्य के स्वरूप में परिवर्तन हुआ है। 5000 ई॰ पू॰ भारत में आर्य भाषाओं के उद्भव के पूर्व द्रविड़ भाषा तथा द्रविड़ सभ्यता अपने उत्कर्ष पर थी। आर्यों की सभ्यता के उदय के साथ ही आर्य भाषा 'छान्दस' उत्तर भारत क्षेत्र में फ़ैल गयी। छान्दस भाषा में ही आर्यों ने वेद और उपनिषद् की रचना की है।

प्रत्येक समय की एक साहित्यिक भाषा होती है तथा इसके समानांतर अनेक जन भाषाएँ बोली के रूप में जीवित रहती हैं। यही जन भाषाएँ उस साहित्यिक भाषा को नया जीवन प्रदान कर विकसित करती रहती हैं। भाषा नदी के जल की तरह प्रवाहमान होती है और इसमें निरंतर परिवर्तन होता रहता है। जब जन भाषाओं तथा बोलियों को साहित्यिक रूप देकर उसके परिवर्तन को व्याकरण

1- क़सीदा से मिलती जुलती काव्य विधा भारत में भी प्रसिद्ध थी जिसे रासो काव्य' कहा जाता था। चंदबरदाई कृत 'पृथ्वीराज रासो' आदिकाल का एक प्रमुख ग्रन्थ है।

निर्माण के बाँध द्वारा रोकने की कोशिश की जाती है तो कुछ पानी तो साहित्यिक भाषा के रूप में रुक जाता है, परन्तु जन-भाषा तथा बोली के रूप में उस बाँध से एक नई धारा फूटती है और वह धारा आगे एक नई नदी का रूप ले लेती है। आर्यों ने जब अपनी भाषा 'छान्दस' में वेद उपनिषद आदि की रचना की तो उसे व्याकरण से बाँध दिया और परिणाम स्वरूप छान्दस ने तत्कालीन देशी भाषा से शक्ति अर्जित करके संस्कृत का रूप लिया तथा 1500 ई.पू. के आसपास संस्कृत बोली से जन भाषा के रूप में परिवर्तित हो गयी। इसी प्रकार 700 - 800 वर्ष के लंबे अंतराल में संस्कृत का व्याकरण निर्मित हुआ और फिर से देशज बदलाव हुए और उस देशज भाषा के मिश्रण से 800-700 ई.पू. पालि तथा प्राकृत का जन्म हुआ। अब तक संस्कृत साहित्यिक भाषा का दर्जा प्राप्त कर चुकी थी तथा समस्त धार्मिक ग्रन्थ तथा काव्य आदि की भाषा संस्कृत ही थी। लगभग 600 ईसा पूर्व आते-आते प्राकृत भाषा बोलचाल की भाषा बन गयी, इस समय ही भारत में जैन तथा बौद्ध धर्म फैले। गौतम बुद्ध तथा महावीर जैन ने जनसाधारण की भाषा प्राकृत तथा पालि को ही उपदेश देने के लिए श्रेयस्कर समझा। इस महत्वपूर्ण निर्णय का परिणाम यह हुआ कि संस्कृत के साथ-साथ प्राकृत भाषाएँ भी धीरे-धीरे श्रेष्ठ भाषा के रूप में स्वीकार्य होने लगीं तथा संस्कृत के तद्‌भव शब्दों का प्रयोग बढ़ने लगा। पालि तथा प्राकृतों का प्रयोग जैन तथा बौद्ध साहित्य में ख़ूब होने लगा। छान्दस, संस्कृत, पालि तथा प्राकृत भाषाओं की प्रकृति एक दूसरे से निकट रही है अर्थात् छान्दस से संस्कृत के बदलाव में कुछ कठिन शब्दों का स्थान सरल तद्‌भव शब्दों ने ले लिया। इस प्रकार संस्कृत से पालि तथा प्राकृत तक यह बदलाव होता रहा तथा नई भाषा में कठिन तथा कम प्रचलित शब्द ख़त्म होते गए तथा उनके स्थान पर भाषा में सरल तथा तद्‌भव शब्द आ गए। चंद्रधर शर्मा गुलेरी इसका स्पष्ट प्रमाण प्रस्तुत करते हुए कहते हैं-

> *'वेद में देवाः और देवासः दोनों शब्द हैं। संस्कृत में केवल देवाः रह गया और प्राकृत आदि में आसस् दोहरे जस् का वंश आओ आदि में चला'*[1]

प्राकृत तथा पालि भाषा में सृजित जैन तथा बौद्ध साहित्य, धर्म प्रचारकों के साथ सुदूर देशों तक गया तथा इस प्रकार प्राकृत और पालि भाषा का भी क्षेत्र

---

1 - *पुरानी हिन्दी, चन्द्रधर शर्मा गुलेरी, पृष्ठ 2*

विस्तार हुआ। इस दौरान प्राकृत भाषा पालि भाषा से अधिक प्रचलित हुई तथा प्राकृत ने धीरे-धीरे पालि का प्रभाव कम किया और पालि का उपयोग ई.पू. ही समाप्त होता गया। परन्तु प्राकृत भाषा 500 – 600 ई. तक सर्वमान्य रही। बौद्ध और जैन धर्मावलंबियों की कृपा दृष्टि के चलते इस समय तक संस्कृत के साथ-साथ प्राकृत भी साहित्यिक भाषा बन गयी। भारतीय आर्य भाषा के विकास क्रम में अपभ्रंश प्राकृत के बाद की अवस्था है। इस भाषा का उदय 500-600 ई. में प्राकृत भाषा से हुआ तथा इस भाषा में 800 ई. से 1400 ई. तक साहित्य का सृजन हुआ। यह मध्य भारतीय आर्यभाषा की अंतिम कड़ी और आधुनिक भारतीय आर्यभाषाओं की जननी है।

अपभ्रंश का अर्थ है भ्रष्ट, विकृत अथवा अशुद्ध। इस नाम का प्रयोग पहले-पहल उन शब्दों के लिए होता था जो भाषा के सामान्य मापदंड से गिरे होते थे। धीरे-धीरे इस नाम का अर्थ विस्तार हुआ और यह शब्द भाषा विशेष के लिए रूढ़ हो गया।

जिस समय 8वीं-9वीं शताब्दी में अपभ्रंश साहित्यिक भाषा के रूप में सामने आ रही थी उस समय के पाल और राष्ट्रकूट राजाओं ने अपभ्रंश के कवियों को संरक्षण दिया और राष्ट्रकूट वंश के बाद चालुक्यों ने भी अपभ्रंश काव्य को प्रोत्साहित किया।

1000 ई. आते-आते बंगाल से लेकर मुल्तान प्रदेश तक अपभ्रंश में काव्य का सृजन किया जा रहा था। स्थानीय बोली के प्रभाव के कारण अपभ्रंश काव्य में भी कई प्रकार देखने को मिलते हैं। सुदूर दक्षिण को छोड़ कर समस्त भारत में इस काल में अपभ्रंश काव्य की रचना हुई तथा सैकड़ों छन्दों का आविष्कार किया गया जो आज भी प्रचलित हैं, जिनमें दोहा, सोरठा, चौपाई आदि आज भी प्रासंगिक हैं।

अपभ्रंश का सर्वमान्य रूप ही कालान्तर में उन प्रदेशों में प्रचलित हुआ जो आज खड़ी बोली के क्षेत्र हैं, जैसे सिंधी, गुजराती, पंजाबी, ब्रज, अवधी आदि। अपभ्रंश के तीन प्रकार थे।[1] अपभ्रंश में कई बड़े कवियों ने ख़ूब काव्य रचा जिनमें स्वयंभू, पुष्पदंत, हेमचन्द्र, आदि प्रमुख हैं।

जिस समय भारत में अपभ्रंश में से नवीन आर्य भाषा सिंधी, गुजराती, पंजाबी, ब्रज, अवधी, आदि का जन्म हो रहा था उस समय ही भाषा के क्षेत्र में

---

1 - *1.नागर 2.ब्राचड़ 3.उपनागर*

एक और महत्वपूर्ण परिवर्तन 1000 ई. के आसपास प्रारम्भ हुआ जब इस्लाम धर्मावलंबी बड़ी संख्या में भारत आये। बड़ी संख्या में मुसलमानों के भारत आगमन से उनकी बोली का यहाँ की बोलियों पर तेज़ी से प्रभाव पड़ने लगा। इनकी बोलचाल की भाषा तुर्की थी और राजकीय भाषा फ़ारसी, जो स्वयं अत्यंत समृद्ध आर्य भाषा है। मुसलमान सबसे पहले पंजाब में बसे। इस कारण सबसे पहले वहाँ पर ही अरबी, फ़ारसी, तुर्की और भारतीय भाषाओं का संगम होना शुरू हुआ। इस काल को हिंदी का आदि काल (1000 ई से 1400 ई) माना गया है।

बारहवीं शताब्दी आते-आते भारतीय भाषाओं में कई बड़े बदलाव हो चुके थे। वस्तुतः हिन्दी साहित्य की विभिन्न प्रवृत्तियों की शुरूआत इस समय ही हुई तथा विकास परवर्ती काल में हुआ। इस समय आदिकालीन हिन्दी काव्य का सृजन शुरू हुआ जिसमें कवि चन्दबरदाई कृत 'पृथ्वीराज रासो' (अनुमानतः 1145 ई.), कवि नरपति नाल्ह कृत 'बीसलदेव रासो (1155 ई.) 'ढोला मारू रा दूहा' तथा विद्यापति व अमीर ख़ुसरो की कविता का महत्वपूर्ण ऐतिहासिक स्थान है। परन्तु राजभाषा फ़ारसी होने के कारण भारतीय भाषाओं को राजकीय संरक्षण प्राप्त न हो सका जिससे इनकी विकास यात्रा रुक सी गई। 1000-1100 ई. के आस-पास इस प्रारंभिक हिन्दुस्तानी भाषा का विकास उत्तरी भारत में हुआ तथा अपभ्रंश भाषा में एक नवीन रूप झलकने लगा। इस समय की आर्य भाषा को चंद्रधर शर्मा गुलेरी ने 'पुरानी हिन्दी' कहा है।[1] इस नवीन भाषा में भी काव्य का सृजन होने लगा जिसमें मूल भाषा अपभ्रंश थी तथा प्रादेशिक बोली व अन्य भाषा के बोलचाल के शब्द भी समाहित होते रहे। 12वीं शताब्दी की अपभ्रंश काव्य भाषा, अपभ्रंश और आधुनिक भारतीय आर्य भाषा की ड्योढ़ी पर खड़ी है। एक तरफ़ उस पर अपभ्रंश का प्रभाव है दूसरी तरफ़ तद्भव शब्दों के योग की प्रवृत्ति बढ़ रही थी। इसके अतिरिक्त स्थानीय बोलचाल की मिश्रित भाषा भी अपना योगदान देती रही।

इस समय तक फ़ारस के देशों में ग़ज़ल राज-दरबार की सामग्री बन चुकी थी तथा ग़ज़लगो और क़सीदानिगारों को राजदरबार में विशेष सम्मान और पद प्राप्त होता था। इन सम्मान और पद को प्राप्त करने के लिए अनेक सुख़नवर हिन्दुस्तान का रुख़ भी करने लगे और हिन्दुस्तान के राजदरबारों में इनको हाथो-हाथ लिया जाता रहा। देखते-ही-देखते हिन्दुस्तान के राज दरबार में भी फ़ारसी

---

1 - 'पुरानी हिन्दी' : चंद्रधर शर्मा गुलेरी

क़सीदाकारी और ग़ज़लगोई अपना रंग दिखाने लगी। इस दौरान भारत में कई मुस्लिम वंशों की हुकूमत रही जो उत्तरी भारत से प्रारम्भ हो कर भारत के दूसरे भागों में फैलती रही। उक्त समय में जिन मुस्लिम वंशों ने हिन्दुस्तान पर शासन किया उनका लंबा इतिहास है।

इस समय ख़िलजी वंश के काल में 'अबुल हसन यमीनुद्दीन ख़ुसरो देहलवी'' (अमीर ख़ुसरो, 1253- 1325) का नाम भाषा के इतिहास में महत्वपूर्ण है। ख़ुसरो फ़ारसी के महान शाइर हुए। 13वीं शताब्दी तक भारतीय आर्य भाषा में गद्य तथा पद्य के लिए अलग-अलग रूप प्रचलित हो चुका था। भारतीय काव्य की भाषा ब्रज भाषा से प्रभावित थी तथा गद्य के लिए अपभ्रंश से निकली अनेक नवीन आर्य भाषाओं के उस रूप का प्रयोग होता था जिसे आज हम खड़ी बोली के रूप में जानते हैं। खड़ी बोली में फ़ारसी तथा अरबी भाषा का प्रभाव था तथा यह भाषा ही उत्तर भारतीय बोलचाल की भाषा भी थी, अर्थात् मिश्रित भाषा अपना रूप प्रकट कर चुकी थी। इससे पहले बाहर से आये फ़ारसी कवि अरबी और फ़ारसी में काव्य रचनाएँ लिख रहे थे और भारतीय कवि नई-नई उभरी ब्रज भाषा में भारतीय छंदों में काव्यरत थे। ख़ुसरो को अरबी, फ़ारसी, ब्रज और इस बोलचाल की मिश्रित खड़ी बोली पर समान अधिकार प्राप्त था। उन्होंने ब्रज भाषा में भी ख़ूब काव्य रचा और इस मिश्रित बोली में भी कविता लिखी। यहाँ तक कि ब्रज भाषा और मिश्रित खड़ी बोली को मिश्रित करके भी काव्य रचनाएँ की। उदाहरण देखें –

उज्जवल बरन अधीन तन, एक चित्त दो ध्यान
देखत में तो साधु है निपट पाप की खान

ख़ुसरो रैन सुहाग की जाकी पी के संग
तन मेरो मन पीउ को दोउ भये एकरंग

गोरी सोवे सेज पर मुख पर डारे केस
चल ख़ुसरो घर आपने रैन भई चहुँ देस

इसी प्रकार ख़ुसरो ने दिल्ली तथा आगरा के आसपास बोली जाने वाली ब्रज और आधुनिक खड़ी बोली के उदित रूप के साथ फ़ारसी, तुर्की के प्रचलित शब्दों का भी सुन्दर मिश्रण किया और एक मिली-जुली भाषा का सूत्रपात किया

जिसे आमजन आसानी से व्यवहार में ला सकें। ख़ुसरो का यह भाषाई प्रयोग भाषाई एकता की मिसाल है। ख़ुसरो ने जिस मिश्रित भाषा को ईजाद किया वह लोगों की प्रिय बोली बन गयी।

अब तक आर्यावर्त देश[1] के लिए हिन्दुस्तान नाम प्रचलित हो चुका था। यह नाम यूनानियों की देन है।[2] यूनानी 'स' का उच्चारण नहीं कर पाते थे और 'स' के स्थान पर 'ह' का प्रयोग करते थे इस कारण वो सिंध नदी को हिंध नदी, सप्ताह को हफ्ताह या हफ़्ता आदि कहते थे तथा सिंध नदी के पार के आर्यावर्त देश को हिंदुस्तान और निवासियों को हिंदू या हिन्दुस्तानी कहते थे। 13 वीं शताब्दी तक यह सभी शब्द भारत में भी प्रचलित हो गए थे। ख़ुसरो ने जिस नई मिश्रित भाषा को जन्म दिया उसे फ़ारसी लिपि में लिखा तथा फ़ारसी से अलग पहचान के लिए 'हिन्दवी' नाम से पुकारा। ध्यान देने योग्य बात है कि ख़ुसरो कालीन हिन्दवी एक साथ आधुनिक हिन्दी और आधुनिक उर्दू का प्रारम्भिक मिश्रित रूप है। इतिहास में अमीर ख़ुसरो के जैसा दूसरा कवि मिलना असंभव है।[3] अमीर ख़ुसरो ने स्वआविष्कृत हिन्दवी भाषा में कुछ ग़ज़लें कही हैं इसलिए अमीर ख़ुसरो को तत्कालीन आमजन की भाषा 'हिन्दवी' का आविष्कारक तथा हिन्दवी का पहला ग़ज़लगो माना जाता है। इस प्रकार हिन्दवी का जन्म हुआ। अमीर ख़ुसरो ने इस मिश्रित भाषा को परिष्कृत किया तथा अनेक शब्दों को खराद कर उसे चमकाया और अनेक भाषाई मानक स्थापित किये।

अब तक भारतीय कवि ब्रज, अवधी, मगधी आदि में काव्य रचने लगे थे। इससे धीरे-धीरे अपभ्रंश का युग समाप्त हो रहा था तथा आधुनिक हिन्दी का रूप स्पष्ट हो रहा था। यह नवीन काव्य भाषा देवनागरी लिपि[4] (९०० ई से अब तक)

---

1 - भारत का पुराना नाम

2 - भारत वर्ष का 'हिंद' नाम यूनानियों के आक्रमण के काल में पड़ा, क्योंकि वे 'स' को 'ह' कर देते थे और सिंधु नदी के पार बसे होने के कारण वे भारत को सिंध की जगह हिंद और उसके निवासियों को हिन्दुस्तानी कहने लगे थे। – शे'रो सुख़न भाग 1 पृष्ठ 27

3 - अमीर ख़ुसरो संगीत के भी मर्मज्ञ थे। इन्होंने अनेक नए रागों का आविष्कार किया। वीणा वाद्य यंत्र से सितार का आविष्कार किया तथा अनेक विधाओं जैसे काव्य पहेली, मुकरनियाँ, दोसुख़ने, दोहे आदि पर अनूठा कार्य किया।

4 - नगर या नागर जाति के लोग 'मानसरोवर' के निकट 'हाटक' स्थान से निकल कर पहले 'नगरकोट' में बसे। फिर धीरे-धीरे सारे भारत में फ़ैल गए; यहाँ तक कि कूर्ग और बंगाल में भी फ़ैल गए। यह अपभ्रंश बोलते थे। नगरकोट के निवास के कारण इनकी भाषा नागरी भी कहलाई। – शे'र ओ सुख़न भाग 1 पृष्ठ 21

में लिखी जाती थी जो कि प्राचीन ब्राह्मी लिपि (500ई.पू. से 1000 ई. तक) का विकसित रूप है।[1] सनातनी छंद, मुक्तक, काव्य प्रबंध आदि ब्रज भाषा या अवधी आदि भाषा में ही रचे गए और ख़ुसरो के प्रयोगों के बाद गोस्वामी तुलसीदास, सूरदास, कबीरदास, बिहारी, केशव, मलिक मुहम्मद जायसी, रहीम ख़ानख़ाना, मीराबाई जैसे महान कवियों ने इस 'देशी भाषा' को अपना दुलार और स्नेह दिया, परन्तु अमीर ख़ुसरो की 'हिन्दवी' भाषा तथा हिन्दवी शब्द का प्रयोग अक्सर फ़ारसी शाइरों ने नहीं किया। और अगर देशी भाषा में काव्य रचना की भी तो उसकी भाषा हिन्दवी न हो कर ब्रज अथवा अवधी रही। मगर बोलचाल की भाषा हिन्दवी बनती चली गई क्योंकि इसे बोलना सभी के लिए आसान था। यह फ़ारसी लिपि में लिखी जा रही थी और भारतीय कवि फ़ारसी भाषा लिखना नहीं जानते थे। हिंदी कवियों ने शुद्ध ब्रज, अवधी, मगधी आदि को 'देशी भाषा' या 'भाषा' के नाम से पुकारा। 'हिन्दवी' या 'हिन्दी' और 'भाषा' शब्द प्रयोग के कुछ उदाहरण अमीर ख़ुसरो कृत ख़ालिकबारी (शब्दकोश) से प्रस्तुत हैं -

मुश्क काफ़ूरस्त कस्तूरी कपूर
हिन्दवी आनंद शादी औ सुरूर
सोजनो रिश्ता बहिन्दी और ताग -मलिक मुहम्मद जायसी

तप लार्ज़ा दर हिन्दवी आमद जूडी ताप
दर्दे सर आमद सिर की पीड़ा तग है धाप

नमक मलह है लोन शीरीं है मीठा
बहिन्दी ज़बां बेमज़ा हस्त सीठा

अन्य स्थानों से प्रस्तुत उदाहरण भी देखें -

भाषा बद्ध करब मैं सोई
मोरे जिय अबोध जेहि होई -गोस्वामी तुलसी दास

भाषा भनिती भोरि मति मोरी - -गोस्वामी तुलसी दास

---

1 - नागरी लिपि का उद्भव और विकास - (शोध ग्रन्थ - डॉ. ओम प्रकाश भाटिया)

भाषा बोलि न जानहीं, जिनके कुल के दास
तिन भाषा कविता करी, शठमति केसवदास – केशवदास

तुरकी, अरबी, हिन्दवी, भाषा जेती आहि
जामे मारग प्रेम का, सबै सराहै ताहि - मलिक मुहम्मद जायसी

मलिक मुहम्मद जायसी के दोहे को पढ़कर स्पष्ट हो जाता है कि उन्होंने 'भाषा' शब्द को 'हिन्दवी' अथवा हिन्दी भाषा के लिए प्रयोग नहीं किया है, क्योंकि फिर 'हिन्दवी' लिखने की आवश्यकता न होती।

भाषा इतिहास के पन्नों को पलटें तो पता चलता है कि जिस भाषा को फ़ारसी शाइर अमीर ख़ुसरो ने ईजाद किया था वह लंबे अर्से तक दिल्ली और आसपास के क्षेत्र की बोलचाल की भाषा बनी रही और वहाँ ब्रज, अवधी, मगधी आदि भाषा केवल भारतीय छंदों के काव्य में प्रयोग होता रहा तथा ब्रज, अवधी, मागधी आदि भाषा बोलचाल की भाषा के रूप में आज के पूर्वी उत्तर प्रदेश, बिहार, मध्य प्रदेश, राजस्थान आदि की भाषा के रूप में उभर कर सामने आईं। अब भाषा के इतिहासकारों ने यह सिद्ध भी कर दिया है कि उर्दू और रेख़्ता का पुराना नाम हिन्दवी था। कुछ साक्ष्य प्रस्तुत हैं -

> *हिन्दी, उर्दू की अपेक्षा बहुत ही पुराना और सर्वमान्य नाम है जिस भाषा का नाम आजकल उर्दू प्रचलित है इसके लिए उर्दू के पुराने लेखकों और कवियों ने हिन्दी शब्द का ही अपने ग्रंथों में सर्वत्र व्यवहार किया है।*
>
> *- हिन्दी, उर्दू और हिन्दुस्तानी, पद्म सिंह शर्मा, पृष्ठ -16*

> *हिंदी भाषा के जितने नाम प्रचलित हैं 'हिन्दी' उन सब में पुराना है। इस नाम की सृष्टि हिंदुओं ने नहीं की और न उन्होंने इसका प्रचार किया। हिंदू लेखकों ने तो इसके लिए प्रायः सर्वत्र 'भाषा' शब्द का ही प्रयोग किया है। उर्दू-ए-क़दीम, तारीख़े-नस्त्र उर्दू, 'पंजाब में उर्दू' इत्यादि ग्रंथों के विद्वान लेखकों ने बड़ी खोज के साथ यह साबित कर दिया है कि उर्दू का सबसे पुराना नाम हिंदी है*
>
> *- हिन्दी, उर्दू और हिन्दुस्तानी, पद्म सिंह शर्मा, पृष्ठ -16*

उर्दू, हिन्दी की एक शैली मात्र है। सं 1797 ई. में सैयद अता हुसैन तहसीन ने अपने अनूदित 'चहारदरवेश' नामक ग्रन्थ की भूमिका में अपनी भाषा रेख़्ता, हिन्दी, उर्दू-ए-मुअल्ला बताया। यह स्मरण रखना चाहिए कि अरबी फ़ारसी बहुल शब्द प्रयोगमार्गी रेख़्ता अथवा उर्दू-ए-मुअल्ला को भी अभी हिन्दी कहना बंद नहीं कर दिया गया था। क्रमशः हिन्दी शब्द के प्रयोग की प्रवृत्ति शिथिल हुई, रेख़्ता कहना भी रुका और उर्दू के व्यवहार के लिए मार्ग प्रशस्त हो गया।

- उर्दू के कवि और उनका काव्य, पं गिरिजा दत्त शुक्ल पृष्ठ 10

मौलाना आज़ाद ने अपने प्रसिद्ध ग्रन्थ 'आबेहयात' में उर्दू को ब्रज भाषा की बेटी माना है, परन्तु पं. राम नरेश त्रिपाठी 'उर्दू कविता कौमुदी' में लिखते हैं -

उर्दू कभी किसी भाषा से निकली ही नहीं है। हिन्दी का नाम ही उर्दू रख लिया गया है।

- उर्दू के कवि और उनका काव्य,
पं गिरिजा दत्त शुक्ल पृष्ठ 54

1941 में उपेन्द्र नाथ 'अश्क' द्वारा संपादित 'उर्दू काव्य की एक नई धारा' के दूसरे संस्करण (1949) की भूमिका में तारा चन्द कहते हैं -

हिन्दी और उर्दू दोनों एक देस हिन्दुस्तान की भाषाएँ हैं। दोनों एक से हालात में पैदा हुई हैं। अगर हम उर्दू और हिंदी के इतिहास पर नज़र डालें तो मालूम होगा कि हर समय में दोनों के बीच का साहित्य मिलता है। दकन् की उर्दू शाइरी को लीजिए तो भाषा हिन्दी शब्दों से भरी है और कविता में हिन्दुस्तान की संस्कृति ज़ोर से झलकती दिखाई देती है। आगे चलिए तो 'सौदा' के मर्सियों और क़सीदों में हिन्दुस्तानियत का चोखा रंग है, उन्नीसवीं सदी में नज़ीर अकबराबादी इसी रंग में रंगा है।

- उर्दू काव्य की एक नई धारा पृष्ठ 6

14वीं शताब्दी से 16वीं शताब्दी के मध्य तक ब्रज, अवधी, शौरसेनी, मागधी वाली 'देशी भाषा' और खड़ी बोली, फ़ारसी मिश्रित 'हिन्दवी' जन मानस की भाषा तो बन चुकी थी, परन्तु राज-भाषा फ़ारसी घोषित होने और राजदरबार में फ़ारसी भाषा में ही सारा कार्य होने के कारण शाही दरबार में फ़ारसी ग़ज़ल ही

कही जाती रही और एक लंबे अरसे तक फ़ारसी क़सीदा और फ़ारसी ग़ज़ल आदि से बादशाह की महफ़िलें रंगीन होती रहीं। देशी भाषा और हिन्दवी दरबार में अपनी जगह नहीं बना सकीं। यहाँ तक कि जो कवि हिन्दवी में शाइरी करने लगे थे वो भी बादशाह से इनआम आदि प्राप्त होने की लालसा में फ़ारसी शाइरी करने लगे और हिन्दवी और देशी भाषा का प्रभाव दिल्ली-आगरा क्षेत्र की ग़ज़लों से धीरे-धीरे समाप्त होता गया।

दकन

जिस समय अमीर ख़ुसरो हिन्दवी भाषा का आविष्कार करके उसमें अपनी रचनाओं का सृजन कर रहे थे उस दौरान भाषा के इतिहास में एक नया अध्याय दकन राज्य में लिखा गया। ख़िलज़ी वंश के सुल्तान अलाउद्दीन ख़िलज़ी ने अपनी दक्षिण विजय आरम्भ की। अलाउद्दीन ख़िलज़ी के इस क़दम से इस्लाम धर्म, संस्कृति और फ़ारसी ज़ुबान के साथ हिन्दवी भी सुदूर दकन तक पहुँची। तत्पश्चात तुगलक काल में मुहम्मद बिन तुगलक ने अपनी राजधानी दिल्ली से दौलताबाद स्थानांतरित कर दी और दिल्ली के निवासियों को दौलताबाद ले गया। इस कारण उत्तर भारत की संस्कृति का प्रसार तेज़ी से अन्य प्रान्तों में हुआ। बाद में दिल्ली के सुलतान तो वापस दिल्ली आ गए, लेकिन बहुत लोग वहीं रह गए, जिनमें शाइर और कवि भी थे। तत्पश्चात दकन में मुस्लिम शासन बहमनी वंश (1348-1526) की स्थापना हुई। 'देशी भाषा' तथा दक्षिणी भाषा के मिश्रित क्षेत्र दकन में इस समय हिन्दवी और फ़ारसी को एक समान आश्रय मिला और जब 'हसन गंगो बहमनी' ने 1348 में बहमनी वंश स्थापित किया तो घटनाक्रम ऐसे बनते गये कि हिन्दवी को प्राथमिकता मिलने लगी तथा हिन्दवी को फ़ारसी लिपि की जगह देवनागरी लिपि में लिखा जाने लगा और नाम बदल कर इसे दकनी या दक्खिनी कहा गया।[1]

---

1 - बहमन वंश का प्रथम मुस्लिम शासक हसन 'गंगू' नामक ब्राह्मण का विनम्र भक्त था। जब वह बादशाह बना तो गंगू ब्राह्मण को मालमंत्री बना कर शासनाधिकार में भी सम्मिलित किया और तभी से ब्राह्मणों को मालमंत्री पद दिए जाने का रिवाज सा चल पड़ा। पहले मुल्की हिसाब फ़ारसी में लिखा जाता था अब हिन्दी भाषा और हिंदी लिपि में लिखा जाने लगा। हिंदुओं कि शासन विभाग में नियुक्ति होने से देशी भाषा की बड़ी उन्नति हुई। बाद में इब्राहिम आदिलशाह ने अपने राजकीय कार्य के लिए बाहर के लोगों कि नियुक्ति बंद करके दक्खिनी हिंदुओं को स्थान दिया। हिंदुओं की नियुक्ति तथा देशी भाषा में हिसाब-किताब रखने से धीर-धीरे देशी ज़बान सरकारी और दरबारी ज़बान बन गयी - शे'रो सुख़न, अयोध्या प्रसाद गोयलीय, भाग 1 पृष्ठ 47

15वीं शताब्दी समाप्त होते होते बहमनी राज्य पाँच टुकड़ों में बँट गया जिसके फलस्वरूप बीजापुर में आदिलशाही (1490 ई.), गोलकुंडा में कुतुबशाही (1512 ई.) बीदर में बरीदशाही (1487 ई.), बाराद में इमादशाही (1490 ई.) और अहमदनगर में निज़ामशाही(1490 ई.) स्वतंत्र राज्य के रूप में स्थापित हुए तथा यहाँ दक्खिनी भाषा में शाइरी की गयी। शाइरी की यह मिश्रित भाषा दक्खिनी शाइरी कहलाई। यह दक्खिनी शाइरी ही उर्दू ज़बान और उर्दू शाइरी की नींव बनी।

प्रारम्भ में दकन की भाषा 'दक्खिनी' दिल्ली की हिन्दवी से मूलतः बहुत क़रीब थी, परन्तु 15वीं और 16वीं शताब्दी की हिन्दवी और दक्खिनी में आ चुके अंतर को स्पष्ट देखा जा सकता है। 'हिन्दवी' फ़ारसी लिपि में लिखी जाती थी जहाँ शाइर मूलतः फ़ारसी शाइरी करते थे। यही कारण रहा कि धीरे-धीरे हिन्दवी में भी शब्द अधिकतर फ़ारसी, अरबी और तुर्क़ी होते गए और इस समय की हिन्दवी ज़ुबान में फ़ारसी और तुर्की शब्दों की भरमार हो गयी। वहीं दक्खिनी शाइर देशी भाषा क्षेत्री थे इस कारण उन्होंने जो शाइरी की उसमें मूल रूप से खड़ी बोली के शब्द होते थे और अरबी फ़ारसी के वो शब्द ही आ सके थे जो दिल्ली से बोलचाल में ख़ूब प्रयोग होने वाले शब्दों के रूप में दकन आये थे। दक्खिनी भाषा पर दक्षिणी भाषा का प्रभाव भी पड़ रहा था। समय के साथ फिर से घटनाक्रम बदला और यह दक्खिनी शाइरी ही रेख़्ता की बुनियाद बनी।

इस प्रकार स्पष्ट है कि जो उर्दू दिल्ली वालों को 18वीं शताब्दी की शुरूआत में प्राप्त हुई दक्षिण में उस उर्दू के प्रारंभिक रूप में दक्खिनी नाम से 15वीं शताब्दी के प्रारम्भ से 17वीं शताब्दी के अंत तक अर्थात् 300 साल तक काव्य सृजन होता रहा।

16वीं शताब्दी तक जब दक्खिनी भाषा का स्वरूप स्पष्ट होने लगा तो दिल्ली और आगरा के फ़ारसी भाषी इसे भाषा का बिगड़ा हुआ रूप मानते थे इसलिए 'दक्खिनी' को रेख़्ता विशेषण दिया गया। रेख़्ता का शाब्दिक अर्थ होता है गिरा-पड़ा, बिखरा हुआ।

'रेख़्ता फ़ारसी के रेख़्तन मसदर (धातु) से बना है जो बनाने, ईजाद करने, किसी चीज़ को क़ालिब में ढालने, नई चीज़ बनाने और मौज़ूँ करने के मानी में आता है।'

- हिंदी, उर्दू और हिन्दुस्तानी पद्म सिंह शर्मा पृष्ठ - 21

रेख़्ता नाम का प्रयोग सर्वप्रथम 'सादी' दक्खिनी (1586) के क़लाम में देखने को मिलता है।[1] इस तरह दक्खिनी भाषा रेख़्ता नाम से भी पुकारी गयी। दक्खिनी शाइरों में सुल्तान कुली कुतुबशाह, अली आदिलशाह, बुईनुमुद्दीन जानिम, सादी, वली, अज़मत आदि का नाम प्रमुखता से लिया जाता है। इस दक्खिनी शाइरी का अपना एक विस्तृत इतिहास है तथा विषयान्तर भय से यहाँ पर इसका विस्तृत उल्लेख संभव नहीं है। 17 वीं शताब्दी की दक्किनी शाइरी का जो रूप हमें उपलब्ध है उससे स्पष्ट हो जाता है कि यह भाषा कुछ और नहीं अमीर ख़ुसरो की हिन्दवी ही थी जो दक्षिण की बोली के साथ मिल कर दक्खिनी बन बैठी। दक्खिनी शाइरी का नमूना देखने से यह भी स्पष्ट हो जाता है कि रेख़्ता ही असली भाषा थी जिसे जन भाषा कहा जा सकता है क्योंकि यह दिल्ली और आगरा की बोलचाल की भाषा के भी बहुत क़रीब थी, परन्तु दिल्ली आने के बाद फ़ारसी दानिशवरों ने इस सरल ज़बान रेख़्ता पर भी फ़ारसी का ऐसा रंग चढ़ाया कि पहचानना मुश्किल हो गया कि यह किसी देशी ज़बान का ही समृद्ध रूप है या फ़ारसी ज़बान की कोई नई उपशाखा। दक्खिनी शाइरी के चंद नमूने देखें -

तेरे नेह का मुंज को बिच्छू लड़या।
मेरे सब ही तन में बिस उसका चड़या।
मै अहिहूँ तुज पास उतारा करन।
तुमी करने हारा उतारा पियारा। - सुल्तान कुली कुतुबशाह

दिल मेरा अपने सात किया
मुज बिरहे में दिन रात किया
दिलदारी का ना बात किया
सब बिसरा सुख है हात किया - अली आदिलशाह

इधर दिल्ली में जब 1536 ई० में मुग़लों का आगमन हुआ तो हिन्दुस्तानी भाषाओं के लिए माहौल कुछ सरस हुआ। मुग़लों की बोलचाल की भाषा तुर्की नहीं थी। मुग़ल-वंश में कई ऐसे शासक हुए जो सांस्कृतिक और साहित्यिक रुचि के थे और अन्य भाषाओं को पूरा सम्मान देते थे। वास्तव में यह काल हिन्दी का स्वर्ण-युग कहा जा सकता है। इस समय तक अवधी और ब्रजभाषा का साहित्यिक रूप स्पष्ट हो चुका था तथा अवधी भाषा के महान ग्रन्थ तुलसीदास कृत 'राम चरित मानस' तथा जायसी कृत 'पद्मावत' इसी समय लिखे गये और

---

1 - सादी कि ग़ुफ्ता रेख़्ता दर रेख़्ता दुर रेख़्ता / शीरो शकर आमेख़्ता हमशे'र है हमगीत है

ब्रजभाषा के अनेक ग्रन्थ भी इसी समय लिखे गये जिनके मुख्य रचनाकार तुलसीदास, केशवदास, नंददास, बिहारी, सूरदास हैं।

16 वीं शताब्दी में मुग़ल शासक भारत आये तो यहाँ शासन व्यवस्था को सुचारु रूप से चलाने के लिए अपनी सेना का विस्तार किया तथा प्रशासन के कार्यों के लिए भी हिन्दुस्तान के अनेक धर्मावलम्बियों को भर्ती किया। शुद्ध फ़ारसी न जानने के कारण ऐसे सिपाहियों ने शाही दरबार और छावनी में भी हिन्दवी भाषा का प्रयोग करना शुरू कर दिया। ऐसे सैनिक लश्कर(छावनी) में रहते थे इसलिए इसे वहाँ लश्कर की भाषा 'लश्करी' कहा गया जिसे कालान्तर में 'उर्दू-ए-मोअल्ला' कहा जाने लगा।[1]

दिल्ली दरबार

रेख़्ता को शाइरी की ज़ुबान बनाने और उसे दिल्ली दरबार तक पहुँचाने का कार्य वली दक्खिनी ने किया।

वली (1668ई.-1744ई.) – शम्सुद्दीन वलीअल्लाह 'वली' औरंगाबाद के रहने वाले थे। इन्होंने अहमदाबाद से तालीम हासिल की थी और एक सूफ़ी शाइर थे जोकि अन्य सूफ़ी फ़क़ीरों की तरह फ़ारसी में शाइरी करते थे, साथ-ही-साथ दक्खिनी के भी प्रसिद्ध ग़ज़लगो थे। सन् 1700 में औरंगज़ेब के शासन काल में वली दिल्ली आये और अपना दक्खिनी कलाम पेश किया। इस समय तक दिल्ली के दरबार में फ़ारसी शाइरी का बोल-बाला था। वली की दक्कनी शाइरी को ज़ियादा महत्व नहीं दिया गया। यहाँ तक कि इन्हें कहा गया कि आप फ़ारसी रंग में शाइरी करें। मगर वली ने वापस लौट कर दक्कनी भाषा में फ़ारसी भाषा की सभी काव्य विशेषताओं को इस प्रकार समायोजित किया कि वह शाइरी की दृष्टि से श्रेष्ठ भाषा बन गयी जिसमें अनुशासन के साथ-साथ ऐसा लोच था जो भाषा के सौंदर्य को बढ़ा देता था। आपके द्वारा भाषा पर इस अभूतपूर्व कार्य ने ही उर्दू शाइरी की नींव की ईंट रखी। रेख़्ता के इस नए तथा परिष्कृत रूप पर अपनी पकड़ बना कर और श्रेष्ठ ग़ज़लें कह कर वली 1724 ईस्वी में मुहम्मदशाह के शासनकाल में एक बार फिर से दिल्ली पहुँचे। इस बार उनके साथ वो भाषा थी जो दिल्ली में पहले से लश्करी ज़बान के नाम से जानी जाती थी। लश्करी के इस परिष्कृत रूप में की गयी शाइरी ने दिल्ली के शाइरों तथा

---

1 - 'उर्दू' तुर्की भाषा का शब्द है जिसका अर्थ है –लश्कर, छावनी, फ़ौजी पड़ाव।

जनता को चौंका दिया। अब तक फ़ारसी में की जाने वाली गाढ़ी शाइरी शह्र के भाषा-मर्मज्ञ तो समझ लेते थे, परन्तु धीरे-धीरे वह अनपढ़ जनता की समझ से परे की चीज़ हो गयी थी। रेख़्ता आम आदमी की भाषा थी जो आसानी से समझ में आ जाती थी। वली की शाइरी को जनता द्वारा कलाम-ए-रेख़्ता के रूप में हाथो-हाथ लिया गया और ख़ूब पसंद किया गया और धीरे-धीरे रेख़्ता ग़ज़लिया शाइरी की पसंदीदा ज़बान बन गयी और फ़ारसी की पेचीदा शाइरी से ऊब कर फ़ारसी शाइर भी ज़ायका बदलने के लिए कभी-कभी ज़बाने-रेख़्ता में कलाम कहने लगे और बोलचाल की भाषा होने के कारण अवाम ने रेख़्ता में लिखे कलाम को ख़ूब पसंद किया। यह परिष्कृत रूप लश्करी ज़ुबान की प्रिय बोली बन गयी तथा हर समुदाय-सम्प्रदाय ने इस बोली को खुले दिल से स्वीकार किया। 1800 ईस्वी के आसपास इस परिष्कृत रेख़्ता को ही उर्दू कहा जाने लगा; इस प्रकार उर्दू का जन्म हुआ। वली के दक्खिनी कलाम का नमूना देखें -

बिरागी जो कहाते हैं उसे घर बार करना क्या।
हुई जोगिन कोई पी की उसे संसार करना क्या।
जो पीवे पिर्त का पानी उसे क्या काम पानी सो।
जो भोजन दुख का करता है उसे आहार करना क्या।

हँसली तुझ गल में देख कहते हैं
चाँद से मुक्ख का है यों हाला
नैन मिगों की घाँस पकड़ी मुख
देख तेरी अँखियाँ का दुंबाला।

('उर्दू' शब्द को भाषा के सन्दर्भ में 1800 ई के आसपास मान्यता मिली है, परन्तु सरलता के लिए इस लेख में आगे रेख़्ता को उर्दू नाम से ही संबोधित किया जा रहा है)

वली को उर्दू का बाबा आदम, और उर्दू ग़ज़ल का आदि शाइर माना गया है, यहाँ से ही उर्दू ग़ज़ल की बुलंद इमारत में देहली स्कूल की नींव पड़ी जो विभिन्न परिस्थितियों एवं घटनाओं के साथ फलने-फूलने लगी। वास्तविकता यही है कि वली के कलामे-रेख़्ता से अनेक फ़ारसी शाइरों का रुझान उर्दू शाइरी की ओर हुआ तथा उर्दू शाइरी का दौर आया।

देहली स्कूल के प्रारंभिक दौर के उर्दू शाइरों में शाह मुबारक आबरू,

मोहम्मद शाक़िर नाजी, सरफ़ुद्दीन मज़मून और ग़ुलाम मुस्तफ़ा ख़ान 'यकरंग' आदि नामों का विशेष उल्लेख किया जाता रहा है।

दूसरे दौर के शाइरों में सिराजुद्दीन अली ख़ां 'आरज़ू'(1689-1756), अशरफ़ अली ख़ां 'फ़ुग़ाँ' (1772), शाह हातिम (1700 – 1791) और मज़हर जाने जानाँ (1699-1781) प्रमुख हैं। इन शाइरों को उर्दू के नए दौर का आरम्भ करने वाला कहा जाता है। इनके काव्य से उर्दू भाषा की वर्णन क्षमता में वृद्धि हुई और वर्णन में शुद्धता और स्पष्टता आई। इन शाइरों के प्रयास से उर्दू भाषा में बहुत सुधार आया तथा इन्होंने भाषा को सरल तथा प्रवाहमय बनाने पर भी ध्यान दिया।

'हातिम' और 'मज़हर' के दौर के तुरंत बाद उर्दू शाइरी का वह दौर आया जो उर्दू काव्य जगत में सबसे महत्वपूर्ण है। देहली स्कूल के इस तीसरे दौर में मीर तक़ी 'मीर' (1722 – 1810) जैसे महान शाइर, मिर्ज़ा मुहम्मद 'सौदा' (1714-1781) जैसे क़सीदाकार और मीर ग़ुलाम हसन (1724-1784) जैसे मसनवी के महान शाइर हुए, जिनकी श्रेष्ठता तक आज भी कोई शाइर नहीं पहुँच सका है। ख़्वाजा मीर 'दर्द' (1721-1785) और सैयद मोहम्मद मीर 'सोज़' (1721-1798) भी इस अवधि के प्रमुख शाइर हैं। इनमें से भी मीर तक़ी 'मीर' को सर्वश्रेष्ठ माना गया है और ख़ुदा-ए-सुख़न (शाइरी का भगवान) कहा जाता है। मीर साहब का जन्म 1722 ईस्वी को आगरा में हुआ और बचपन में ही दिल्ली आ गए और 65 वर्ष की आयु तक दिल्ली में रहे। तदुपरांत लखनऊ का रुख़ किया और 1810 ईस्वी को लखनऊ में ही जन्नतनशीन हुए। देहली स्कूल का यह दौर अध्यात्मवादी और सूफ़ीयत से प्रभावित कविता का केन्द्र रहा है।

दिल्ली स्कूल के अन्य महान शाइरों में वली मुहम्मद नज़ीर अकबराबादी (1740- 16 अगस्त 1830), शेख़ इब्राहीम 'ज़ौक' (1789-1864 या 1854), मोमिन ख़ां 'मोमिन'(1800- 1851) मिर्ज़ा असदुल्ला ख़ां 'ग़ालिब' (1797 – 1869) और बहादुर शाह ज़फ़र (1775- 1862) प्रमुख हैं।

ज़ौक़ और ग़ालिब की शाइरी में भी सूफ़ीयत की स्पष्ट छाप है। इन श्रेष्ठ शाइरों के काव्य में वर्णित भावनाओं और अनुभूतियों की पवित्रता और तीव्रता ने दिल्ली स्कूल की शाइरी को काव्य कला के चरमोत्कर्ष पर पहुँचा दिया। 'हुस्न

और इश्क़' 'शम्अ और परवाना', गुल और बुलबुल की परम्परागत उर्दू शाइरी की परिधि में भी जीवन का अध्यात्मवादी दृष्टिकोण इन कवियों ने सदैव अपने सम्मुख रखा। इन कवियों के कालजयी काव्य ने उर्दू शाइरी को ज्योतिर्मय कर दिया।

ज़ौक़ और ग़ालिब के अतिरिक्त अंतिम मुग़ल शासक बहादुर शाह ज़फ़र की शाइरी में भी सूफ़ीमत से प्रभावित व्यापक मानवीय संवेदना की अभिव्यक्ति मिलती है

सारांश यह है कि दिल्ली के इस दौर में श्रेष्ठ काव्य रचना की गयी और शाइरी में अनुभूति की पवित्रता, सादगी, स्पष्टता अभिव्यक्ति तथा स्वाभाविकता को विशेष महत्त्व दिया गया।

इस दौरान 18वीं शताब्दी के प्रारंभिक दशकों में पतन की ओर अग्रसर मुग़ल वंश अपनी अंतिम साँसें गिन रहा था। नादिरशाह ने 1737 ई. में, अहमद शाह अब्दाली ने 1748,1751 और 1756 में तथा मराठों और जाटों ने देहली पर निरंतर आक्रमण किये। इन परिस्थितियों में उर्दू शाइरी को भी गहरा आघात लगा। शाही संरक्षण के अभ्यस्त हो चुके देहली के शाइर दिल्ली छोड़ कर छोटी रियासतों के राजाओं और नवाबों का संरक्षण प्राप्त करने का प्रयास करने लगे। शाइरों का देहली से प्रस्थान करने का प्रभाव यह हुआ कि लखनऊ, अज़ीमाबाद (पटना), रामपुर और हैदराबाद जैसे शाइरी के नए केन्द्र पैदा हो गए। ख़्वाजा मीर 'दर्द' को छोड़ कर बाक़ी सभी शाइर अन्य स्थानों को प्रस्थान कर गये। दिल्ली के प्रमुख शाइर लखनऊ आ कर बस गए जिसे कालांतर में लखनऊ स्कूल के नाम से जाना गया।

लखनऊ स्कूल

इतिहास अपनी ख़ामियों को समय के गर्दो-ग़ुबार से छुपा देता है। जब दिल्ली पर विपत्तियों का पहाड़ टूटा तो वहाँ के शाइरों ने इस दर्द को अपने कलाम से बयान किया और इस पुरदर्द शाइरी से दिल्ली शाइरी अपनी श्रेष्ठता को प्राप्त करने लगी। परन्तु जब देहली के अभावग्रस्त जीवन से घबरा कर शाइर रामपुर और लखनऊ का रुख़ करने लगे तो वहाँ के नवाबों ने इनको सर आँखों पर क़ुबूल किया और ज़िंदगी की ऐसी रंगीनी इनको पेशे नज़र हुई कि ये अभाव के दिन को भूल गए। लखनऊ के रंगीन जनजीवन का व्यापक असर शाइरों के कलाम पर पड़ा। जो शाइर कुछ दिन पहले अपने फ़ाक़ाकशी का पुरदर्द नग़मा

गा रहे थे अचानक नवाबों पर क़सीदा लिखने बैठ गए और जो दिल्ली शहर के उजड़ जाने पर हृदय विदारक शह्र-आशेब[1] लिख रहे थे, लखनऊ पहुँच कर प्रेयसी की पतली कमर के गुम हो जाने पर दुःख व्यक्त करने लगे। लखनऊ स्कूल का शुरूआती रंग देखिये -

आये थे जिस चमन से वो बर्बाद हो गया
अब क्या क़फ़स में याद करें इस बहार को
उतरे हैं सह्ने-बाग़ में फूलों के क़ाफ़िले
नज़रें दिखा रहे हैं उरूसे-बहार को

– चकबस्त लखनवी

क्या जानिए क्या हाल है याराने-अदम का
इक उम्र हुई है नहीं आई है ख़बर भी
फ़ुरकत में 'अमीर' ऐसी बरसती है उदासी
रोते हैं मेरे हाल पै दीवार भी दर भी

- अमीर लखनवी

इस बदलाव ने शाइरी का बहुत नुक़्सान किया। लगभग 20 - 30 वर्षों में ही शाइरी अपने उत्कर्ष से पतन की ओर अग्रसर हो गयी। आत्म-सम्मानयुत्त शाइरों को छोड़कर बाक़ी सभी शाइर अपने राजा की चापलूसी करने लगे और यह प्रवृत्ति उनकी शाइरी में भी झलकने लगी।

लखनऊ स्कूल के प्रमुख शाइरों में मुसहफ़ी, नासिख़, आतिश, असीर, आरज़ू, अमीर मीनाई आदि का नाम लिया जाता है। नासिख़ ने भाषा की शुद्धता पर अत्यधिक ज़ोर दिया और आतिश ने विचारों पर विशेष बल दिया। मगर इनकी अति ने भी शाइरी का नुक़्सान ही किया। कुछ नमूने देखिये -

आदमी मख़मल में देखे मोरचे बादाम में।
टूटी दर्या को कलाई ज़ुल्फ़ उलझी दाम में।

- नासिख़

आँखें न जीने देंगी तेरी बेवफा मुझे।
इन खिड़कियों से झाँक रही है क़ज़ा मुझे।

- बह्र

---

1 - एक विधा जिसमें शहर के उजड़ने का मार्मिक उल्लेख मिलता है

हाँ, मगर भाषा की शुद्धता के हवाले से लखनऊ स्कूल का कोई सानी नहीं है। यहाँ भाषा के मानकीकरण का भी बहुत काम हुआ। इसी तरह दक्षिण में हैदराबाद और अवध के आगे अज़ीमाबाद (पटना) स्कूल की भी अपनी विशेषताएँ हैं।

18वीं शताब्दी का अंत आते-आते भारतीय राजनीतिक परिदृश्य में फिर से बड़े बदलाव हुए जिससे भाषा और ग़ज़ल के इतिहास में नए अध्याय जुड़ गए। अंग्रेज़ों का आगमन और शासन की बागडोर उनके हाथों में चले जाना, यह दो कार्य इतने कम समय में हुए कि भारतीय भाषा की नदी में एक बार फिर से कुछ धाराएँ आ कर जुड़ गईं। 1802 के आसपास आगरा उपप्रांत अंग्रेज़ों के हाथों में चले गए तथा 1856 तक अवध पर अंग्रेज़ों का पूर्ण अधिकार हो गया, इस समय तक मुसलमानों के बीच खड़ी बोली उर्दू ज़ोर पकड़ चुकी थी। अंग्रेज़ों को सामन्जस्य बैठाने में दिक़्क़तें आती थीं, इस कारण हिन्दुओं के लिए कुछ प्रयोग करवाए जिसमें फोर्ट विलियम कालेज का बड़ा योगदान रहा।

मुग़ल साम्राज्य के ध्वंस से खड़ी बोली के प्रचार में सहायता पहुँची। उजड़ती हुई दिल्ली को छोड़कर दिल्ली के आसपास के हिंदू व्यापारी जीविका के लिये लखनऊ, फ़ैज़ाबाद, प्रयाग, काशी, पटना, आदि पूरबी शह्रों में फैलने लगे। इस प्रकार बड़े शह्रों के बाज़ार की भाषा भी खड़ी बोली हो गई। यह खड़ी बोली असली और स्वाभाविक भाषा थी; मौलवियों और मुंशियों की उर्दू-ए-मुअल्ला नहीं। यह समय हिंदी (खड़ीबोली) भाषा के जन्म का समय था। इसका साहित्यिक गद्य के रूप में सर्वप्रथम प्रयोग गिलक्राइस्ट की आज्ञा से लल्लू लाल जी ने अपने ग्रन्थ 'प्रेमसागर' में किया। लल्लू लाल जी और पं. सदल मिश्र को खड़ी बोली के उन्नायक तथा इसको प्रगति प्रदान करनेवालों में माना जाता है।

मुसलमानों के द्वारा इसके प्रसार में सहायता अवश्य प्राप्त हुई। साधारणतः लल्लू लाल जी, सदल मिश्र, इंशाअल्ला ख़ाँ तथा मुंशी सदासुखलाल खड़ी बोली गद्य के प्रतिष्ठापक कहे जाते हैं, परंतु इनमें से किसी को भी इसकी परंपरा को प्रतिष्ठित करने का सौभाग्य प्राप्त नहीं है। आधुनिक खड़ी बोली गद्य की परंपरा की प्रतिष्ठा का श्रेय भारतेंदु बाबू हरिश्चंद्र एवं राजा शिवप्रसाद सितारेहिंद को प्राप्त है, जिन्होंने अपनी रचनाओं के द्वारा एक सरल सर्वसम्मत गद्य शैली का प्रवर्तन किया। कालांतर में लोगों ने भारतेंदु की शैली अधिक अपनाई।

वस्तुतः आधुनिक हिंदी साहित्य खड़ी बोली का ही साहित्य है, जिसके लिए

देवनागरी लिपि का सामान्यतः व्यवहार किया जाता है और जिसमें संस्कृत, पाली, प्राकृत आदि के शब्दों और प्रकृतियों के साथ देश में प्रचलित अनेक भाषाओं और जन-बोलियों की छाया अपने तद्भव रूप में विद्यमान है।

हिन्दी भाषा की ग़ज़ल

कुछ अंग्रेज़ों की नीति और कुछ खड़ी बोली हिन्दी को प्रतिष्ठित करने का अति आग्रह रहा कि जिस मिश्रित भाषा को हिन्दुस्तान की मिट्टी ने कभी अलग नहीं होने दिया। उसी ज़मीन में ऐसा समय भी आया कि हिन्दी को संस्कृत की ओर मोड़ दिया गया। बोलचाल की भाषा में तो ऐसा सम्भव नहीं था मगर हिन्दी साहित्य से चुन चुन कर फ़ारसी, अरबी, तुर्की शब्दों को बाहर कर दिया गया और शुद्धता के चक्कर में ऐसी भाषा का प्रयोग करने लगे जिसमें आम आदमी की भाषा का कहीं कोई स्वरूप ही नहीं दिखता था। यह बात भारतीय भाषा को दो भाग में बाँटती चली गई। प्रतिक्रिया स्वरूप उधर यही कार्य उर्दू के साथ भी हुआ और उर्दू को फ़ारसी के समकक्ष ले जा कर खड़ा कर दिया गया।

अब तक भाषा की जिस नदी में अलग-अलग धाराएँ आ कर जुड़ रही थीं और भाषा को समृद्ध करती रही थीं उसको दो बराबर भाग, हिन्दी और उर्दू में विभाजित करके उनका रुख़ विपरीत दिशाओं की ओर मोड़ दिया गया। ग़ज़ल पर इसका उतना अधिक प्रभाव तो नहीं पड़ा क्योंकि अब तक यह मुख्यतः फ़ारसी और उर्दू में ही कही जाती थी, परन्तु हिन्दी के साहित्यकारों और कवियों ने यदा-कदा साहित्यिक हिन्दी में भी ग़ज़ल कही है। यह वे लोग थे जिनको उर्दू और फ़ारसी की भी अच्छी समझ थी, जिसके कारण अरूज़ की भी समझ रखते थे। एक नमूना देखें -

खिल रही है आज कैसी भूमि तल पर चाँदनी
खोजती फिरती है किसको आज घर-घर चाँदनी

घन घटा घूँघट हटा मुस्काई है कुछ ऋतु शरद
मारी-मारी फिरती है इस हेतु दर-दर चाँदनी

रात की तो बात क्या दिन में भी बन कर कुंदकास
छाई रहती है बराबर भूमि तल पर चाँदनी

सेत सारी[*] युक्त प्यारी की छटा के सामने
जँचती है ज्यों फूल के आगे है पीतर चाँदनी

स्वच्छता मेरे हृदय की देख लेगी जब कभी
सत्य कहता हूँ कि कँप जायेगी थर थर चाँदनी -दीन (1940 के आसपास)

शायद यही कारण रहा कि जब भारतेंदु हरिश्चंद्र ने उर्दू में ग़ज़ल कही तो अपना तख़ल्लुस *'रसा'* रखा।

दिल मेरा ले गया दग़ा करके
बेवफ़ा हो गया वफ़ा कर के

हिज्र की शब घटा ही दी हमने
दास्ताँ ज़ुल्फ़ की बढ़ा कर के

दोस्तो कौन मेरी तुरबत पर
रो रहा है रसा रसा कर के – भारतेंदु हरिश्चंद्र 'रसा'

बीसवीं शताब्दी की शुरूआत में कई शाइरों की ग़ज़लें हमें उपलब्ध हैं। इस रूप में जयशंकर प्रसाद तथा सूर्यकांत त्रिपाठी 'निराला' की ग़ज़लें विशेष रूप से उल्लेखनीय हैं। विषय पर कई शोध कार्य हो चुके हैं तथा पुस्तकें उपलब्ध हैं। विस्तार से जानने के लिये उनका अध्ययन किया जा सकता है।

वर्तमान परिदृश्य

यह ग़ज़ल विधा कि लोकप्रियता ही है कि रिक्शा चालाक और ट्रक ड्राइवर भी अपने वाहन में शे'र लिखते हैं। जब कोई विधा जनमानस में इस हद तक लोकप्रिय हो जाये तो उसे किसी भाषाई प्रमाण-पत्र की आवश्यकता नहीं रह जाती है।

ग़ज़ल के इतिहास से परिचित हो कर हम जान चुके हैं कि किस तरह यह विधा भारत में पनपी है और फ़ारसी भाषा की ग़ज़ल कैसे उर्दू भाषा की ग़ज़ल बनी। उर्दू से हिन्दी और अब हिन्दी से आगे हिन्दुस्तान की अन्य भाषाओं में

---

* - सेत सारी - श्वेत साड़ी, सफ़ेद साड़ी

ग़ज़ल का सफ़र, भाषा का सफ़र बन गया। जैसे-जैसे वक़्त के साथ बोली का रंग बदला ग़ज़ल में भी भाषा का रंग बदलता गया। हिन्दवी का इतिहास चाहे थोड़ा पुराना हो, मगर जिस हिन्दी को आज हम अपनी अभिव्यक्ति का साधन पाते हैं उसकी भूमिका अंग्रेज़ों के समय में बनी।

न जाने ऐसे कितने मनीषी होंगे जिन्होंने इस यज्ञ में अपनी आहुति दी और आज हम उनसे अन्जान हैं। आज कहीं उनकी बात नहीं हो रही है, परन्तु जितना हम जानते हैं वह भी यह समझने के लिए पर्याप्त है कि हिन्दी भाषा की ग़ज़ल को अभी एक लंबा सफर तय करना है। अभी केवल यह समझा जाये कि इसने मंज़िल पाने के लिए घर से निकल कर दो-तीन क़दम ही बढ़ाया है। अभी तो हिन्दी भाषा की ग़ज़ल को उर्दू भाषा की ग़ज़ल की बारीकियों को समझने की ज़रूरत थी, मगर ऐसा होने के पहले ही हिन्दी-उर्दू के बीच इतनी चौड़ी खाई बना दी गयी कि दोनों का संवाद ख़त्म होने जैसी स्थिति बन गयी। वहीं कुछ जानकार इस ज्ञान को दूसरों के साथ साझा न करने की सोच लेकर भी बैठे रहे। जिस ग़ज़ल की बारीकियाँ उर्दू परम्परा में पिता द्वारा पुत्र और उस्ताद द्वारा शागिर्द को फ़ख्र के साथ विरासत के रूप में सौंपी जाती रही है वह विरासत हिन्दी के जानकारों के पास आई तो पोटली में बाँध कर संदूक़ में डाल दी गयी। आज नई पीढ़ी पर यह आरोप लगाया जाता है कि वह कुछ सीखना नहीं चाहती है; मगर इस स्थिति तक आने के पीछे की कहानी को समझना भी आवश्यक है। जब वर्षों तक हिन्दी ग़ज़ल लिखने वालों को अरूज़ से दूर रखा गया और एक पूरी पीढ़ी में केवल कुछ लोग ही रह गये जो ग़ज़ल की प्रकृति से परिचित थे तो उन्होंने भी अपने ज्ञान को ख़ुद तक सीमित रखा। यही कार्य उर्दू भाषा के जानकारों ने भी किया। उर्दू भाषा के जानकार हिन्दी भाषा वालों से अपने ज्ञान को साझा करने से बचते रहे और इस स्थिति का परिणाम यह हुआ कि एक समय यह आया है कि हिन्दी भाषियों में ग़ज़ल कि लोकप्रियता ने ही इसके लिए ख़तरा पैदा कर दिया। आज हर हिन्दी कवि ग़ज़ल पर आसक्त है। अधिकतर गीतकार, नवगीतकार, दोहाकार आदि अपनी मुख्य विधा में लेखन के साथ-साथ ग़ज़ल भी कह रहे हैं। यहाँ तक कि जो कवि हिन्दी के किसी छन्द में काव्य नहीं लिखते और जिन्हें छन्द मुक्तता प्रिय है वह भी ग़ज़ल लिख रहे हैं और रदीफ़ क़ाफ़िया बह्र से दो-दो हाथ कर रहे हैं। एक लंबे समय से हिन्दी में तमाम नए लोग अंदाज़न ग़ज़ल लिखते रहे हैं; यदि किसी जानकार की कृपा हुई तो कुछ बह्र तथा बारीकियों को

जानने का अवसर मिल गया अन्यथा ऐसे ग़ज़लकारों की भी बड़ी तादाद है जिनके संग्रह की अधिकतर ग़ज़लें ग़ज़ल के शिल्प की दृष्टि से ख़ारिज हो जाएँ। इसका सबसे बड़ा कारण मंचों पर ग़ज़ल का सबसे ज़ियादा पसंद होना और ग़ज़लकारों को ज़ियादा दाद मिलना भी रहा है। स्वाभाविक ही था कि कवियों का मन ग़ज़ल की ओर मुड़ा। इसका फ़ायदा हुआ कि ग़ज़ल विधा अपनी स्वाभाविक रफ़्तार कि अपेक्षा कई गुणा तेज़ी से हिन्दी काव्य पथ पर बढ़ रही है; परन्तु उतना ही नुक़्सान भी हुआ। निश्चित ही इस नुक़्सान को देख कर ही शाइरों को इस तरह का शे'र कहना पड़ा -

ग़ज़ल वालों के हाथों ही ग़ज़ब है
ग़ज़ल के साथ धोखा हो रहा है - एहतराम इस्लाम

सुख़नवरों ने ख़ुद बना दिया सुख़न को इक मज़ाक़
ज़रा-सी दाद क्या मिली ख़िताब माँगने लगे - राहत इन्दौरी

हिन्दी कवियों ने ग़ज़ल के साथ इतना अत्याचार किया कि ग़ज़ल विधा भी अपनी दुर्दशा पर रो पड़ी होगी। वहीं हिन्दी कवियों द्वारा किये जा रहे इस दुर्व्यवहार ने उर्दू शाइरों के मन में यह बात बैठा दी कि हिन्दी कवि अच्छी ग़ज़ल नहीं कह सकते; यहाँ तक कि 'ग़ज़ल कह ही नहीं सकते'। आज ज़रूरत है कि हिन्दी भाषी ग़ज़लकारों में भी उस्ताद-शागिर्द की परम्परा को पुनः जीवित किया जाये और ग़ज़ल का ज्ञान पुरानी पीढ़ी द्वारा नई पीढ़ी को पूरे सम्मान के साथ विरासत के रूप में सौंपा जाये। रात कितनी भी काली हो कुछ तारे ही राहगीर को रास्ता दिखा देते हैं। हिन्दी ग़ज़ल के क्षेत्र में भी कई नाम चमकते सितारों की तरह हैं जो लगातार नई पीढ़ी को रास्ता दिखा रहे हैं।

ग़ज़ल के वर्तमान परिदृश्य का फ़लक बहुत बड़ा है जिसे नापने की कोशिश में निश्चित ही मापनी अपनी असमर्थता पर अफ़सोस करेगी। और ऐसी कोई कोशिश यहाँ न करने का एक और कारण भी है कि यह पुस्तक अरूज़ को केन्द्र में रख कर लिखी जा रही है

आज ग़ज़ल भारत में अनेक भाषाओं व बोलियों में कही जा रही है और अपनी शिल्पगत बंदिशों के बावजूद कविगण के दिलो-दिमाग़ पर राज कर रही है।

भाषागत बदलाव कभी साहित्यिक प्रयास और व्याकरण से नहीं थम पाते हैं

और यदि इसे बाँधने का प्रयास किया जाता है तो भाषा सभी बंधनों को तोड़ कर आगे बढ़ जाती है, इसलिए बदलाव के साथ ख़ुद को बदलना भी आवश्यक है। अनेक मनीषी हैं जो ग़ज़ल की बारीक़ियों को देवनागरी लिपि में साझा कर रहे हैं तथा अब अनेक पुस्तकें हिन्दी में भी उपलब्ध हैं जिनको पढ़कर ग़ज़ल की बारीकियों को समझा जा सकता है। नई पीढ़ी का भी कर्तव्य है कि वह अपने पुरोधाओं से ग़ज़ल की बारीकियों को समझने में कोताही न करे क्योकि ग़ज़ल वह विधा है जो हमें इश्क़ करना सिखा सकती है। देखिए तो 'नूर' साहब ने क्या ख़ूब कहा है -

मैं तो ग़ज़ल सुना के अकेला खड़ा रहा
सब अपने-अपने चाहने वालों में खो गए - कृष्ण बिहारी 'नूर'

अध्याय-3

ग़ज़ल में प्रयुक्त पारिभाषिक शब्द, उनके शाब्दिक अर्थ व ग़ज़ल के लिए प्रयुक्त अर्थ

ग़ज़ल - एक समान रदीफ़ (समांत) तथा भिन्न-भिन्न क़वाफ़ी (क़ाफ़िया का बहुवचन) (तुकांत) से सुसज्जित एक ही वज़्न (मात्रा क्रम) अथवा बह्र (छंद) में लिखे गए अश्आर (शे'र का बहुवचन) के समूह को ग़ज़ल कहते हैं, जिसमें शाइर किसी चिंतन, विचार अथवा भावना को प्रकट करता है।

शाइर / सुख़नवर - उर्दू काव्य लिखनेवाला

शाइरी - उर्दू काव्य लेखन

ग़ज़लगो - ग़ज़ल लिखनेवाला

ग़ज़लगोई - ग़ज़ल लिखने की प्रक्रिया

शे'र - एक समान रदीफ़ तथा भिन्न-भिन्न क़वाफ़ी (क़ाफ़िया का बहुवचन) से सुसज्जित एक ही वज़्न (मात्रा क्रम) अथवा बह्र में लिखी गई दो पंक्तियाँ जिसमें किसी चिंतन, विचार अथवा भावना को प्रकट किया गया हो। उदाहरण स्वरूप दो अश'आर (शे'र का बहुवचन) प्रस्तुत हैं -

फ़क़ीराना आये सदा कर चले
मियाँ ख़ुश रहो हम दुआ कर चले।।1।।

वो क्या चीज़ है आह जिसके लिए
हर इक चीज़ से दिल उठा कर चले।।2।। - (मीर तक़ी मीर)

अश'आर - शे'र का बहुवचन

फ़र्द - एक शे'र

मिस्रा - शे'र की प्रत्येक पंक्ति को मिस्रा कहते हैं, इस प्रकार एक शे'र में दो पंक्तियाँ अर्थात् दो मिसरे होते हैं।

मिस्रा-ए-ऊला- शे'र की पहली पंक्ति को मिस्रा-ए-ऊला कहते हैं 'ऊला'

का शब्दिक अर्थ है 'पहला'

उदाहरण - हो गई है पीर पर्वत सी पिघलनी चाहिए - *मिस्रा-ए-ऊला*

इस हिमालय से कोई गंगा निकलनी चाहिए - (दुष्यंत कुमार)

मिस्रा-ए-सानी - शे'र की दूसरी पंक्ति को मिस्रा-ए-सानी कहते हैं। 'सानी' का शाब्दिक अर्थ है 'दूसरा'। *उदाहरण -*

हो गई है पीर पर्वत सी पिघलनी चाहिए

इस हिमालय से कोई गंगा निकलनी चाहिए - *मिस्रा-ए-सानी*

मिसरैन - दो मिसरे

रदीफ़ - वह समांत शब्द अथवा शब्द समूह जो मत्ले (ग़ज़ल का पहला शे'र) के दोनों मिस्रों के अंत में आता है तथा अन्य अश्'आर के मिस्रा-ए-सानी अर्थात् दूसरी पंक्ति के अंत में आता है और पूरी ग़ज़ल में एक सा रहता है, उसे रदीफ़ कहते हैं।

उदाहरण - *आग के दरमियान* से निकला

मैं भी किस इम्तिहान से निकला

चाँदनी झाँकती है गलियों में

कोई साया मकान से निकला - *(शकेब जलाली)*

प्रस्तुत अश'आर में **'से निकला'** रदीफ़ है

क़ाफ़िया - वह शब्द जो प्रत्येक शे'र में रदीफ़ के ठीक पहले आता है और सम तुकांतता के साथ हर शे'र में बदलता रहता है उसे क़ाफ़िया कहते हैं। शे'र का आकर्षण क़ाफ़िये पर ही टिका होता है, क़ाफ़िये का जितनी सुंदरता से निर्वहन किया जायेगा शे'र उतना ही प्रभावशाली होगा। उदाहरण -

किस महूरत में दिन निकलता *है*

शाम तक सिर्फ़ हाथ मलता *है*

वक़्त की दिल्लगी के बारे में

सोचता हूँ तो दिल दहलता *है -(बाल स्वरूप राही)*

अब हम रदीफ़ की पहचान कर सकते हैं, इसलिए स्पष्ट है कि प्रस्तुत अश'आर में '*है*' शब्द रदीफ़ है तथा उसके पहले के शब्द निकलता, मलता,

दहलता सम तुकान्त शब्द हैं तथा प्रत्येक शे'र में बदल रहे हैं इसलिए यह क़ाफ़िया है।

मत्‌ला - ग़ज़ल का पहला शे'र जिसके दोनों मिस्‌रों में क़ाफ़िया रदीफ़ होता है उसे मत्‌ला कहते हैं। उदाहरण -

बहुत रहा है कभी लुत्फ़-ए-यार हम पर भी,
गुज़र चुकी है ये फ़स्ल-ए-बहार हम पर भी। = *मत्‌ला*
ख़ता किसी की हो लेकिन खुली जो उनकी ज़बाँ,
तो हो ही जाते हैं दो-एक वार हम पर भी। = दूसरा शे'र

- (अकबर इलाहाबादी)

हुस्ने-मत्‌ला - यदि ग़ज़ल में मत्‌ला के बाद और मत्‌ला हो तो उसे हुस्ने-मत्‌ला कहा जाता है। उदाहरण -

ज़िक्र तबस्सुम का आते ही लगते हैं इतराने लोग।
और ज़रा सी ठेस लगी तो जा पहुँचे मैख़ाने लोग। = मत्‌ला
मेरी बस्ती में रहते हैं ऐसे भी दीवाने लोग।
रात के आँचल पर लिखते हैं दिन भर के अफ़साने लोग। = हुस्ने मत्‌ला

- (अतीक़ इलाहाबादी)

प्रस्तुत अश्‌आर में पहला शे'र मत्‌ला है तथा दूसरे शे'र के मिस्‌रा ऊला (पहली पंक्ति) में भी रदीफ़ क़ाफ़िया का निर्वहन हुआ है, इसलिए यह शे'र हुस्ने-मत्‌ला है।

तख़ल्लुस - उर्दू काव्य विधाओं की रचनाओं के अंत में नाम अथवा उपनाम लिखने का प्रचलन है। उपनाम को उर्दू में तख़ल्लुस कहते हैं। उदाहरण -

हुई मुद्दत कि **'ग़ालिब'** मर गया पर याद आता है
वो हर इक बात पर कहना कि, यूँ होता तो क्या होता

- (असदउल्लाह ख़ाँ 'ग़ालिब')

इस शे'र में शाइर ने अपने तख़ल्लुस 'ग़ालिब' का प्रयोग किया है।

मक़्ता - ग़ज़ल के आख़िरी शे'र को मक़्ता कहते हैं। इस शे'र में शाइर कभी-कभी अपना तख़ल्लुस (उपनाम) लिखता है। उदाहरण -

अजनबी रात अजनबी दुनिया

तेरा '**मज्रूह**' अब किधर जाये - *(मज्रूह सुल्तानपुरी)*

यह मज्रूह सुल्तानपुरी की ग़ज़ल का आख़िरी शे'र है, जिसमें इन्होंने अपने तख़ल्लुस 'मज्रूह' (शाब्दिक अर्थ - घायल) का सुन्दर प्रयोग किया है

मुरद्दफ़ ग़ज़ल - रदीफ़वार। वो ग़ज़ल जिसमें रदीफ़ होती है उसे मुरद्दफ़ ग़ज़ल कहते हैं। उदाहरण -

उनसे मिले तो मीना-ओ-साग़र लिए हुए

हमसे मिले तो जंग का तेवर लिए हुए

लड़की किसी ग़रीब की सड़कों पे आ गई

गाली लबों पे हाथ में पत्थर लिए हुए - (जमील हापुड़ी)

प्रस्तुत अश'आर में 'लिए हुए' रदीफ़ है इसलिए यह मुरद्दफ़ ग़ज़ल है।

ग़ैर मुरद्दफ़ ग़ज़ल - जिस ग़ज़ल में रदीफ़ नहीं होती है उसे ग़ैर मुरद्दफ़ ग़ज़ल कहते हैं। उदाहरण -

जाने वाले तुझे कब देख सकूँ बारे दीगर

रोशनी आँख की बह जायेगी आँसू बन कर

रो रहा था कि तेरे साथ हँसा था बरसों

हँस रहा हूँ कि कोई देख न ले दीदा-ए-तर - (शाज़ तमकनत)

प्रस्तुत अश्आर के पहले शे'र में मिसरे 'दीगर', 'कर' शब्द से समाप्त हुए हैं जो कि समतुकांत हैं तथा अलग-अलग हैं। इसलिए स्पष्ट है कि यह रदीफ़ के न हो कर क़ाफ़िया के शब्द हैं और इस शे'र में रदीफ़ नहीं है। इसी प्रकार आगे के शे'र में भी क़ाफ़िया को निभाते हुए 'तर' शब्द आया है। इससे सुनिश्चित होता है कि यह ग़ैर मुरद्दफ़ ग़ज़ल है।

मुसल्सल ग़ज़ल - ग़ज़ल का प्रत्येक शे'र अपने आप में पूर्ण होता है तथा शाइर ग़ज़ल के प्रत्येक शे'र में अलग-अलग भाव को व्यक्त कर सकता है, परन्तु जब किसी ग़ज़ल के सभी अश'आर एक ही भाव को केन्द्र मान कर लिखे गए हों तो ऐसी ग़ज़ल को मुसल्सल ग़ज़ल कहते हैं।

ग़ैर मुसल्सल ग़ज़ल - ग़ज़ल के प्रत्येक शे'र अलग-अलग भाव को व्यक्त

करें तो ऐसी ग़ज़ल को ग़ैर मुसल्सल ग़ज़ल कहते हैं।

लाम - लाम का अर्थ होता है 'लघु' और इसे 1 मात्रा के लिए प्रयोग करते हैं। 'लाम' उर्दू का एक हर्फ़ है जो हिंदी के 'ल' के सामान है।

उदाहरण - अ - 1 ('लाम' ग़ज़ल की सबसे छोटी इकाई है)

गाफ़ - गाफ का अर्थ होता है दीर्घ और इसे 2 मात्रा के लिए प्रयोग करते हैं। उर्दू का हर्फ़ गाफ़ हिंदी में 'ग'के समान है। उदाहरण - आ =2 (यह भी ग़ज़ल की सबसे छोटी इकाई है)

वज़्न - मात्रा क्रम, किसी शब्द के मात्रा क्रम को उस शब्द का वज़्न कहा जाता है।

रुक्न - गण, घटक, पद, निश्चित मात्राओं का पुंज। जैसे हिंदी छंद शास्त्र में गण होते हैं, यगण (222), तगण (221) आदि उस तरह ही उर्दू छन्द शास्त्र 'अरूज़' में कुछ घटक होते हैं जो रुक्न कहलाते हैं। उदाहरण - .

फा, फ़ेल, फ़ऊल, फ़इलुन, फ़ाइलुन फ़ाइलातुन, मुफ़ाईलुन आदि।

अर्कान - रुक्न का बहुवचन

बह्र - छंद, वह लयात्मकता जिस पर ग़ज़ल कही जाती है। उदाहरण -

बह्र-ए-रमल, बह्र-ए-हज़ज, बह्र-ए-रजज़ आदि

जुज़ - रुक्न को तोड़ने पर हमें जुज़ प्राप्त होते है अर्थात् जुज़ एक इकाई है जिससे रुक्न का निर्माण होता है। जुज़ मात्रा के योग से बनता है और यह दूसरी सबसे छोटी इकाई है

उदाहरण - फ़ाइलातुन(2122) तीन जुज़ से बना (2+12+2)

रब्त - अंतर्संबंध

ज़िहाफ़ - रुक्न से मात्रा घटना या बढ़ना।

ज़िहाफ़त - रुक्न से मात्रा घटाने अथवा बढ़ाने की क्रिया।

इज़ाफ़त - उर्दू भाषा में इज़ाफ़त का नियम है जिसके द्वारा दो शब्दों को अंतर सम्बंधित किया जाता है। उदाहरण -

'नादान दिल' को 'दिल-ए-नादाँ', कहा जा सकता है; ऐसा करने को इज़ाफ़त कहते हैं।

वाव-अत्फ़ - उर्दू भाषा में जब दो शब्दों के बीच 'व' 'तथा' 'और' आदि शब्दों का प्रयोग किया जाता है तो वहाँ अत्फ़ का प्रयोग भी किया जा सकता है। जैसे – **सुब्ह-ओ-शाम** ऐसा करने को वाव-अत्फ़ कहते हैं।

अलिफ़ वस्ल - नियम है कि यदि किसी शब्द के अंत में बिना मात्रा का व्यंजन आ रहा है और उसके तुरंत बाद का शब्द दीर्घ स्वर से शुरू हो रहा है तो व्यंजन और स्वर का योग किया जा सकता है; जैसे – राम आया = रामाया

तक़्तीअ - मात्रा गणना; वह तरीक़ा जिसके द्वारा यह परखा जाता है कि शे'र निश्चित छंद (बह्र) में है अथवा नहीं। बा-बह्र ग़ज़ल लिखने के लिए तक़्ती'अ (मात्रा गणना) ही एक मात्र अचूक उपाय है। यदि शे'र की तक़्ती'अ करनी आ गई तो देर-सवेर बह्र में लिखना भी आ जाएगा, क्योंकि जब किसी शाइर को पता हो कि मेरा लिखा शे'र बेबह्र है तभी उसे सही करने का प्रयास करेगा और तब तक करेगा जब तक वह शे'र बाबह्र न हो जाए। किसी शे'र की तक़्ती'अ करने के लिए पहले शे'र को लिखते हैं फिर उसके नीचे उसका रुक्न लिखते हैं तथा एक-एक शब्द का रुक्न से मिलान करते हैं। इस प्रकार पता चल जाता है कि शे'र निश्चित अर्कान के अनुरूप है अथवा नहीं।

अध्याय-4

ग़ज़ल का शाब्दिक अर्थ तथा परिभाषा

ग़ज़ल एक ऐसा लोकप्रिय और जनप्रिय शब्द है जिसे अनेक भाषा-भाषी द्वारा अपनाया जा चुका है। वर्तमान समय में ग़ज़ल एक साथ अरबी, फ़ारसी, उर्दू, हिन्दी, गुजराती, मराठी, मैथिली, भोजपुरी, नेपाली सहित अनेक भाषाओं तथा उपभाषाओं में कही जा रही है, 'ग़ज़ल' शब्द की मूल उत्पत्ति के विषय में विद्वानों द्वारा अनेक तथ्य प्रस्तुत किये जाते रहे हैं। तथा अनेक विद्वानों ने अनेक प्रकार से ग़ज़ल शब्द की व्याख्या की है। इन सभी बातों का मूल एक हो कर भी अर्थ के आधार पर इनमें पर्याप्त अंतर है। अनेक तथ्यों में से कुछ तथ्य जो तर्क के आधार पर सत्य अथवा सत्य के निकट प्रतीत होते हैं ,प्रस्तुत हैं –

> *'ग़ज़ल शब्द की व्युत्पत्ति अरबी शब्द 'मुगाझेलात' या 'तगझ्झु' शब्द से हुई है जिसका फ़ारसी शाब्दिक अर्थ होता है 'सुख़न अज़ ज़नान गुफ़्तन' या 'अज़ माशूक़ गुफ़्तन' अर्थात् स्त्री के साथ संवाद, आशिक़ और माशूक़ के बीच बातचीत'*
>
> *– ग़ज़ल सौंदर्य मीमांसा / डॉ. अब्दुर्रशीद ए. शेख़*

परन्तु अयोध्या प्रसाद गोयलीय ने इस विषय में और छान बीन की है और एक नया तथ्य प्रस्तुत किया है।

’

> *'ग़ज़ल यूँ तो अरबी भाषा का शब्द है, मगर ईरानियों ने इसे विशेष तौर पर अपनाया है। वहाँ हज़ार वर्ष से ज़्यादा ग़ज़ल का दौर रहा। 'सुख़न अज़ ज़नान गुफ़्तन ' या 'अज़ माशूक़ गुफ़्तन' जिसका सही अर्थ है 'औरतों की बात करना, या औरतों का ज़िक्र करना'। लेकिन प्रारम्भ में किसी लेखक ने 'अज़' शब्द के भ्रम में पड़कर ग़ज़ल का अर्थ 'औरतों से बात करना' लिख दिया और बाद के लिखने वाले उसी भूल को दोहराते रहे। यदि औरत से बात करना अभीष्ट होता हो 'सुख़न बा ज़नान' कहते न कि 'अज़ ज़नान' अतः ग़ज़ल का अर्थ हुआ, 'औरतों का ज़िक्र करना', 'उनके इश्क़ का दम भरना' और 'उनकी मुहब्बत में मरना'*

- शे'र ओ सुख़न भाग 2/ अयोध्या प्रसाद गोयलीय

यदि तथ्यों पर विचार करें तो गोयलीय जी की बात ज़ियादा तर्कसंगत प्रतीत होती है। इस बात को बाल कृष्ण अपनी पुस्तक में और सरल शब्दों में कहते हैं-

"ग़ज़ल अरबी भाषा का शब्द है और इसका शाब्दिक अर्थ है "माशूक़ से बातचीत"। बातचीत के लिए दो व्यक्ति होने चाहिएँ, किन्तु सैकड़ों वर्षों से ग़ज़ल का एक ही रूप चला आ रहा है और वह है 'आशिक़' तथा प्रेमी की ओर से उसके अपने मनोभावों की अभिव्यक्ति।'

- उर्दू शाइरी नक़्श और रंग – बाल कृष्ण

ग़ज़ल की अन्य परिभाषाएँ व अर्थ भी देखें -

'यह सच है कि फ़ारसी में ही ग़ज़ल को अपना स्वतंत्र नाम मिला, फिर भी उसका मूल स्रोत अरबी शाइरी ही है। अरबी के शाइर प्रायः अपने बादशाहों की प्रशस्ति में क़सीदे लिखते थे, जिनका प्रारंभिक अंश – प्रेमपरकता और श्रृंगारिकता के भाव से लबालब भरा होता था। क़सीदे के अंश को तशबीब कहा जाता था। इसमें रंगे तग़ज़्ज़ुल (प्रेम, श्रृंगार तथा सुकोमलता) रहता था। फ़ारसी कवियों ने इसी प्रारंभिक अंश को 'ग़ज़ल' कहा। उर्दू के शाइरों ने भी इसे इसी नाम के साथ सहर्ष और सम्मानपूर्वक स्वीकार किया।"

- 'ग़ज़ल का व्याकरण'/ डॉ. कुँवर बेचैन

"ग़ज़ल का हर एक शे'र स्वतंत्र और सम्पूर्ण होता है। इसके हर शे'र में एक नया मज़्मून होता है। ग़ज़ल में समाज, राजनीति, धर्म, शासन आदि के विषय में स्पष्ट वर्णन उचित नहीं, परन्तु इन विषयों से सम्बंधित बातें केवल संकेतों द्वारा ही हो सकती है।"

- "ग़ज़ल एक अध्ययन'/चानन गोविंदपुरी

'ग़ज़ल - स्त्री या प्रेमिका से वार्तालाप; उर्दू, फ़ारसी कविता का एक प्रकार विशेष, जिसमें 5 से 11 शे'र होते हैं ।"

- मुहम्मद मुस्तफा ख़ां 'मद्दाह'
उर्दू हिन्दी शब्दकोष 'उ. प्र. हिन्दी संस्थान, लखनऊ'

"यह प्रायः शेअर में लिखी जाती है। इसकी प्रथम दो पंक्ति परस्पर तुकांत होती है। इस प्रकार के अनेक मत्ला भी किसी ग़ज़ल में संभव हैं। ग़ज़ल के शेष शेअर (पदों) में केवल द्वितीय पंक्तियाँ आद्योपांत परस्पर तुकांत होती हैं। इसके आख़िरी शेअर को मक़्ता कहते हैं; इसी मक़्ता में कवि अपना उपनाम प्रयुक्त करता है।"

-भारतीय साहित्य कोष 'डॉ. नगेन्द्र'

भारतीय परिवेश में यह परिभाषाएँ पाँच-छः दशक पहले तक तो उचित प्रतीत होती थीं, परन्तु कालान्तर में ग़ज़ल ने अपने विषय क्षेत्र में अभूतपूर्व व्यापकता हासिल कर ली और यहाँ प्रस्तुत परिभाषाएँ अब केवल शब्दार्थ हो कर रह गयी हैं, क्योंकि अब हर उस भाव और विषय पर ग़ज़ल लिखी जा रही है जो मानवीय संवेदना तथा जीवन को प्रभावित करता है। अतः नई परिभाषा इस प्रकार दी जा सकती है -

"ग़ज़ल वह पद्य रचना है जिसमें अरूज़ अनुसार बह्र और वज़्न का ध्यान रखते हुए, रदीफ़, क़ाफ़िया को निभाते हुए कुछ अश्आर हों जो कहन के लिहाज़ से स्वतंत्र हों व जिसका भाव पक्ष मानवीय संवेदना और जीवन दर्शन के किसी एक या अनेक पक्षों को इंगितों में प्रकट करता हो। इंगितों से आशय यह है कि नियमों को निभाते हुए जो बात कही जाये वह बिल्कुल स्पष्ट न होकर रूपकों, प्रतीकों के एक झीने पर्दे से ढँकी हो।"

- वीनस केसरी

अध्याय-5

ग़ज़ल का वर्गीकरण

ग़ज़ल में हम विभिन्न दशाओं से सम्बंधित शब्द जोड़ कर उस विशेषता को इंगित करते हैं। व्याकरण की भाषा में कहें तो हम विशेषण शब्द जोड़ कर ग़ज़ल के किसी विशेष गुण को परिभाषित कर सकते हैं; कुछ विशेषण देखें -

1. विषयानुसार
2. कहन के अनुसार
3. रदीफ़ के अनुसार
4. अर्कान के अनुसार
5. बह्र के अनुसार
6. भाषा अनुसार

1 - विषय के अनुसार

विषय के अनुसार ग़ज़ल के दो भेद प्रस्तुत किये जा सकते हैं।

1.1 - मुसल्सल ग़ज़ल – वह ग़ज़ल जिसमें एक ही विषय पर अश्आर प्रस्तुत किये गए हों उसे मुसल्सल ग़ज़ल कहेंगे।

जैसे –किसी मुसल्सल ग़ज़ल में यदि मत्ला देश भक्ति के भाव पर केन्द्रित है तो ग़ज़ल के अन्य सभी अश्आर भी देश भक्ति के जज़्बे से ओत-प्रोत होंगे। यदि मुसल्सल ग़ज़ल का भाव गाँव पर केंद्रित है तो सभी शे'र गाँव पर कहे गए होंगे।

मुसल्सल ग़ज़ल के कुछ प्रकार यह हो सकते हैं –

1.1.1 तंज़ो-मज़ाह – यदि मुसल्सल ग़ज़ल में हास्य प्रहसन व व्यंग्य केन्द्रीय भाव हो तो उसे मज़ाहिया ग़ज़ल कहते हैं। अब इसे ही हज़ल भी कहा जाने लगा है।

1.1.2 हम्द – यदि मुसल्सल ग़ज़ल में ख़ुदा की शान में अश्आर कहे गये हों तो उसे 'हम्द' कहते हैं।

1.1.3 नात - मुहम्मद साहब (सल्लै.) की शान में जो मुसल्सल ग़ज़ल

कही जाती है उसे नात कहते हैं।

1.1.4 मर्सिया- हसन और हुसैन की शहादत पर अथवा अपने प्रिय की मृत्यु होने पर जो शोक में ग़ज़ल कही जाती है उसे मर्सिया कहते हैं।

1.1.5 शह्र आशेब - शहर के बर्बाद हो जाने पर लुटे शहर की स्थिति का वर्णन करती ग़ज़ल को शहर आशेब कहते हैं।

यहाँ यह स्पष्ट करना आवश्यक है कि मर्सिया, हम्द, नात आदि अन्य विधाओं में भी कहे जाते हैं, जैसे नज़्म विधा में भी मर्सिया कहा जाता है।

1.2 ग़ैर मुसल्सल ग़ज़ल – वह ग़ज़ल जिसमें अश्आर अनेक विषय, भावना को प्रकट करते हों तथा उनके केन्द्रीय भाव में विविधता हो उसे विषय के अनुसार ग़ैर मुसल्सल ग़ज़ल कहते हैं।

2 - कहन के अनुसार

इसके दो प्रकार हैं -

2.1 रवायती – यदि हम ग़ज़ल में शाब्दिक एवं विषयात्मक प्रस्तुति में अनेक बंदिशों को स्वीकार करते हुए उन विषय, प्रतीकों, बिम्ब और भाषा को अपनाते हैं जो पुराने समय से ग़ज़ल की पहचान है और क्लासिक ग़ज़लों में प्रयोग होती थी तो उसे रवायती ग़ज़ल कहते हैं।

ऐसी ग़ज़ल में विषय, प्रेम की अनेक अनुभूतियों तक सीमित हो जाते हैं।

2.2 जदीद – जब हम रवायती ग़ज़ल की बंदिशों को तोड़ कर अपनी ग़ज़ल में हर उस विषय का समावेश करते हैं जो मानवीय संवेदना, सामाजिक संवेदना, सांस्कृतिक संवेदना को नवीन रूप से परिभाषित करता है तो ऐसी ग़ज़ल को हम जदीद ग़ज़ल कहते हैं। ऐसी ग़ज़ल में विषय एवं भाषा का क्षेत्र असीमित है।

3 - रदीफ़ के अनुसार

3.1 मुरद्दफ़ – मुरद्दफ का शाब्दिक अर्थ है 'रदीफ़वार'। जिस ग़ज़ल में रदीफ़ होती है उसे मुरद्दफ ग़ज़ल कहते हैं।

3.2 ग़ैर मुरद्दफ़ - जिस ग़ज़ल में रदीफ़ नहीं होती है उसे ग़ैर मुरद्दफ़ ग़ज़ल

कहते हैं।

4 - अर्कान के अनुसार

4.1 सालिम – जिस ग़ज़ल के मूल अर्कान में कोई मात्रा न घटाई गई हो, अर्थात् जितने रुक्न हों सभी सम्पूर्ण हों, उसे सालिम अर्कान की ग़ज़ल कहते हैं।

4.2 मुज़ाहिफ़ - जिस ग़ज़ल के मूल अर्कान में कोई मात्रा घटा कर उप बह्र बनाई गयी हो उसे मुज़ाइफ़ अर्कान की ग़ज़ल कहते हैं; मुज़ाहिफ़ का अर्थ है जिसमे ज़िहाफ़ लगा हो, ज़िहाफ़ युक्त।

5- बह्र के अनुसार

5.1 मुफ़्रद – शाब्दिक अर्थ - अकेला। जिस ग़ज़ल के मूल अर्कान एक ही हों उसे मुफ़्रद अर्कान की ग़ज़ल कहते हैं।

उदाहरण – यदि पहला रुक्न फ़ाइलातुन है तो आगे के सभी अर्कान इसी मूल रुक्न के हों

जैसे - फ़ाइलातुन फ़ाइलातुन फ़ाइलातुन फ़ाइलातुन

5.2 मुरक्कब - शाब्दिक अर्थ-मिश्रित। यदि कोई बह्र दो मूल अर्कान से मिल कर बनी हो तो उसे मुरक्कब बह्र कहते हैं।

जैसे – मुफ़ाईलुन फ़ाइलातुन मुफ़ाईलुन फ़ाइलातुन (1222 2122 1222 2122) बह्र में दो मूल रुक्न का संयोग है अतः यह एक मुरक्कब बह्र है।

6- भाषा अनुसार

अक्सर ग़ज़लकार व समीक्षक ग़ज़ल विधा के साथ भाषा को जोड़ कर प्रस्तुत करते हैं। जैसे - हिन्दी ग़ज़ल, उर्दू ग़ज़ल, गुजराती ग़ज़ल आदि। यदि हम इन भाषाओं को जोड़ने का यह अर्थ निकालते हैं कि विधा की संज्ञा में कोई बदलाव किया जा रहा है तो यह अनुचित होगा। यदि सभी भाषाओं की ग़ज़ल के मूल नियम में कोई अन्तर नहीं है तो ऐसा अर्थ निकालना उचित न होगा। दरअस्ल जब हम कहते हैं उर्दू ग़ज़ल, तो हमारे कहने का आशय होता है - "उर्दू

भाषा की ग़ज़ल''। यदि हम 'उर्दू भाषा की ग़ज़ल' कहते हैं तो स्पष्ट हो जाता है कि हम संज्ञा को बदलने की कोशिश नहीं कर रहे हैं, बल्कि ग़ज़ल के साथ एक विशेषण का प्रयोग कर रहे हैं। ऐसे विशेषण से हमें ग़ज़ल की भाषागत विशेषता का पता चलता है।

यदि ग़ज़ल का वर्गीकरण होता है तो हम विशेषता के आधार पर 'ग़ज़ल' संज्ञा के साथ हमेशा विशेषण का प्रयोग करते हैं। हम पहले ही कई विशेषणों का प्रयोग करते रहे हैं, जैसे - मुसल्सल ग़ज़ल, रवायती ग़ज़ल, जदीद ग़ज़ल आदि। ऐसे में यदि हम भाषागत विशेषता को दर्शाने के लिये विशेषण का प्रयोग करते हुए उर्दू भाषा की ग़ज़ल के लिये 'उर्दू ग़ज़ल' हिन्दी भाषा की ग़ज़ल के लिये 'हिन्दी ग़ज़ल' आदि कहना चाहते हैं तो इसमें कुछ अनुचित नहीं है। यह कोई नया प्रयोग नहीं होगा क्योंकि शब्दों का रूढ़ हो जाना कोई नई बात नहीं है।

यदि उर्दू भाषा की ग़ज़ल के लिये 'उर्दू ग़ज़ल' शब्द रूढ़ हो रहा है तो इसके प्रयोग से किसी को आपत्ति नहीं होनी चाहिए, परन्तु ऐसे प्रयोग के पूर्व हमें संज्ञा तथा विशेषण के अन्तर को समझना होगा। यदि भाषागत विशेषण को संज्ञा में बदलने की कोशिश की गई तो इसके दूरगामी दुष्परिणाम निकलेंगे।

अध्याय-6

ग़ज़ल का विषय

ग़ज़ल विधा को केन्द्र में रखकर जब पुस्तक लिखी जाती है तो एक विषय जिसके बारे में बात अवश्य होती है, वह है 'ग़ज़ल का विषय'। जब ग़ज़ल के विषय की बात आती है तो लगभग हर लेखक इतिहास को खँगालने लगता है और प्राचीन काल का सन्दर्भ देकर अपनी बात शुरू करता है और वहीं ख़त्म भी कर देता है। इस तरह कहीं-न- कहीं सभी लेखक दोहराव के शिकार हो जाते हैं। लगभग हर शाइर को पता होगा कि पहले ग़ज़ल में इश्क़िया शाइरी होती थी, ऐसे में यदि यहाँ भी उन्ही तथ्यों को कुछ अलग ढंग से प्रस्तुत किया जाये तो उससे हमारी जानकारी में कोई वृद्धि नहीं होने वाली। ऐसे में क्यों न हम आज की बात करें कि विषय को लेकर ग़ज़ल विधा के मामले में वर्तमान नज़रिया क्या है।

मुझे यक़ीन है कि ग़ज़ल के विषय को ले कर जदीद शाइरी करने वाले हिन्दुस्तानी ज़बान के शाइरों के मन में अब कोई संदेह नहीं रह गया होगा। अब इस विषय पर बात करना भी बेमानी सा लगता है कि आज ग़ज़ल का विषय क्या होना चाहिए और क्या नहीं। अब जब हर विषय पर ग़ज़ल कही जा रही है और उसका स्वागत हो रहा है तो ऐसे में संकुचित अर्थों में इस विषय पर चर्चा की क्या ज़रूरत रह जाती है। कोई ज़माना था जब ईश्वरीय अथवा सामाजिक बातों के लिये क्रमशः हम्द व नज़्म का ही सहारा लिया जाता था। शोक भाव को मर्सिया में व्यक्त किया जाता था। मगर आज ये सभी विषय ग़ज़ल के भी हैं। कोई ऐसा विषय जिसे ग़ज़ल में न बाँधा गया हो सूझता नहीं और इस बात को कई बार कई तरह से स्वीकार कर लिया गया है इसलिये घिसी-पिटी बातों को दोहराना बेमानी है। हाँ मुसल्सल ग़ज़ल एक ही विषय पर केन्द्रित हो तो ग़ज़ल के वर्गीकरण को ध्यान में रखना होगा क्योंकि मुसल्सल विषय के अनुसार ही कोई रचना ग़ज़ल होते हुए भी 'नात', 'हम्द' अथवा 'मर्सिया' आदि हो जाती है।

सत्य ही कहा जाता है कि साहित्य समाज का दर्पण होता है। किसी समय विशेष में समाज की क्या स्थिति थी इसे समझने के लिये हमें भूतकाल में जाने की कोई ज़रूरत नहीं है, केवल उस समय के साहित्य का गहन अध्ययन ही हमें उस समय के समाज से रू-ब-रू करवा देता है।

साहित्य समाज का दर्पण है।

साहित्य समाज को राह दिखाता है।

साहित्य समाज को सुधारता है।

साहित्य समाज को आगे ले जाता है।

विस्तृत संदर्भ में इन उक्तियों की सत्यता को परखने पर यह शत-प्रतिशत सही साबित होती हैं। इसलिये किसी विशेष विधा ही नहीं वरन् सम्पूर्ण साहित्य का उद्देश्य विस्तृत संदर्भ में एक ही है - "समाज को और बेहतर बनाने की कोशिश।"

सामाजिक सरोकार विषय मात्र न हो कर एक मानवीय उत्तरदायित्व भी है। कहानी, ग़ज़ल, गीत आदि लिख कर हम समाज को क्या दे रहे हैं? हम किस प्रकार अपने लेखन से साहित्य तथा समाज को समृद्ध कर रहे हैं? हमें इस बात पर विचार करना चाहिए और हर उस विषय पर ग़ज़ल कहनी चाहिए जो हमें समाज से जोड़े। साहित्य और समाज को समृद्ध करे।

अध्याय-7

ग़ज़ल के गुण

शाइर दीक्षित दनकौरी कहते हैं-

शे'र अच्छा बुरा नहीं होता।
या तो होता है या नहीं होता।

हर शाइर एक उच्च विचार बिन्दु पर पहुँच कर इस शे'र से सहमत होने को मजबूर है, परन्तु यदि हम अभी ग़ज़ल की दुनिया में पहला क़दम रख रहे हों तो यह जानना ज़रूरी हो जाता है कि कोई ग़ज़ल कैसे उच्चस्तरीय हो जाती है तथा वो कौन सी बातें हैं जो ग़ज़ल को श्रेष्ठ बनाती हैं।

यह प्रश्न हमें एक और प्रश्न तक पहुँचा देता है कि, अच्छी ग़ज़ल के गुण तथा धर्म क्या हैं? आइये इन गुण-धर्म पर विचार करें –

1 - विभिन्न दोष से मुक्त – किसी भी वस्तु का पहला गुण यह होता है कि वह अपने स्वरूप में उत्पन्न हो सकने वाले तमाम दोषों से मुक्त हो, ग़ज़ल विधा इसका अपवाद नहीं है। ग़ज़ल विधा में उत्पन्न हो सकने वाले अनेक दोष निर्धारित किये गये हैं। जिनको जानना व अपनी ग़ज़ल को निर्दोष रखना अच्छी ग़ज़ल कहने की ओर बढ़ाया गया पहला क़दम होता है। दोष के विषय में गहराई से समझ रखना ही दोषमुक्त होने की ओर पहला क़दम है।

2 - सांकेतिक भाषा – ग़ज़ल वह नाज़ुक शीशा है जिसके लिये सपाट बयानी पत्थर के समान है। अगर हम किसी भाव को बिम्ब के अनुसार प्रस्तुत नहीं कर सकते और शे'र में समाचार वाचक की तरह सपाट शब्दों में अपनी बात कहते हैं तो वह शे'र ग़ज़ल का शे'र न हो कर सूचना पुंज बन कर रह जाता है। सांकेतिक भाषा में कहा गया शे'र एक साथ अनेक सन्दर्भों को प्रकट करने में सक्षम होता है और ऐसे शेर ही ग़ज़ल को स्तरीयता प्रदान करते हैं। अलामत और इस्तिआरा दो ऐसे गुण हैं जो बह्र में कहे गए एक वाक्य को ग़ज़ल का शे'र बना देते हैं। अलामत का अर्थ होता है, एक बात को बिम्ब अथवा प्रतीक रूप में

कहना जिसका किसी अन्य सन्दर्भ में विशेष अर्थ निकले। इस्तिआरा का अर्थ होता है रूपक। अर्थात, बात इस ढंग से रूपक के प्रयोग के साथ कही जाए कि उसका सौन्दर्य बढ़ जाये और एक से अधिक अर्थ भी निकल सकने की गुन्जाइश बने। यह ग़ज़ल का विशेष गुण होता है कि बात को स्पष्ट ढंग से न कह कर प्रतीकों, रूपकों और बिम्बों का उपयोग किया जाए।

3- शिल्प और कथ्य का सुन्दर संयोजन – ग़ज़ल के शे'र केवल अरूज़ के पालन से ही श्रेष्ठ नहीं हुआ करते हैं। जब तक हम अपने कथ्य और शिल्प का सुन्दर संयोजन नहीं करते हैं, ग़ज़ल के अश्आर कहना मुश्किल है।

4- सरल, सुगम, सुबोध, संयत – यह चार शब्द अपने अर्थ को स्वयं प्रकट करने में सक्षम हैं। किसी विचार को हम अरूज़ को निभाते हुए जितनी सरलता, सहजता से संयत हो कर प्रस्तुत कर पाते हैं, प्रस्तुति उतनी ही प्रभावशाली हो जाती है।

5- भावोत्तेजक – ग़ज़ल हमारी भावनाओं को प्रकट करने का एक शानदार माध्यम है। जब हम किसी शे'र में अपनी भावनाओं को मुखर ढंग से प्रस्तुत करने में कामयाब होते हैं तो श्रोता भी उस भावोत्तेजना को महसूस करते हैं। ऐसे अश्आर जिसमें श्रोता को यह महसूस हो कि प्रस्तुत भाव उसके ही दिल के हैं और शाइर ने उसके दिल की बात कह दी है, तो भावोत्तेजना को महसूस करके शे'र का आनंद उठाता है।

6- सूफ़ियाना रंग - सूफ़ियाना रंग ग़ज़ल का एक अटूट हिस्सा रहा है। अनेक शाइरों ने ऐसी ग़ज़लें कही है जिसमे वे माशूक़ की तारीफ़ करते हैं मगर ख़ूबसूरत बात यह होती है कि वह विचार हक़ीकत में ईश्वर के लिये भी अक्षरशः सटीक होते हैं और ऐसी ग़ज़ल इश्क़े-हक़ीक़ी और इश्क़े-मजाज़ी दोनों के ख़ूबसूरत संयोग को प्रस्तुत करती है। ऐसी ग़ज़ल कहना कठिन माना जाता है व यदि शाइर अश्आर को दोनों हवाले से निभा ले जाए तो यह ग़ज़ल की श्रेष्ठता का

परिचायक है।

7- दार्शनिकता – जैसा कि पहले भी कहा गया है सांकेतिकता ग़ज़ल का अटूट हिस्सा है। संकेतों में अपने विचार को प्रस्तुत किये जाने का अर्थ है, जो हम कहना चाहें वह स्पष्ट रूप से न कह कर संकेतों के माध्यम से कहें। जब हम सामान्य अश्आर कहते हैं जिसमें कोई विचार दिख रहा हो, मगर अर्थ की गहराई में उतरते ही एक अर्थविस्फोट हो और एक दूसरा दार्शनिक पहलू उजागर हो तो जो विचारोत्तेजना महसूस होती है वह पाठक को आनंदित करती है।

8- कम शब्द में बड़ी बात कहना - ग़ज़ल के शे'र में शाइर गागर में सागर भरता है। अच्छी ग़ज़ल कहने के लिये बड़ी-से-बड़ी बात को कम-से-कम शब्दों में प्रस्तुत कर देने का हुनर शाइर के पास होना ज़रूरी है; ख़ास कर जब ग़ज़ल छोटी बह्र की हो तो इस हुनर का रंग अपने शबाब पर होता है।

प्रतीकों का सुन्दर प्रयोग करने का हुनर ही हमें बड़ी-से-बड़ी बात को कम शब्दों में प्रस्तुत करने में सहायक होता है।

9- मुहावरेदार, सूक्तिमय – मुहावरेदार भाषा तथा सूक्तिपरक वाक्य हमारी भाषा तथा शब्द-भंडार की विशालता का परिचायक होता है। जब हम सूक्तियों में बात करते हैं तो पाठक को यह अधिकार देते हैं कि वह भाव-पल्लवन की दशा से गुज़रे। भाव पल्लवन में पाठक, श्रोता जिस निष्कर्ष तक पहुँचता है वह लेखक का निष्कर्ष न हो कर विशुद्ध रूप से पाठक अथवा श्रोता का निष्कर्ष होता है और अपने इस निष्कर्ष के साथ पाठक का रचना से एक अटूट जुड़ाव स्थापित होता है। यही जुड़ाव ग़ज़ल की श्रेष्ठता का परिचायक है।

10- सामाजिक दृष्टिकोण - अपनी निजी भावनाओं को वयक्त करना रचनाकर्म की प्रारम्भिक अवस्था मानी जाती है, परन्तु जिस समाज का हम हिस्सा है उसके गुण-अवगुण को आत्मसात करके सामाजिक दृष्टिकोण को प्रस्तुत करना रचनाकर्म का दूसरा पड़ाव होता है, जहाँ पहुँच कर समाज का सुख-दुख शाइर का दुख-सुख बन जाता है। सामाजिक दृष्टिकोण हमारे विचारों की

व्यापकता को सुन्दर ढंग से प्रस्तुत करता है।

11- लयात्मक – किसी छंद अथवा अरूज़ के नियमों पर रची गयी रचना का मूल धर्म उसकी लयात्मकता में निहित होता है। यदि हम भाव शब्द संयोजन में लयात्मक न हो सके तो यह सुन्दर प्रस्तुति के साथ परोसे गये स्वादिष्ट भोजन में कंकड़ के जैसा महसूस होता है।

12- गहरा अनुभव – जीवन के विविध आयामों का गहरा अनुभव ही हमें ऐसी भावनाओं से गुज़रने का मौक़ा देता है जो सहज रूप से लोक विचार बन जाता है, अनुभव की कमी के चलते हम ऐसे विचार प्रस्तुत करते हैं जो तार्किक न हो कर दिवा-स्वप्न बन कर उभरते हैं।

13- तहज़ीब की भाषा – हम अपनी ग़ज़लों के विषय में चाहे जितना जदीद हो जाएँ मगर विचार को प्रस्तुत करने की परम्परा को अचानक ऐसा रूप नहीं दे सकते जो लुत्फ़ देने की जगह कुरूप प्रतीत हो। भावाभिव्यक्ति की भाषा और शैली ग़ज़ल की श्रेष्ठता का पैमाना बनती है। एक ही विषय को अलग-अलग शाइर अपने ढंग से प्रस्तुत करता है, ऐसे में भाषा और शैली ही तुलनात्मक आधार बनते हैं।

14- रब्त – अन्तर्सम्बन्ध – ग़ज़ल के शे'र में दोनों मिस्रों में रब्त होना बहुत ज़रूरी है, पहली पंक्ति में हम जो बात कहते हैं अगले मिसरे में उस बात को पूर्णता प्रदान करना ज़रूरी है। पूरी ग़ज़ल में भी एक अन्तःधारा का होना आवश्यक है। यदि ग़ज़ल के अश्आर में हम विरोधाभासी तथ्य प्रस्तुत करेंगे तो गुणी श्रोता को समझते देर नहीं लगेगी कि शाइर के भाव सतही हैं और शाइर ख़ुद अपनी विचारधारा के प्रति स्पष्ट नहीं है।

15 – स्पष्ट विचारधारा – शाइर समाज को राह दिखाने का काम करता है इसलिये शाइर की विचारधारा स्पष्ट होनी बहुत आवश्यक है। यदि एक शे'र में शाइर किसी बात का विरोध करता है तथा ग़ज़ल के अगले शे'र में उसी बात के

समर्थन में विचार प्रस्तुत कर देता है तो स्पष्ट है कि शाइर की विचारधारा स्पष्ट नहीं है। ऐसा होने से रचनाकर्म का उद्देश्य समाप्त हो जाता है। रचना का उद्देश्य स्पष्ट होने पर ही कोई रचना श्रेष्ठ हो सकती है।

16- कुरीतियों, पाखण्ड का विरोध – शाइर समाज को अपनी ग़ज़लों के माध्यम से सही राह दिखाने का काम करता है। वह अपनी ग़ज़लों में ऐसे विचारों को शब्द देता है जो समाज की कुरीतियों और पाखण्ड को उजागर करके उसको ख़त्म करने का काम करते हैं। अच्छी ग़ज़ल के अपने एक या अनेक उद्देश्य होते हैं। बिना कारण के लिखना बिना मंजिल के सफ़र करने जैसा है।

17- कहन की ताज़गी, मौलिकता - जब हम किसी विचार को प्रस्तुत करते हैं तो उसकी प्रस्तुति के नयेपन की वज्ह से ही हमारी पहचान बनती है। यदि हम कहन की मौलिकता को न समझ कर पहले प्रस्तुत किये जा चुके विचार को उसी ढंग से प्रस्तुत करते हैं तो हम दोहराव का शिकार हो जाते हैं। भाव की नवीनता आवश्यक नहीं है, परन्तु प्रस्तुति की नवीनता श्रेष्ठ रचना के लिये अनिवार्य है।

18- उत्सुकता बढ़ाने वाला – शे'र में यह गुण होना आवश्यक है कि पहला मिस्रा पढ़ते ही पाठक दूसरे मिसरे के प्रति उत्सुक हो जाए; जब दूसरे मिसरे में पाठक के मस्तिष्क में अर्थ विस्फोट होता है तो यही उत्सुकता आनंद में परिवर्तित हो जाती है।

खण्ड
दो

अध्याय 8

रदीफ़

रदीफ़ अरबी शब्द है इसकी उत्पत्ति 'रद्' धातु से मानी गयी है। रदीफ़ का शाब्दिक अर्थ है 'पीछे चलने वाला' या 'पीछे बैठा हुआ' या 'दूल्हे के साथ घोड़े पर पीछे बैठा छोटा लड़का' (बल्हा)। ग़ज़ल के सन्दर्भ में रदीफ़ उस शब्द या शब्द समूह को कहते हैं जो मत्ला (ग़ज़ल का पहला शे'र) के मिस्रा-ए-ऊला (पहली पंक्ति) और मिस्रा-ए-सानी (दूसरी पंक्ति) दोनों के अंत में आता है और हू-ब-हू एक ही होता है। यह अन्य शे'र के मिस्रा-ए-सानी (द्वितीय पंक्ति) के सबसे अंत में हू-ब-हू आता है।

उदाहरण -

हो गयी है पीर पर्वत सी पिघलनी चाहिए।

इस हिमालय से कोई गंगा निकलनी चाहिए। – *(दुष्यंत कुमार)*

इस मत्ले में दोनों पंक्ति के अंत में **'चाहिए'** शब्द हू-ब-हू आया है और इसके पहले क्रमशः 'पिघलनी' और 'निकलनी' शब्द आया है जो समतुकांत तो है, परन्तु शब्द अलग-अलग है इसलिए यह रदीफ़ का हर्फ़ नहीं हो सकता है। अतः मत्ले में हर्फ़े रदीफ़ तय हुआ – **'चाहिए'**। अब यदि ग़ज़ल में और मत्ला नहीं है अर्थात् हुस्ने मत्ला नहीं है तो आगे के शे'र में 'चाहिए'। रदीफ़ हर शे'र की दूसरी पंक्ति के अंत में आएगा। आगे के शे'र देखें -

मेरे सीने में नहीं तो तेरे सीने में सही,

हो कहीं भी आग लेकिन आग जलनी चाहिए।

ग़ज़ल के मतले में जो शब्द अथवा शब्द समूह हर्फ़-ए-रदीफ़ निर्धारित हो जाता है, अरूज़ के अनुसार वह ग़ज़ल में आगे के हर शे'र में हू-ब-हू रहता है। एक मात्रा या अनुस्वार की घट-बढ़ भी संभव नहीं है। यदि कोई बदलाव किया जाता है तो शे'र अरूज़ के अनुसार दोषपूर्ण हो जाता है। कुछ और अश्आर में रदीफ़ देखें -

फटी कमीज़ नुची आस्तीन कुछ तो है।
ग़रीब शर्मो-हया में हसीन कुछ तो है।

किधर को भाग रही है इसे ख़बर ही नहीं,
हमारी नस्ल बला की ज़हीन कुछ तो है।

लिबास क़ीमती रख कर भी शह्र नंगा है,
हमारे गाँव में मोटा-महीन कुछ तो है। *-(बेकल उत्साही)*

प्रस्तुत अश्आर में '**कुछ तो है**' हर्फ़-ए-रदीफ़ है।

बेनाम सा ये दर्द ठहर क्यों नहीं जाता।
जो बीत गया है वो गुज़र क्यों नहीं जाता।

वो एक ही चेह्रा तो नहीं सारे जहाँ में,
जो दूर है वो दिल से उतर क्यों नहीं जाता।

मैं अपनी ही उलझी हुई राहों का तमाशा,
जाते हैं जिधर सब मैं उधर क्यों नहीं जाता। - *(निदा फ़ाज़ली)*

प्रस्तुत अश्आर में '**क्यों नहीं जाता**' हर्फ़-ए-रदीफ़ है।

कठिन है राह गुज़र थोड़ी दूर साथ चलो।
बहुत कड़ा है सफ़र थोड़ी दूर साथ चलो।

नशे में चूर हूँ *मैं भी, तुम्हें भी होश नहीं,*
बड़ा मज़ा हो अगर थोड़ी दूर साथ चलो।
ये एक शब की मुलाक़ात भी ग़नीमत है,
किसे है कल कि ख़बर थोड़ी दूर साथ चलो। - *(अहमद फराज़)*

प्रस्तुत अश्आर में '**थोड़ी दूर साथ चलो**' हर्फ़-ए-रदीफ़ है।

अध्याय 9

रदीफ़ के प्रकार

आकार के आधार पर रदीफ़ का तीन भेद किया जा सकता है -

1- छोटी रदीफ़ – ऐसी रदीफ़ जो मात्र एक अक्षर या एक शब्द की हो उसे 'छोटी रदीफ़' कह सकते हैं। उदाहरण –

सिलसिला ज़ख़्म-ज़ख़्म जारी है।
ये ज़मीन दूर तक हमारी है।
मैं बहुत कम किसी से मिलता हूँ,
जिससे यारी है उससे यारी है। *-(अख़्तर नज़्मी)*

प्रस्तुत अश्आर में **'है'** हर्फ़-ए-रदीफ़ है जो कि केवल एक अक्षर की है। यह छोटी रदीफ़ है।

2- मझली रदीफ़ - ऐसी रदीफ़ जो दो-तीन शब्द की हो अथवा मिसरे की लम्बाई के अनुपात में आधे अर्कान से छोटी हो उसे 'मझली रदीफ़' कहा जा सकता है। उदाहरण –

तेरी जन्नत से हिजरत कर रहे हैं।
फ़रिश्ते क्या बग़ावत कर रहे हैं।
हम अपने जुर्म का इक़रार कर लें,
बहुत दिन से ये हिम्मत कर रहे हैं। - *(बशीर बद्र)*

प्रस्तुत अश्आर में **'कर रहे हैं'** हर्फ़-ए-रदीफ़ है जो कि तीन शब्द की है। मिसरे की लम्बाई के अनुसार यह मझली रदीफ़ कहलाएगी।

3 - लंबी रदीफ़ – जिस ग़ज़ल के मिसरे में एक-दो शब्द के अतिरिक्त पूरे शब्द रदीफ़ के हों अथवा मिसरे की लम्बाई अनुसार मिसरे में आधे से अधिक शब्द रदीफ़ का अंश हों, उसे लंबी रदीफ़ कहा जायेगा। उदाहरण –

ये सदी हमको कहाँ ले जायेगी।
तीरगी हमको कहाँ ले जायेगी।

पूछती हैं मछलियों से, मछलियाँ,
ये नदी हमको कहाँ ले जायेगी।
जुगनुओं के जिस्म से निकली हुई,
रोशनी हमको कहाँ ले जायेगी। - *सुरेन्द्र शास्त्री*

प्रस्तुत अश्आर में **'हमको कहाँ ले जायेगी'** हर्फ़-ए-रदीफ़ है जो कि मिसरे में आधे से अधिक शब्दों की है। मिसरे की लम्बाई के अनुसार यह लम्बी रदीफ़ कहलाएगी।

मुरद्दफ़ ग़ज़ल - जिस ग़ज़ल में रदीफ़ होती है उसे मुरद्दफ़ ग़ज़ल कहते हैं, इस लेख (रदीफ़ के प्रकार) में अब तक प्रस्तुत सभी ग़ज़लों में रदीफ़ है इसलिये यह सभी मुरद्दफ़ ग़ज़लें हैं।

ग़ैर मुरद्दफ़ - अरूज़ के अनुसार ऐसी ग़ज़ल भी कही जा सकती है जिसमें रदीफ़ न हो। ऐसी ग़ज़ल को गैर मुरद्दफ़ ग़ज़ल कहते हैं। उदाहरण –

इस राज़ को क्या जानें साहिल के तमाशाई।
हम डूब के समझे हैं दरिया तेरी गहराई।

ये जब्र भी देखा है तारीख़ की नज़रों ने,
लम्हों ने ख़ता की थी सदियों ने सज़ा पाई।

क्या सानेहा याद आया 'रज्मी' की तबाही का,
क्यों आपकी नाज़ुक सी आँखों में नमी आई। (मुज़फ़्फ़र रज्मी)

अश्आर के अंत में क्रमशः तमाशाई, गहराई, पाई, शब्द आ रहा है जो समतुकांत है, परन्तु हू-ब-हू वही नहीं है; इसलिए यह रदीफ़ के हर्फ़ नहीं हो सकते हैं। अतः ग़ज़ल में रदीफ़ नहीं है और ऐसी ग़ज़ल को ग़ैर मुरद्दफ़ ग़ज़ल कहते हैं।

नोट - रदीफ़ ग़ज़ल के मूल तत्वों में से एक है जिससे ग़ज़ल की सुंदरता कई

गुना बढ़ जाती है, परन्तु अपवाद स्वरूप यह ऐसा मूल तत्व है जिसके न होने पर भी ग़ज़ल का स्वरूप ग़ैर मुरद्दफ़ रूप में सम्पूर्ण माना गया है। शाइर को रदीफ़ का निर्वाह ध्यानपूर्वक करना चाहिए अन्यथा अनेक दोष पैदा हो जाते हैं, जिससे शे'र की सुंदरता कम होती है और शे'र दोषपूर्ण हो जाता है। रदीफ़ के दोष पर केन्द्रित लेख इस पुस्तक में आगे उपलब्ध हैं।

अध्याय 10

क़ाफ़िया : प्रथम परिचय

'क़ाफ़िया' अरबी शब्द है जिसकी उत्पत्ति 'क़ुफ़ु' धातु से मानी जाती है। क़ाफ़िया का शाब्दिक अर्थ है 'जाने के लिए तैयार'। ग़ज़ल के सन्दर्भ में क़ाफ़िया वह शब्द है जो समतुकांतता के साथ हर शे'र में बदलता रहता है। यह ग़ज़ल के हर शे'र में रदीफ़ के ठीक पहले स्थित होता है।

उदाहरण -

हो गयी है पीर पर्वत सी **पिघलनी** *चाहिए*

इस हिमालय से कोई गंगा **निकलनी** *चाहिए*

मेरे सीने में नहीं तो तेरे सीने में सही

हो कहीं भी आग लेकिन आग **जलनी** *चाहिए – (दुष्यंत कुमार)*

पिछले लेख में रदीफ़ से परिचय हो जाने के बाद हमें पता है कि प्रस्तुत अश्आर में 'चाहिए' हर्फ-ए-रदीफ़ है। इस ग़ज़ल में *'पिघलनी', 'निकलनी', 'जलनी'* शब्द हर्फ़-ए-रदीफ़, 'चाहिए' के ठीक पहले आये हैं और समतुकांत हैं, इसलिए यह हर्फ़-ए-क़वाफ़ी (क़वाफ़ी = क़ाफ़िया का बहुवचन) हैं और आपस में हमक़ाफ़िया शब्द हैं।

स्पष्ट है कि क़ाफ़िया वो शब्द होता है जो समस्वरांत के साथ बदलता रहता है और हर शे'र में हर्फ़-ए-रदीफ़ के ठीक पहले आता है, अर्थात् मत्ले की दोनों पंक्ति में और अन्य शे'र की दूसरी पंक्ति में आता है। यदि ग़ज़ल ग़ैर मुरद्दफ है तो मत्ला के दोनों मिस्रों के अंत में तथा बाक़ी अश्आर के दूसरे मिसरे के अंत में आता है।

क़ाफ़िया ग़ज़ल का केन्द्र बिंदु होता है, शाइर क़ाफ़िया और रदीफ़ के अनुसार ही शे'र लिखता है। ग़ज़ल में रदीफ़ सहायक भूमिका में होती है और ग़ज़ल के हुस्न को बढ़ाती है, परन्तु क़ाफ़िया ग़ज़ल का केन्द्र होता है। आपने

पिछले लेख में पढ़ा है कि, - *"ग़ज़ल बिना रदीफ़ के भी कही जा सकती है।"*

परन्तु क़ाफ़िया के साथ ऐसा नहीं है। ग़ज़ल में हर्फ़-ए-क़वाफ़ी का होना अनिवार्य है। यह ग़ज़ल का एक मूल तत्व है; अर्थात् जिस रचना में क़वाफ़ी नहीं होते उसे ग़ज़ल नहीं कहा जा सकता।

अध्याय 11

क़ाफ़िया के नियम

क़ाफ़िया का प्रथम परिचय प्राप्त होने के बाद अब हम किसी ग़ज़ल में हर्फ़-ए-क़वाफ़ी को पहचान सकते हैं।ग़ज़ल कहते समय मत्ला में क़ाफ़िया का चुनाव बहुत सोच समझ कर करना चाहिए, क्योंकि यह ग़ज़ल का केन्द्र होता है। आप जैसे क़वाफ़ी चुनेंगे आगे के अश्आर भी वैसे ही बनेंगे। यदि आप ऐसा कोई क़ाफ़िया चुन लेते हैं जिसके हमक़ाफ़िया शब्द न हों अथवा बहुत कम हों तो आप ग़ज़ल में अधिक अश्आर नहीं कह पायेंगे, अथवा एक ही हर्फ़-ए-क़ाफ़िया को कई शे'र में प्रयोग करेंगे। ग़ज़ल में एक हर्फ़-ए-क़ाफ़िया को कई अश्आर में प्रयोग करना दोषपूर्ण तो नहीं माना जाता है, परन्तु यह हमारे शब्द भण्डार की कमी को दर्शाता है तथा इसे अच्छा नहीं समझा जाता है।

यदि हमने ऐसा क़ाफ़िया चुन लिया जिसके हम-क़ाफ़िया शब्द मिलने मुश्किल हों अथवा अप्रचलित हों तो हमें तंग हर्फ़-ए-क़ाफ़िया पर शे'र लिखना पड़ेगा। जैसे-

मत्ला में **पसंद** और **बंद** क़ाफ़िया रखने के बाद शाइर अरूज़ के अनुसार बाध्य हो जायेगा कि **छंद, कंद** आदि हर्फ़-ए-क़वाफ़ी पर शे'र लिखे। ऐसी मजबूरी होने पर ग़ज़ल के कथ्य की व्यापकता पर प्रतिकूल प्रभाव पड़ता है।

शे'र में हर्फ़-ए-क़ाफ़िया ऐसा होना चाहिए जो आम बोलचाल में इस्तेमाल किया जाता है व जिसका अर्थ अलग से न बताना पड़े, क्योंकि ग़ज़ल सुनते/पढ़ते समय श्रोता/पाठक क़ाफ़िया को लेकर ही सबसे अधिक उत्सुक होता है कि इस शे'र में कौन सा क़ाफ़िया बाँधा गया है और जब क़ाफ़िया सरल हो तथा उसका प्रयोग सटीक और सधा हुआ होता है तो श्रोता चमत्कृत हो जाता है और यह चमत्कार ही उसे आत्मविभोर कर देता है।

नोट - यहाँ सामान्य शब्दों में क़ाफ़िया के प्रकार की चर्चा की गयी है जिससे क़ाफ़िया का प्रथम परिचय प्राप्त कर रहे पाठकों को क़ाफ़िया के भेद समझने में आसानी हो। पुस्तक के खंड तीन में क़ाफ़िया पर अरूज़ अनुसार भी चर्चा की गयी है।

क़ाफ़िया दो प्रकार के होते हैं -

1 – स्वर क़ाफ़िया   2 – व्यंजन क़ाफ़िया

आइये इन पर विस्तार से चर्चा करें।

1- स्वर क़ाफ़िया

जिस हर्फ़-ए-क़ाफ़िया में केवल स्वर की समतुकांतता रहती है उसे स्वर क़ाफ़िया कहते हैं।

स्वर क़ाफ़िया के प्रकार

1.1- आ मात्रा का क़ाफ़िया - ऐसा हर्फ़-ए-क़ाफ़िया जिसमें केवल 'आ' मात्रा की तुकांतता निभानी हो उसे 'आ' स्वर का क़ाफ़िया कहेंगे। जैसे –

दिल-ए- नादाँ तुझे हुआ *क्या है।*

आख़िर इस दर्द की दवा *क्या है।- (ग़ालिब)*

शे'र में 'क्या है' रदीफ़ है, और **हुआ , दवा** क़वाफ़ी हैं। क़ाफ़िया के शब्दों को देखें तो इनमें आपस में केवल 'आ' की मात्रा की ही तुकांतता है और उसके पहले हर्फ़े-क़ाफ़िया में क्रमशः हर्फ़ **'अ'** और हर्फ़ **'व'** आ रहा है, इसलिए इसके अन्य अश्आर में शाइर क़ाफ़िया के लिए ऐसे शब्द इस्तेमाल कर सकता है जो 'आ' की मात्रा पर ख़त्म होता हो। आगे के शे'र देखें कि 'ग़ालिब' ने क्या हर्फ़े-क़ाफ़िया रखा है।

हम हैं मुश्ताक़ और वो बेज़ार,

या इलाही ये माज़रा *क्या है।*

'आ' मात्रा के क़ाफ़िया पर दूसरी ग़ज़ल के दो अश्आर और देखें -

बोलता है तो **पता** लगता है।

ज़ख़्म उसका भी **नया** लगता है।

रास आ जाती है तन्हाई भी,

एक-दो रोज़ **बुरा** लगता है। -(शकील जमाली)

1.2 – 'ई' मात्रा का क़ाफ़िया – ऐसा हर्फ़-ए-क़ाफ़िया जिसमें केवल 'ई' मात्रा की तुकांतता निभानी हो उसे ई स्वर का क़ाफ़िया कहेंगे। जैसे –

लूटा गया है मुझको अजब दिल्लगी *के साथ।*
इक हादसा हुआ है मेरी बेबसी *के साथ। -(सुरेश रामपुरी)*

शे'र में *'के साथ'* रदीफ़ है, और **दिल्लगी, बेबसी** हर्फ़-ए-क़वाफ़ी हैं। क़वाफ़ी को देखें तो इनमें आपस में केवल 'ई' की मात्रा की ही तुकांतता है और उसके पहले हर्फ़-ए-क़वाफ़ी में क्रमशः **'ग'** और **'स'** आ रहा है, इसलिए इसके अन्य शे'र में शाइर क़ाफ़िया में ऐसे कोई भी शब्द रख सकता है जो 'ई' की मात्रा पर ख़त्म होता हो। आगे के शे'र देखें कि शाइर ने क्या हर्फ़-ए-क़वाफ़ी रखा है।

मुझपे लगा रहा था वही आज क़हक़हे,
मिलता था सदा जो मुझे शर्मिंदगी *के साथ।*
मैं क्यों किसी से उसकी जफ़ा का ग़िला करूँ,
मजबूरियाँ बहुत हैं हर इक आदमी *के साथ।*

'ई' मात्रा के क़ाफ़िया पर दूसरी ग़ज़ल के दो अश्आर और देखें –

कहीं शबनम कहीं ख़ुश्बू कहीं ताज़ा कली *रखना,*
पुरानी डायरी में ख़ूबसूरत ज़िन्दगी *रखना।*
ग़रीबों के मकानों पर सियासत ख़ूब चलती है,
कहीं पर आग रख देना कहीं पर चाँदनी *रखना। (इंतज़ार गाजीपुरी)*

1.3– 'ऊ' मात्रा का क़ाफ़िया – ऐसा हर्फ़-ए-क़ाफ़िया जिसमें केवल 'ऊ' मात्रा की तुकांतता निभानी हो उसे 'ऊ' स्वर का क़ाफ़िया कहेंगे। जैसे –

ख़ैर गुज़री कि तू *नहीं दिल में।*
अब कोई आरज़ू *नहीं दिल में। (अल्हड़ बीकानेरी)*

मत्‌ला में 'नहीं दिल में' रदीफ़ है, और **'तू', 'आरज़ू'** हर्फ़-ए-क़वाफ़ी है।

क़वाफ़ी को देखें तो इनमें आपस में केवल 'ऊ' की मात्रा की ही समतुकांतता है और उसके पहले हर्फ़े-क़ाफ़िया में क्रमशः 'त' और 'ज़' आ रहा है जो कि समतुकांत नहीं है, इसलिए इसके अन्य शे'र में शाइर क़ाफ़िया में ऐसे कोई भी शब्द रख सकता है जो 'ऊ' की मात्रा पर ख़त्म होता हो। आगे के शे'र देखें कि शाइर ने क्या हर्फ़े-क़ाफ़िया रखा है।

मय पे मौक़ूफ धड़कनें दिल की

एक क़त्रा लहू नहीं दिल में

'ऊ' मात्रा के क़ाफ़िया पर दूसरी ग़ज़ल के दो शे'र और देखें –

हर ख़ुशी की आँख में आँसू मिले।

एक ही सिक्के के दो पहलू मिले।

अपने-अपने हौसले की बात है,

सूर्य से भिड़ते हुए जुगनू मिले। (ज़हीर कुरैशी)

1.4 'ए' मात्रा का क़ाफ़िया – ऐसा हर्फ़-ए-क़ाफ़िया जिसमें केवल 'ए' मात्रा की तुकांतता निभानी हो उसे'ए'स्वर का क़ाफ़िया कहेंगे। जैसे –

अब काम दुआओं के सहारे नहीं चलते

चाभी न भरी हो तो खिलौने नहीं चलते (शकील जमाली)

इसमें 'नहीं चलते' रदीफ़ है, और **सहारे, खिलौने** हर्फ़-ए-क़वाफ़ी हैं। क़वाफ़ी को देखें तो इनमें आपस में केवल-ए-मात्रा की ही समतुकांतता है और उसके पहले हर्फ़े-क़वाफ़ी में क्रमशः 'र' और 'न' आया है जो कि समतुकांत नहीं है, इसलिए इसके अन्य शे'र में शाइर क़ाफ़िया में ऐसे कोई भी शब्द रख सकता है जो 'ए' की मात्रा पर ख़त्म होता हो। आगे के शे'र देखें कि शाइर ने क्या हर्फ़े-क़ाफ़िया रखा है-

इक उम्र के बिछड़ों का पता पूछ रहे हो,

दो रोज़ यहाँ ख़ून के रिश्ते नहीं चलते।

लिखने के लिए क़ौम के दुःख-दर्द बहुत हैं,

अब शे'र में महबूब के नखरे नहीं चलते।

'ए' मात्रा के क़ाफ़िया पर दूसरी ग़ज़ल के दो शे'र और देखें –

उसको नींदें मुझको सपने बाँट गया।
वक़्त भी कैसे-कैसे तोह्फ़े बाँट गया।
अगली रुत में किसको पहचानेंगे हम,
अब के मौसम ढेरों चेहरे बाँट गया।
घर का भेदी लंका ढाने आया था,
जाते-जाते भेद अनोखे बाँट गया। - नज़ीर फ़तेहपुरी

1.5 'ओ' मात्रा का क़ाफ़िया - ऐसा हर्फ़-ए-क़ाफ़िया जिसमें केवल 'ओ' मात्रा की तुकांतता निभानी हो उसे 'ओ' स्वर का क़ाफ़िया कहेंगे। जैसे –

हाथ पकड़ ले अब भी तेरा हो सकता हूँ मैं।
भीड़ बहुत है इस मेले में खो सकता हूँ मैं। (आलम ख़ुर्शीद)

इसमें 'सकता हूँ मैं' रदीफ़ है, और **हो** तथा **खो** हर्फ़-ए-क़वाफ़ी हैं। क़वाफ़ी को देखें तो इनमें आपस में केवल 'ओ' मात्रा की ही समतुकांतता है और उसके पहले हर्फ़े-क़ाफ़िया में क्रमशः 'ह' और 'ख' आ रहा है, इसलिए शाइर आगे क़ाफ़िया में ऐसे कोई भी शब्द रख सकता है जो 'ओ' की मात्रा पर ख़त्म होता हो। आगे के शे'र देखें कि शाइर ने क्या हर्फ़े-क़वाफ़ी रखा है।

सन्नाटे में हर पल दहशत गूँजा करती है,
इस जंगल में चैन से कैसे सो सकता हूँ मैं।
सोच समझ कर चट्टानों से उलझा हूँ वर्ना,
बहती गंगा में हाथों को धो सकता हूँ मैं।

'ओ' मात्रा के क़वाफ़ी पर दूसरी ग़ज़ल के दो शे'र और देखें –

औरों के भी ग़म में ज़रा रो लूँ तो सुबह हो।
दामन पे लगे दाग़ों को धो लूँ तो सुबह हो।

दुनिया के समंदर में है जो रात की कश्ती,
उस रात कि कश्ती को डुबो लूँ तो सुबह हो। - अज्ञात

1.6 अनुनासिक व अनुस्वार का क़ाफ़िया - ऐसा हर्फ़-ए-क़ाफ़िया जिसमें किसी स्वर के साथ अनुस्वार अथवा अनुनासिक की समतुकांतता भी निभानी हो उसे अनुनासिक अथवा अनुस्वार क़ाफ़िया कहेंगे। यह किसी अन्य स्वर के साथ जुड़ कर ही किसी शब्द में प्रयुक्त होता है

जैसे - जहाँ = ज +ह+आ+ ँ

चलूँ = च+ल+ऊ + ँ

आसमान का लघु रूप = आसमाँ

जान का लघु रूप = जाँ

'आ' मात्रा के साथ अनुस्वार क़ाफ़िया का उदाहरण देखें -

शिकवा करूँ मैं कब तक उस अपने मेह्रबाँ का
अल-क़िस्सा रफ़्ता-रफ़्ता दुश्मन हुआ है जाँ का

इसमें 'का' रदीफ़ है; **मेहरबाँ** और **जाँ** हर्फ़-ए-क़वाफ़ी हैं। क़वाफ़ी को देखें तो इनमें आपस में केवल **आ स्वर** तथा **अनुस्वार** मात्रा की ही तुकांतता है और उसके पहले हर्फ़े-क़ाफ़िया में क्रमशः 'ब' और 'ज' आ रहा है, इसलिए इसके अन्य शे'र में शाइर क़ाफ़िया में ऐसे कोई भी शब्द रख सके जो *'आँ'* की मात्रा पर ख़त्म होता हो। आगे के शे'र देखें कि शाइर ने क्या हर्फ़े-क़ाफ़िया रखा है।

हर सुब्ह मेरे सर पर इक हादिसा नया है
पैबंद हो ज़मीं का, शेवा इस आसमाँ का

पूछो तो 'मीर' से क्या कोई नज़र पड़ा है
चेह्रा उतर रहा है कुछ आज उस जवाँ का

'आँ' मात्रा के क़ाफ़िया पर दूसरी ग़ज़ल के दो शे'र और देखें –

कुछ -न -कुछ तो उसके मेरे दरमियाँ बाक़ी रहा

चोट तो भर ही गयी लेकिन निशाँ बाक़ी रहा

आग ने बस्ती जला डाली मगर हैरत है ये

किस तरह बस्ती में मुखिया का मकाँ बाक़ी रहा - (राज गोपाल सिंह)

2 - व्यंजन क़ाफ़िया

ऐसा हर्फ़-ए-क़ाफ़िया जिसमें किसी व्यंजन की तुकांतता निभानी हो उसे व्यंजन क़ाफ़िया कहेंगे। उदाहरण -

किसी कली ने भी देखा न आँख भर के मुझे।

गुज़र गयी ज़रस-ए-गुल उदास कर के मुझे। -(नासिर काज़मी)

प्रस्तुत शे'र में 'के मुझे' रदीफ़ है, **भर** और **कर** हर्फ़-ए-क़वाफ़ी हैं। क़वाफ़ी को देखें तो इनमें आपस में **र** व्यंजन की समतुकांतता है और उसके पहले हर्फ़-ए-क़वाफ़ी में क्रमशः 'भ' और 'क' आ रहा है, इसलिए इसके अन्य शे'र में शाइर को ऐसा शब्द रखना होगा जो 'र' व्यंजन पर ख़त्म होता हो तथा उसके पहले के व्यंजन में कोई स्वर न जुड़ा हो अर्थात् कर, भर, हर्फ़-ए-क़वाफ़ी के बाद अन्य अश्आर में **अर** को निभाना होगा, तथा ऐसा शब्द चुनना होगा जिसके अंत में अर की तुकांतता हो जैसे - सफर, नज़र, किधर, इधर, गुज़र, उभर, उतर आदि। इस ग़ज़ल में फिर, सुर आदि शब्द को क़ाफ़िया के रूप में नहीं बाँध सकते हैं, क्योंकि इनमें क्रमशः इर, व उर की तुकांतता है जो नियमानुसार दोष पैदा करेंगे। देखें कि शाइर ने अन्य अश्आर में क्या हर्फ़-ए-क़वाफ़ी रखा है।

तेरे फ़िराक़ की रातें कभी न भूलेंगी,

मज़े मिले उन्हीं रातों में उम्र भर के मुझे।

मैं रो रहा था मुक़द्दर की सख़्त राहों में,

उड़ा के ले गए जादू तेरी नज़र के मुझे।

व्यंजन क़ाफ़िया के अन्य उदाहरण

उदाहरण 1 - *जो कुछ कहो कुबूल है* तक़रार *क्या करूँ।*

शर्मिंदा अब तुम्हें सरे -बाज़ार *क्या करूँ। - 'शऊर'*

प्रस्तुत शे'र में 'क्या करूँ' रदीफ़ है। **तक़रार** और **बाज़ार** हर्फ़-ए-क़वाफ़ी हैं। क़वाफ़ी को देखें तो इनमें आपस में **र** व्यंजन के साथ-साथ उसके पहले **आ** स्वर भी समतुकांत है और उसके पहले हर्फ़े-क़ाफ़िया में क्रमशः 'र' और 'ज़' आ रहा है इसलिए इसके अन्य शे'र में शाइर को ऐसा शब्द रखना होगा जो 'आर' हर्फ़ पर ख़त्म होता हो अर्थात् **'र'** के साथ-साथ **'आ'** स्वर को भी प्रत्येक शे'र के क़ाफ़िया में निर्वाह करने की बाध्यता है। **र** व्यंजन के पहले आ स्वर के अतिरिक्त और कोई स्वर न जुड़ा हो अर्थात् *तक़रार, बाज़ार,* हर्फ़-ए-क़ाफ़िया के बाद अन्य अश्आर में ऐसा शब्द चुनना होगा जिसके अंत में *आर* की तुकांतता हो जैसे - दीवार, इज़हार, आज़ार, गुनहगार आदि। इस ग़ज़ल में ज़ोर, तीर, दूर आदि शब्द को क़ाफ़िया के रूप में नहीं बाँध सकते हैं क्योंकि इनमें क्रमशः ओर, ईर व ऊर की तुकांतता है जो नियमानुसार दोष पैदा करेंगे।

देखें कि शाइर ने अन्य अश्आर में क्या हर्फ़े-क़ाफ़िया रखा है-

तन्हाई में तो फूल भी चुभता है आँख में,

*तेरे बग़ैर गोशा-ए-*गुलज़ार *क्या करूँ।*

ये पुरसुकून सुब्ह, ये मैं, ये फ़ज़ा 'शऊर',

वो सो रहे हैं, अब उन्हें बेदार *क्या करूँ।*

उदाहरण 2 -

अनोखी वज़्अ हैं सारे ज़माने से निराले *हैं।*

ये आशिक़ कौन सी बस्ती के यारब रहने वाले *हैं।*

(अल्लामा इक़्बाल)

प्रस्तुत शे'र में 'हैं' रदीफ़ है, **निराले** और **वाले** हर्फ़-ए-क़वाफ़ी हैं। क़वाफ़ी को देखें तो इनमें आपस में आ स्वर + ल व्यंजन + ए स्वर अर्थात् 'आले' की समतुकांत है और उसके पहले हर्फ़े-क़ाफ़िया में क्रमशः 'अ' और 'व' आ रहा है इसलिए इसके अन्य शे'र में शाइर को ऐसा शब्द रखना होगा जो

'आले' हर्फ़ पर ख़त्म होता हो अर्थात् आ स्वर + ल व्यंजन +ए स्वर को क़ाफ़िया में निर्वाह करने की बाध्यता है। ल व्यंजन के पहले आ स्वर के अतिरिक्त और कोई स्वर न जुड़ा हो। *निराले* तथा *वाले* हर्फ़-ए-क़वाफ़ी के बाद अन्य अश्आर में ऐसा शब्द चुनना होगा जिसके अंत में *आले* की तुकांतता हो, जैसे - निकाले, छाले, काले, आदि। इस ग़ज़ल में ढेले, नीले, फफोले आदि शब्द को क़ाफ़िया के रूप में नहीं बाँध सकते हैं, क्योंकि इनमें क्रमशः एले, ईले व ओले की तुकांतता है जो नियमानुसार दोष पैदा करेंगे, तथा ऐसे शब्द को भी क़ाफ़िया नहीं बना सकते जिसमें केवल ए की मात्रा को निभाया गया हो और उसके पहले ल व्यंजन की जगह कोई और व्यंजन हो। जैसे - जगे, रहे, ये, वे, के आदि को हर्फ़-ए-क़ाफ़िया नहीं बना सकते हैं। देखें कि शाइर ने अन्य अश्आर में क्या हर्फ़े-क़ाफ़िया रखा है।

फला-फूला रहे यारब चमन मेरी उमीदों का,
जिगर का ख़ून दे देकर ये बूटे मैंने पाले *हैं।*
उमीदे-हूर ने सब कुछ सिखा रक्खा है वाइज़ को,
*ये हज़रत देखने में सीधे-साधे, भोले-*भाले *हैं।*

उदाहरण 3 - *कितने शिकवे ग़िले हैं पहले ही।*
राह में फ़ासिले हैं पहले ही। -(फ़ारिग़ बुख़ारी)

प्रस्तुत शे'र में हैं "पहले ही" रदीफ़ है, **गिले** और **फ़ासिले** हर्फ़-ए-क़वाफ़ी हैं। क़वाफ़ी को देखें तो इनमें आपस में इ स्वर + ल व्यंजन +-ए-स्वर = इले की समतुकांतता है और उसके पहले हर्फ़े-क़ाफ़िया में क्रमशः 'ग' और 'स' आ रहा है, इसलिए इसके अन्य शे'र में शाइर को ऐसा क़ाफ़िया रखना होगा जो 'इले' हरूफ़ पर ख़त्म होता हो, अर्थात् इ स्वर + ल व्यंजन +ए स्वर को क़ाफ़िया में निर्वाह करने की बाध्यता है। यह ध्यान देना है कि ल व्यंजन के पहले इ स्वर के अतिरिक्त और कोई स्वर न जुड़ा हो अर्थात् *'ग़िले'* तथा *'फ़ासिले'* हर्फ़-ए-क़वाफ़ी के बाद अन्य अश्आर में ऐसा शब्द चुनना होगा जिसके अंत में इले की तुकांतता हो, जैसे - क़ाफ़िले, सिले, खिले, मिले आदि। इस ग़ज़ल में चले, खुले आदि शब्द को क़ाफ़िया के रूप में नहीं बाँध सकते हैं, क्योंकि इनमें क्रमशः अले, व उले की तुकांतता है जो नियमानुसार दोष पैदा करेंगे, तथा ऐसे

शब्द को भी क़ाफ़िया नहीं बना सकते जिसमें केवल ए की मात्रा को निभाया गया हो और उसके पहले ल व्यंजन की जगह कोई और व्यंजन हो। जैसे - जागे, सादे, ये, वे, के आदि को हर्फ़-ए-क़ाफ़िया नहीं बना सकते हैं। देखें कि शाइर ने अन्य अश्आर में क्या हर्फ़े-क़ाफ़िया रखा है।

अब ज़बाँ काटने की रस्म न डाल,
कि यहाँ लब सिले *हैं पहले ही।*
और किस शै की है तलब 'फ़ारिग़',
दर्द के सिलसिले *हैं पहले ही।*

उदाहरण 4 - *बिछड़ा है जो इक बार तो* मिलते *नहीं देखा।*
इस ज़ख़्म को हमने कभी सिलते *नहीं देखा। - अज्ञात*

प्रस्तुत शे'र में 'नहीं देखा' रदीफ़ है, **मिलते** और **सिलते** हर्फ़-ए-क़वाफ़ी हैं। क़वाफ़ी के शब्दों को देखें तो इनमें आपस में इ+ल+त+ए = इलते की समतुकांतता है और ल व्यंजन के पहले हर्फ़े-काफ़िया में क्रमशः 'म' और 'स' आ रहा है इसलिए इसके अन्य शे'र में शाइर को ऐसा शब्द रखना होगा जो 'इलते' हर्फ़ पर ख़त्म होता हो अर्थात् इ स्वर + ल व्यंजन + त व्यंजन +ए स्वर को क़ाफ़िया में निर्वाह करने की बाध्यता है। यह ध्यान देना है कि ल व्यंजन के पहले इ स्वर के अतिरिक्त और कोई स्वर न जुड़ा हो अर्थात् अन्य अश्आर में ऐसा शब्द चुनना होगा जिसके अंत में 'इलते' की तुकांतता हो जैसे - हिलते, छिलते आदि। इस ग़ज़ल में चलते, पलते, दिखते, बिकते, देखे, कैसे आदि शब्द को क़ाफ़िया के रूप में नहीं बाँध सकते हैं। नियमानुसार यह मिलते-सिलते के हमक़ाफ़िया शब्द नहीं हैं। देखें कि शाइर ने अन्य अश्आर में क्या हर्फ़े-क़ाफ़िया रखा है।

इक बार जिसे चाट गई धूप की ख़्वाहिश,
फिर शाख़ पे उस फूल को खिलते *नहीं देखा।*
काँटों में घिरे फूल को चूम आयेगी लेकिन,
तितली के परों को कभी छिलते *नहीं देखा।*

क़ाफ़िया के प्रयोग में विशेष सावधानी रखनी चाहिये। ज़रा सी असावधानी

से क़ाफ़िया दोषपूर्ण हो जाता है तथा क़ाफ़िया का दोष शे'र को ख़ारिज कर देता है। क़ाफ़िया में उत्पन्न हो सकने वाले दोष के बारे में पुस्तक में आगे विस्तार से बताया गया है।

अध्याय 12

मात्रा गणना : परिचय

छन्द अथवा अरूज़ के नियमों पर आधारित किसी काव्य विधा को संतुलित रखने के लिए विद्वानों ने मात्रा गणना का नियम बनाया है, जिसके अंतर्गत प्रत्येक शब्द का एक निश्चित मात्रा क्रम होता है। यह मात्रा क्रम उस शब्द के शुद्ध उच्चारण अनुसार गिना जाता है। शब्द के इस मात्रा क्रम को ही ग़ज़ल की शब्दावली में वज़्न कहते हैं।

ग़ज़ल कुछ निश्चित लय पर कही जाती है। यह लय दो मात्राओं 'लघु' (1) और 'गुरु' (2) के क्रम से बनती है। सन्धि-अध्ययन के अन्तर्गत हम मात्राओं को 'ह्रस्व' तथा 'दीर्घ' कहते हैं, जबकि छन्द-अध्ययन के अन्तर्गत 'लघु' तथा 'दीर्घ' कहते हैं।

यदि कुछ पुराने गानों पर ग़ौर करें तो पायेंगे कि अधिकतर सदाबहार गाने ऐसे हैं जो किन्हीं 'विशिष्ट' लय के दोहराव अनुसार लिखे गए हैं। इस विशिष्टता की वज्ह से वो गाने हमें बहुत आसानी से याद हो जाते हैं।

ऐसा क्यों होता है कि, जब हम किसी गाने के बोल गुनगुनाते हैं और लय के उसी उतार चढ़ाव पर आलाप लेते हैं तो लगता है जैसे बोल और आलाप में कोई अंतर नहीं है; एक गाना है –

तुमको देखा तो ये ख़याल आया।
ज़िंदगी धूप तुम घना साया।   *(जावेद अख़्तर)*

अब जब हम बार-बार इसके बोल को गुनगुनाते हैं और फिर अचानक बोल की जगह यह लय गुनगुनाने लगते हैं - **ला ल ला ला, ल ला ल ला, ला ला**

तो भी हमको ऐसा लगता है कि हम गाने के बोल ही गुनगुना रहे हैं, इसका कारण यह है कि यह लाललाला.... उस गाने के मात्रिक भार के बराबर ही है; इस लाललाला... की मात्रिकता पर ही इस गाने को लिखा गया है जो कि एक ग़ज़ल है। अरूज़ शास्त्र में इस तरह के अनेक मात्रिक भारों को ही बह्र कहा गया है। ग़ज़ल की विभिन्न धुनों में एक विशेष प्रवाह और लयात्मकता होती है।

धुन की लयात्मकता और प्रवाह के कारण ही ग़ज़ल लयात्मक हो जाती है। स्पष्ट है कि लय की एक निश्चित और विशिष्ट मात्रा पर ही ग़ज़ल लिखी जाती है।

आइये अब इसको और विस्तार से समझते हैं। कुछ पंक्तियाँ प्रस्तुत हैं; इनको एक ही उतार-चढ़ाव में पढ़ने का प्रयास करें -

राम आये, राम आये, राम आये, राम आये
लाललाला, लाललाला, लाललाला, लाललाला

रोज सोचा, रोज देखा, रोज पाया, रोज खोया
लाललाला, लाललाला, लाललाला, लाललाला

मुस्कुराना, मुस्कुराना, मुस्कुराना, मुस्कुराना
लाललाला, लाललाला, लाललाला, लाललाला

जब लिखेंगे, गीत सावन, की फुहारों, पर लिखेंगे
लाललाला, लाललाला, लाललाला, लाललाला

आप पाते हैं कि इस धुन में एक विशिष्ट लय को ही चार बार रखा गया है। इस मात्रा पुंज, गण या घटक को 'रुक्न' कहते हैं और इन प्रस्तुत पंक्तियों में यह मात्रिक क्रम है - लाललाला या '2122' या 'दीर्घ लघु दीर्घ दीर्घ' या फ़ाइलातुन, और इसे ही चार बार रखने पर यह धुन बनी है, जिसका मात्रिक क्रम होगा -

लाललाला	लाललाला	लाललाला	लाललाला
दीर्घ लघु दीर्घ दीर्घ	दीर्घ लघु दीर्घ दीर्घ	दीर्घ लघु दीर्घ दीघ	दीर्घ लघु दीर्घ दीर्घ
गाफ़ लाम गाफ़ गाफ़	गाफ़ लाम गाफ़ गाफ़	गाफ़ लाम गाफ़ गाफ़	गाफ़ लाम गाफ़ गाफ़
फ़ाइलातुन	फ़ाइलातुन	फ़ाइलातुन	फ़ाइलातुन
2122	2122	2122	2122

इस मात्रिक क्रम (बह्र) का एक निश्चित नाम – ‘बह्र-ए-रमल मुसम्मन सालिम’

रुक्न का नाम - रमल

रुक्न - फ़ाइलातुन (अरूज़ के अनुसार)

आलाप में कहें तो - लाललाला

रुक्न की मात्रा - 2122

सीधे क्रम में देखें तो अब आप स्पष्ट समझ सकते हैं कि रुक्न के बहुवचन को अर्कान कहते है। रुक्न के निश्चित समूह से बह्र के अर्कान बनते हैं, जैसे – 2122 / 2122 / 2122 / 2122 आदि.

इससे एक निश्चित धुन (बह्र) बनती है। इस धुन पर मिस्रा लिखा जाता है, जैसे - *भोर से ही, आ धमकती, गर्मियों की, ये दुपहरी*

इस तरह के दो मिस्रों से शे’र बनता है, जैसे -

भोर से ही, आ धमकती, गर्मियों की, ये दुपहरी
बेहया मेह्मां के जैसी, गर्मियों की, ये दुपहरी

जैसा कि पहले भी बताया गया है, शे’र की पहली पंक्ति को ‘मिस्रा-ए-ऊला’ और दूसरी पंक्ति को ‘मिस्रा-ए-सानी’ कहते हैं।

भोर से ही, आ धमकती, गर्मियों की, ये दुपहरी - **मिस्रा-ए-ऊला**

बेहया मेह्, माँ के जैसी, गर्मियों की, ये दुपहरी - **मिस्रा-ए-सानी**

शे’र के बहुवचन को अश्आर कहते हैं और शे’र के समूह से ग़ज़ल बनती है।

अध्याय 13

मात्रा गणना का सामान्य नियम

बा-बह्र ग़ज़ल लिखने के लिए तक़्तीअ (मात्रा गणना) ही एकमात्र अचूक उपाय है, यदि शे'र की तक़्तीअ (मात्रा गणना) करनी आ गई तो देर-सवेर बह्र में लिखना भी आ जाएगा। क्योंकि जब किसी शाइर को पता हो कि मेरा लिखा शे'र बेबह्र है वह तभी उसे सही करने का प्रयास करेगा और तब तक प्रयासरत रहेगा जब तक वह शे'र बाबह्र न हो जाए।

मात्राओं को गिनने का सही नियम न पता होने के कारण ग़ज़लकार अक्सर बह्र निकालने में या तक़्तीअ करने में दिक़्क़त महसूस करते हैं। आइये तक़्तीअ प्रणाली को समझते हैं।

ग़ज़ल में सबसे छोटी इकाई 'मात्रा' होती है और हम भी तक़्तीअ प्रणाली को समझने के लिए सबसे पहले मात्रा से परिचित होंगे -

अरूज़ में मात्रा दो प्रकार की होती है

1- 'एक मात्रिक' - इसे हम एक अक्षरीय, एक हर्फ़ी, लघु और लाम भी कहते हैं और सुविधा के लिये 1 संख्या से तथा हिन्दी कवि (।) से भी दर्शाते हैं।

2- 'दो मात्रिक' - इसे हम दो अक्षरीय, दो हरूफ़ी, दीर्घ और गाफ़ भी कहते हैं और सुविधा के लिये 2 संख्या तथा हिन्दी कवि (S) से भी दर्शाते हैं।

उच्चारण के नियम अनुसार देखें तो, एक मात्रिक स्वर अथवा व्यंजन के उच्चारण में जितना वक़्त और बल लगता है दो मात्रिक के उच्चारण में उसका दोगुना वक़्त और बल लगता है।

ग़ज़ल में मात्रा गणना का एक स्पष्ट, सरल और सीधा नियम है कि इसमें शब्दों को जैसा बोला जाता है, (शुद्ध उच्चारण) मात्रा भी उसी हिसाब से ही गिनते हैं।

जैसे - छंद शास्त्र की मात्रा गणना अनुसार **कमल -** क/म/ल 111 होता है मगर ग़ज़ल विधा में इस तरह मात्रा गणना नहीं करते, बल्कि उच्चारण के अनुसार गणना करते हैं। उच्चारण करते समय हम 'क' उच्चारण के बाद 'मल' बोलते हैं इसलिए ग़ज़ल में 'कमल' - 12 होता है, यहाँ पर ध्यान देने की बात

यह है कि *कमल* का 'मल' शाश्वत दीर्घ है अर्थात् ज़रूरत के अनुसार ग़ज़ल में 'कमल' शब्द की मात्रा को 111 नहीं माना जा सकता। यह हमेशा 12 ही रहेगा।

अफसर - उच्चारण के अनुसार *अफ़सर* बोलते समय पहले 'अफ़्' बोलते हैं फिर आगे बोलने से पहले एक विराम, और फिर 'सर' कहते हैं इसलिए इसकी मात्रा गिनाते समय भी ऐसे ही गिनेंगे। अर्थात् – (अफ़ 2/ सर 2) अफ़सर-22

मात्रा गणना के सामान्य नियम

मात्रा गणना के मूलभूत नियमों को ध्यानपूर्वक पढ़ें तथा इसके बाद छोटे-छोटे शब्दों की मात्रा गणना कर के देखें।

(याद रखें, यह मात्रा गणना के नियम ग़ज़ल विधा के लिए लिखे गये हैं और हिन्दी छन्द की मात्रा गणना से इसमें पर्याप्त भिन्नता होती है, यदि हिन्दी छन्द की मात्रा गणना करनी है तो उसके लिए अलग नियम मान्य होंगे।)

क्रमांक 1 - सभी व्यंजन स्वतंत्र रूप से (बिना किसी स्वर योग के) एक मात्रिक होते हैं जैसे – क, ख, ग, घ, च, छ, ज, झ, ट ... आदि 1 मात्रिक हैं

क्रमांक 2 - अ, इ, उ स्वर व अनुस्वार (चन्द्रबिंदी) तथा इनके साथ प्रयुक्त व्यंजन एक मात्रिक होते हैं जैसे -

अ, इ, उ एक मात्रिक हैं

कि, सि, पु, सु, हँ आदि एक मात्रिक हैं

क्रमांक 3 - आ, ई, ऊ, ए, ऐ, ओ, औ, अं स्वर तथा इनके साथ प्रयुक्त व्यंजन दो मात्रिक होते हैं जैसे -

आ, ई, ऊ, ए, ऐ, ओ, औ, अं 2 मात्रिक हैं

सो, पा, जू, सी, ने, पै, सौ, सं आदि 2 मात्रिक हैं

क्रमांक 4.1 - यदि किसी शब्द में दो 'एक मात्रिक' व्यंजन हैं तो उच्चारण अनुसार दोनों जुड़ कर शाश्वत दो मात्रिक अर्थात् दीर्घ बन जाते हैं जैसे **हम** (ह1+म1) हम - 2 ऐसे दो मात्रिक शाश्वत दीर्घ होते हैं जिनको ज़रूरत के अनुसार 11 अथवा 1 नहीं किया जा सकता है जैसे –

सम, दम, चल, घर, पल, कल आदि शाश्वत दो मात्रिक हैं।

शाश्वत शब्द से आशय है जिसे बदला न जा सके। यदि शाश्वत दीर्घ अर्थात् 2 है तो उसे अलग-अलग दो लघु मात्रा (11) अनुसार नहीं गिना जा सकता है।

क्रमांक 4.2 -, परन्तु जिस शब्द के उच्चारण में दोनों अक्षर अलग-अलग उच्चरित होंगे वहाँ ऐसा मात्रा योग नहीं बनेगा और वहाँ दोनों लघु हमेशा अलग-अलग अर्थात् 11 गिना जायेगा। जैसे –

असमय - अ/स/मय - अ1 स1 मय2 - 112

असमय का उच्चारण करते समय 'अ' उच्चारण के बाद रुकते हैं और 'स' अलग-अलग बोलते हैं और 'मय' का उच्चारण एक साथ करते हैं इसलिए 'अ' और 'स' को दीर्घ नहीं किया जा सकता है और मय मिल कर दीर्घ हो जा रहे हैं इसलिए असमय का वज़्न अ1 स1 मय2 - 112 होगा इसे 22 नहीं किया जा सकता है, क्योंकि यदि इसे 22 किया गया तो शब्द का उच्चारण बदल कर *अस्मय* हो जायेगा और शब्द का उच्चारण दोषपूर्ण हो जायेगा।

एक अन्य उदाहरण - **हमसफ़रों =** हम2/स1/फ़1/रों2 = 2112

क्रमांक 5.1 – जब नियम के *क्रमांक 1* अनुसार लघु मात्रिक स्वर अथवा व्यंजन जैसे - अ, क, ख आदि। *क्रमांक 2* अनुसार लघु मात्रिक स्वर अथवा स्वर+व्यंजन के साथ जुड़ता है तो शुद्ध उच्चारण अनुसार दोनों लघु मिल कर शाश्वत दो मात्रिक हो जाता है। उदाहरण –

तुम शब्द में 'त' 'उ' के साथ जुड़ कर 'तु' होता है। नियम क्रमांक 2 अनुसार 'तु' एक मात्रिक है और 'तुम' शब्द में 'म' भी क्रमांक 1 के अनुसार *एक मात्रिक* है। बोलते समय तु+म को एक साथ बोलते हैं तो ये दोनों जुड़ कर शाश्वत दीर्घ (अर्थात् 2 मात्रिक) बन जाते हैं। इसे दो लघु मात्रिक

(अर्थात् 11) नहीं गिना जा सकता

इसके और उदाहरण देखें - यदि, कपि, कुछ, रुक आदि शब्द शाश्वत दो मात्रिक (2) हैं

क्रमांक 5.2 -, परन्तु जहाँ किसी शब्द के उच्चारण में दोनों हर्फ़ अलग-अलग उच्चरित होंगे वहाँ ऐसा मात्रा योग नहीं बनेगा और वहाँ अलग-अलग ही अर्थात् 11 गिना जायेगा

जैसे – सुमधुर = सु/ म /धुर

स+उ1/ म1/ धुर2 = 112

क्रमांक 6 - यदि किसी शब्द में अग़ल-बग़ल के दोनों व्यंजन किन्हीं लघु स्वर के साथ जुड़ कर लघु ही रहते हैं (दोनों क्रमांक 2 अनुसार) तो उच्चारण अनुसार दोनों 11 ही रहते हैं जैसे - पुरु = प+उ 1/ र+उ 1 = पुरु - 11

दोनों व्यंजन स्वर युक्त होने के कारण अलग-अलग उच्चरित होंगे इसलिये योग नहीं बनेगा और मात्रा अलग-अलग ही गिनी जायेगी। जैसे –

सुविचार = सु/ वि / चा / र

स+उ1/ व+इ1/ चा2/ र1 = 1121

गिरि = 11

सुधि = 11

नोट - ऐसे शब्द शाश्वत दो लघु मात्रिक अर्थात् 11 ही होते हैं, परन्तु अरूज़ में मात्रा गणना करते समय हम छूट लेते हुए कुछ जगह इसे 2 भी कर लेते हैं -

जैसे - *सुधि के कंगन खनक रहे हैं*

सुधि2 के2 कंगन22 खनक12 रहे12 हैं2

यहाँ सुधि को 11 की जगह 2 मात्रिक माना गया है

ऐसे ही अन्य शब्दों को भी 2 मात्रिक कर लेते हैं

जैसे = *हमसफ़रों* उच्चारण अनुसार 2112 होता है, परन्तु इसे 222 भी मान लिया जाता है।

क्रमांक 7.1 - ग़ज़ल की मात्रा गणना में अर्ध व्यंजन को 1 मात्रा माना गया है तथा यह अर्ध अक्षर शब्द में उच्चारण अनुसार अपने पहले अथवा बाद के व्यंजन के साथ जुड़ जाता है। अर्ध अक्षर जिसके साथ जुड़ता है वो व्यंजन यदि 1 मात्रिक है तो वह 2 मात्रिक हो जाता है और यदि दो मात्रिक है तो जुड़ने के बाद भी 2 मात्रिक ही रहता है ध्यान रहे कि ऐसे 2 मात्रिक को 11 नहीं गिना जा सकता है। उदाहरण -

सच्चा = स1+च्1 / च1+आ1 = सच् 2 /चा 2 = 22

(अतः सच्चा को 112 नहीं गिना जा सकता है)

अन्य उदाहरण देखें -

आनन्द = आ / न+न् / द = आ2/ नन्2 /द1 = 221

कार्य = का2+ र्1 / य1 = का र्2 / य 1 = 21

(कार्य में *का* पहले से दो मात्रिक है तथा *आधा र* के जुड़ने पर भी दो मात्रिक ही रहता है)

तुम्हारा = तु/ म्हा/ रा = तु1/ म्हा2/ रा2 = 122

तुम्हें = तु / म्हें = तु1/ म्हें2 = 12

उन्हें = उ / न्हें = उ1 / न्हें2 = 12

क्रमांक 7.2 - अपवाद स्वरूप अर्ध व्यंजन के इस नियम में *अर्ध स* व्यंजन के साथ एक तथ्य यह है कि यदि *अर्ध स* के पहले अथवा बाद में कोई एक मात्रिक अक्षर होता है तब तो यह उच्चारण के अनुसार बग़ल के शब्द के साथ जुड़ जाता है तथा उस अक्षर को दीर्घ कर देता है, परन्तु यदि *अर्ध स* के दोनों ओर पहले से दीर्घ मात्रिक अक्षर होते हैं तो कुछ शब्दों में *अर्ध स* को स्वतंत्र एक मात्रिक भी माना लिया जाता है। जैसे -

रस्ता = र+स् / ता = 22 होता है, मगर **रास्ता =** रा/स्/ता = 212 होता है

दोस्त = दो+स् /त = 21 होता है मगर **दोस्ती** = दो/स्/ती = 212 होता है

इस प्रकार और शब्द देखें -

बस्ती = 22, सस्ती = 22, मस्ती = 22, बस्ता = 22, सस्ता = 22

दोस्तों = 212, मस्ताना = 222, मुस्कान = 221, संस्कार = 2121

क्रमांक 8.1 - संयुक्ताक्षर जैसे - क्ष, त्र, ज्ञ, द्ध, द्व आदि दो व्यंजन के योग से बने होने के कारण दीर्घ मात्रिक होना चाहिए, परन्तु शब्द की मात्रा गणना में यह ख़ुद लघु हो कर अपने पहले के लघु व्यंजन को दीर्घ कर देते है अथवा पूर्व व्यंजन स्वयं दीर्घ हो तो भी स्वयं लघु हो जाते हैं। उदाहरण -

पत्र = 21, वक्र - 21, यक्ष - 21, कक्ष - 21, यज्ञ - 21, क्रुद्ध -21

गोत्र - 21, मूत्र - 21, पात्र - 21, शुद्ध -21

क्रमांक 8.2 - यदि संयुक्ताक्षर से शब्द प्रारंभ हो तो संयुक्ताक्षर लघु हो जाते हैं। उदाहरण

त्रिशूल = 121, क्रमांक = 121, क्षितिज = 12

क्रमांक 8.3 - संयुक्ताक्षर जब दीर्घ स्वर युक्त होते हैं तो अपने पहले के व्यंजन को दीर्घ करते हुए स्वयं भी दीर्घ रहते हैं अथवा पूर्व व्यंजन स्वयं दीर्घ हो तो भी दीर्घ स्वर युक्त संयुक्ताक्षर दीर्घ मात्रिक गिने जाते हैं। उदाहरण -

प्रज्ञा - 22, राजाज्ञा - 222

क्रमांक 8.4 - उच्चारण अनुसार मात्रा गणना के कारण कुछ शब्द इस नियम के अपवाद भी हैं। उदाहरण -

अनुक्रमांक - अनु/क्र/मां/क - 2121

'अनु' उपसर्ग क्रमांक शब्द के साथ जुड़ा है तथा उच्चारण अनुसार अनु का उच्चारण अलग होता है तथा क्रमांक अलग उच्चरित होता है इसलिये *क्र* के पूर्व अक्षर *नु* लघु होते हुए भी 'क्र' के योग से दीर्घ नहीं हुआ और उच्चारण अनुसार *'अनु'* जुड़ कर दीर्घ हो गया और क्र लघु हो गया

अनुक्रमांक अनु + क्रमांक के योग से बना है इसलिए इसके उच्चारण में एक विराम उत्पन्न होता है उसके अनुसार ही मात्रा गणना होती है।

क्रमांक 9 - विसर्ग युक्त व्यंजन दीर्घ मात्रिक होते हैं। ऐसे व्यंजन को 1 मात्रिक नहीं गिना जा सकता। उदाहरण -

दुःख - 21 होता है इसे दीर्घ (2) नहीं गिन सकते यदि हमें 2 मात्रा में इसका प्रयोग करना है तो इसके तद्भव रूप में 'दुख' लिखना चाहिए जिसमें विसर्ग का प्रयोग नहीं किया गया है। इस प्रकार यह 2 मात्रिक हो जायेगा

कुछ शब्दों की मात्रा गणना

पुनः बता दिया जाए कि मात्रा गणना शुद्ध उच्चारण अनुसार की जाती है। जैसे - *अपहरण* शब्द अब 'अ+पह+रण' अनुसार भी बोलते हैं जिसके अनुसार इसकी मात्रा 122 होती है।, परन्तु यह अशुद्ध उच्चारण है और इसका शुद्ध उच्चारण अप+हरण है। 'हरण' शब्द के साथ 'अप' उपसर्ग जुड़ा हुआ है। अतः शुद्ध उच्चारण अनुसार इस शब्द की मात्रा अप2 हरण12 = 212 होगी

इस प्रकार शुद्ध उच्चारण अनुसार कुछ शब्दों की मात्रा गणना देखिए -

तिरंगा - ति / रं / गा = 122

उधर - उ / धर = 12

ऊपर - ऊ / पर = 22

आग - आ / ग = 21

मारा - मा / रा = 22

मरा - म / रा = 12

मर - मर = 2

सत्य - सत् / य = 21

असत्य - अ / सत् / य = 121

झूठ - झू / ठ = 21

सच - सच = 2

आमंत्रण - आ / मन् / त्रण = 222

राधा - रा / धा = 22

श्याम - श्या / म = 21

आपको -आ / प / को = 212

ग़ज़ल - ग़ / ज़ल = 12

मंज़िल - मं / ज़िल = 22

दोस्त - दोस् / त = 21

दोस्ती - दो / स् / ती = 212

राष्ट्रीय - राष् / ट्री / य = 221

तुरंत - तु / रन् / त = 121

तुम्हें - तु / म्हें = 12

तुम्हारा - तु / म्हा / रा = 122

जुर्म - जु र् / म = 21

हुस्न - हुस् / न = 21

ज़िक्र - जिक / र = 21

फ़िक्र - फ़िक / र = 21

मित्र - मित् / र = 21

सूक्ति - सूक / ति = 21

साहित्य - सा / हित् / य = 221

साहित्यिक - सा / हित् / यिक = 222

मुहावरा - मु / हा / व / रा = 1212

मात्रा गणना में शुद्ध उच्चारण की जानकारी तथा सतत अभ्यास की महत्वपूर्ण भूमिका है।

अध्याय 14

रुक्न का परिचय

जैसा कि पहले भी बताया गया है, ग़ज़ल कुछ निश्चित धुनों पर कही जाती है। यह धुनें दो मात्राओं (लघु 1 और दीर्घ 2) के क्रम से बनती हैं। आप जान चुके हैं कि लय की एक निश्चित मात्रा पर ही पूरी ग़ज़ल लिखी जाती है जिसे बह्र कहते हैं।

आइये अब इसके आगे बढ़ा जाये और जानते हैं कि मात्रा से बह्र का निर्माण कैसे होता है। इसे समझने के लिये पहले हम चंद अश्आर की तक़्तीअ (मात्रा गणना) कर लेते हैं -

उदाहरण - 1

छिड़ गया है स्वच्छता अभियान शायद शह्र भर में। - (मिस्रा-ए-ऊला)
गन्दगी के ढेर सड़कों पर सजाये जा रहे हैं। - (मिस्रा-ए-सानी)

शांति के प्रति विश्व का उत्साह बढ़ता जा रहा है।
अब कबूतर की जगह राकेट उड़ाए जा रहे हैं।

- (एहतराम इस्लाम)

तक़्तीअ -

छिड़ गया है / स्वच्छता अभि / यान शायद / शह्र भर में। - (मिस्रा-ए-ऊला)
2122 / 2122 / 2122 / 2122
(फ़ाइलातुन / फ़ाइलातुन / फ़ाइलातुन / फ़ाइलातुन)

गन्दगी के / ढेर सड़कों / पर सजाये / जा रहे हैं। - (मिस्रा-ए-सानी)
2122 / 2122 / 2122 / 2122
(फ़ाइलातुन / फ़ाइलातुन / फ़ाइलातुन / फ़ाइलातुन)

शांति के प्रति / विश्व का उत / साह बढ़ता / जा रहा है। - (मिस्रा-ए-ऊला)
2122 / 2122 / 2122 / 2122
(फ़ाइलातुन / फ़ाइलातुन / फ़ाइलातुन / फ़ाइलातुन)

अब कबूतर / की जगह रा / केट उड़ाए / जा रहे हैं। - (मिस्रा-ए-सानी)
2122 / 2122 / 2122 / 2122
(फ़ाइलातुन / फ़ाइलातुन / फ़ाइलातुन / फ़ाइलातुन)

नोट - इस प्रकार जब एक ही अर्कान (मात्रा क्रम) पर कुछ शे'र कहे जाते हैं जिसमें रदीफ़ क़ाफ़िया का पालन भी किया गया हो तो वह रचना शिल्प आधार पर ग़ज़ल होती है।

इस बिंदु पर सीखने वालों का एक सामान्य प्रश्न होता है कि, "क्या ग़ज़ल के सभी शे'र एक ही बह्र पर लिखना ज़रूरी है?"

तो इस प्रश्न का उत्तर इस 'नोट' से स्वतः मिल जाता है कि, *"इस प्रकार जब एक ही अर्कान (मात्रा क्रम) पर कुछ शे'र कहे जाते हैं ..."* अर्थात् एक ग़ज़ल के सभी अश्आर का अर्कान (मात्रा क्रम) एक ही होगा, उसमें बदलाव नहीं किया जा सकता है। एक दीर्घ अथवा लघु का अंतर भी शे'र को बे-बह्र कर देता है

अपवाद स्वरूप कुछ बह्र में विशेष स्थानों पर न्यूनतम बदलाव की छूट मिलती है जैसे आख़िरी रुक्न पर 22 के स्थान पर 112 होना आदि। (इसका विस्तृत वर्णन यथा स्थान पर किया जायेगा)

उदाहरण - 2

हमारी ज़िंदगी का इस तरह हर साल कटता है।
कभी गाड़ी पलटती है कभी तिरपाल कटता है।
सियासी वार भी तलवार से कुछ कम नहीं होता,
कभी कश्मीर कटता है कभी बंगाल कटता है। - (मुनव्वर राना)

तक़्तीअ -

हमारी ज़िं / दगी का इस / तरह हर सा / ल कटता है

1222 / 1222 / 1222 / 1222

(मुफ़ाईलुन / मुफ़ाईलुन / मुफ़ाईलुन / मुफ़ाईलुन)

कभी गाड़ी / पलटती है / कभी तिरपा / ल कटता है

1222 / 1222 / 1222 / 1222

(मुफ़ाईलुन / मुफ़ाईलुन / मुफ़ाईलुन / मुफ़ाईलुन)

सियासी वा / र भी तलवा/ र से कुछ कम / नहीं होता

1222 / 1222 / 1222 / 1222

(मुफ़ाईलुन / मुफ़ाईलुन / मुफ़ाईलुन / मुफ़ाईलुन)

कभी कश्मी / र कटता है / कभी बंगा / ल कटता है

1222 / 1222 / 1222 / 1222

(मुफ़ाईलुन / मुफ़ाईलुन / मुफ़ाईलुन / मुफ़ाईलुन)

उदाहरण - 3

घायल पड़ा तो है वतन
फिर भी शराफत, बाप रे (वीनस केसरी)

घायल पड़ा / तो है वतन

2212 / 2212

(मुस्तफ़्यलुन / मुस्तफ़्यलुन)

फिर भी शरा / फत, बाप रे

2212 / 2212

(मुस्तफ़्यलुन / मुस्तफ़्यलुन)

आपने देखा कि,

पहले उदाहरण में अर्कान की मात्रा 2122/2122/2122/2122 है

दूसरे उदाहरण में अर्कान की मात्रा 1222/1222/1222/1222/ है

तीसरे उदाहरण में अर्कान की मात्रा 2212/2212 है

अतः अब यहाँ सबसे अधिक पूछा जाने वाला यह प्रश्न उठता है कि, *हम ग़ज़ल कितनी बह्र में लिख सकते हैं ?*

इसका उत्तर जानने के लिए हमें रुक्न के बारे में विस्तार से जानना होगा।

जैसा कि आपने पुस्तक की शुरूआत में पढ़ा है - रुक्न - गण, घटक, पद, निश्चित मात्राओं का पुंज। जैसे हिंदी छंद शास्त्र में गण होते हैं, यगण (222), तगण (221) आदि उस तरह ही उर्दू छन्द शास्त्र 'अरूज़' में कुछ घटक होते हैं जो 'रुक्न' कहलाते हैं। रुक्न के बहुवचन को अर्कान कहते हैं।

उदाहरण - .

फा (2), फ़ेल (21), फ़अल (12), फ़ऊल (121), फ़इलुन (112), फ़ाइलुन(212), फ़ाइलातुन (2122), मुफ़ाईलुन(1222) आदि रुक्न हैं

रुक्न एक से अधिक प्रकार के होते हैं। आगे हम रुक्न को विस्तार से समझेंगे।

अध्याय 15

रुक्न के भेद

जैसा कि आपने पिछले लेख में पढ़ा है - रुक्न - गण, घटक, पद, निश्चित मात्राओं का पुंज। अब आइये रुक्न के भेद से परिचय प्राप्त करते हैं।

रुक्न एक से अधिक प्रकार के होते हैं। आइये रुक्न के भेद जानते हैं।

रुक्न के दो भेद होते हैं -

1 - सालिम रुक्न (मूल रुक्न) 2- मुज़ाहिफ़ रुक्न (उप रुक्न)

1) सालिम रुक्न (मूल रुक्न) - अरूज़ में सालिम अर्कान की संख्या आठ कही गई है, तथा प्रत्येक रुक्न की एक निश्चित मात्रा होती है; साथ ही प्रत्येक सालिम रुक्न का एक नाम होता है जिससे बह्र का नाम बनता है। सारिणी देखें-

रुक्न	**रुक्न का नाम**	**सुविधा के लिये मात्रा**
फ़ऊलुन	मुतक़ारिब	122
फ़ाइलुन	मुतदारिक	212
मुफ़ाईलुन	हज़ज	1222
फ़ाइलातुन	रमल	2122
मुस्तफ़्इलुन	रजज़	2212
मुतफ़ाइलुन	कामिल	11212
मफ़ाइलतुन	वाफ़िर	12112
फ़ाईलातु	-----	2221

रुक्न से उसकी मात्रा कैसे निकाली गई है अर्थात् उसे कैसे तोड़ा गया है, यह भी देखें -

मुतक़ारिब	फ़ / ऊ / लुन	122
मुतदारिक	फ़ा / इ / लुन	212
हज़ज	मु / फ़ा / ई / लुन	1222
रमल	फ़ा /इ / ला /तुन	2122
रजज़	मुस् / तफ़ / इ / लुन	2212
कामिल	मु / त / फ़ा / इ / लुन	11212
वाफ़िर	म / फ़ा / इ / ल / तुन	12112
-----	फ़ा / ई / ला / तु	2221

2) मुज़ाहिफ़ रुक्न (उप रुक्न)- आठ मूल रुक्न की मात्राओं को कम करके अथवा हटा कर इनके उप रुक्न बनाये जाते हैं। मुख्य उप रुक्न निम्नलिखित हैं -

2 (फ़ा)

21 (फ़ेल)

12 (फ़अल)

22 (फ़ैलुन)

121 (फ़ऊल)

112 (फ़इलुन)

221 (मफ़ऊल)

222 (फ़ाईलुन)

1122(फ़इलातुन)

1212(मुफ़ाइलुन)

2112 (फ़ाइलतुन)

1121 (फ़इलान)

1211 (मफ़ाइलु)

21221(फ़ाइलातान)... आदि

किसी मूल रुक्न से उपरुक्न बनाने का नियम तथा संख्या निश्चित है जैसे - रमल (2122) मूल रुक्न के 11 ज़िहाफ़ तथा 17 फ़ुरूअ (ज़िहाफ़ की उपशाखा) होते हैं तथा सभी का एक निश्चित नाम है।

बह्‌र के निर्माण में इन उप रुक्न की भी महत्वपूर्ण भूमिका होती है।

सभी ग़ज़ल इन आठ सालिम अर्कान व उनके मुज़ाहिफ़ अर्कान के अनुसार ही लिखी/कही जाती हैं।

(अपवाद स्वरूप एक मात्रिक बह्‌र भी प्रचलित है जिसकी चर्चा ज़रूरत अनुसार की जायेगी)

अध्याय 16

बह्र के भेद

बह्र के भेद को समझने के लिए इसे दो खंड में बाँटा जा सकता है -

पहला खंड - बह्र में अर्कान की संख्या अनुसार

दूसरा खंड - बह्र में रुक्न की अवस्था अनुसार

पहला खंड - अर्कान की संख्या अनुसार बह्र के भेद

बह्र के अर्कान में सामान्यतः दो, तीन अथवा चार रुक्न होते हैं, प्रयोग के तौर पर शाइर 1 रुक्न तथा चार से अधिक अर्कान पर भी ग़ज़ल कहते है आइये इनके बारे में जानें।

1 मुसना - मुसना का शाब्दिक अर्थ है 'दो टुकड़ेवाला'। जिस बह्र के दोनों मिस्रों में कुल दो अर्कान हों अर्थात् जिस शे'र के एक मिसरे में मात्र एक रुक्न हो उस ग़ज़ल की बह्र के नाम के साथ मुसना लिखते हैं। उदाहरण -

रात गर हूँ
फिर सहर हूँ

संग वालों
फल शजर हूँ

हसरतों की
रहगुज़र हूँ - *(वीनस केसरी)*

प्रस्तुत अश'आर के प्रत्येक शे'र में मात्र दो अर्कान का प्रयोग हुआ है अतः

एक मिसरे में मात्र एक रुक्न फ़ाइलातुन (2122) है। इस प्रकार इस बह्र के नाम के साथ मुसना लिखा जायेगा। इस बह्र का नाम है - रमल मुसना सालिम।

2 मुरब्बा - मुरब्बा का शाब्दिक अर्थ है- 'चौकोर', जिसके चार पहलू हों, चार कोण। जिस बह्र के दोनों मिस्रों में कुल चार अर्कान हों, अर्थात् जिस शे'र के एक मिसरे में दो अर्कान हों उस ग़ज़ल की बह्र के नाम के साथ मुरब्बा लिखते हैं। उदाहरण -

फँस गया हूँ / आफ़तों में
आज़ हूँ मैं / पागलों में
क्या सुकूँ तू / ने कमाया
क्या मिला है / फ़ासलों में

प्रस्तुत अश'आर के प्रत्येक शे'र में मात्र चार अर्कान का प्रयोग हुआ है, अतः एक मिसरे में मात्र दो रुक्न फ़ाइलातुन फ़ाइलातुन (2122/2122) है। प्रकार इस बह्र के नाम के साथ मुरब्बा लिखा जायेगा। इस बह्र का नाम है - रमल मुरब्बा सालिम।

3 मुसद्दस - मुसद्दस का शाब्दिक अर्थ है-छः पहलू वाला। जिस बह्र के दोनों मिस्रों में कुल छः रुक्न हों अर्थात् जिस शे'र के एक मिसरे में तीन अर्कान हों उस ग़ज़ल की बह्र के नाम के साथ मुसद्दस लिखते हैं। उदाहरण -

जिस्म तक / बेच डा/ले गए
पेट फिर /भी न पा/ले गए
जितने आवारा थे शह्'र में
रहबरी दे के टाले गए - (जमील हापुड़ी)

प्रस्तुत अश'आर के प्रत्येक शे'र में छः अर्कान का प्रयोग हुआ है अतः एक मिसरे में तीन अर्कान फ़ाइलुन (212) हैं। इस प्रकार इस बह्र के नाम के साथ मुसद्दस लिखा जायेगा। इस बह्र का नाम है - मुतदारिक मुसद्दस सालिम

4 मुसम्मन - मुसम्मन का शाब्दिक अर्थ है आठ पहलू वाला। जिस बह्र के दोनों मिस्रों में कुल आठ अर्कान हों, अर्थात् जिस शे'र के एक मिसरे में चार अर्कान हों उस ग़ज़ल की बह्र के नाम के साथ मुसम्मन लिखते हैं। उदाहरण -

आज उस नाज़ुक अदा की याद फिर आयी बहुत

जिससे मेरी एक मुद्दत थी शनासाई बहुत

राहे-उल्फ़त में निकलना था तकाज़ा-ए-जुनूँ

वैसे मैं भी जानता था होगी रुसवाई बहुत - (पाशा रहमान)

प्रस्तुत अश'आर के प्रत्येक शे'र में आठ अर्कान का प्रयोग हुआ है, अतः एक मिसरे में चार अर्कान फ़ाइलातुन (2122) हैं। इस प्रकार इस बह्र के नाम के साथ मुसम्मन लिखा जायेगा। आख़िरी रुक्न में फ़ाइलातुन को ज़िहाफ़ द्वारा फ़ाइलुन किया गया है, इसलिए इस बह्र का नाम है - रमल मुसम्मन महज़ूफ़

इसी प्रकार चार से अधिक रुक्न होने पर भी ग़ज़ल कही जाती है, परन्तु ऐसी ग़ज़लें बहुत कम देखने को मिलती हैं।

दूसरा खंड - बह्र में रुक्न की अवस्था अनुसार बह्र के भेद

रुक्न की अवस्था अनुसार बह्र के तीन भेद हैं

1 मुफ़्रद बह्र - केवल एक प्रकार के रुक्न के प्रयोग से जो बह्र निर्मित होती है उसे मुफ़्रद बह्र करते हैं। मुफ़्रद बह्र के दो भेद हैं -

1.1 मुफ़्रद सालिम

1.2 मुफ़्रद मुज़ाहिफ़

2 मुरक्कब बह्र - दो रुक्न के संयोग से जो बह्र निर्मित होती है उसे मुरक्कब बह्र कहते हैं। मुरक्कब बह्र के दो भेद हैं -

2.1 मुरक्कब सालिम

2.2 मुरक्कब मुज़ाहिफ़

3 मात्रिक बह्र

आइये अब इन तीनों पर विस्तार से चर्चा की जाये -

1.1 - मुफ़्रद सालिम बह्र

वो मूल रुक्न जिनमें कोई मात्रा घटाई या हटाई न गई हो, उसके प्रयोग से निर्मित अर्कान द्वारा मुफ़्रद सालिम बह्र बनती है। अरूज़ के अनुसार फ़ाईलातु (2221) से सालिम बह्र नहीं बनती है। इस प्रकार हम बाक़ी सात मूल रुक्न के दोहराव से बह्र का निर्माण करके उन पर ग़ज़ल कह सकते हैं।

इस प्रकार कुल सात प्रकार के रुक्न से सामान्यतः प्रयोग में लाई जाने वाली 21 मुफ़्रद बह्रें प्राप्त होती है

इन 21 बह्र को मुफ़्रद (शुद्ध) सालिम बह्र इसलिए कहते हैं, क्योंकि यह एक ही रुक्न के प्रयोग से बनती हैं और सभी अर्कान में रुक्न सालिम हैं, अर्थात् अर्कान में कोई मात्रा कम नहीं की गयी है।

याद रखें - बह्र का नाम लिखते समय हम इन बातों का ध्यान देते हैं -

बह्र के रुक्न का नाम + रुक्न की संख्या का नाम + रुक्न सालिम हैं तो 'सालिम' लिखेंगे अथवा अर्कान में मुज़ाहिफ़ रुक्न का इस्तेमाल भी हुआ है तो मुज़ाहिफ़ रुक्न के प्रकार का उल्लेख करेंगे। अतः 21 मुफ़्रद सालिम बह्र की सूची तथा उनके नाम इस प्रकार है।

मुतक़ारिब

122 / 122 / 122 / 122 - मुतक़ारिब मुसम्मन सालिम

122 / 122 / 122 - मुतक़ारिब मुसद्दस सालिम

122 / 122 - मुतक़ारिब मुरब्बा सालिम

मुतदारिक

212 / 212 / 212 / 212 - मुतदारिक मुसम्मन सालिम

212 / 212 / 212 - मुतदारिक मुसद्दस सालिम

212 / 212 मुतदारिक मुरब्बा सालिम

रमल

2122 / 2122 / 2122 / 2122 - रमल मुसम्मन सालिम

2122 / 2122 / 2122 - रमल मुसद्दस सालिम

2122 / 2122 - रमल मुरब्बा सालिम

हज़ज

1222 / 1222 / 1222 / 1222 - हज़ज मुसम्मन सालिम

1222 / 1222 / 1222 - हज़ज मुसद्दस सालिम

1222 / 1222 - हज़ज मुरब्बा सालिम

रजज़

2212 / 2212 / 2212 / 2212 - रजज़ मुसम्मन सालिम

2212 / 2212 / 2212 - रजज़ मुसद्दस सालिम

2212 / 2212 - रजज़ मुरब्बा सालिम

कामिल

11212 / 11212 / 11212 / 11212 - कामिल मुसम्मन सालिम

11212 / 11212 / 11212 - कामिल मुसद्दस सालिम

11212 / 11212 - कामिल मुरब्बा सालिम

वाफ़िर

12112 / 12112 / 12112 / 12112 - वाफ़िर मुसम्मन सालिम

12112 / 12112 / 12112 - वाफ़िर मुसद्दस सालिम

12112 / 12112 - वाफ़िर मुरब्बा सालिम

1.2 - मुफ़्रद मुज़ाहिफ़ बह्र - जब मूल रुक्न की बह्र में मात्रा की कोई घट-बढ़ की गई हो अर्थात् रुक्न से उप रुक्न बना कर उसके द्वारा बह्र बनायी गयी हो तो उसे मुफ़्रद मुज़ाहिफ़ बह्र कहते हैं।

प्रत्येक मुफ़्रद सालिम बह्रों से कुछ उप-बह्रों का निर्माण होता है। उप-बह्र बनाने के लिए मूल बह्र में एक या एक से अधिक सालिम रुक्न की मात्रा को घटा कर अथवा हटा कर उप-बह्र का निर्माण करते हैं। इस प्रकार बनी बह्र को 'मुफ़्रद मुज़ाहिफ़' बह्र कहते हैं। जैसे -

फ़ाइलातुन फ़ाइलातुन फ़ाइलातुन फ़ाइलातुन 2122/2122/2122/2122 (रमल मुसम्मन सालिम) के आख़िरी रुक्न फ़ाइलातुन 2122 से आख़िरी दीर्घ को हटा कर फ़ाइलुन 212 कर लें तो एक उप-बह्र का निर्माण होता है, जिसकी मात्रा फ़ाइलातुन फ़ाइलातुन फ़ाइलातुन फ़ाइलुन 2122/2122/2122/212 हो जाती है।

इस बह्र का नाम है - रमल मुसम्मन महज़ूफ़

यह नाम क्यों ?

बह्र एक ही रुक्न, रमल के प्रयोग से बनी है इसलिए - रमल

एक मिसरे में चार अर्कान हैं इसलिए - मुसम्मन

अर्कान अब सालिम नहीं रह गया है इसलिए नाम में से 'सालिम' हट गया और मुज़ाहिफ़ रूप के निश्चित नाम का उल्लेख कर दिया गया है अर्थात् 2122 से 212 होने की क्रिया को महजूफ़ कहते है जो कि बह्र के अंत में आने से स्पष्ट होता है कि बह्र सालिम नहीं है और इस अर्कान में रुक्न को 2122 से 212 किया गया है। इसलिये इस बह्र का नाम है - *रमल मुसम्मन महज़ूफ़*

इस बह्र का एक उदाहरण देखें -

एक रुख़ से गुलसिताँ दर गुलसिताँ है ज़िन्दगी

दूसरे रुख़ से मगर सहरा निशां है ज़िन्दगी - एहतराम इस्लाम

तक़्तीअ -

2122 / 2122 / 2122 / 212

फ़ाइलातुन / फ़ाइलातुन / फ़ाइलातुन / फ़ाइलुन

एक रुख़ से / गुलसिताँ दर / गुलसिताँ है / ज़िन्दगी

दूसरे रुख़ / से मगर सह / रा निशां है / ज़िन्दगी

नोट - इस प्रकार सभी 21 मुफ़्रद सालिम बह्र से अनेक मुफ़्रद मुज़ाहिफ़ सूरतें प्राप्त कर सकते हैं, परन्तु मुरक्कब सूरत प्राप्त करने की संख्या तथा नियम पूर्व सुनिश्चित हैं। अपने मन से कोई मुज़ाहिफ़ सूरत बनाने पर वह अरूज़ के अनुसार ग़लत हो सकती है

मुफ़्रद सालिम बह्र से अनेक मुफ़्रद मुज़ाहिफ़ बह्रों का निर्माण होता है। इनकी संख्या को तय करने के लिए यह नियम जानना आवश्यक है कि किस उप रुक्न को अर्कान में किस किस जगह प्रयोग कर सकते हैं

मुफ़्रद मुज़ाहिफ़ बह्र की कई सूरतें ख़ूब प्रचलित हैं और ग़ज़लकार इन बह्रों पर ख़ूब ग़ज़लें कहते हैं।

अब मुफ़्रद सालिम बह्रों से बनी कुछ प्रचलित मुफ़्रद मुज़ाहिफ़ बह्रों से परिचित होते हैं -

1 - मुतक़ारिब रुक्न की कुछ प्रचलित मुज़ाहिफ़ बह्रें

मुतक़ारिब मुसम्मन महज़ूफ़

फ़ऊलुन / फ़ऊलुन / फ़ऊलुन/ फ़अल

122 / 122 / 122 / 12

मुतक़ारिब मुसम्मन अस्लम रूप- 1

फ़ैलुन / फ़ऊलुन / फ़ैलुन / फ़ऊलुन

22 / 122 / 22 / 122

मुतक़ारिब मुसम्मन अस्लम महज़ूफ़

मुस्तफ़्यलुन / फ़ाइलुन / फ़ऊलुन

2212 / 212 / 122

मुतक़ारिब मुसम्मन मक्बूज रूप- 1

फ़ऊलु / फ़ऊलु / फ़ऊलु / फ़ऊलु

121 / 121 / 121 / 121

मुतक़ारिब मुसम्मन मक्बूज महज़ूफ़

फ़ऊलु / फ़ऊलु / फ़ऊलु / फअल

121 / 121 / 121 / 12

मुतक़ारिब मुसम्मन अस्लम मक्बूज

फ़ैलुन / फ़ऊलुन / फ़ऊलु / फ़ऊलुन

22 / 122 / 121 / 122

मुतक़ारिब मुसम्मन मक्बूज अस्लम

फ़ऊलु / फ़ैलुन / फ़ऊलु / फ़ैलुन

121 / 22 / 121 / 22

मुतक़ारिब मुसम्मन मक्बूज रूप-2

फ़ऊलु / फ़ऊलुन / फ़ऊलु / फ़ऊलुन

121 / 122 / 121 / 122

मुतक़ारिब मुसम्मन अस्लम रूप-2

फ़ऊलुन / फ़ऊलुन / फ़ैलुन / फ़ऊलुन

122 / 122 / 22 / 122

मुतक़ारिब मुसम्मन महज़ूफ़ मुदायफ़/ मक्बूज अस्लम मुदायफ़

मुफ़ाइलातुन / मुफ़ाइलातुन / मुफ़ाइलातुन / मुफ़ाइलातुन

12122 / 12122 / 12122 / 12122

मुतक़ारिब मुसद्दस् महज़ूफ़ मुदायफ़/ मक्बूज अस्लम मुदायफ़

मुफ़ाइलातुन / मुफ़ाइलातुन / मुफ़ाइलातुन

12122 / 12122 / 12122

मुतक़ारिब मुसद्दस् मक्बूज अस्लम

फ़ऊलु / फ़ैलुन / फ़ऊलुन

121 / 22 / 122

मुतक़ारिब मुरब्बा मक्बूज
फ़ऊलु / फ़ऊलु
121 / 121

2 - मुतदारिक रुक्न से बननेवाली मुज़ाहिफ़ बह्रें

मुतदारिक मुसम्मन मख़्बून
फ़इलुन / फ़इलुन / फ़इलुन / फ़इलुन
112 / 112 / 112 / 112

मुतदारिक मुसम्मन मक़्तूअ मख़्बून
फ़ैलुन / फ़इलुन / फ़इलुन / फ़इलुन
22 / 112 / 112 / 112

मुतदारिक मुसम्मन मख़्बून मुदायफ़
मुतफ़ाइलतुन / मुतफ़ाइलतुन / मुतफ़ाइलतुन / मुतफ़ाइलतुन
112112 / 112112 / 112112 / 112112

मुतदारिक मुरब्बा मख़्बून
फ़इलुन / फ़इलुन
112 / 112

3 - हज़ज रुक्न से बननेवाली मुज़ाहिफ़ बह्रें

हज़ज मुसम्मन अस्तर मक्फ़ूफ़ अबतर
फ़ाइलुन / मफ़ाईलुन / मफ़ाईलु / फ़ा
212 / 1222 / 1221 / 2

हज़ज मुसम्मन महज़ूफ़
मफ़ाईलुन / मफ़ाईलुन / मफ़ाईलुन / फ़ऊलुन
1222 / 1222 / 1222 / 122

हज़ज मुसम्मन अख़रब रूप- 1

मफ़्ऊलु / मफ़ाईलुन / मफ़्ऊलु / मफ़ाईलुन

221 / 1222 / 221 / 1222

हज़ज मुसम्मन अख़रब रूप- 2

मफ़्ऊलु / मफ़्ऊलु / मफ़्ऊलु / मफ़्ऊलु

221 / 221 / 221 / 221

हज़ज मुसम्मन मक्बूज

मुफ़ाइलुन / मुफ़ाइलुन / मुफ़ाइलुन / मुफ़ाइलुन

1212 / 1212 / 1212 / 1212

हज़ज मुसम्मन अस्तर

फ़ाइलुन / मफ़ाईलुन / फ़ाइलुन / मफ़ाईलुन

212 / 1222 / 212 / 1222

हज़ज मुसम्मन अख़रब मक्बूज

मफ़्ऊलु / मुफ़ाइलुन / मफ़्ऊलु / मुफ़ाइलुन

221 / 1212 / 221 / 1212

हज़ज मुसम्मन अस्तर मक्बूज

फ़ाइलुन / मुफ़ाइलुन / मुफ़ाइलुन / मुफ़ाइलुन

212 / 1212 / 1212 / 1212

हज़ज मुसम्मन मक्बूज अस्तर

मुफ़ाइलुन / फ़ाइलुन / मुफ़ाइलुन / फ़ाइलुन

1212 / 212 / 1212 / 212

हज़ज मुसम्मन अस्तर महज़ूफ़ अख़रब

फ़ाइलुन / फ़ऊलुन / मफ़्ऊलु / फ़ाइलुन

212 / 122 / 221 / 212

हज़ज मुसम्मन मक्फ़ूफ़

मफ़ाईलुन / मफ़ाईलुन / मफ़ाईलुन / मफ़ाईलु

1222 / 1222 / 1222 / 1221

हज़ज मुसम्मन अख़रम अख़रब मक्फ़ूफ़ महज़ूफ़

मफ़्ऊलुन / मफ़्ऊलु / मफ़ाईलु / फ़ऊलुन

222 / 221 / 1221 / 122

हज़ज मुसम्मन मक्फ़ूफ़ अख़रब

मफ़ाईलु / मफ़्ऊलु / मफ़ाईलु / मफ़्ऊलु

1221 / 221 / 1221 / 221

हज़ज मुसम्मन अख़रब मक्फ़ूफ़ महज़ूफ़ रूप- 1

मफ़्ऊलु / मफ़ाईलु / मफ़ाईलु / फ़ऊलुन

221 / 1221 / 1221 / 122

हज़ज मुसम्मन अख़रब मक्फ़ूफ़ महज़ूफ़ रूप- 2

मफ़्ऊलु / मफ़ाईलु / मफ़ाईलुन / फ़ऊलुन

221 / 1221 / 1222 / 122

हज़ज मुसम्मन अख़रम महज़ूफ़

मफ़्ऊलुन / मफ़्ऊलुन / फ़ऊलुन / फ़ऊलुन

222 / 222 / 122 / 122

हज़ज मुसम्मन महज़ूफ़ मक्फ़ूफ़

फ़ऊलुन / फ़ऊलुन / फ़ऊलुन / मफ़ाईलु

122 / 122 / 122 / 1221

हज़ज मुसम्मन अख़रब महज़ूफ़

मफ़्ऊलु / फ़ऊलुन / मफ़्ऊलु / फ़ऊलुन

221 / 122 / 221 / 122

हज़ज मुसम्मन अख़रब मक्बूज अबतर

मफ़्ऊलु / मफ़्ऊलु / मुफ़ाइलुन / फ़ा

221 / 221 / 1212 / 2

हज़ज मुसम्मन अख़रब अस्तर

मफ़्ऊलु / फ़ाइलुन / फ़ाइलुन / मफ़ाईलुन

221 / 212 / 212 / 1222

हज़ज मुसम्मन महज़ूफ़ अख़रम

मफ़ाईलुन / मुस्तफ़्यलुन / फ़ाइलातुन

1222 / 2212 / 2122

हज़ज मुसम्मन अख़रम मक्बूज अस्तर

मफ़्ऊलातु / फ़ाइलातुन / मफ़्ऊलातु / फ़ा

2221 / 2122 / 2221 / 2

बह्रे हज़ज मुसद्दस महज़ूफ़

मफ़ाईलुन / मफ़ाईलुन / फ़ऊलुन

1222 / 1222 / 122

हज़ज मुसद्दस मक्बूज

मुफ़ाइलुन / मुफ़ाइलुन / मुफ़ाइलुन

1212 / 1212 / 1212

हज़ज मुसद्दस अस्तर अख़रब

फ़ाइलुन / मफ़्ऊलु / फ़ाइलुन

212 / 221 / 212

हज़ज मुसद्दस अख़रम अस्तर महज़ूफ़

मफ़्ऊलुन / फ़ाइलुन / फ़ऊलुन

222 / 212 / 122

हज़ज मुसद्दस अख़रब मक्बूज महज़ूफ़

मफ़्ऊलु / मुफ़ाइलुन / फ़ऊलुन

221 / 1212 / 122

हज़ज मुसद्दस अस्तर

मफ़ाईलुन / मफ़ाईलुन / फ़ाइलुन

1222 / 1222 / 212

हज़ज मुसद्दस अख़रम

मफ़्ऊलुन / मफ़्ऊलुन / मफ़्ऊलुन

222 / 222 / 222

हज़ज मुरब्बा मक्बूज

मुफ़ाइलुन / मुफ़ाइलुन

1212 / 1212

हज़ज मुरब्बा अख़रम मक्बूज

मफ़्ऊलातु / फ़ाइलुन

2221 / 212

हज़ज मुरब्बा अख़रम

मफ़्ऊलुन / मफ़्ऊलुन

222 / 222

हज़ज मुरब्बा अख़रब महज़ूफ़

मफ़्ऊलु / फ़ऊलुन

221 / 122

हज़ज मुरब्बा अख़रब

मफ़्ऊलु / मफ़्ऊलु

221 / 221

हज़ज मुरब्बा महज़ूफ़

मफ़ाईलुन / फ़ऊलुन

1222 / 122

हज़ज मुरब्बा अस्तर

फ़ाइलुन / मफ़ाईलुन

212 / 1222

हज़ज मुरब्बा अस्तर मक्बूज

फ़ाइलुन / मुफ़ाइलुन

212 / 1212

4 - रमल रुक्न से बननेवाली मुज़ाहिफ़ बहरें

रमल मुसम्मन महज़ूफ़

फ़ाइलातुन / फ़ाइलातुन / फ़ाइलातुन / फ़ाइलुन

2122 / 2122 / 2122 / 212

रमल मुसम्मन मक़्तूअ

फ़ाइलातुन / फ़ाइलातुन / फ़ाइलातुन / फ़ैलुन

2122 / 2122 / 2122 / 22

रमल मुसम्मन महज़ूफ़ मक़्तूअ रूप- 1

फ़ाइलातुन / फ़ाइलातुन / फ़ाइलातुन / फ़ा

2122 / 2122 / 2122 / 2

रमल मुसम्मन महज़ूफ़ मक़्तूअ रूप- 2

फ़ाइलातुन / मफ़ाईलुन / फ़ैलुन

2122 / 1222 / 22

रमल मुसम्मन मख़्बून महज़ूफ़ मक़्तूअ

फ़ाइलातुन / फ़इलातुन / फ़इलातुन / फ़ा

2122 / 1122 / 2122 / 2

रमल मुसम्मन मख़्बून महज़ूफ़

फ़ाइलातुन / फ़ाइलातुन / फ़इलातुन / फ़ाइलुन

2122 / 2122 / 1122 / 212

रमल मुसम्मन मख़्बून मक़्तूअ रूप- 1

फ़ाइलातुन / फ़ाइलातुन / फ़इलातुन / फ़ैलुन

2122 / 2122 / 1122 / 22

रमल मुसम्मन मख़्बून मक़्तूअ रूप- 2

फ़ाइलातुन / फ़इलातुन / फ़इलातुन / फ़ैलुन

2122 / 1122 / 1122 / 22

रमल मुसम्मन मक्फ़ूफ़ मख़्बून मक़्तूअ

फ़ाइलातु / फ़इलातुन / फ़इलातुन / फ़ैलुन

2121 / 1122 / 1122 / 22

रमल मुसम्मन मक्फ़ूफ़ महज़ूफ़

फ़ाइलातु / फ़ाइलुन / फ़ाइलातु / फ़ाइलुन

2121 / 212 / 2121 / 212

रमल मुसम्मन मक्फ़ूफ़

फ़ाइलातु / फ़ाइलातु / फ़ाइलातु / फ़ाइलातु

2121 / 2121 / 2121 / 2121

रमल मुसम्मन मशकूल

फ़इलातु / फ़ाइलातुन / फ़इलातु / फ़ाइलातुन

1121 / 2122 / 1121 / 2122

रमल मुसम्मन मक़्तूअ मशकूल
मुस्तफ़्फ़ैलुन / फ़इलातु / फ़ैलुन
2222 / 1121 / 22

रमल मुसम्मन मक्फ़ूफ़ मक़्तूअ
फ़ाइलातु / फ़ैलुन / फ़ाइलातु / फ़ैलुन
2121 / 22 / 2121 / 22

रमल मुसद्दस मक्फ़ूफ़
फ़ाइलातुन / फ़ाइलातुन / फ़इलातु
2122 / 2122 / 2121

रमल मुसद्दस महज़ूफ़
फ़ाइलातुन / फ़ाइलातुन / फ़ाइलुन
2122 / 2122 / 212

रमल मुसद्स मख़्बून मक़्तूअ
फ़ाइलातुन / फ़इलातुन / फ़ैलुन
2122 / 1122 / 22

रमल मुसद्दस मक्फ़ूफ़ महज़ूफ़
फ़ाइलातु / फ़ाइलातु / फ़ाइलुन
2121 / 2121 / 212

रमल मुसद्दस मक्फ़ूफ़ मशकूल महज़ूफ़
फ़ाइलातु / फ़इलातु / फ़ाइलुन
2121 / 1121 / 212

रमल मुसद्दस मक्फ़ूफ़ मक़्तूअ
फ़ाइलातु / फ़ाइलातु / फ़ैलुन
2121 / 2121 / 22

रमल मुरब्बा महज़ूफ़

फ़ाइलातुन / फ़ाइलुन

2122 / 212

रमल मुरब्बा मक्फ़ूफ़ महज़ूफ़

फ़ाइलातु / फ़ाइलुन

2121 / 212

5 - रजज़ रुक्न से बननेवाली मुज़ाहिफ़ बहरें

रजज़ मुसम्मन मख़्बून मुतव्वी

मुफ़ाइलुन / मुफ़्तयलुन / मुफ़ाइलुन / मुफ़्तयलुन

1212 / 2112 / 1212 / 2112

रजज़ मुसम्मन मख़्बून

मुस्तफ़्यलुन / मुफ़ाइलुन / मुफ़ाइलुन / मुस्तफ़्यलुन

2212 / 1212 / 1212 / 2212

रजज़ मुसम्मन मक्फ़ूफ़

मुस्तफ़्यलु / मुस्तफ़्यलुन / मुस्तफ़्यलु / मुस्तफ़्यलुन

2211 / 2212 / 2211 / 2212

रजज़ मुसम्मन मुतव्वी

मुफ़्तयलुन / मुस्तफ़्यलुन / मुफ़्तयलुन / मुस्तफ़्यलुन

2112 / 2212 / 2112 / 2212

रजज़ मुसम्मन मुतव्वी मख़्बून

मुफ़्तयलुन / मुफ़ाइलुन / मुफ़्तयलुन / मुफ़ाइलुन

2112 / 1212 / 2112 / 1212

रजज़ मुसद्दस् मुतव्वी मख़्बून रूप- 1

मुफ़्तयलुन / मुफ़ाइलुन / मुफ़ाइलुन

2112 / 1212 / 1212

रजज़ मुसद्दस् मुतव्वी मख़्बून रूप- 2
मुस्तफ़्यलुन / मुफ़्तयलुन / मुफ़ाइलुन
2212 / 2112 / 1212

रजज़ मुसद्दस् मख़्बून मुतव्वी
मुफ़ाइलुन / मुफ़्तयलुन / मुफ़ाइलुन
1212 / 2112 / 1212

रजज़ मुरब्बा् मुतव्वी
मुफ़्तयलुन / मुफ़्तयलुन
2112 / 2112

रजज़ मुरब्बा मख़्बून रूप- 1
मुस्तफ़्यलुन / मुफ़ाइलुन
2212 / 1212
रजज़ मुरब्बा मख़्बून रूप- 2
मुफ़ाइलुन / मुफ़ाइलुन
1212 / 1212

रजज़ मुरब्बा मुतव्वी मख़्बून
मुफ़्तयलुन / मुफ़ाइलुन
2112 / 1212

6 - कामिल 7 - वाफिर 8 - फ़ाईलातु

कामिल और वाफ़िर और फ़ाईलातु रुक्न की मुरक्कब बह्र प्रचलित नहीं है।

2.1 मुरक्कब सालिम बह्र

वो बह्र जो दो मूल अर्कान के योग से बनी हो तथा जिनमें कोई मात्रा घट बढ़ न की गई हो उसे मुरक्कब सालिम बह्र कहते हैं। सालिम का अर्थ है मूल तथा मुरक्कब का अर्थ है मिश्रित। जब दो मूल रुक्न को मिश्रित करके कोई नई बह्र बनाई जाती हैं तो उसे मुरक्कब सालिम बह्र कहते हैं ।

उदाहरण - मुफ़ाईलुन फ़ाइलातुन मुफ़ाईलुन फ़ाइलातुन

(1222 / 2122 / 1222 / 2122)

हम देख सकते हैं कि इस अर्कान में हज़ज और रमल के अर्कान को इस प्रकार मिश्रित किया गया है – हज़ज / रमल / हज़ज / रमल

परन्तु इन अर्कान का स्वरूप मूल है, अर्थात् रुक्न की कोई मात्रा घटाई-हटाई नहीं गयी है। ऐसा करने से हमें एक नई बह्र प्राप्त हो गयी है जिसका नाम है – मुज़ारे।

इस प्रकार दो मूल रुक्न को मिश्रित करके कई बह्रें बनाई गयी हैं, इनकी संख्या 2 0 है

इन बह्रों में हिन्दी उर्दू में ग़ज़ल देखने को नहीं मिलती है। मुरक्कब बह्रों की मुज़ाहिफ़ सूरतें ही इस्तेमाल होती हैं।

अब हम 20 मुरक्कब सालिम बह्र के बारे में जानते हैं।

वो मुरक्कब बह्रें जिनके सालिम रूप प्रचलित हैं

मुक्तज़िब

मफ़्ऊलात / मुस्तफ़्यलुन / मफ़्ऊलात / मुस्तफ़्यलुन

2221 / 2212 / 2221 / 2212

सरीअ

मुस्तफ़्यलुन / मुस्तफ़्यलुन / मफ़्ऊलात

2212 / 2212 / 2221

वो मुरक्कब बह्रें
जिनके सालिम और मुज़ाहिफ़ दोनों रूप प्रचलित हैं -

मुन्सरेह

मुस्तफ़्यलुन / मफ़्ऊलात / मुस्तफ़्यलुन / मफ़्ऊलात
2212 / 2221 / 2212 / 2221

मुज़ारे

मफ़ाईलुन / फ़ाइलातुन / मफ़ाईलुन / फ़ाइलातुन
1222 / 2122 / 1222 / 2122

मुज्तस

मुस्तफ़्यलुन / फ़ाइलातुन / मुस्तफ़्यलुन / फ़ाइलातुन
2212 / 2122 / 2212 / 2122

तवील

फ़ऊलुन / मफ़ाईलुन / फ़ऊलुन / मफ़ाईलुन
122 / 1222 / 122 / 1222

वो मुरक्कब बह्रें जिनके सालिम रूप कम प्रचलित हैं लेकिन मुज़ाहिफ़ रूप प्रचलित हैं

मदीद

फ़ाइलातुन / फ़ाइलुन / फ़ाइलातुन / फ़ाइलुन
2122 / 212 / 2122 / 212

बसीत

मुस्तफ़्यलुन / फ़ाइलुन / मुस्तफ़्यलुन / फ़ाइलुन
2212 / 212 / 2212 / 212

वो मुरक्कब बह्रें जिनकी केवल मुज़ाहिफ़ रूप प्रचलित हैं

ख़फ़ीफ़

फ़ाइलातुन / मुस्तफ़्यलुन / फ़ाइलातुन
2122 / 2212 / 2122

जदीद

फ़ाइलातुन / फ़ाइलातुन / मुस्तफ़्यलुन

2122 / 2122 / 2212

मुशाकिल

फ़ाइलातुन / मफ़ाईलुन / मफ़ाईलुन

2122 / 1222 / 1222

वो मुरक्कब बहरें जो हिन्दी और उर्दू में प्रचलित नहीं हैं, केवल फ़ारसी और अरबी भाषा की ग़ज़ल में प्रयोग होती हैं

क़रीब

मफ़ाईलुन / मफ़ाईलुन / फ़ाइलातुन

1222 / 1222 / 2122

कलीब

फ़ाइलातुन / फ़ाइलातुन / मफ़ाईलुन

2122 / 2122 / 1222

असम

फ़ाइलातुन / मफ़ाईलुन / फ़ाइलातुन

2122 / 1222 / 2122

कबीर

मफ़्ऊलात / मफ़्ऊलात / मुस्तफ़्यलुन

2221 / 2221 / 2212

सगीर

मुस्तफ़्यलुन / फ़ाइलातुन / मुस्तफ़्यलुन

2212 / 2122 / 2212

सरीम

मफ़ाईलुन / फ़ाइलातुन / फ़ाइलातुन
1222 / 2122 / 2122

सलीम

मुस्तफ़्यलुन / मफ़्ऊलात / मफ़्ऊलात
2212 / 2221 / 2221

हमीद

मफ़्ऊलात / मुस्तफ़्यलुन / मफ़्ऊलात
2221 / 2212 / 2221

हमीम

फ़ाइलातुन / मुस्तफ़्यलुन / मुस्तफ़्यलुन
2122 / 2212 / 2212

2.2 मुरक्कब मुज़ाहिफ़ बह्र – जब मुरक्कब सालिम बह्र के रुक्न में से मात्रा घटा कर अथवा हटा कर कोई उप रुक्न बना कर बह्र बनाई जाए तो उसे मुरक्कब मुज़ाहिफ़ बह्र कहते हैं।

उदाहरण -

बह्र-ए-मुज़ारे जिसका मूल रुक्न मुफ़ाईलुन फ़ाइलातुन मुफ़ाईलुन फ़ाइलातुन 1222 2122 1222 2122 है इसके अर्कान में कुछ मात्राओं को लुप्त कर के एक बहु प्रचलित उप बह्र मुफ़ाइलुन फ़इलातुन मुफ़ाइलुन फ़ैलुन (1212 1122 1212 22) बनती है। यह एक मुरक्कब मुज़ाहिफ़ बह्र जिसका नाम है - मुज़ारे मुसम्मन मक्बूज, मख़्बून, मक्बूज, महजूफ़ो मक्तूअ

ज़िहाफ़ के प्रयोग से मुरक्कब बह्रों की सैकड़ो मुज़ाहिफ़ सूरतें बन सकती हैं। सभी का ज़िक्र संभव नहीं है, इसलिए मुरक्कब बह्रों की प्रचलित मुजाहिफ़ अर्कान का ज़िक्र किया जा रहा है।

बह्रे ख़फ़ीफ़ से बननेवाली मुज़ाहिफ़ बह्रें

बह्रे ख़फ़ीफ मुसद्दस
फ़ाइलातुन / मुस्तफ़्यलुन / फ़ाइलातुन
2122 / 2212 / 2122

बह्रे ख़फ़ीफ़ मुसद्दस मख़्बून रूप-1
फ़ाइलातुन / मुफ़ाइलुन / फ़ाइलातुन
2122 / 1212 / 2122

बह्रे ख़फ़ीफ़ मुसद्दस मख़्बून रूप-2
फ़इलातुन / मुफ़ाइलुन / फ़इलातुन
1122 / 1212 / 1122

बह्रे ख़फ़ीफ़ मुसद्दस मख़्बून मक़्तूअ/मुसद्दस् अस्तर
फ़ाइलुन / फ़ाइलुन / मफ़ाईलुन
212 / 212 / 1222

बह्रे ख़फ़ीफ़ मुसद्दस मख़्बून मशकूल
फ़इलातुन / मुफ़ाइलुन / फ़इलातु
1122 / 1212 / 1121

बह्रे ख़फ़ीफ मुसद्दस मख़्बून अबतर
फ़ाइलातुन / मुफाइलुन / फेलुन
2122 / 1212 / 22

बह्रे ख़फ़ीफ़ मुसद्दस मुतव्वी मक़्तूअ
फ़ाइलातुन / मुफ़्तयलुन / फ़ैलुन
2122 / 2112 / 22

बहरे ख़फ़ीफ़ मुसद्दस मक़्तूअ मक्फ़ूफ़ मख़्बून

फ़ैलुन / मुस्तफ़्यलु / फ़इलातुन

22 / 2211 / 1122

बहरे मुनसरेह से बननेवाली मुज़ाहिफ़ बहरें

मुनसरेह मुसम्मन मुतव्वी

मुफ़्तयलुन / फ़ाइलातु / मुफ़्तयलुन / फ़ाइलातु

2112 / 2121 / 2112 / 2121

मुनसरेह मुसम्मन मुतव्वी मारफ़ो

मुफ़्तयलुन / फ़ाइलुन / मुफ़्तयलुन / फ़ाइलुन

2112 / 212 / 2112 / 212

मुनसरेह मुसम्मन मुतव्वी मनहूर रूप-1

मुफ़्तयलुन / मफ़्ऊलात / मुफ़्तयलुन / फा

2112 / 2221 / 2112 / 2

मुनसरेह मुसम्मन मुतव्वी मनहूर रूप-2

मुफ़्तइलातुन / मुफ़्तइलातुन

21122 / 21122

मुनसरेह मुसम्मन मुतव्वी मनहूर मुदाइफ

मुफ़्तइलातुन / मुफ़्तइलातुन / मुफ़्तइलातुन / मुफ़्तइलातुन

21122 / 21122 / 21122 / 21122

मुनसरेह मुसम्मन मुतव्वी मनहूर रुप-3

मुफ़्तयलुन / फ़ाइलात / मुफ़्तयलुन / फ़ा

2112 / 2121 / 2112 / 2

बह्रे मुज़ारे से बननेवाली मुज़ाहिफ़ बह्रें

मुज़ारे मुसम्मन मक्फ़ूफ़
मफ़ाईलु / फ़ाइलातु / मफ़ाईलु / फ़ाइलातु
1221 / 2121 / 1221 / 2121

मुज़ारे मुसम्मन मख़्बून
मफ़ाईलुन / फ़इलातुन / मफ़ाईलुन / फ़इलातुन
1222 / 1122 / 1222 / 1122

बह्रे मुज़ारे मुसम्मन अख़रब
मफ़्ऊलु / फ़ाइलातुन / मफ़्ऊलु / फ़ाइलातुन
221 / 2122 / 221 / 2122

बह्रे मुज़ारे मुसम्मन अख़रब मक्फ़ूफ़ महज़ूफ़
मफ़्ऊलु / फ़ाइलातु / मफ़ाईलु / फ़ाइलुन
221 / 2121 / 1221 / 212

बह्रे मुज़ारे मुसम्मन मक्बूज मख़्बून मक़्तूअ
मुफ़ाइलुन / फ़इलातुन / मुफ़ाइलुन / फ़ैलुन
1212 / 1122 / 1212 / 22

बह्रे मुज़ारे मुसम्मन अख़रम मक़्तूअ मक्फ़ूफ़
मुस्तफ़्फ़ैलुन / फ़ाइलातुन / फ़ऊलुन
2222 / 2122 / 122

बह्रे मुज़ारे मुसम्मन अख़रब मक़्तूअ
मुस्तफ़्यलुन / मफ़्ऊलात / फ़ैलुन
2212 / 2221 / 22

बह्रे मुज्तस से बननवाली मुज़ाहिफ़ बह्रें

बह्रे मुज्तस मुसम्मन मख़्बून

मुफ़ाइलुन / फ़इलातुन / मुफ़ाइलुन / फ़इलातुन
1212 / 1122 / 1212 / 1122

बह्रे मुज्तस मुसम्मन मख़्बून मक़्तूअ

मुफ़ाइलुन / फ़इलातुन / मुफ़ाइलुन / फ़ैलुन
1212 / 1122 / 1212 / 22

बह्रे मुज्तस मुसम्मन मख़्बून मक्सूर

मुफ़ाइलुन / फ़इलातुन / मुफ़ाइलुन / फ़इलुन
1212 / 1122 / 1212 / 112

बह्रे मुज्तस मुसम्मन मुतव्वी मक़्तूअ

मुफ़्तयलुन / फ़ैलुन / मुफ़्तयलुन / फ़ैलुन
2112 / 22 / 2112 / 22

बह्रे असम से बननेवाली मुज़ाहिफ़ बह्रें

बह्रे असम मुसद्दस महज़ूफ़ मक्फ़ूफ़

फ़ाइलुन / फअल / फ़ाइलुन / फअल
212 / 12 / 212 / 12

बह्रे असम मुसद्दस मशकूल अख़रब महज़ूफ़

फ़इलातु / मफ़्ऊलु / फ़ाइलुन
1121 / 221 / 212

बह्रे असम मुसद्दस् मक्बूज महज़ूफ़

फ़ाइलातुन / मुफ़ाइलुन / फ़ाइलुन
2122 / 1212 / 212

बह्रे क़रीब से बननेवाली मुज़ाहिफ़ बह्रें

बह्रे क़रीब मुसद्दस मक्फ़ूफ़

मफ़ाईलु / मफ़ाईलु / फ़ाइलातु

1221 / 1221 / 2121

बह्रे क़रीब मुसद्दस मख़्बून

मफ़ाईलुन / मफ़ाईलुन / फ़इलातुन

1222 / 1222 / 1122

बह्रे क़रीब मुसद्दस महज़ूफ़

मफ़ाईलुन / फ़ऊलुन / फ़ाइलातुन

1222 / 122 / 2122

बह्रे मुक्तज़िब से बननेवाली मुज़ाहिफ़ बह्रें

बह्रे मुक्तज़िब मुसम्मन मुतव्वी

फ़ाइलातु / मुफ़्तयलुन / फ़ाइलातु / मुफ़्तयलुन

2121 / 2112 / 2121 / 2112

बह्रे मुशाकिल से बननेवाली मुज़ाहिफ़ बह्रें

बह्रे मुशाकिल मुसद्दस मक्फ़ूफ़

फ़ाइलातु / मफ़ाईलु / मफ़ाईलु

2121 / 1221 / 1221

बह्रे मुशाकिल मुसद्दस महज़ूफ़ अबतर मक्बूज

फ़ाइलातुन / मुफ़ाइलुन

2122 / 1212

बह्रे सरीअ से बननेवाली मुज़ाहिफ़ बह्रें

बह्रे सरीअ मुसद्दस् मुतव्वी

मुफ़्तयलुन / मुफ़्तयलुन / फ़ाइलातु
2112 / 2112 / 2121

बह्रे सरीअ मुसद्दस् मुतव्वी मारफो

मुफ़्तयलुन / मुफ़्तयलुन / फ़ाइलुन
2112 / 2112 / 212

बह्रे तवील से बननेवाली मुज़ाहिफ़ बह्रें

बह्रे तवील मुसम्मन मक्बूज

फ़ऊलुन / मुफ़ाइलुन / फ़ऊलुन / मुफ़ाइलुन
122 / 1212 / 122 / 1212

बह्रे तवील मुसम्मन मक्बूज अख़रब महज़ूफ़

मुफ़ाइलुन / मुफ़्तयलुन / फ़ऊलुन
1212 / 2112 / 122

बह्रे तवील मुसम्मन अस्लम अख़रब महज़ूफ़

मुस्तफ़्फ़ैलुन / फ़इलातुन / फ़ऊलुन
2222 / 1122 / 122

बह्रे कलीब से बननेवाली मुज़ाहिफ़ बह्रें

बह्रे कलीब मुसद्दस मक्फ़ूफ़ मशकूल महज़ूफ़

फ़ाइलातु / फ़इलातु / फ़ऊलुन
2121 / 1121 / 122

बह्रे कलीब मुसद्दस मक़्तूअ मशकूल मक्बूज

मफ़्ऊलु / फ़ऊलु / मुफ़ाइलुन

221 / 121 / 1212

बह्रे कलीब मुसद्दस मशकूल मक्फ़ूफ़ अबतर

फ़इलातु / फ़ाइलातु / फा

1121 / 2121 / 2

बह्रे सरीम से बननेवाली मुज़ाहिफ़ बह्रें

बह्रे सरीम मुसद्दस अख़रम मशकूल महज़ूफ़

मफ़्ऊलातु / मुफ़ाइलुन / मफा

2221 / 1212 / 12

बह्रे सरीम मुसद्दस अख़रब मक़्तूअ मुदाइफ

मुस्तफ़्यलुन / मफ़्ऊलुन / मुस्तफ़्यलुन / मफ़्ऊलुन

2212 / 222 / 2212 / 222

बह्रे बसीत से बननेवाली मुज़ाहिफ़ बह्रें

बह्रे बसीत मुसम्मन मख़्बून

मुस्तफ़्यलुन / फ़ाइलातु / फ़ाइलातुन / फअल

2212 / 2121 / 2122 / 12

बह्रे सगीर से बननेवाली मुज़ाहिफ़ बह्रें

बह्रे सगीर मुसद्दस मक्फ़ूफ़ मक़्तूअ मुतव्वी

मुस्तफ़्यलु / मफ़्ऊलातु / फअल

2211 / 2221 / 12

बह्रे जदीद से बननेवाली मुज़ाहिफ़ बह्रें

बह्रे जदीद मुसद्दस मख़्बून

फ़इलातुन / फ़इलातुन / मुफ़ाइलुन
1122 / 1122 / 1212

बह्रे जदीद मुसद्दस मक्फ़ूफ़

फ़ाइलातु / फ़ाइलातु / मुस्तफ़्यलु
2121 / 2121 / 2211

बह्रे सलीम से बननेवाली मुज़ाहिफ़ बह्रें

बह्रे सलीम मुसद्दस मुतव्वी

मुफ़्तयलुन / फ़ाइलातु / फ़ाइलातु
2112 / 2121 / 2121

बह्रे सलीम मुसद्दस मक्फ़ूफ़ मारफ़ो

मुस्तफ़्यलु / फ़ाइलुन / फ़ाइलुन
2211 / 212 / 212

बह्रे मदीद से बननेवाली मुज़ाहिफ़ बह्रें

बह्रे मदीद मुसम्मन मख़्बून

फ़इलातुन / फ़इलुन / फ़इलातुन / फ़इलुन
1122 / 112 / 1122 / 112

बह्रे मदीद मुसम्मन मक्फ़ूफ़

फ़ाइलातु / फ़ाइलुन / फ़ाइलातु / फ़ाइलुन
2121 / 212 / 2121 / 212

बह्रे मदीद मुसम्मन मशकूल मक़्तूअ
फ़इलातु / फ़ैलुन / फ़इलातु / फ़ैलुन
1121 / 22 / 1121 / 22

बह्रे हमीद से बननेवाली मुज़ाहिफ़ बह्रें

बह्रे हमीद मुसद्दस मुतव्वी
फ़ाइलातु / फ़ाइलातुन / फ़ाइलातु
2121 / 2122 / 2121

बह्रे हमीद मुसद्दस मारफो
फ़ाइलुन / फ़ाइलातुन / फ़ाइलुन
212 / 2122 / 212

बह्रे हमीम से बननेवाली मुज़ाहिफ़ बह्रें

बह्रे हमीद मुसद्दस मख़्बून
फ़इलातुन / मुफ़ाइलुन / मुफ़ाइलुन
1122 / 1212 / 1212

बह्रे हमीद मुसद्दस मुतव्वी
फ़ाइलातुन / मुफ़्तयलुन / मुफ़्तयलुन
2122 / 2112 / 2112

बह्रे हमीद मुसद्दस महज़ूफ़ मुतव्वी
फ़ाइलातुन / फ़इलातुन / फ़ाइलुन
2122 / 1122 / 212

बह्रे कबीर से बननेवाली मुज़ाहिफ़ बह्रें

बह्रे कबीर मुसद्दस मुतव्वी

फ़ाइलातु / फ़ाइलातु / मुफ़्तयलुन

2121 / 2121 / 2112

बह्रे कबीर मुसद्दस मारफो

फ़ाइलातुन / मफ़ाईलुन / फअल

2122 / 1222 / 12

3 - मात्रिक बह्र

इस बह्र के बारे में जानने के लिये आवश्यक है कि हमें बह्र में मात्रा गिराने के नियम की जानकारी हो। अतः इस बह्र के बारे में जानने से पूर्व हम मात्रा गिराने के नियम को जान लेते हैं। उसके बाद इस बह्र के बारे में विस्तार से जानकारी प्राप्त करेंगे।

अध्याय 17

मात्रा गिराने का नियम

जैसा कि हमने जाना था कि हम तक़्तीअ द्वारा बह्र को जाँचते हैं और पता करते हैं हमारा शे'र बा-बह्र है अथवा नहीं। इस क्रम में कुछ उदाहरण प्रस्तुत कर के तक़्तीअ (मात्रा गणना) को समझा गया। अब मात्रा गणना के एक और नियम को समझते हैं।

नियमतः 'मात्रा गिराने का नियम' कहना ग़लत है क्योंकि मात्रा को गिराना अरूज़ में 'नियम' के अंतर्गत नहीं, बल्कि छूट के अंतर्गत आता है। अरूज़ पर उर्दू लिपि में लिखी किताबों में यह 'नियम' के अंतर्गत नहीं, बल्कि छूट के अंतर्गत ही बताया जाता रहा है, परन्तु अब यह छूट इतनी अधिक ली जाती है कि नियम का स्वरूप धारण करती जा रही है। इसलिए अब इसे मात्रा गिराने का नियम कहना भी ग़लत न होगा। मात्रा गिराने के नियमानुसार, उच्चारण अनुसार तो हम एक मिसरे में अधिकाधिक मात्रा गिरा सकते हैं, परन्तु उस्ताद शाइर हमेशा यह सलाह देते हैं कि ग़ज़ल में मात्रा कम-से-कम गिरानी चाहिए-

यदि हम मात्रा गिराने के नियम की परिभाषा लिखें तो कुछ यूँ होगी -

> *'जब किसी बह्र के अर्कान में जिस स्थान पर लघु मात्रिक अक्षर होना चाहिए उस स्थान पर दीर्घ मात्रिक अक्षर आ जाता है तो नियमतः कुछ विशेष अक्षरों को हम दीर्घ मात्रिक होते हुए भी दीर्घ स्वर में न पढ़कर लघु स्वर की तरह कम जोर दे कर पढ़ते हैं और दीर्घ मात्रिक होते हुए भी लघु मात्रिक मान लेते हैं, इसे मात्रा का गिरना कहते हैं।''*

अब इस परिभाषा का उदाहारण भी देख लें - 2122 (फ़ाइलातुन) में, पहले एक दीर्घ है फिर एक लघु फिर दो दीर्घ होता ह। इसके अनुसार शब्द देखें - 'कौन आया' कौ2 न1 आ2 या2

और यदि हम लिखते हैं - 'कोई आया' तो इसकी मात्रा होती है 22 22(फ़ैलुन फ़ैलुन) को2 ई2 आ2 या2

परन्तु यदि हम चाहें तो 'कोई आया' को 2122 (फ़ाइलातुन) अनुसार भी गिनने की छूट है। देखें - को2 ई1 आ2 या2

यहाँ ई की मात्रा 2 को गिरा कर इ1 कर दिया गया है और पढ़ते समय भी 'ई' को दीर्घ स्वर अनुसार न पढ़कर ऐसे पढ़ेंगे कि लघु स्वर का बोध हो।

अर्थात् 'कोई आया (22 22) को यदि 2122 मात्रिक मानना है तो इसे 'कोइ आया' अनुसार उच्चारण अनुसार पढ़ेंगे।

नोट - ग़ज़ल को लिपिबद्ध करते समय हमेशा शुद्ध रूप में लिखते हैं। 'कोई आया' को 2122 मात्रिक मानने पर भी केवल उच्चारण को बदलेंगे अर्थात् पढ़ते समय 'कोइ आया' पढ़ेंगे, परन्तु मात्रा गिराने के बाद भी 'कोई आया' ही लिखेंगे।

इसलिए ऐसा कहते हैं कि, 'ग़ज़ल कही जाती है।' 'कहने' से तात्पर्य यह है कि उच्चारण के अनुसार ही हम यह जान सकते हैं कि ग़ज़ल को किस बह्र में कहा गया है। यदि लिपि अनुसार मात्रा गणना करें तो 'कोई आया' हमेशा 2222 होता है, परन्तु यदि व्यक्ति 'कोई आया' को उच्चरित करता है तो तुरंत पता चल जाता है कि पढ़ने वाले ने किस मात्रा अनुसार पढ़ा है 2222 अनुसार अथवा 2122 अनुसार। यदि हम कोई आया को 2122 गिनने पर 'कोइ आया' लिखना शुरू कर दें तो धीरे-धीरे लिपि का स्वरूप विकृत हो जायेगा और मानकता ख़त्म हो जायेगी, इसलिए ऐसा भी नहीं किया जा सकता है।

ग़ज़ल 'लिखी' जाती है ऐसा भी कह सकते हैं, परन्तु ऐसा वो लोग ही कह सकते हैं जो मात्रा गिराने की छूट कदापि न लें, तभी यह हो पायेगा कि उच्चारण और लिपि में समानता होगी और जो लिखा जायेगा वही पढ़ा जायेगा।

मात्रा गिराने के नियम को पूरी तरह से जानने के लिए जिन बातों को जानना होगा वह हैं -

अ) किन दीर्घ मात्रिक अक्षर को गिरा कर लघु मात्रिक कर सकते हैं और किन्हें नहीं ?

ब) शब्द में किन-किन स्थान पर मात्रा गिरा सकते हैं और किन स्थान पर नहीं?

स) किन शब्दों की मात्रा को गिरा सकते हैं और किन शब्दों की मात्रा को नहीं गिरा सकते ?

हम इन तीनों प्रश्नों का उत्तर क्रमानुसार खोजेंगे। आगे यह लेख तीन भाग अ) ब) स) द्वारा विभाजित है, जिससे लेख में स्पष्ट विभाजन हो सके तथा बातें आपस में न उलझें।

नोट - याद रखें 'स्वर' कहने पर 'अ - अः' स्वर का बोध होता है, व्यंजन कहने पर 'क - ज्ञ' व्यंजन का बोध होता है तथा अक्षर कहने पर 'स्वर' अथवा 'व्यंजन' अथवा 'व्यंजन + स्वर' का बोध होता है, पढ़ते समय यह ध्यान दें कि स्वर, व्यंजन तथा अक्षर में से क्या लिखा गया है।

(अ)

किन दीर्घ मात्रिक को गिरा कर लघु कर सकते हैं और किन्हें नहीं?

इस प्रश्न के साथ ही हमारे मन में एक और प्रश्न उत्पन्न होता है, हम उसे भी जोड़ कर दो प्रश्न तैयार करते हैं।

1) जिस प्रकार दीर्घ मात्रिक अक्षर को गिरा कर लघु कर सकते हैं, क्या लघु मात्रिक अक्षर को उठा कर दीर्घ कर सकते हैं ?

2) हम कौन-कौन से दीर्घ मात्रिक अक्षर को लघु मात्रिक कर सकते हैं ?

पहले प्रश्न का उत्तर है - सामान्यतः नहीं, हम लघु मात्रिक अक्षर को उठा कर दीर्घ मात्रिक नहीं कर सकते। यदि कोई अक्षर लिखित प्रारूप में लघु मात्रिक है तथा वह दीर्घ मात्रिक हो रहा है, जैसे - पत्र21 में 'प' संयुक्त अक्षर त्र के पूर्व होने के कारण दीर्घ मात्रिक हो जाता है, तो इसे मात्रा उठाना नहीं कह सकते क्योंकि यहाँ उच्चारण अनुसार अनिवार्य रूप से मात्रा दीर्घ हो रही है, जबकि मात्रा गिराने में यह छूट है कि जब ज़रूरत हो गिरा लें और जब ज़रूरत हो न गिरायें।

(परन्तु ग़ज़ल की मात्रा गणना में इस बात के कुछ अपवाद भी मिलते हैं, जहाँ लघु मात्रिक को दीर्घ मात्रिक माना जाता है; इसकी चर्चा हम आगे करेंगे)

दूसरे प्रश्न का उत्तर अपेक्षाकृत बड़ा है और इसका उत्तर पाने के लिए पहले हमें यह याद करना चाहिए कि अक्षर कितने प्रकार से दीर्घ मात्रिक बनते हैं फिर उसमें से विभाजन करेंगे कि किस प्रकार को गिरा सकते हैं किसे नहीं।

इस पुस्तक के *बह्र परिचय तथा मात्रा गणना* में क्रमांक 1 से 9 तक लघु

तथा दीर्घ मात्रिक अक्षरों को विभाजित किया गया है, यदि उस सारिणी को ले लें तो बात अधिक स्पष्ट हो जायेगी। क्रमांकों के अंत में मात्रा गिराने से सम्बन्धित नोट को **बोल्ड** किया गया है देखिये -

क्रमांक 1 - सभी व्यंजन स्वतंत्र रूप से (बिना किसी स्वर योग के) एक मात्रिक होते हैं (इनमें संयुक्ताक्षर नहीं शामिल हैं) जैसे –

क, ख, ग, घ, च, छ, ज, झ, ट ... आदि 1 मात्रिक हैं।

यह स्वयं 1 मात्रिक हैं

क्रमांक 2 - अ, इ, उ स्वर व अनुस्वार (चन्द्रबिंदी) तथा इनके साथ प्रयुक्त व्यंजन एक मात्रिक होते हैं जैसे -

अ, इ, उ एक मात्रिक हैं

कि, सि, पु, सु, हँ आदि एक मात्रिक हैं

यह स्वयं 1 मात्रिक हैं

क्रमांक 3 - आ, ई, ऊ, ए, ऐ, ओ, औ, अं स्वर तथा इनके साथ प्रयुक्त व्यंजन दो मात्रिक होते हैं।

जैसे = आ, सो, पा, जू, सी, ने, पै, सौ, सं आदि 2 मात्रिक हैं।

इनमें से केवल आ, ई, ऊ, ए ,ओ स्वर को गिरा कर 1 मात्रिक कर सकते है तथा ऐसे दीर्घ मात्रिक अक्षर को गिरा कर 1 मात्रिक कर सकते हैं जो 'आ, ई, ऊ, ए, ओ' स्वर के योग से दीर्घ हो।

अन्य स्वर को लघु नहीं गिन सकते, न ही ऐसे अक्षर को लघु गिन सकते हैं जो ऐ, औ, अं के योग से दीर्घ हुए हों।

उदाहरण =

मुझको **2 2 गिरा कर** मुझकु**2 1 कर सकते हैं।**

आ, ई, ऊ, ए, ओ, सा, की, हू, पे, दो **आदि को दीर्घ से गिरा कर लघु कर सकते हैं, परन्तु ऐ, औ, अं, पै, कौ, रं आदि को दीर्घ से लघु नहीं कर सकते हैं।**

स्पष्ट है कि आ, ई, ऊ, ए, ओ स्वर तथा आ, ई, ऊ, ए, ओ तथा व्यंजन के योग से बने दीर्घ अक्षर को गिरा कर लघु कर सकते हैं।

क्रमांक 4.1 - यदि किसी शब्द में दो 'एक मात्रिक' व्यंजन हैं तो उच्चारण अनुसार दोनों जुड़ कर शाश्वत दो मात्रिक अर्थात् दीर्घ बन जाते हैं जैसे ह1+म1 = हम = 2 ऐसे दो मात्रिक शाश्वत दीर्घ होते हैं जिनको ज़रूरत के अनुसार 11 अथवा 1 नहीं किया जा सकता है।

जैसे – सम, दम, चल, घर, पल, कल आदि शाश्वत दो मात्रिक हैं।

ऐसे किसी दीर्घ को लघु नहीं कर सकते हैं। दो व्यंजन मिल कर दीर्घ मात्रिक होते हैं तो ऐसे दो मात्रिक को गिरा कर लघु नहीं कर सकते हैं

उदाहरण = कमल की मात्रा 12 है इसे क1 + मल2 = 12 गिनेंगे तथा इसमें हम 'मल' को गिरा कर 1 नहीं कर सकते, अर्थात् कमल को 11 अथवा 111 कदापि नहीं गिन सकते।

क्रमांक 4.2 -, परन्तु जिस शब्द के उच्चारण में दोनों अक्षर अलग-अलग उच्चरित होंगे वहाँ ऐसा मात्रा योग नहीं बनेगा और वहाँ दोनों लघु हमेशा अलग-अलग अर्थात् 11 गिना जायेगा।

जैसे – असमय = अ/स/मय = अ1 स1 मय2 = 112

असमय का उच्चारण करते समय 'अ' उच्चारण के बाद रुकते हैं और 'स' अलग-अलग बोलते हैं और 'म''य' का उच्चारण एक साथ करते हैं इसलिए 'अ' और 'स' को दीर्घ नहीं किया जा सकता है, और 'म' 'य' मिल कर दीर्घ हो जा रहे हैं इसलिए असमय का वज़्न अ1 स1 मय2 = 112 होगा, इसे 22 नहीं किया जा सकता है, क्योंकि यदि इसे 22 किया गया तो उच्चारण 'अस्मय' हो जायेगा और शब्द उच्चारण दोषपूर्ण हो जायेगा।

यहाँ उच्चारण अनुसार स्वयं लघु मात्रिक है अ1 स1 और मय2 को हम 4.1 अनुसार नहीं गिरा सकते

क्रमांक 5.1 – जब नियम के *क्रमांक 1* अनुसार लघु मात्रिक स्वर अथवा व्यंजन

जैसे - अ, क, ख आदि। *क्रमांक 2* अनुसार लघु मात्रिक स्वर अथवा स्वर+व्यंजन के साथ जुड़ता है तो शुद्ध उच्चारण अनुसार दोनों लघु मिल कर शाश्वत दो मात्रिक हो जाता है। उदाहरण – **तुम** शब्द में 'त' 'उ' के साथ जुड़ कर 'तु' होता है। नियम क्रमांक 2 अनुसार 'तु' एक मात्रिक है और 'तुम' शब्द में 'म' भी क्रमांक 1 के अनुसार *एक मात्रिक* है। बोलते समय तु+म को एक साथ बोलते हैं तो ये दोनों जुड़ कर शाश्वत दीर्घ (अर्थात् 2 मात्रिक) बन जाते हैं इसे दो लघु मात्रिक (अर्थात् 11) नहीं गिना जा सकता।

इसके और उदाहरण देखें - यदि, कपि, कुछ, रुक आदि शब्द शाश्वत दो मात्रिक (2) हैं

ऐसे दो मात्रिक को गिरा कर लघु नहीं कर सकते।

क्रमांक 5.2 -, परन्तु जहाँ किसी शब्द के उच्चारण में दोनों हर्फ़ अलग-अलग उच्चरित होंगे वहाँ ऐसा मात्रा योग नहीं बनेगा और वहाँ अलग-अलग ही अर्थात् 11 गिना जायेगा

जैसे – सुमधुर = सु/ म /धुर

स+उ1/ म1/ धुर2 = 112

यहाँ उच्चारण अनुसार स्वयं लघु है।

क्रमांक 6 - यदि किसी शब्द में अग़ल-बग़ल के दोनों व्यंजन किन्हीं लघु स्वर के साथ जुड़ कर लघु ही रहते हैं (दोनों क्रमांक 2 अनुसार) तो उच्चारण अनुसार दोनों 11 ही रहते हैं जैसे -

पुरु = प+उ 1/ र+उ 1 = पुरु - 11

दोनों व्यंजन स्वर युक्त होने के कारण अलग-अलग उच्चरित होंगे इसलिये योग नहीं बनेगा और मात्रा अलग-अलग ही गिनी जायेगी। जैसे –

सुविचार = सु/ वि / चा / र

स+उ1/ व+इ1/ चा2/ र1 = 1121

गिरि = 11

सुधि = 11

नोट - ऐसे शब्द शाश्वत दो लघु मात्रिक अर्थात् 11 ही होते हैं, परन्तु अरूज़ में मात्रा गणना करते समय हम छूट लेते हुए इसे 2 भी कर लेते हैं।

जैसे - *सुधि के कंगन खनक रहे हैं।*

सुधि2 के2 कंगन22 खनक12 रहे12 हैं2

यहाँ सुधि को 11 की जगह 2 मात्रिक माना गया है।

ऐसे ही अन्य शब्दों को भी 2 मात्रिक कर लेते हैं।

जैसे = *हमसफ़रों* उच्चारण अनुसार 2112 होता है, परन्तु इसे 222 भी मान लिया जाता है

ऐसे दो मात्रिक को गिरा कर लघु नहीं कर सकते।

क्रमांक 7.1 - ग़ज़ल की मात्रा गणना में अर्ध व्यंजन को 1 मात्रा माना गया है तथा यदि शब्द में उच्चारण अनुसार पहले अथवा बाद के व्यंजन के साथ जुड़ जाता है और जिससे जुड़ता है वो व्यंजन यदि 1 मात्रिक है तो वह 2 मात्रिक हो जाता है और यदि दो मात्रिक है तो जुड़ने के बाद भी 2 मात्रिक ही रहता है ऐसे 2 मात्रिक को 11 नहीं गिना जा सकता है।

उदाहरण -

सच्चा = स1+च्1 / च1+आ1 = सच् 2 चा 2 = 22

(अतः सच्चा को 112 नहीं गिना जा सकता है)

आनन्द = आ / न+न् / द = आ2 नन्2 द1 = 221

कार्य = का+र्/ य = का र् 2 य 1 = 21 (कार्य में का पहले से दो मात्रिक है तथा आधा र के जुड़ने पर भी दो मात्रिक ही रहता है)

तुम्हारा = तु/ म्हा/ रा = तु1 म्हा2 रा2 = 122

तुम्हें = तु / म्हें = तु1 म्हें2 = 12

उन्हें = उ / न्हें = उ1 न्हें2 = 12

ऐसे अर्धअक्षर से जो शब्द दीर्घ मात्रिक हो जाते हैं उन्हें गिरा कर लघु नहीं कर सकते।

क्रमांक 7.2 - अपवाद स्वरूप अर्ध व्यंजन के इस नियम में अर्ध स व्यंजन के

साथ एक अपवाद यह है कि यदि अर्ध स के पहले या बाद में कोई एक मात्रिक अक्षर होता है तब तो यह उच्चारण के अनुसार बग़ल के शब्द के साथ जुड़ जाता है, परन्तु यदि अर्ध स के दोनों ओर पहले से दीर्घ मात्रिक अक्षर होते हैं तो कुछ शब्दों में अर्ध स को स्वतंत्र एक मात्रिक भी माना लिया जाता है।

जैसे = रस्ता = र+स् / ता 22 होता है मगर रास्ता = रा/स/ता = 212 होता है

दोस्त = दो+स् /त 21 होता है मगर दोस्ती = दो/स/ती = 212 होता है

इस प्रकार और शब्द देखें

बस्ती, सस्ती, मस्ती, बस्ता, सस्ता = 22

दोस्तों = 212

मस्ताना = 222

मुस्कान = 221

संस्कार 2121

ऐसे ह्रस्व व्यंजन स्वयं लघु होता है।

क्रमांक 8.1 - संयुक्ताक्षर जैसे = क्ष, त्र, ज्ञ द्ध द्व आदि दो व्यंजन के योग से बने होने के कारण दीर्घ मात्रिक हैं ,परन्तु मात्रा गणना में ख़ुद लघु हो कर अपने पहले के लघु व्यंजन को दीर्घ कर देते हैं अथवा पहले का व्यंजन स्वयं दीर्घ हो तो भी स्वयं लघु हो जाते हैं।

उदाहरण - पत्र = 21, वक्र = 21, यक्ष = 21, कक्ष - 21, यज्ञ = 21, शुद्ध =21 क्रुद्ध =21, गोत्र = 21, मूत्र = 21,

ऐसे संयुक्ताक्षर स्वयं लघु हो जाते हैं।

क्रमांक 8.2- यदि संयुक्ताक्षर से शब्द प्रारंभ हो तो संयुक्ताक्षर लघु हो जाते हैं।

उदाहरण = त्रिशूल = 121, क्रमांक = 121, क्षितिज = 12

इस अनुसार संयुक्ताक्षर स्वयं लघु हो जाते हैं।

क्रमांक 8.3 - संयुक्ताक्षर जब दीर्घ स्वर युक्त होते हैं तो अपने पहले के व्यंजन को दीर्घ करते हुए स्वयं भी दीर्घ रहते हैं अथवा पहले का व्यंजन स्वयं दीर्घ हो तो

भी दीर्घ स्वर युक्त संयुक्ताक्षर दीर्घ मात्रिक गिने जाते हैं

उदाहरण = प्रज्ञा = 22 राजाज्ञा = 222, पत्रों = 22

ऐसे संयुक्ताक्षर स्वर के जुड़ने से दीर्घ होते हैं तथा यह क्रमांक 3 के अनुसार उच्चारण अनुसार गिरा कर लघु हो सकते हैं।

क्रमांक 8.4 - उच्चारण अनुसार मात्रा गणना के कारण कुछ शब्द इस नियम के अपवाद भी हैं -

उदाहरण = अनुक्रमांक = अनु/क्र/मां/क = 2121 ('नु' अक्षर लघु होते हुए भी 'क्र' के योग से दीर्घ नहीं हुआ और उच्चारण अनुसार अ के साथ जुड़ कर दीर्घ हो गया और क्र लघु हो गया)

ऐसे संयुक्ताक्षर स्वयं लघु हो जाते हैं

क्रमांक 9 - विसर्ग युक्त व्यंजन दीर्घ मात्रिक होते हैं ऐसे व्यंजन को 1 मात्रिक नहीं गिना जा सकता।

उदाहरण = दुःख = 21 होता है इसे दीर्घ (2) नहीं गिन सकते। यदि हमें 2 मात्रा में इसका प्रयोग करना है तो इसके तद्भव रूप में 'दुख' लिखना चाहिए। इस प्रकार यह दीर्घ मात्रिक हो जायेगा।

शब्द विसर्ग युक्त दीर्घ व्यंजन को गिरा कर लघु नहीं कर सकते हैं।

अतः यह स्पष्ट हो गया है कि हम किन दीर्घ को लघु कर सकते हैं और किन्हें नहीं कर सकते, परन्तु यह अभ्यास से ही पूर्णतः स्पष्ट हो सकता है। कुछ अपवादों को समझने के लिए अभ्यास अति आवश्यक है।

उदाहरण स्वरूप एक अपवाद देखें = 'क्रमांक 3 अनुसार' मात्रा गिराने के नियम में बताया गया है कि 'ऐ' स्वर तथा 'ऐ' स्वर युक्त व्यंजन को नहीं गिरा सकते है। जैसे - 'जै' 2 को गिरा कर लघु नहीं कर सकते, परन्तु अपवाद स्वरूप 'है' 'हैं' और 'मैं' को दीर्घ मात्रिक से गिरा कर लघु मात्रिक करने की छूट है।

अभी अनेक नियम और हैं जिनको जानना आवश्यक है पर उससे पहले कुछ अश्आर की तक़्तीअ की जाये जिसमें मात्रा को गिराया गया हो।

उदाहरण - 1

ज़िंदगी में आज पहली बार मुझको डर लगा
उसने मुझ पर फूल फेंका था मुझे पत्थर लगा

तू मुझे काँटा समझता है तो मुझसे बच के चल
राह का पत्थर समझता है तो फिर ठोकर लगा

आगे आगे मैं नहीं होता कभी नज़्मी मगर
आज भी पथराव में पहला मुझे पत्थर लगा - अख़्तर नज़्मी

नोट - आगे तक़्तीअ करते हुए जहाँ मात्रा गिराई गई है मिसरे में वो अक्षर अन्डरलाइन करके दर्शाया गया है। आप देखें और मिलान करें कि जहाँ मात्रा गिराई गई है वह शब्द ऊपर बताए नियम अनुसार सही है अथवा नहीं।

ज़िंदगी में / आज पहली / बार मुझको / डर लगा
2122 / 2122 / 2122 / 212
उसने मुझ पर / फूल फेंका / था मुझे पत् / थर लगा
2122 / 2122 / 2122 / 212

तू मुझे काँ / टा समझता / है तो मुझसे / बच के चल
2122 / 2122 / 2122 / 212
राह का पत् / थर समझता / है तो फिर ठो / कर लगा
2122 / 2122 / 2122 / 212

आगे आगे / मैं नहीं हो / ता कभी नज् / मी मगर
2122 / 2122 / 2122 / 212
आज भी पथ / राव में पह / ला मुझे पत् / थर लगा
2122 / 2122 / 2122 / 212

उदाहरण - 2

उसे अबके वफ़ाओं से गुज़र जाने की जल्दी थी
मगर इस बार मुझको अपने घर जाने की जल्दी थी

मैं अपनी मुट्ठियों में क़ैद कर लेता ज़मीनों को
मगर मेरे क़बीले को बिखर जाने की जल्दी थी

वो शाख़ों से जुदा होते हुए पत्ते पे हँसते थे
बड़े ज़िन्दा नज़र थे जिनको मर जाने की जल्दी थी - राहत इन्दौरी

उसे अबके / वफ़ाओं से / गुज़र जाने / की जल्दी थी
1222 / 1222 / 1222 / 1222
मगर इस बा/ र मुझको अप/ ने घर जाने / की जल्दी थी
1222 / 1222 / 1222 / 1222

मैं अपनी मुट् / ठियों में क़ै / द कर लेता / ज़मीनों को
1222 / 1222 / 1222 / 1222
मगर मेरे / क़बीले को / बिखर जाने / की जल्दी थी
1222 / 1222 / 1222 / 1222

वो शाख़ों से / जुदा होते / हुए पत्ते / पे हँसते थे
1222 / 1222 / 1222 / 1222
बड़े ज़िन्दा / नज़र थे जिन / को मर जाने / की जल्दी थी
1222 / 1222 / 1222 / 1222

उदाहरण - 3

कैसे मंज़र सामने आने लगे हैं
गाते-गाते लोग चिल्लाने लगे हैं

अब तो इस तालाब का पानी बदल दो
ये कँवल के फूल कुम्हलाने लगे हैं

एक क़ब्रिस्तान में घर मिल रहा है
जिसमें तहख़ानों से तहख़ाने लगे हैं - *दुष्यंत कुमार*

कैसे मंज़र / सामने आ / ने लगे हैं
2122 / 2122 / 2122
गाते गाते / लोग चिल्ला / ने लगे हैं
2122 / 2122 / 2122

अब तो इस ता / लाब का पा / नी बदल दो
2122 / 2122 / 2122
ये कँवल के / फूल कुम्हला / ने लगे हैं
2122 / 2122 / 2122

एक क़ब्रिस् / तान में घर / मिल रहा है
2122 / 2122 / 2122
जिसमें तहख़ा / नों से तहख़ा / ने लगे हैं
2122 / 2122 / 2122

इस प्रकार नियमों और उदाहरण से यह स्पष्ट हुआ कि हम किन दीर्घ

मात्रिक को गिरा सकते हैं और किन्हें नहीं।

अब हम मात्रा गिराने के नियम को काफ़ी हद तक समझ चुके हैं और यह भी जान चुके हैं कि कौन सा दीर्घ मात्रिक अक्षर गिरेगा और कौन सा नहीं गिरेगा।

(ब)

अब हम इस प्रश्न का उत्तर खोजते हैं कि शब्द में किस स्थान का दीर्घ मात्रिक अक्षर गिर सकता है और किस स्थान का नहीं गिर सकता -

इस लेख के **खंड अ** के अनुसार हम जिन दीर्घ मात्रा को गिरा कर लघु मात्रिक गिन सकते हैं शब्द में उनका स्थान भी सुनिश्चित होता है, अर्थात् हम शब्द के किसी भी स्थान पर स्थापित दीर्घ अक्षर को **खंड अ** नियम के अनुसार नहीं गिरा सकते।

उदाहरण - पाया 22 को पाय उच्चारण अनुसार गिरा कर 21 गिन सकते हैं, परन्तु पया अनुसार 12 नहीं गिन सकते, अर्थात् पाया में पा की मात्रा नहीं गिर सकती है।

प्रश्न उठता है कि, जब पा और या दोनों में एक ही नियम (खंड अ, क्रमांक 3 अनुसार) लागू है तो ऐसा क्यों कि 'या' को गिरा सकते हैं 'पा' को नहीं ?

इसका उत्तर यह है कि हम मूल शब्द के केवल अंतिम दीर्घ मात्रिक अक्षर को ही मात्रा गिराने के नियम अनुसार गिरा सकते हैं।

कुछ और उदाहरण देखें -

उसूलों - 122 को गिरा कर केवल 121 कर सकते हैं इसमें हम 'सू' को गिरा कर 112 नहीं कर सकते क्योंकि 'सू' अक्षर शब्द के अंत में नहीं है।

तो - 2 को गिरा कर 1 कर सकते हैं क्योंकि यह शब्द का पहला और आख़िरी अक्षर है

बोलो - 22 को गिरा कर 21 अनुसार गिन सकते हैं।

आगे कुछ और उदाहरण भी हैं।

यहाँ यह बात ध्यान में रखना है कि शब्द के मूल रूप में कोई शब्द या अक्षर जोड़ा गया है तो मूल शब्द के अंतिम अक्षर को गिराने की संभावना रहती है

जैसे - मिलेगा में मिल शब्द मूल है और इसमें एगा जोड़ा गया है। मिलेगा की मात्रा -122 होती है और इसे गिरा कर 121तो कर ही सकते हैं, साथ ही ले को गिराते हुए 112 भी कर सकते हैं।

नोट - इस नियम में कुछ अपवाद भी देख लें -

कोई, मेरा, तेरा, शब्द में अपवाद स्वरूप पहले अक्षर को भी गिरा सकते हैं।

कोई - 22 से गिरा कर केवल 21 और 12 और 11 कर सकते हैं पर यह 2 नहीं हो सकता है।

मेरा - 22 से गिरा कर केवल 21 और 12 और 11 कर सकते हैं पर यह 2 नहीं हो सकता है।

तेरा - 22 से गिरा कर केवल 21 और 12 और 11 कर सकते हैं पर यह 2 नहीं हो सकता है।

खामोश - के पहले और दूसरे दीर्घ अक्षर को भी गिरा सकते हैं।

ऐसे कुछ और अक्षर भी हो सकते हैं, परन्तु ध्यान रखें कि यह अपवाद है। अब यह भी स्पष्ट है कि शब्द में किन स्थान पर दीर्घ मात्रिक को गिरा सकते हैं।

(स)

अब यह जानना शेष है कि किन शब्दों की मात्रा को कदापि नहीं गिरा सकते -

1) हम किसी व्यक्ति अथवा स्थान के नाम की मात्रा तथा अपने तख़ल्लुस (कवि का उपनाम) कदापि नहीं गिरा सकते।

उदाहरण - (I)- 'मीरा' शब्द के अंत में 'रा' है जो मात्रा गिराने के नियम क्रमांक 3 अनुसार गिर सकता है और शब्द के अंत में आ रहा है इसलिए खंड अ और ब नियमानुसार इसे गिरा सकते हैं, परन्तु यह एक महिला का नाम है, इसलिए

संज्ञा है और इस कारण हम मीरा (22) को 'मीर' उच्चारण करते हुए 21 नहीं गिन सकते। 'मीरा' शब्द सदैव 22 ही रहेगा इसकी मात्रा किसी दशा में नहीं गिरा सकते। यदि ऐसा करेंगे तो शेर दोष पूर्ण हो जायेगा।

उदाहरण (।।)- 'आगरा' शब्द के अंत में 'रा' है जिसे खंड अ क्रमांक 3 अनुसार गिरा सकते हैं और शब्द के अंत में 'रा' आ रहा है इसलिए इसे खंड ब नियमानुसार गिरा सकते हैं, परन्तु यह एक स्थान का नाम है इसलिए संज्ञा है, और इस कारण हम आगरा (212) को 'आगर' उच्चारण करते हुए 22 नहीं गिन सकते। 'आगरा' शब्द सदैव 212 ही रहेगा। इसकी मात्रा किसी दशा में नहीं गिरा सकते। यदि ऐसा करेंगे तो शेर दोष पूर्ण हो जायेगा।

2) हिन्दी के तत्सम शब्द की मात्रा भी नहीं गिरानी चाहिए।

उदाहरण - 'विडम्बना' शब्द के अंत में 'ना' है जो क्रमांक 3 अनुसार गिरा सकते हैं और शब्द के अंत में 'ना' आ रहा है इसलिए नियमानुसार गिरा सकते हैं, परन्तु 'विडम्बना' एक तत्सम शब्द है इसलिए इसकी मात्रा नहीं गिरानी चाहिए।

उदाहरण - दीपावली एक तत्सम शब्द है जिसका तद्भव रूप दीवाली है। इस अनुसार दीवाली को 221 नहीं करना चाहिए मगर इसे भी बदल कर एक और तद्भव रूप दिवाली 122 प्रचलित हो गया और लगभग स्वीकार्य है, मगर ध्यान रहे कि मूल शब्द दीपावली (2212) को गिरा कर दीपावलि 2211 अथवा दिपावली 1212 अथवा दिपावलि 122 नहीं करना चाहिए।

यह भी याद रखें कि मात्रा गिराने की छूट हिन्दी के तद्भव शब्दों में मिलती है, अर्थात् यह नियम केवल हिन्दी के तत्सम शब्दों के लिए है। उर्दू के शब्दों के साथ ऐसा कोई नियम नहीं है क्योंकि उर्दू की शब्दावली में तद्भव शब्द नहीं पाए जाते।

(अगर किसी उर्दू शब्द का बदला हुआ रूप प्रचलन में आया है तो वह शब्द उर्दू भाषा से किसी और भाषा में जाने के कारण बदला है जैसे उर्दू का अलविदाअ 2121 हिन्दी में अलविदा 212 हो गया, सहीह (121) बदल कर सही (12) हो गया शुरूअ (121) बदल कर शुरू(12) हो गया मन्अ(21) बदल कर मना(12) हो गया, और ऐसे अनेक शब्द हैं जिनका स्वरूप बदल गया मगर इनको उर्दू का तद्भव शब्द कहना ग़लत होगा)

अब जब सारे नियम साझा हो चुके हैं तो कुछ ऐसे शब्द उदाहरण स्वरूप प्रस्तुत हैं जिनकी मात्रा को गिराया जा सकता है।

नोट - इसमें जो मात्रा लघु है उसे '1' से दर्शाया गया है

जो 2 मात्रिक है, परन्तु गिरा कर लघु नहीं किया जा सकता उसे '2' से दर्शाया गया है

*जो 2 मात्रिक है, परन्तु गिरा कर लघु कर सकते हैं उसे '**X**' से दर्शाया गया है*

राम - 21

नज़र - 12

कोई - *XX*

मेरा - *XX*

तेरा - *XX*

और - 21 अथवा 2

क्यों - 2

सत्य - 21

को - *X*

मैं - *X*

है - *X*

हैं - *X*

सौ - 2

बिछड़े - 2*X*

तू - *X*

जाते - 2*X*

तूने - 2*X*

मुझको - 2*X*

मात्रा गिराने के नियम को जानने के बाद मात्रा गणना से सम्बन्धित कुछ अन्य बातें जिनका ध्यान रखना आवश्यक है उन्हें भी जान लेते हैं -

स्पष्ट कर दिया जाये कि 'किसी' (12) को गिरा गर किसि (11) कर सकते हैं, परन्तु इसे हम मात्रा गणना क्रमांक 6.1 अनुसार दीर्घ मात्रिक नहीं मान सकते। 'किसी' मात्रा गिरने के बाद 11 होगा और सदैव दो स्वतंत्र लघु ही रहेगा,किसी दशा में दीर्घ नहीं हो सकता।

इसी प्रकार आशिक़ी (212) को गिरा कर आशिक़ि 211 कर सकते हैं, परन्तु यह 22 नहीं हो सकता।परन्तु इसका भी अपवाद मौजूद है उसे भी देखें - और(21) में पहले अक्षर को अपवाद स्वरूप गिराते हैं तथा **अर** अनुसार पढ़ते हुए 'दीर्घ' मात्रिक मान लेते हैं। यहाँ याद रखें कि 'और' में 'र' नहीं गिरता इसलिए 'औ' लिख कर इसे दो मात्रिक मान कर मात्रा गिराने के नियम को लागू नहीं किया जा सकता है, अर्थात् इसे लघु मात्रिक नहीं मानना चाहिए। यह अनुचित है।

याद रखें - कुछ ऐसे शब्द हैं जिनके दो या दो से अधिक उच्चारण प्रचलित और मान्य हैं

जैसे राहबर (212) के साथ रहबर(22) भी मान्य है मगर यह मात्रा गिराने के नियम के कारण नहीं है;इस प्रकार के कुछ और शब्द देखें -

1 - तरह (12) - तर्ह (21)

2 - राहज़न (212) - रहज़न (22)

3 - दीपावली (2212) - दीवाली (222) - दिवाली (122)

4 - दीवाना (222) - दिवाना (122)

5 - नदी (12) - नद्दी (22)

6 - रखी (12) - रक्खी (22)

7 - उठी (12) - उट्ठी (22)

8 - शुरूअ (121) - शुरू (12)

9 - सहीह (121) - सही (12)

10 - शम्अ (21) - शमा (12)

11 - अलविदाअ (2121) - अलविदा (212)

12 - ग्लास (21) - गिलास (121)

13 - एक (21) - इक (2)

14 - वगर्ना (122) - वर्ना (22)

15 - आईना (222) - आइना (212) .... आदि

नोट - इनमें से कुछ शब्द में पहला शब्द 'तत्सम रूप' और दूसरा रूप 'तद्‌भव रूप' है, कुछ शब्द में उस्तादों द्वारा छूट लिए जाने के कारण दूसरा रूप प्रचलन में आ गया और सर्वमान्य हो गया। कुछ शब्द उर्दू से हिन्दी में आ कर अपना उच्चारण बदल बैठे।

उर्दू से हिन्दी में आने वाले शब्दों के लिए हमें कोशिश करनी चाहिए कि अधिकाधिक उस रूप का प्रयोग करें जो सूची में पहले लिखा है। बदले रूप का प्रयोग करने से बचना चाहिए, परन्तु प्रयोग निषेध भी नहीं है।

हिन्दी में ऐसे अनेकानेक शब्द हैं जो तद्‌भव रूप में प्रचलित हैं, उन पर भी यह बात लागू होती है जैसे - 'दीपावली' लिखना श्रेष्ठतम है, दीवाली लिखना 'श्रेष्ठ' और 'दिवाली' लिखना स्वीकार्य।

(यह बात यहाँ स्पष्ट करना इसलिए भी आवश्यक था कि कहीं इसे भी मात्रा गिराने के नियम के अंतर्गत मान कर लोग भ्रमित न हों)

लेख के अंत में एक दुर्लभ ग़ज़ल प्रस्तुत है। इस ग़ज़ल की विशेष बात यह है कि इसमें हिन्दी के तत्सम शब्दों का सुन्दर प्रयोग देखने को मिलता है और ग़ज़ल 20 वीं शताब्दी के चौथे दशक की है (अर्थात् 1931 से 1940 के बीच के किसी समय की) शाइर के नाम स्वरूप 'दीन' का उल्लेख मिलता है। जहाँ मात्रा गिराई गयी है उस अक्षर को <u>अन्डरलाइन</u> कर दिया है।

(2122 / 2122 / 2122 / 212)
खिल रही है आज कैसी भूमि तल पर चाँदनी
खोजती फिरती <u>है</u> किसको आज घर घर चाँदनी

घन घटा घूँघट हटा मुस्काई है कुछ ऋतु शरद
मारी-मारी फिरती है इस हेतु दर-दर चाँदनी

रात की तो बात क्या दिन में भी बन कर कुंदकास
छाई रहती है बराबर भूमि तल पर चाँदनी

सेत सारी युक्त प्यारी की छटा के सामने
जँचती है ज्यों फूल के आगे है पीतर चाँदनी
(सेत सारी - श्वेत साड़ी, सफ़ेद साड़ी)

स्वच्छता मेरे हृदय की देख लेगी जब कभी
सत्य कहता हूँ कि कँप जायेगी थर-थर चाँदनी

नोट - यहाँ यह ग़ज़ल इसलिए भी साझा की गयी है जिससे तत्सम शब्दों की मात्रा न गिराने के नियम की सत्यता प्रमाणित की जा सके। आप भी ऐसी ग़ज़ल खोजें जिसमें तत्सम शब्दावली का प्रयोग किया गया हो और देखें कि तत्सम शब्द की मात्रा गिराई गयी है अथवा नहीं।

अध्याय 18

अलिफ़-वस्ल

अलिफ़-वस्ल वह विशेष स्थिति है जिसमें दो शब्दों को वस्ल कर (जोड़ कर) मात्रा तथा उच्चारण को बदला जा सकता है। आइये जानते हैं कि वह विशेष स्थिति क्या होती है -

जब किसी शब्द का अंत व्यंजन से हो अर्थात् जिसमें कोई मात्रा न लगी हो, और उसके बाद के शब्द का प्रथमाक्षर कोई स्वर हो तो उच्चारण अनुसार पहले शब्द के अंतिम व्यंजन और दूसरे शब्द के पहले स्वर का योग किया जा सकता है। उदाहरण -

रात आ (रा2 त1 आ2) में 'रात' शब्द का आख़िरी अक्षर **त** व्यंजन है तथा इसमें कोई मात्रा नहीं लगी है और इसके बाद अगला शब्द **आ** एक स्वर है तो रात+आ को अलिफ़ वस्ल कर के 'राता' भी पढ़ा जा सकता है जिसका वज़्न रात21आ2 से बदल कर रा2 ता2 अर्थात् 22 हो जायेगा।

अलिफ़ वस्ल को मात्रा गणना में ली जाने वाली छूट के अंतर्गत रखा जा सकता है।

अन्य उदाहरण देखें -

हम2 और21 तुम2 (2 21 2) को हमौर121 तुम2 (1212) भी किया जा सकता है।

तंग21 आ2 चुके12 (21 2 12) को तंगा22 चुके12 (22 12) भी किया जा सकता है।

आवश्यक नहीं है कि ऐसा शाब्दिक संयोग होने पर आवश्यक रूप से अलिफ़ वस्ल किया ही जाए, बल्कि बह्र को निभाने के लिए ऐसा करना पड़ता है। उदाहरण स्वरूप कुछ अश्आर देखें -

ज़िंदगी यूँ भी गुज़र ही जाती

क्यों तेरा राह गुज़र याद आया - मिर्ज़ा ग़ालिब

2122, 1122, 22

यहाँ **याद आया** को **यादाया** अनुसार उच्चारण करके 222 मात्रा गणना की गई है

2122, 2122, 212

ज़ौर से बाज़ आए पर बाज़ आएँ क्या

कहते हैं हम तुझको मुँह दिखलाएँ क्या

रात दिन गर्दिश में हैं सात आसमाँ

हो रहेगा कुछ न कुछ घबराएँ क्या - मिर्ज़ा ग़ालिब

यहाँ **बाज़ आए** को **बाज़ाए** अनुसार उच्चारण करके 222 मात्रा गणना की गई है और फिर ए कि मात्रा को गिरा दिया गया है तथा **सात आसमाँ** को **सातासमाँ** अनुसार 2212 मात्रा गिनी गई है।

अलिफ़ वस्ल निम्नलिखित स्वर के साथ होता है - अ आ इ ई उ ऊ-ए-ऐ ओ औ अं

तीन अश्आर में एक साथ क्रमशः आ, ऊ, उ, अ, आ तथा इ अलिफ़ वस्ल का उदाहरण देखिये -

1222, 1222, 122

जो था आग, आजकल क्या हो गया है

वो क्यों नर्म ऊन जैसा हो गया है

तब उसकी अस्ल क़ीमत जान पाए

जब अपना दिल पराया हो गया है

कहा - रोज़ आप ही जीतेंगे मुझसे

बस इसके बाद झगड़ा हो गया है - (उदाहरण के लिए स्वरचित)

आग आजकल को आगाजकल अनुसार 2212 गिना गया है

नर्म ऊन को नर्मून अनुसार 221 गिना गया है

तब उसकी को तबुसकी अनुसार 122 गिना गया है

जब अपना को जबपना अनुसार 122 गिना गया है

रोज़ आप को रोज़ाप अनुसार 221 गिना गया है

बस इसके को बसिसके अनुसार 122 गिना गया है

एक दुर्लभ फ़ारसी नज़्म के शेर में अं स्वर अलिफ़ वस्ल होने का उदाहरण देखें -

1222, 1222, 122

अदम चूं गश्त हस्ती रा मुक़ाबिल

दरो रक्से शुद अंदर हाल हासिल - (शब्सतरो, समय 1250-1320, ईरान के सूफी कवि पृष्ठ - 238)

शुद अंदर को शुदंदर अनुसार 122 गिना गया है

याद रखें

(I)- अलिफ़ वस्ल मात्रा में ली जाने वाली एक छूट है जो उच्चारण के कारण हमें मिलती है। आवश्यक नहीं है कि तब उसकी (222) को हमेशा अलिफ़ वस्ल करके तबुसकी (122) ही पढ़ा जाये यह मात्रिक आवश्यकता होने पर ही 122 के वज़्न में गिना जायेगा।

(II)- अलिफ़ वस्ल अनुसार मात्रा गणना करने पर भी शब्द को शुद्ध रूप से लिखा जायेगा अर्थात् तब उसकी(222) को 122 अनुसार गिनने पर भी **तबुसकी** न लिख कर हमेशा **तब उसकी** ही लिखेंगे।

अध्याय 19

इज़ाफ़त

जिस प्रकार हिन्दी में समास का प्रयोग करके दो शब्दों को हाइफन द्वारा जोड़ा जाता है उसी तरह उर्दू भाषा में इज़ाफ़त का नियम है जिसके द्वारा दो शब्दों को अन्तर्सम्बंधित किया जाता है, जैसे 'नादान दिल' को 'दिल-ए-नादाँ', कहा जा सकता है।

इस प्रकार कुछ अन्य उदाहरण देखें -

'दिल का दर्द' को *'दर्द-ए-दिल'*

'पुर दर्द नग़्मा' को *'नग़्मा-ए-पुरदर्द'*

'ख़ुदा का ज़िक्र ' को *'ज़िक्र-ए-ख़ुदा'*

'माशूक़ के राज़' को *'राज़-ए-माशूक़'*.... आदि

याद रखें -

।- इज़ाफत के 'ए' को 'हर्फ़-ए-इज़ाफ़त'' कहते हैं। उदाहरण - 'नग़्मा-ए-पुरदर्द' में 'ए' को 'हर्फ़-ए-इज़ाफ़त' कहते हैं।

।।- लेख के इज़ाफ़त के पहले शब्द को हर्फ-ए-ऊला कहेंगे। उदाहरण -नग़्मा-ए-पुरदर्द' में 'नग्मा' हर्फ़-ए-ऊला है।

।।।- लेख में इज़ाफ़त के दूसरे शब्द को हर्फ़-ए-सानी कहेंगे। उदाहरण - 'नग़्मा-ए-पुरदर्द' में 'पुरदर्द' हर्फ़-ए-सानी है।

इज़ाफ़त दो प्रकार से होती है

1- इज़ाफ़त-ए-मक्लूबी

2- इज़ाफ़त-ए-ख़ारिजी

1- इज़ाफ़त-ए-मक्लूबी - जब इज़ाफ़त में दोनों शब्दों के बीच से हर्फ़-ए-इज़ाफत अर्थात् 'ए' हर्फ़ लुप्त (साइलेंट) हो जाता है।

उदाहरण - ख़ुश्क हो चुके लब = लब-ख़ुश्क, जिसका अंजाम नेक हो = नेक-अंजाम

2- इज़ाफ़त-ए-ख़ारिजी -जब इज़ाफ़त में दोनों शब्दों के बीच हर्फ़-ए-इज़ाफत अर्थात् 'ए' हर्फ़ लगाते हैं तो उसे इज़ाफ़त-ए-ख़ारिजी कहते हैं।

इज़ाफ़त-ए-ख़ारिजी में तीन प्रकार के शब्द समूह को योजित किया (जोड़ा) जा सकता है-

(।) का, के, कि

(।।) विशेषण

(।।।) इस्तेलाम

(।) का, के, की - इसमें इज़ाफ़ी हर्फ़ों के बीच 'का', के, की आदि शब्द का अंतर्संबंध होता है। उदाहरण -

कमाल का फ़न - 'कमाल-ए-फ़न'

ग़ालिब का रक़ीब - 'रक़ीब-ए-ग़ालिब'

दोस्त की आवाज़ - आवाज़-ए-दोस्त

ग़म की शाम - शाम-ए-ग़म

मैख़ाना के दर का चराग़ - चराग़-ए-दर-ए-मैख़ाना... आदि

(।।) विशेषण - इसमें दो शब्द में संज्ञा और विशेषण का सम्बन्ध होता है-

उदाहरण - 'पुरदर्द नग़मा' में नग़मा संज्ञा है और 'दर्द भरा' नग़मा का विशेषण है और यह इज़ाफत द्वारा बनता है - नग़मा-ए-पुरदर्द

एक अन्य उदाहरण देखें - 'मुख़्तसर मज़्मून' में मज़्मून संज्ञा है और मुख़्तसर होना उसका विशेषण है, तो यह होता है = मज़्मून-ए-मुख़्तसर

(।।।) इस्तेलाम - जब कोई सूचना देने के लिए इज़ाफ़त का प्रयोग करते हैं तो उसे इस्तेलाम कहते हैं।

उदाहरण - 'लखनऊ शहर' में लखनऊ संज्ञा है शह्र होना इसका विशेषण नहीं

है, जब हम लखनऊ शह्र लिखते हैं तो हम जानकारी देते हैं कि लखनऊ एक शह्र है और इज़ाफत द्वारा यह होता है - 'शह्र-ए-लखनऊ'

इज़ाफत में मात्रा गणना का नियम देखें -

1) इज़ाफ़त लगने के पश्चात दोनों शब्द अंतर्संबंधित (योजित) हो जाते हैं और उनको जोड़ कर लिखा जाता है। उदाहरण - 'दिल का दर्द' को 'दर्दे-दिल' लिखा जाता है। ध्यान रखें कि हर्फ़-ए-इज़ाफ़त का मूल वज़्न 1 होता है।

2) इज़ाफत के बाद दोनों शब्दों का क्रम आपस में पलट जाता है; जो शब्द बाद में होता है वह पहले आ जाता है और उस पर ही हर्फ़-ए-इज़ाफ़त जुड़ता है।

उदाहरण - लखनऊ शह्र - 'शह्र-ए-लखनऊ' हो जाता है।

3) हर्फ़-ए-ऊला का आख़िरी अक्षर (जिसके अक्षर में इज़ाफ़त के बाद 'ए' स्वर को योजित किया जाता है) यदि लघु मात्रिक हो तो हर्फ-ए-इज़ाफ़त जुड़ने के बाद भी लघु मात्रिक ही रहता है। उदाहरण -

'माशूक़ का राज़' इज़ाफत के बाद 'राज़े माशूक़' हो जाता है। इसमें राज़ का वज़्न 21 है शब्द का आख़िरी व्यंजन अर्थात् ज़ लघु मात्रिक है इसमें 'ए' जुड़ कर 'ज़े' होता है, परन्तु यह फिर भी लघु मात्रिक ही रहता है और राज़े-माशूक़ का मूल वज़्न 21 221 होता है।

इसका एक और उदाहरण दर्द-ए-दिल है जिसका मूल वज़्न 21 2 है।

4) हर्फ़-ए-ऊला का आख़िरी अक्षर यदि दो व्यंजन के योग से दीर्घ रहता है तो इज़ाफ़त के बाद 'ए' स्वर योजित होने पर दोनों व्यंजन का जोड़ टूट जाता है और वह दो स्वतंत्र लघु हो जाते हैं। उदाहरण -

'नादान दिल' इज़ाफ़त द्वारा 'दिले नादाँ' हो जाता है। इसमें दिल शब्द दो लघु व्यंजन के योग से दीर्घ मात्रिक है अर्थात् इसका वज़्न 2 है मगर 'ए' जुड़ कर यह **दिले** हो जाता है और 'ले' स्वतंत्र लघु होता है, इस प्रकार इसके पहले का 'दि' भी स्वतंत्र लघु हो जाता है और दिले नादाँ का वज़्न 11 22 होता है

इसका एक और उदाहरण 'इश्क़ के क़ाबिल' - क़ाबिले-इश्क़ 211 21 होता है

हर्फ़-ए-ऊला का आख़िरी अक्षर यदि किसी स्वर योग के कारण दीर्घ मात्रिक है तो इज़ाफ़त के बाद 'ए' स्वर योजित होने पर उस आख़िरी अक्षर की

मात्रा पर कोई प्रभाव नहीं पड़ता; वह पूर्ववत दीर्घ रहता है और 'ए' को अलग से लिख कर लघु मात्रा गिना जाता है। उदाहरण - 'दीवार का साया' इज़ाफ़त द्वारा 'साया-ए-दीवार' हो जाता है; इसमें साया 22 पर कोई फ़र्क नहीं पड़ता, वह पूर्ववत 22 रहता है और 'ए' की लघु मात्रा को अलग से गिनते हैं अतः साया-ए-दीवार का वज़्न हुआ - 221 221

इसका एक और उदाहरण 'शिकवा-ए-ग़म' है, जिसका वज़्न 2212 है ।

उदाहरण स्वरूप कुछ और शब्दों का वज़्न देख लें-

कमाले-फ़न = 121 2

मक़सदे-हयात = 211 121

दीदा-ए-तर = 221 2

शह्रे-लखनऊ = 21 212

नग़मा-ए-पुरदर्द = 221 221

6) इज़ाफ़त में एक बड़ी छूट लेते हुए ग़ज़लकार, हर्फ़-ए-इज़ाफत अथवा इज़ाफ़ती हर्फ़ (जिस व्यंजन में 'ए' जुड़ा है) को लघु मात्रिक से उठा कर दीर्घ मात्रिक भी मान लेते हैं, अर्थात् दर्दे-दिल (212) को दर्2 दे2 दिल2 = 222 भी किया जा सकता है।

यहाँ छूट के अंतर्गत जब हमें लघु चाहिए तो मात्रा गणना अनुसार लघु गिनते हैं और जब दीर्घ मात्रिक की ज़रूरत हो तो उठा कर दीर्घ मात्रिक भी मान लेते हैं, इसलिए इसे हम मात्रा को उठाना भी कह सकते हैं और यह कहा जा सकता है कि इज़ाफत में मात्रा उठाने की छूट मिलती है।

कुछ लोग अज्ञानतावश यह सोचते हैं कि इज़ाफ़त में 'ए' दीर्घ मात्रिक होता है और इसे गिरा कर लघु मात्रिक भी कर सकते हैं, परन्तु यह भूल है; वास्तव में इज़ाफ़त में 'ए' की मात्रा लघु होती है और यह जिस व्यंजन के साथ जुड़ जाये उसे भी लघु कर देता है (जैसा कि नियम 2 और 3 में बताया गया है)

7) इज़ाफत में यदि दूसरे शब्द अर्थात् हर्फ़-ए-सानी का अंत 'न' से होता है तो 'न' हटा कर उसके पहले के अक्षर में 'अं' स्वर जुड़ जाता है।

जैसे - नादान दिल = 'दिल-ए-नादान' नहीं होता बल्कि 'दिल-ए-नादाँ'(1122) हो जाता है इसे 'दिले-नादान' लिखना अनुचित है।

याद रखें यदि दूसरा शब्द 'न' से समाप्त हो रहा हो, परन्तु वह शब्द संज्ञा हो तो 'न' को लुप्त नहीं करते। उदाहरण = मुल्क-ए-हिंदुस्तान

(हिन्दुस्तान एक संज्ञा है इसलिए इसे मुल्के-हिन्दोस्ताँ नहीं लिखेंगे)

विशेष ध्यान दें -

देवनागरी लिपि में यदि हम 'दर्दे-दिल' शब्द में से 'दिल' हटा कर 'दर्दे' का अर्थ शब्दकोष में खोजें तो यह शब्द नहीं मिलेगा, क्योंकि शुद्ध शब्द 'दर्द' है तथा यदि हम 'ग़ालिब का दीवान' को हिन्दी में 'दीवाने ग़ालिब' लिख दें तो हिन्दी भाषा-भाषी इसका अन्य अर्थ 'दीवाने हो चुके ग़ालिब' भी निकाल सकता है, इन स्थितियों से निपटने के लिए उर्दू तथा हिन्दी के विद्वानों ने एक युक्ति खोजी है कि ऐसे शब्द जैसे - दीवाने-ग़ालिब को हिन्दी में हाइफन की सहायता से 'दीवान-ए-ग़ालिब' लिखा जाए और पढ़ते समय इसे दीवाने-ग़ालिब (221 22) के उच्चारण से पढ़ा जाये। इस प्रकार इज़ाफ़त को हिन्दी में तोड़ कर लिखते हैं, परन्तु ग़ज़ल में ऐसे शब्द का प्रयोग करते समय इज़ाफ़त युक्त शब्द को उच्चारण के अनुसार अर्थात् बिना तोड़े मात्रा गिनना चाहिए।। उदाहरण -

'दिले-नादाँ' को दिल-ए-नादाँ तो लिखेंगे, परन्तु इसका वज़्न 'दिले-नादाँ' के अनुसार 11 22 होगा तथा ज़रूरत पड़ने पर 'ले' को दीर्घ मान कर 12 22 रखा जा सकता है, परन्तु इसे हिन्दी लिखे के अनुसार तोड़ कर वज़्न नहीं गिना जा सकता है।

अर्थात् दिल-ए-नादाँ के अनुसार दिल2 ए1 नादाँ22 (2 1 22) अथवा दिल2 ए2 नादाँ22 (2222) नहीं किया जा सकता है। यह असंभव है और ऐसा करने पर शे'र बे-बह्र हो जायेगा।

इसी प्रकार 'दर्द-ए-दिल' का वज़्न 212 अथवा 222 हो सकता है। यह दर्द21 ए1 दिल2 (21 1 2) अथवा दर्द21 ए2 दिल2 (21 2 2) कभी नहीं हो सकता है।

ज़िक्र-ए-ख़ुदा का वज़्न 21 12 अथवा 22 12 होगा। यह ज़िक्र21 ए1 ख़ुदा12 (21 1 12) अथवा ज़िक्र21 ए2 ख़ुदा12 (21 2 12) नहीं हो सकता है।

राज़-ए-माशूक़ का वज़्न 21 221 अथवा 22 221 होगा, यह राज़21

ए1 माशूक़221 (21 1 221) अथवा राज़21 ए2 माशूक़221 (21 2 221) नहीं हो सकता है।

ध्यान रहे -

इज़ाफ़त का नियम उर्दू भाषा को अरबी तथा फ़ारसी भाषा से मिला है तथा यह उर्दू के भाषा व्याकरण में मान्य है, परन्तु हिन्दी के भाषा व्याकरण में मान्य नहीं है इसलिए इज़ाफ़त केवल उन शब्दों में लगाना चाहिए जो मूलतः अरबी, फ़ारसी के हों। संस्कृत निष्ठ शब्दों में इज़ाफ़त नियम मान्य नहीं है। जैसे -

'दिल का दर्द' को 'दर्द-ए-दिल' तो किया जा सकता है, परन्तु 'हृदय की पीर' को 'पीरे-हृदय' नहीं किया जा सकता है; यह अशुद्ध प्रयोग है।

हिन्दी और उर्दू के शब्द को मिला कर इज़ाफत करना भी ग़लत व अस्वीकृत है जैसे - दिले-नादाँ की जगह हृदये-नादाँ करना सर्वथा अनुचित है। यह भाषा के प्रयोग का हास्यास्पद, अमान्य व अस्वीकृत रूप है। कुछ उस्ताद शाइरों के यहाँ हिन्दी और अरबी फ़ारसी की इज़ाफ़त मिलती है, मगर अब ऐसा प्रचलन में नहीं है।

एक साथ एक से अधिक कई इज़ाफ़त लगायी जा सकती है। उदाहरण -

कहूँ क्या ख़ूबी-ए-औजा-ए-अबना-ए-ज़माँ ग़ालिब
बदी की उसने, जिससे हमने की थी बारहा नेकी

परन्तु याद रखें, उर्दू शाइरी में एक साथ तीन से अधिक हर्फ़-ए-इज़ाफ़त के प्रयोग को दोष माना गया है।

(फ़ारसी शाइरी में एक साथ 4 इज़ाफ़त का प्रयोग मान्य हैं, परन्तु 4 से अधिक का प्रयोग ऐब माना गया है)

चंद अश्आर में इज़ाफ़त का प्रयोग देखें -

जहाँ तेरा नक़्श-ए-क़दम देखते हैं
बयाबाँ-बयाबाँ इरम देखते हैं
बना कर फ़क़ीरों का हम भेस ग़ालिब
तमाशा-ए-अहल-ए-करम देखते हैं - मिर्ज़ा ग़ालिब
(122, 122, 122, 122)

अहल-ए-हिम्मत मंज़िल-ए-मक़सूद तक आ ही गये
बन्दा-ए-तक़दीर क़िस्मत का ग़िला करते रहे - चकबस्त
(2122, 2122, 2122, 212)

ग़म-ए-ज़िन्दगी को 'अदम' साथ लेकर
कहाँ जा रहे हो सवेरे-सवेरे - अब्दुल हमीद 'अदम'
(122, 122, 122, 122)

इब्तिदा-ए- इश्क़ है रोता है क्या
आगे-आगे देखिये होता है क्या - (मीर तकी 'मीर')
(2122, 2122, 212)

अध्याय 20

वाव-ए-अत्फ़

उर्दू भाषा में जब दो शब्दों के बीच 'व', 'तथा', 'और' आदि शब्द का प्रयोग किया जाता है तो वहाँ अत्फ़ का प्रयोग भी किया जा सकता है। उदाहरण - मीर व ग़ालिब, मीर तथा ग़ालिब, मीर और ग़ालिब को 'मीरो-ग़ालिब' भी कहा जा सकता है। सुब्ह और शाम को 'सुब्हो-शाम' भी कहा जा सकता है। इसे वाव अत्फ़ लगाना कहते हैं।

इज़ाफ़त की तरह वाव-ए-अत्फ़ के सुब्हो-शाम को हिन्दी में हाइफन की सहायता से सुब्ह-ओ-शाम लिखा जाता है और पढ़ते तथा मात्रा गिनते समय इसे सुब्हो-शाम के उच्चारण अनुसार पढ़ा और गिना जाता है। यह ध्यान रखना है कि वाव अत्फ़ लगाने पर शब्दों का स्थान नहीं बदलता है,जैसा कि इज़ाफ़त में होता है।

वाव अर्थात् 'ओ' की मूल मात्रा लघु होती है इसे भी ज़रूरत पड़ने पर उठा कर दीर्घ मान सकते हैं। अर्थात् यहाँ भी मात्रा उठाने का नियम लागू हो सकता है।

मात्रा गणना के बाक़ी नियम लगभग इज़ाफ़त की तरह हैं, फिर भी एक उदाहरण के साथ समझ लेते हैं।

1) सुब्ह-ओ-शाम का वज़्न सुब्हो-शाम अनुसार 2121 अथवा मात्रा उठा कर सुब2 हो2 शा2 म1(2221) हो सकते हैं, परन्तु यह सुब्ह21 ओ1 शाम21 और सुब्ह21 ओ2 शाम21 नहीं हो सकता है

2) दीन और ईमान वाव-ए-अत्फ़ से दीनो-ईमान होता है, परन्तु हिन्दी में इसे दीन-ओ- ईमान लिखा जायेगा।

3) दैर व हरम - 'दैरो-हरम' हो जायेगा, परन्तु एक उर्दू और एक अन्य भाषा के शब्द में वाव-ए-अत्फ़ नहीं लग सकता।

उदाहरण - सुब्ह(उर्दू शब्द) और संध्या(हिन्दी शब्द) को 'सुब्ह-ओ-संध्या' नहीं कर सकते हैं। इसी तरह शुद्धता बरतने वाले लोग अत्फ़ लगाते समय ध्यान रखते हैं कि या तो दोनों लफ़्ज़ फ़ारसी के ही हों, एक अरबी और एक फ़ारसी

शब्द लेकर अत्फ़ लगाना अनुचित मानते हैं।

4) जहाँ पहले शब्द का आख़िरी व्यंजन स्वर युक्त होगा वहाँ वाव-ए-अत्फ़ को अलग से 1 मात्रिक गिना जायेगा जिसे ज़रूरत पड़ने पर उठा कर 2 मात्रिक कर सकते हैं,

जैसे =पियाला-ओ-मीना (122 1 22) या (122 2 22)

5) एक साथ एक से अधिक वाव-ए-अत्फ़ का प्रयोग भी किया जाता है

उदाहारण -

वो फिराक़ और वो विसाल कहाँ

वो शब-ओ-रोज़-ओ-माह-ओ-साल कहाँ - (मिर्ज़ा ग़ालिब)

याद रखें एक साथ तीन से अधिक वाव-ए-अत्फ़ का प्रयोग ऐब माना गया है वैसे हिन्दुस्तानी ज़बान में शाइरी करने वालों में अधिकतर ऐसे शब्दों का प्रयोग करते हैं जिसमें वाव-ए-अत्फ़ एक बार ही आ पाता है, दो बार का प्रयोग ही कम देखने को मिलता है तो चार बार प्रयोग तो बहुत दूर की बात है।

यह लेख एक विशेष शेर से समाप्त हो रहा है जिसमें अलिफ़ वस्ल, इज़ाफ़त और वाव-ए-अत्फ़ तीनों नियम का सुन्दर प्रयोग किया गया है -

तेरे जवाहर-ए-तरफ़-ए-कुलह को क्या देखें

हम औज-ए-ताला-ए-लाल-ओ-गुहर को देखते हैं - मिर्ज़ा ग़ालिब

1212, 1122, 1212, 22

अध्याय 21

मात्रिक बह्र

ग़ज़ल शास्त्र में एक मात्र मात्रिक बह्र अरूज़ की बह्रों के साथ अपवाद स्वरूप मान्यता प्राप्त है। यह बह्र फ़ारसी बह्र के मूल नियमों पर नहीं वरन् लयात्मकता पर आधारित है तथा कुछ-कुछ हिंदी के मात्रिक छंद की तरह इस्तेमाल होती है। हालाँकि हिन्दी छंद से भी यह पर्याप्त भिन्न है।

ग़ज़ल का इतिहास बताता है कि यह बह्र सत्रहवीं शताब्दी से देखने को मिलती है, परन्तु इस बह्र पर उस्ताद शाइर मीर तक़ी मीर ने अठारवीं शताब्दी में सैकड़ों ग़ज़लें कहीं और इस बह्र को उर्दू में प्रचलित किया। यही कारण है कि इसे 'बह्रे-मीर' भी कहा जाता है।

अरूज़ में इस मात्रिक बह्र को कुछ लोग मुतक़ारिब अर्थात् फ़ऊलुन (122) तथा कुछ लोग मुतदारिक अर्थात् फ़ाइलुन 212 रुक्न के अनुसार तक़्तीअ करते हैं तथा ज़िहाफ़ लगा कर इसके अर्कान बनाते हैं जिससे अरूज़ में इस बह्र को शामिल किया जा सके।, परन्तु सच्चाई यह है कि इन दोनों रुक्नों में ज़िहाफ़ लगा कर रुक्न की जितनी शक्लें बन सकती हैं इस बह्र में उससे कहीं अधिक पैटर्न देखने को मिलते हैं। एक इसी बात से साबित हो जाता है कि यह बह्र अरूज़ के किसी रुक्न से नहीं बन सकती है।

इस बह्र को हिन्दी छंद से प्रेरित बह्र मानने का एक बड़ा कारण और है कि अरूज़ में जिस अर्कान का पालन मत्ला में कर लिया जाये आगे अश्आर में उसी को निभाते हैं तथा इसके अपवाद बहुत कम तथा निश्चित हैं।, परन्तु इस बह्र में जिसे हम बह्रे मीर के नाम से भी जानते हैं ऐसा नहीं होता है। इस बह्र में प्रत्येक मिसरे में अलग अर्कान को प्रयोग किया जा सकता है शर्त केवल यह है कि सभी मिस्रों की मात्रा लय अनुसार एक समान हो।

उदाहरण - *पत्ता-पत्ता, बूटा-बूटा हाल हमारा जाने है*

जाने न जाने गुल ही न जाने बाग़ तो सारा जाने है - मीर तक़ी मीर

आइये अब इस शे'र की तक़्तीअ करें -

पत्ता / पत्ता / बूटा / बूटा / हाल ह / मारा / जाने / है

22 / 22 / 22 / 22 / 211 / 22 / 22 / 2

जाने न / जाने / गुल ही न / जाने / बाग़ तो / सारा / जाने / है

211 / 22 /   2 11 / 22 / 211 / 22 / 22 / 2

जहाँ मात्रा गिराई गई है वहाँ अन्डरलाइन से इंगित किया गया है।

जब हम इस शे'र की तक़्तीअ देखते हैं तो हम पाते हैं कि दोनों पंक्तियों का मात्रा क्रम अलग-अलग है, परन्तु पढ़ने पर इसकी लयात्मक्ता सही है तथा शे'र बेबह्र नहीं लगता है। यही इस बह्र की ख़ास बात है कि इसमें कहीं भी 11 को 2 अनुसार पढ़ा जा सकता है। दोनों मिस्रों की मात्रा देखें -

22 / 22 / 22 / 22 / 211 / 22 / 22 / 2

211 / 22 / 2 11 / 22 / 211 / 22 / 22 / 2

इन दोनों अरकान को 22/22/22/22/22/22/22/2 के बराबर माना गया है। इसी ग़ज़ल में आगे के अश्आर देखें तो मात्रा में और विभिन्नता दिखेगी, परन्तु सभी की लयात्मक मात्रा 22/22/22/22/22/22/22/2 ही है।
आइये इस ग़ज़ल के कुछ अन्य अश्आर की तक़्तीअ करें -

आशिक़ सा तो सादा कोई और न होगा दुनिया में
जी के ज़िआँ को इश्क़ में उस के अपना वारा जाने है
चारागरी बीमारी-ए-दिल की रस्म-ए-शह्र-ए-हुस्न नहीं
वर्ना दिलबर-ए-नादाँ भी इस दर्द का चारा जाने है

आशिक़ / सा तो / सादा / कोई / और न / होगा / दुनिया / में
22   / 22 / 22 / 22 / 212 / 22 / 22 / 2

जी के ज़ि / आँ को / इश्क़ में / उस के / अपना / वारा / जाने / है
211   / 22 / 211 / 22   / 22 / 22 / 22 / 2

चाराग/ री बी /मारी-ए-/ दिल की / रस्म-ए-/ शह्र-ए- / हुस्न न / हीं
211/ 22 / 211 / 22   / 22   /   22   / 211 / 2

वर्ना / दिलबर-ए-/ नादाँ / भी इस / दर्द का / चारा / जाने / है

22 / 211 / 22 / 22 / 211 / 22 / 22 / 2

देखें इन चार मिस्रों में अर्कान का पैटर्न अलग-अलग है, परन्तु सभी मिसरे में अर्कान 30 मात्रिक हैं। अतः इसे अरूज़ की बह्र समझना उचित प्रतीत नहीं होता है।

इस बह्र को हिन्दी मात्रिक छंद के क़रीब तो माना जा सकता है, परन्तु इसे मात्रिक छंद नहीं कहा जा सकता है। इसका सबसे बड़ा कारण है कि इस बह्र में भी मात्रा गिराने का नियम अरूज़ के अनुसार ही मान्य है, परन्तु छंदशास्त्र में इस तरह मात्रा गिराने का नियम नहीं है। मिसरे के अंत में अतिरिक्त लघु मात्रा लेने का नियम भी पिंगलशास्त्र (छंद शास्त्र) में देखने को नहीं मिलता है।

अस्ल में यह एक एक अनूठी बह्र है जिसे अरूज़ और छंद के नियमों को मिला कर ईजाद किया गया है। इस बह्र में दोनों शास्त्रों से ख़ूबियाँ ली गयी हैं। इसीलिये इसे मात्रिक बह्र कहना उचित होगा। प्रसिद्ध उर्दू आलोचक शम्सुर्रहमान फ़ारूक़ी इस अनूठी बह्र को 'बह्रे मीर' कहते हैं। यदि इस बह्र को कोई नाम देना हो तो यह नाम ही उचित प्रतीत होता है।

मात्रिक अनुसार इसे आसानी से समझने के लिये इसका स्वीकृत रुक्न 22 है अर्थात् इस बह्र में रुक्न 22 का दोहराव करते हुए कई अर्कान बनते हैं जैसे -

22 22 22 22

22 22 22 22 2

22 22 22 22 22

22 22 22 22 22 2

इस बह्र के बारे में विस्तार से दो तरह से समझा जा सकता है

1 - मात्रिक बह्र मान कर

2 - अरूज़ के अनुसार ज़िहाफ़ लगा कर

1 - मात्रिक बह्र मान कर

जैसा कि हमने जाना यह वास्तव में यह एक मात्रिक बह्र है तथा मात्रिकता अनुसार इसे आसानी से समझने के लिये इसका स्वीकृत रुक्न 22 है अर्थात् इस बह्र में रुक्न 22 का दोहराव करते हुए कई अर्कान बनता है जैसे -

22 22 22 22

22 22 22 22 2

22 22 22 22 22

22 22 22 22 22 2

हमने यह भी जाना कि इस बह्र की विशेष बात यह है कि इसमें लय के आधार पर किसी भी दो लघु मात्रा अर्थात् 11 को दीर्घ मात्रा अर्थात् 2 मात्रा मान लेते हैं, चाहे वह 11 मात्रा समीप हो या दूर।

आइये इसे विस्तार से समझें -

इस बह्र (छंद) में सारा खेल कुल मात्रा और लयात्मकता का है। इस बह्र में दो स्वतंत्र लघु को एक दीर्घ मान सकते हैं।

जैसे- 211 22 = 22 22

112 22 = 22 22

उदाहरण - **यहाँ वहाँ** की मात्रा 12 12 होती है, परन्तु इसे 222 मान लेते हैं।

यहाँ एक ख़ास बात का ध्यान रखना होता है कि लय कहीं से भंग न हो, यदि लय भंग हो जाये तो ग़ज़ल को बेबह्र मानना चाहिये; वहाँ पर 11 को 2 नहीं गिनना चाहिए। इससे बचने के लिए लयात्मकता पर ध्यान देना चाहिए।

इस बह्र में कुछ स्थान हैं जहाँ 1+1=2 किया जाए तो लय भंग की स्थिति कम से कम होती है और लय तथा सुंदरता भी बनी रहती है।

जैसा कि पहले भी बताया है इस बह्र पर सबसे अधिक मीर तक़ी मीर साहब ने ग़ज़लें कही है, उनकी ग़ज़ल से चंद अश्आर देखें -

उलटी हो गयीं सब तदबीरें, कुछ न दवा ने काम किया
देखा इस बीमारी-ए-दिल ने आख़िर काम तमाम किया

किसका क़िबला कैसा काबा कौन हरम है क्या एहराम
कूचे के उसके बाशिन्दों ने सबको यहीं से सलाम किया

याँ के सपेद-ओ-स्याह में हमको दख़्ल जो है सो इतना है

रात को रो-रो सुब्ह किया, या दिन को ज्यों-त्यों शाम किया - मीर तक़ी मीर

तक़्तीअ

उल्टी / हो गयीं / सब तद / बीरें,/ कुछ न द / वा ने / काम कि / या
22 / 211/ 22 / 22 / 211 / 22 / 211 / 2

देखा / इस बी / मारी-ए-/ दिल ने / आख़िर / काम त / माम कि / या
22 / 22 / 211 / 22 / 22 / 211 / 211 / 2

किसका / क़िब्ला / कैसा / काबा / कौन ह / रम है / क्या एह /राम
22 / 22 / 22 / 22 / 211/ 22 / 2 2 / 2 1
कूचे के / उसके / बाशिन /दों ने / सबको य / हीं से स / लाम कि / या
211 / 22 / 22 / 22 / 211 / 2 11 / 211 / 2
याँ के स / पेद-ओ- / स्याह में / हमको / दख़्ल जो / है सो / इतना / है
211 / 22 / 211 / 22 / 211 / 22 / 22 / 2

रात को / रो-रो / सुब्ह कि/ या, या / दिन को / ज्यों-त्यों / शाम कि / या

211 / 22 / 211 / 22 / 22 / 22 / 211 / 2

सभी मिस्रों के अर्कान का पैटर्न अलग-अलग है, परन्तु सभी लय अनुसार 30 मात्रिक हैं।

2 - अरूज़ के अनुसार ज़िहाफ़ लगा कर

जैसा कि हमने देखा इस बह्र को मात्रिक बह्र मानकर ही पूर्ण रूप से परिभाषित किया जा सकता है, परन्तु इस बह्र को अलग-अलग तरह से अरूज़ के अनुसार परिभाषित करने की कोशिश भी की गयी है।

हालाँकि ऐसी कोशिश में सभी पैटर्न को सम्मिलित कर पाना संभव नहीं है फिर भी इसके लिये फ्रांसिस प्रिचेट ने बह्रे मुतक़ारिब से एक नक़्शा तैयार किया है जो इस प्रकार है।

क्रम अर्कान

1- फ़ेलुन फ़ेलुन फ़ेलुन फ़ेलुन
2- फ़ेलुन फ़ेलुन फ़ेल फ़ऊलुन
3- फ़ेलुन फ़ेल फ़ऊलुन फ़ेलुन
4- फ़ेलुन फ़ेल फ़ऊल फ़ऊलुन
5- फ़ेल फ़ऊलुन फ़ेलुन फ़ेलुन
6- फ़ेल फ़ऊलुन फ़ेल फ़ऊलुन
7- फ़ेल फ़ऊल फ़ऊल फ़ऊलुन
8- फ़ेल फ़ऊलुन फ़ऊलुन फ़ेलुन

इस नक़्शे के अनुसार मिसरे को दो हिस्से से बनाया जाता है। मिसरे में पहले इन आठ में से कोई अर्कान तथा फिर से इन आठ में से कोई एक अर्कान रख कर बह्र तैयार की जाती है। इस तरह इस मात्रिक बह्र के अधिकतर पैटर्न इस नक़्शे में समाहित हो जाते हैं, परन्तु यह नक़्शा इस मात्रिक बह्र को शत-प्रतिशत परिभाषित नहीं कर पाता है। अब भी कुछ पैटर्न छूट जाते हैं क्योंकि मुतक़ारिब रुक्न के ज़िहाफ़ में वो पैटर्न बनाए ही नहीं जा सकते हैं। उन अर्कान के लिये हमें अन्य एक रुक्न मुतदारिक से बह्र बनानी पड़ती है।

इस नक़्शे के अनुसार तक़्तीअ करें तो हमें यह अर्कान प्राप्त होंगे -

उल्टी / हो ग / यीं सब तद / बीरें = कुछ न / दवा ने / काम / किया
22 / 21 / 122 / 22 = 21 / 1 22 / 21 / 12
नक़्शे के अनुसार -
(3) फ़ेलुन फ़ेल फ़ऊलुन फ़ेलुन *और* (6) फ़ेल फ़ऊलुन फ़ेल फ़अल

देखा / इस बी / मारी-ए-/ दिल ने = आख़िर / काम / तमाम / किया
22 / 22 / 21 / 122 = 22 / 21 / 121 / 12
नक़्शे के अनुसार -
(2) फ़ेलुन फ़ेलुन फ़ेल फ़ऊलुन *और* (4) फ़ेलुन फ़ेल फ़ऊल फ़अल

यह अनूठी बह्र उर्दू अदब में अरूज़ की अन्य बह्रों के बराबर मान्य है। अक्सर उर्दू के शाइर तथा हिन्दी के कवि इस बह्र को समझने में धोखा खा जाते हैं, क्योंकि वे इसे सामान्य ढंग से तक़्तीअ करते हैं, परन्तु इसे विशेष ढंग से बरता जाता है।

अध्याय 22

तक़्तीअ

इस लेख में तक़्तीअ के द्वारा मात्रा गणना के कुछ व्यावहारिक पक्षों पर चर्चा होगी। हम रुक्न की अवस्था अनुसार बह्र के भेद का विस्तृत परिचय प्राप्त कर चुके हैं। अब एक-एक करके इन भेद अनुसार कुछ ग़ज़लों की तक़्तीअ करेंगे। लेख को तक़्तीअ में बह्र भेद अनुसार पाँच भाग में विभाजित किया गया है -

क) मुफ़्रद सालिम,

ख) मुफ़्रद मुज़ाहिफ़,

ग) मुरक्कब सालिम,

घ) मुरक्कब मुज़ाहिफ़

च) मात्रिक बह्र

नोट - कुछ बह्रें ऐसी होती हैं जिनमें कुछ विशेष छूट मिलती है। उन छूट को तक़्तीअ करने से पहले इंगित कर दिया है। लेख का मूल उद्‌देश्य तक़्तीअ के व्यावहारिक रूप को समझना है। आइये तक़्तीअ करें ...

सर्वप्रथम बह्र में मिलने वाली मुख्य छूट याद रखें जो सभी बह्र में मिलती है –

सभी बह्रों में हम अर्कान के अंत में एक अतिरिक्त लघु ले सकते हैं अर्थात् यदि अर्कान है - 2122 / 2122 / 2122 / 2122 तो इसे हम 2122 / 2122 / 2122 / 2122+1 भी कर सकते हैं यह छूट ख़ूब प्रचलित हैं और कई दफ़े शाइर इससे बड़े फ़ाइदे उठाता है। विशेष बात यह है कि इस छूट को एक बार किसी मिसरे में लेने पर अन्य मिस्रों में इसे दोहराने की कोई बाध्यता नहीं है अर्थात् हम ग़ज़ल में किसी भी मिसरे में इसे ले सकते हैं और अन्य मिस्रों में इसे लेना अनिवार्य नहीं होगा, इसका उदाहरण हम कई ग़ज़लों को तक़्तीअ करते हुए देखेंगे।

नोट - तक़्तीअ में जहाँ मात्रा को गिराया गया है उस अक्षर और मात्रा को अन्डरलाइन कर दिया है। जिस मिसरे के अन्त में अतिरिक्त लघु मात्रा ली गयी है उसकी तक़्तीअ करते हुए मात्रा के अन्त में '+1' से दर्शाया गया है।

क) मुफ़्रद सालिम बहरें

ग़ज़ल (1)

बह्र-ए-मुतक़ारिब की सालिम सूरत (122 / 122/ 122/ 122)

फिरे राह से वो यहाँ आते-आते
अज़ल मर गई तू कहाँ आते-आते

मुझे याद करने से ये मुद्दआ था
निकल जाए दम हिचकियाँ आते-आते
- दाग़ देहलवी (मैकदा सलाम करे, पृष्ठ - 103)

तक़्तीअ (1)

फिरे रा/ ह से वो / यहाँ आ / ते आते
122 / 122 / 122 / 122
अज़ल मर / गई तू / कहाँ आ / ते आते
122 / 122 / 122 / 122

मुझे या / द करने / से ये मुद् / दआ था
122 / 122 / 122 / 122
निकल जा /ए दम हिच / कियाँ आ / ते आते
122 / 122 / 122 / 122

ग़ज़ल (2) -

बह्र-ए-हज़ज की सालिम सूरत (1222 / 1222 / 1222 / 1222)

बहुत पानी बरसता है तो मिट्टी बैठ जाती है
न रोया कर बहुत रोने से छाती बैठ जाती है

यही मौसम था जब नंगे बदन छत पर टहलते थे
यही मौसम है अब सीने में सर्दी बैठ जाती है
नक़ाब उलटे हुए जब भी चमन से वह गुज़रता है
समझ कर फूल उसके लब पे तितली बैठ जाती है

- मुनव्वर राना (घर अकेला हो गया, पृष्ठ - 37)

तक़्तीअ (2) -

बहुत पानी / बरसता है / <u>तो</u> मिट्टी बै / ठ जाती है
1222 / 1222 / 1222 / 1222
न रोया कर / बहुत रोने / <u>से</u> छाती बै / ठ जाती है
1222 / 1222 / 1222 / 1222

यही मौसम / <u>था</u> जब नंगे / बदन छत पर / टहलते थे
1222 / <u>1</u>222 / 1222 / 1222
यही मौसम / <u>है</u> अब सीने / <u>में</u> सर्दी बै / ठ जाती है
1222 / <u>1</u>222 / <u>1</u>222 / 1222

नकाब उलटे / हुए जब भी / चमन से वह / गुज़रता है
1222 / 1222 / 1222 / 1222
(नकाब उलटे को अलिफ़ वस्ल द्वारा न/का/बुल/टे 1222 माना गया है)
समझ कर फू / ल उसके लब / <u>पे</u> तितली बै / ठ जाती है
1222 / 1222 / <u>1</u>222 / 1222

ग़ज़ल (3) -

बह्र-ए-कामिल की सालिम सूरत

(11212 / 11212 / 11212 / 11212)

मुझे अपनी पस्ती की शर्म है, तेरी रिफ़्अतों का ख़्याल है
मगर अपने दिल का मैं क्या करूँ इसे फिर भी शौके-विसाल है

उन्हें ज़िद है अर्ज़-ए-विसाल से, मुझे शौक-ए-अर्ज़-ए-विसाल है
वही अब भी उनका जवाब है वही अब भी मेरा सवाल है

वो ख़ुशी नहीं है वो दिल नहीं, मगर उनका साया सा हमनशीं
फकत एक ग़मज़दा याद है फक़त इक फ़सुर्दा ख़्याल है

- अख़्तर शीरानी (प्रतिनिधि शाइरी : अख़्तर शीरानी, पृष्ठ - 51)

तक़्तीअ (3) -

मुझे अपनी पस् / ती की शर्म है,/ तेरी रिफ़्अतों / का ख्याल है
11212 / 11212 / 11212 / 11212
मगर अपने दिल / का मैं क्या करूं / इसे फिर भी शौ / के-विसाल है
11212 / 11212 / 11212 / 11212
(मगर अपने को अलिफ़ वस्ल द्वारा म/ग़/रप/ने 1121 गिना गया है)

उन्हें ज़िद है अर् / ज़े विसाल से,/ मुझे शौके अर् / ज़े विसाल है
11212 / 11212 / 11212 / 11212
वही अब भी उन / का जवाब है / वही अब भी मे / रा सवाल है
11212 / 11212 / 11212 / 11212

वो ख़ुशी नहीं / है वो दिल नहीं,/ मगर उनका सा / या सा हमनशीं
11212 / 11212 / 11212 / 11212
(मगर उनका को अलिफ़ वस्ल द्वारा म/ग़/रुन/का 1121 गिना गया है)
फ़क़त एक ग़म/ ज़दा याद है / फकत इक फ़सु / र्दा ख्याल है
11212 / 11212 / 11212 / 11212
(फ़क़त एक को अलिफ़ वस्ल द्वारा फ़/क़/ते/क 1121 गिना गया है)
(फ़क़त इक़ को अलिफ़ वस्ल द्वारा फ़/क़/तिक 112 गिना गया है)

ध्यान दें कि इस ग़ज़ल के तीन अश्आर में कुल 72 लघु मात्राएँ हैं जिनमें से 29 मात्राओं को गिराया गया है जिसके कारण इस बह्र को पढ़ने का अभ्यास न होने पर अटकाव की स्थिति पैदा हो जाती है इसलिए मात्रा को कम से कम गिराना चाहिए, मगर मात्रा गिराने की संख्या पर कोई प्रतिबंध नहीं है।

ग़ज़ल (4) -

बह्र-ए-रजज़ की सालिम सूरत (2212 / 2212 / 2212 / 2212)

अब हो रहे हैं देश में बदलाव व्यापक देखिये
शीशे के घर में लग रहे लोहे के फाटक देखिये

जो ढो चुके हैं इल्म की गठरी अदब की बोरियाँ
वह आ रहे हैं मंच पर बन कर विदूषक देखिये

जनता के सेवक थे जो कल तक आज राजा हो गये
अब उनकी ताक़त देखिये उनके समर्थक देखिये

- वीनस केसरी

तक़्तीअ (4) -

अब हो रहे / हैं देश में / बदलाव व्या / पक देखिये
2212 / 2212 / 2212 / 2212
शीशे के घर / में लग रहे / लोहे के फा / टक देखिये
2212 / 2212 / 2212 / 2212

जो ढो चुके / हैं इल्म की / गठरी अदब / की बोरियाँ
2212 / 2212 / 2212 / 2212
वह आ रहे / हैं मंच पर / बन कर विदू / षक देखिये
2212 / 2212 / 2212 / 2212

जनता के से/ वक थे जो कल / तक आज रा / जा हो गये
2212 / 2212 / 2212 / 2212
अब उनकी ता/ कत देखिये / उनके समर् / थक देखिये
2212 / 2212 / 2212 / 2212

ख) मुफ़्रद मुज़ाहिफ़ बहरें

ग़ज़ल (5) -

(बह्र-ए-रमल की मुज़ाहिफ़ सूरत) (2122 / 2122/ 2122/ 212)

अब किसी को भी नज़र आती नहीं कोई दरार
घर की हर दीवार पर चिपके हैं इतने इश्तहार

रोज़ अख़बारों में पढ़कर ये ख़्याल आया हमें
इस तरफ़ आती तो हम भी देखते फस्ले-बहार

मैं बहुत कुछ सोचता रहता हूँ पर कहता नहीं
बोलना भी है मना सच बोलना तो दरकिनार

- दुष्यंत कुमार, (साए में धूप, पृष्ठ -63)

तक़्तीअ (5) - (यह एक गैर मुरद्दफ़ ग़ज़ल है अर्थात् इसमें रदीफ़ नहीं है और कई मिस्रों के अंत में अतिरिक्त लघु लिया गया है, इसे तक़्तीअ में अंडर लाइन तथा मात्रा में +1 के द्वारा दर्शाया गया है)

अब किसी को / भी नज़र आ / ती नहीं को / ई दरार
2122 / 2122 / 2122 / 212 +1
घर की हर दी / वार पर चिप / के हैं इतने / इश् तहार
2122 / 2122 / 2122 / 212 +1

रोज अख़बा / रों में पढ़कर / ये खयाल आ / या हमें
2122 / 2122 / 2122 / 212
(खयाल आया को अलिफ़ वस्ल द्वारा ख/या/ला/या 1222 गिना गया है)
इस तरफ आ / ती तो हम भी / देखते फस् / ले बहार
2122 / 2122 / 2122 / 212 +1

मैं बहुत कुछ / सोचता रह / ता हूँ पर कह / ता नहीं
2122 / 2122 / 2122 / 212
बोलना भी / है मना सच / बोलना तो / दरकिनार
2122 / 2122 / 2122 / 212 +1

ग़ज़ल (6) -

बह्र-ए-रमल की मुज़ाहिफ़ सूरत (2122 / 2122 / 212)

सिर्फ अश्कों को परेशानी रही
ग़म बयाँ करने में आसानी रही

ज़िंदगी भर अक़्ल के हामी रहे
अब समझते हैं कि नादानी रही

रफ़्ता-रफ़्ता ख़ुद के आदी हो गये
कुछ दिनों तक तो परेशानी रही
- मनीष शुक्ला (ख़्वाब पत्थर हो गये, पृष्ठ -3)

तक़्तीअ (6) -

सिर्फ अश्कों / को परेशा / नी रही
2122 / 2122 / 212
ग़म बयाँ कर / ने में आ सा / नी रही
2122 / 2122 / 212

ज़िंदगी भर / अक्ल के हा / मी रहे
2122 / 2122 / 212
अब समझते / हैं कि नादा / नी रही
2122 / 2122 / 212

रफ़ ता-रफ़्ता / ख़ुद के आदी / हो गये
2122 / 2122 / 212
कुछ दिनों तक / तो परेशानी / रही
2122 / 2122 / 212

ग़ज़ल (7) -

बह्र-ए-हज़ज की मुज़ाहिफ़ सूरत (1222 / 1222 / 122)

चराग़ों को उछाला जा रहा है
हवा पर रौब डाला जा रहा है

न हार अपनी न अपनी जीत होगी
मगर सिक्का उछाला जा रहा है

जनाज़े पर मेरे लिख देना यारों
मुहब्बत करने वाला जा रहा है
- राहत इन्दौरी (चाँद पागल है, पृष्ठ - 24)

तक़्तीअ (7) -

चराग़ों को / उछाला जा / रहा है
1222 / 1222 / 122
हवा पर रौ / ब डाला जा / रहा है
1222 / 1222 / 122

न हार अपनी / न अपनी जी / त होगी
1222 / 1222 / 122
(हार अपनी को अलिफ़ वस्ल द्वारा हा/रप/नी 222 गिना गया है)
मगर सिक्का / उछाला जा / रहा है
1222 / 1222 / 122

जनाज़े पर / मेरे लिख दे / ना यारों
1222 / 1222 / 122
मुहब्बत कर / ने वाला जा / रहा है
1222 / 1222 / 122

ग़ज़ल (8) -

बह्र-ए-हज़ज की मुज़ाहिफ़ सूरत (221 / 1222 / 221 / 1222)

आँखों में भड़कती हैं आक्रोश की ज्वालाएँ
हम लाँघ गये शायद संतोष की सीमाएँ

पग-पग पे प्रतिष्ठित हैं पथ भ्रष्ट दुराचारी
इस नक़्शे में हम ख़ुद को किस बिंदु पे दर्शाएँ

वीरानी बिछा दी है मौसम के बुढ़ापे ने
कुछ गुल न खिला डालें यौवन की निराशाएँ - एहतराम इस्लाम (है तो है, पृष्ठ -7)

तक़्तीअ (8) -

आँखों में / भड़कती हैं / आक्रोश / की ज्वालाएँ
221 / 1222 / 221 / 1222
हम लाँघ / गये शायद / संतोष / की सीमाएँ
221 / 1222 / 221 / 1222

पग-पग पे / प्रतिष्ठित हैं / पथ भ्रष्ट / दुराचारी
221 / 1222 / 221 / 1222
इस नक़् शे / में हम ख़ुद को / किस बिंदु / पे दर्शाएँ
221 / 1222 / 221 / 1222

वीरानी / बिछा दी है / मौसम के / बुढ़ापे ने
221 / 1222 / 221 / 1222
कुछ गुल न / खिला डालें / यौवन की / निराशाएँ
221 / 1222 / 221 / 1222

एक अन्य छूट जो हमें कई बहरों में देखने को मिलती है उसे याद रखें - जिन अर्कान का अरूज़-ओ-ज़रब (आख़िरी रुक्न) मात्र 22 होता है उन सभी बह्र के आख़िरी रुक्न को किसी भी मिसरे में 22 के स्थान पर 112 भी किया जा सकता है। उदाहरण -
2122 / 1122 / 22 को ग़ज़ल के किसी भी मिसरे में 2122 / 1122 / 112 कर सकते हैं

ग़ज़ल (9) -

बह्र-ए-रमल की मुज़ाहिफ़ सूरत (2122 / 1122 / 22)

क़िस्मत अच्छी है कि घर जाते हैं
राह में सैकड़ों मर जाते हैं

सरफ़राज़ी में मज़ा बेशक है
लेकिन इस खेल में सर जाते हैं

ए 'मुज़फ़्फ़र' कई उस्ताद-ए-सुख़न
मेरे अश्आर कुतर जाते हैं

- मुज़फ़्फ़र हन्फ़ी (मुज़फ़्फ़र की ग़ज़लें पृष्ठ - 103)

तक़्तीअ (9) -

(इस ग़ज़ल में अरूज़-ओ-ज़रब (आखिरी रुक्न) को 22 के स्थान पर जहाँ छूट अनुसार 112 किया गया है वहाँ नीचे मात्रा को 112 लिखा गया है, तक़्तीअ को ध्यान से देखें)

क़िस्मत अच्छी / है कि घर जा / ते हैं
2122 / 1122 / 22
(किस्मत अच्छी को अलिफ़ वस्ल द्वारा किस/म/तच/छी 2122 गिना गया है)
राह में सै / कड़ों मर जा / ते हैं
2122 / 1122 / 22

सरफ़राज़ी / में मज़ा बे / शक है
2122 / 1122 / 22
लेकिन इस खे / ल में सर जा / ते हैं
2122 / 1122 / 22
('लेकिन इस' को अलिफ़ वस्ल द्वारा ले/कि/निस 212)

ए 'मुज़फ़्फ़र' / कई उस्ता/ दे सुख़न
2122 / 1122 / 112
मेरे अशआ / र कुतर जा / ते हैं
2122 / 1122 / 22

ग़ज़ल (10) -

बह्र-ए-रमल की मुज़ाहिफ़ सूरत (2122 / 1122 / 1122 / 22)

अपना ग़म ले के कहीं और न जाया जाये
घर में बिखरी हुई चीज़ों को सजाया जाये

बाग़ में जाने के आदाब हुआ करते हैं
किसी तितली को न फूलों से उड़ाया जाये

घर से मस्जिद है बहुत दूर चलो यूँ कर लें
किसी रोते हुए बच्चे को हँसाया जाये - निदा फाज़ली

तक़्तीअ (10) - (इस ग़ज़ल में अरूज़-ओ-ज़रब (आखिरी रुक्न) को 22 के स्थान पर जहाँ छूट अनुसार 112 किया गया है वहाँ नीचे मात्रा को 112 लिखा गया है, तक़्तीअ को ध्यान से देखें)
विशेष - इस बह्र में एक विशेष छूट मिलती है जिसके द्वारा हम सदर-ओ-इब्तिदा (पहले रुक्न) की मात्रा 2122 को किसी भी मिसरे में गिरा कर 1122 भी कर सकते हैं। यह छूट मात्र दो बह्र में मिलती है, एक यह है दूसरी बह्र का जिक्र आगे होगा।
(इस ग़ज़ल में तक़्तीअ करते हुए सदर-ओ-इब्तिदा (पहले रुक्न) को 2122 के स्थान पर जहाँ छूट अनुसार 1122 किया गया है वहाँ नीचे मात्रा को 1122 लिखा गया है, तक़्तीअ को ध्यान से देखें)

अपना ग़म ले / के कहीं औ / र न जाया / जाये
2122 / 1122 / 1122 / 22
घर में बिखरी / हुई चीज़ों / को सजाया / जाये
2122 / 1122 / 1122 / 22

बाग में जा / ने के आदा / ब हुआ कर / ते हैं
2122 / 1122 / 1122 / 22
किसी तितली / को न फूलों / से उड़ाया / जाये
1122 / 1122 / 1122 / 22

घर से मस्जिद / है बहुत दू / र चलो यूँ / कर लें
2122 / 1122 / 1122 / 22
किसी रोते / हुए बच्चे / को हँसाया / जाये
1122 / 1122 / 1122 / 22

ग़ज़ल (11) -

बह्‌र-ए-रमल की मुज़ाहिफ़ सूरत (2122 / 1122 / 1122 / 22)

रंग उड़ता हुआ बिखरे हुए गेसू तेरे
हाय वो रात कि थमते न थे आँसू तेरे

अगले वक़्तों की सी तहज़ीब है पहनावे में
फिर भी सौ तरह से बोल उठते हैं जादू तेरे

कुछ बता पैकर-ए-तक़दीस-ए-हया, सुबह-ए-अज़ल
किन बहानों से तराशे गये पहलू तेरे
- शाज़ तमकनत (आवाज़ चली आती है, पृष्ठ - 37)

तक़्तीअ (11) - *(इस ग़ज़ल में अरूज़-ओ-ज़रब (आखिरी रुक्न) को 22 के स्थान पर जहाँ छूट अनुसार 112 किया गया है वहाँ नीचे मात्रा को 112 लिखा गया है, तक़्तीअ को ध्यान से देखें)*

रंग उड़ता / हुआ बिखरे / हुए गेसू / तेरे
2122 / 1122 / 1122 / 22
हाय वो रा / त कि थमते / न थे आँसू / तेरे
2122 / 1122 / 1122 / 22

अगले वक्तों / की सी तहज़ी / ब है पहना / वे में
2122 / 1122 / 1122 / 22
फिर भी सौ तर / ह से बोल उठ/ ते हैं जादू / तेरे
2122 / 1122 / 1122 / 22
(मिसरे में तरह12 को तऱ्ह21 वज़्न पर बाँधा गया है जो कि उचित है)
(बोल उठते को अलिफ़ वसल द्वारा बो/लुठ/ते 221 गिना गया है)

कुछ बता पै/ करे तक़दी / से हया सुब / हे अज़ल
2122 / 1122 / 1122 / 112
किन बहानों / से तराशे / गये पहलू / तेरे
2122 / 1122 / 1122 / 22
(विशेष : मिस्रा-ए-ऊला में बहुत ख़ूबसूरती से बिना मात्रा गिराए इस कठिन बह्‌र को निभाया गया है)

ग) मुरक्कब सालिम बह्र

मुरक्कब बह्रों की मूल बह्र का उपयोग उर्दू तथा हिन्दी भाषा की ग़ज़ल में न के बराबर होता है इनकी उप-बह्रें ही प्रचलित हैं।

घ) मुरक्कब मुज़ाहिफ़ बह्रें

ग़ज़ल (12) -

(2122 1212 22) ख़फ़ीफ़ की उप-बह्र

दिले नादाँ तुझे हुआ क्या है
आख़िर इस दर्द की दवा क्या है

हम हैं मुश्ताक़ और वो बेज़ार
या इलाही ये माज़रा क्या है

मैं भी मुँह में ज़बान रखता हूँ
काश पूछो कि मुद्दआ क्या है

हमको उनसे वफ़ा की है उम्मीद
जो नहीं जानते वफ़ा क्या है

मैंने माना कि कुछ नहीं 'ग़ालिब'
मुफ़्त हाथ आए तो बुरा क्या है

- मिर्ज़ा ग़ालिब (महाकवि ग़ालिब पृष्ठ -55)

तक़्तीअ (12)

(इस ग़ज़ल में अरूज़-ओ-ज़रब (आखिरी रुक्न) को 22 के स्थान पर जहाँ छूट अनुसार 112 किया गया है वहाँ नीचे मात्रा को 112 लिखा गया है, तक़्तीअ को ध्यान से देखें)

इस बह्र में एक विशेष छूट मिलती है जिसके द्वारा हम सदर-ओ-इब्तिदा (पहले रुक्न) की मात्रा 2122 को किसी भी मिसरे में गिरा कर 1122 भी कर सकते हैं।

यह छूट मात्र दो बह्र में मिलती हैं, पहली बह्र का अर्कान 2122 1122 1122 22 है जिसका जिक्र उदाहरण 11 में किया जा चुका है दूसरी बह्र यह है जिसमें यह विशेष छूट मिलाती है। (इस ग़ज़ल में तक़्तीअ करते हुए सदर-ओ-इब्तिदा (पहले रुक्न) को 2122 के स्थान पर जहाँ छूट अनुसार 1122 किया गया है वहाँ नीचे मात्रा को 1122 लिखा गया है, तक़्तीअ को ध्यान से देखें)

दिले नादाँ / तुझे हुआ / क्या है
1122 / 1212 / 22
आख़िर इस दर् / द की दवा / क्या है
2122 / 1212 / 22
(आखिर इस को अलिफ़ वस्ल द्वारा आ/खि/रिस 212 माना गया है)

हम हैं मुश्ता / क़ और वो / बेज़ार
2122 / 1212 / 22 +1
या इलाही / ये माज़रा / क्या है
2122 / 1212 / 22

मैं भी मुँह में / ज़बान रख / ता हूँ
2122 / 1212 / 22
काश पूछो / कि मुद्दआ / क्या है
2122 / 1212 / 22

हमको उनसे / वफ़ा की है / उम्मीद
2122 / 1212 / 22 +1
जो नहीं जा / नते वफ़ा /क्या है
2122 / 1212 / 22

मैंने माना / कि कुछ नहीं / ग़ालिब
2122 / 1212 / 22
मुफ़्त हाथ आ/-ए-तो बुरा / क्या है
2122 / 1212 / 22
(हाथ आए को अलिफ़ वस्ल द्वारा हा/था/ए 221 माना गया है)

ग़ज़ल (13) -

(2122 1212 22) ख़फ़ीफ़ की उप-बह्र

असर उसको ज़रा नहीं होता
रंज राहत-फ़िज़ा नहीं होता

तुम मेरे पास होते हो गोया
जब कोई दूसरा नहीं होता

क्यूँ सुने अर्ज़े-मुज़तर-ए-'मोमिन'
सनम आख़िर ख़ुदा नहीं होता
- (मोमिन खां 'मोमिन')

तक़्तीअ (13) -

अ सर उसको / ज़रा नहीं / होता
1 *122 / 1212 / 22*
(असर उसको... को अलिफ़ वस्ल द्वारा अ/स/रुस/को 1122 माना गया है)
रंज राहत / फ़िज़ा नहीं / होता
2122 / 1212 / 22

तुम मेरे पा/ स होते हो / गोया
2122 / 1212 / 22
जब कोई दू / सरा नहीं / होता
2122 / 1212 / 22

क्यूँ सुने अर् / ज़े-मुज़तरे / 'मोमिन'
2122 / 1212 / 22
स नम आख़िर / ख़ुदा नहीं / होता
1 *122 / 1212 / 22*
(सनम आखिर... को अलिफ़ वस्ल द्वारा स/न/मा/खिर 1122 माना गया है)

ग़ज़ल (14) -

(1212/ 1122/ 1212/ 22) मुज़ारे की उप बह्र

कहीं पे सर कहीं खंजर हवा में उड़ते हैं
हमारे शह्र में पत्थर हवा में उड़ते हैं

जिन्हें ज़मीं पे सलीक़ा नहीं है चलने का
कमाल-ए-फ़न हैं वो अक्सर हवा में उड़ते हैं

बसद ख़ुलूस तराशे गये थे बुत जिनके
सदाक़तों के वो पैकर हवा में उड़ते हैं
- रहमत अमरोहवी (इज़ाफा, पृष्ठ - 21)

तक़्तीअ (14) -

कहीं पे सर / कहीं खंजर / हवा में उड़ / ते हैं
1212 / 1122 / 1212 / 22
हमारे शह् / र में पत्थर / हवा में उड़ / ते हैं
1212 / 1122 / 1212 / 22

जिन्हें ज़मीं / पे सलीक़ा / नहीं है चल / ने का
1212 / 1122 / 1212 / 22
कमाले फ़न / हैं वो अक्सर / हवा में उड़ / ते हैं
1212 / 1122 / 1212 / 22

बसद ख़ुलू / स तराशे / गये थे बुत / जिनके
1212 / 1122 / 1212 / 22
सदाक़तों / के वो पैकर / हवा में उड़ / ते हैं
1212 / 1122 / 1212 / 22

ग़ज़ल (15)

(221 / 2121 / 1221 / 212) मुज़ारे की उप-बह्र

उतरा है ख़ुदसरी पे वो कच्चा मकान अब
लाज़िम है बारिशों का मियाँ इम्तिहान अब

मुश्किल सफ़र है कोई नहीं सायबान अब
है धूप रास्तों पे बहुत मेह्रबान अब

क़ुर्बत के इन पलों में यही सोचता हूँ मैं
कुछ अनकहा है उसके मेरे दर्मयान अब
- पवन कुमार (वाबस्ता, पृष्ठ -25)

तक़्तीअ (15) -

उतरा है / ख़ुदसरी पे / वो कच्चा म / कान अब
221 / 2121 / 1221 / 212
लाज़िम है / बारिशों का / मियाँ इम्ति / हान अब
221 / 2121 / 1221 / 212

मुश्किल स / फ़र है कोई / नहीं साय / बान अब
221 / 2121 / 1221 / 212
है धूप / रास्तों पे / बहुत मेह्र / बान अब
221 / 2121 / 1221 / 212

क़ुर्बत के / इन पलों में / यही सोच / ता हूँ मैं
221 / 2121 / 1221 / 212
कुछ अनक / हा है उसके / मेरे दर्म / यान अब
221 / 2121 / 1221 / 212

च) मात्रिक बह्र (बह्रे-मीर)

इस बह्र में कुछ स्थान हैं जहाँ 1+1 = 2 किया जाए तो लय भंग की स्थिति कम से कम होती है और लय तथा सुंदरता से बनी रहती है। तक़्तीअ में जहाँ 1+1 = 2 किया गया है मात्रा को 1+1 लिखा गया है ध्यान से देखें। तक़्तीअ मात्रिकता के आधार पर की गयी है। अरूज़ अनुसार तक़्तीअ करने की प्रणाली नहीं अपनायी गयी है।

ग़ज़ल (16) (22/ 22 / 22 / 22)

जाने क्या कुछ कर बैठा है
बहुत दिनों से घर बैठा है

वो मधुमास लिखे भी कैसे
शाख़ों पर पतझर बैठा है

जाग चुका है पर आँखों में
ख़्वाबों का पैकर बैठा है *- विज्ञान व्रत (बाहर धूप खड़ी है, पृष्ठ - 27)*

तक़्तीअ (16)

जाने / क्या कुछ / कर बै / ठा है
22 / 22 / 22 /22
बहुत दि / नों से / घर बै / ठा है
121 / 22 / 22 /22

वो मधु / मास लि / खे भी / कैसे
22 / 2 1 1 / 22 /22
शाख़ों / पर पत / झर बै / ठा है
22 / 22 / 22 /22

जाग चु / का है / पर आँ / खों में
2 1 1 / 22 / 22 /22
ख़्वाबों / का पै / कर बै / ठा है
22 / 22 / 22 /22

ग़ज़ल (17)
(22/ 22 / 22 / 22)

जुगनू ही दीवाने निकले
अँधियारा झुठलाने निकले

वो तो सब की ही ज़द में था
किसके ठीक निशाने निकले

आहों का अंदाज़ नया था
लेकिन ज़ख़्म पुराने निकले
- विज्ञान व्रत (बाहर धूप खड़ी है, पृष्ठ - 59)

तक़्तीअ (17)

जुगनू / ही दी / वाने / निकले
22 / 22 / 22 / 22
अँधिया / रा झुठ / लाने / निकले
22 / 22 / 22 / 22

वो तो / सब की / ही ज़द / में था
22 / 22 / 22 / 22
किसके / ठीक नि / शाने / निकले
22 / 2 1 1 / 22 / 22

आहों / का अं / दाज़ न / या था
22 / 22 / 2 11 / 22
लेकिन / ज़ख़्म पु / राने / निकले
22 / 2 1 1 / 22 / 22

ग़ज़ल (18) -

(22 / 22 / 22 / 22 / 22 / 22 / 22 / 2)

प्यार का रिश्ता ऐसा रिश्ता शबनम भी चिंगारी भी
यानी उनसे रोज़ ही झगड़ा और उन्ही से यारी भी

सूना पनघट देख के दिल पे क्या-क्या गुज़री थी मत पूछ
हाथ से गिर कर टूट गई थी रंग भरी पिचकारी भी

उसका लहजा देख रहे हो, लेकिन ये भी सोचा है
तल्ख़ बना देती है प्यारे इन्साँ को बेकारी भी
- अतीक इलाहाबादी (आग़मन, पृष्ठ - 39)

तक़्तीअ (18) -

प्यार का / रिश्ता / ऐसा / रिश्ता / शबनम / भी चिं / गारी / भी
2 1 1 / 22 / 22 / 22 / 22 / 22 / 22 / 2
यानी / उनसे / रोज़ ही / झगड़ा / और उ / न्ही से / यारी / भी
22 / 22 / 2 1 1 / 22 / 2 11 / 22 / 22 / 2

सूना / पनघट / देख के / दिल पे / क्या क्या / गुज़री / थी मत / पू छ
22 / 22 / 2 1 1 / 22 / 22 / 22 / 22 / 2 +1
हाथ से / गिर कर / टूट ग / ई थी / रंग भ / री पिच / कारी / भी
2 11 / 22 / 2 11 / 22 / 2 11 / 22 / 22 / 2

उसका / लहजा / देख र / हे हो / लेकिन / ये भी / सोचा / है
22 / 22 / 2 11/ 22 / 22 / 22 / 22 / 2
तल्ख ब / ना दे / ती है / प्यारे / इन्साँ / को बे / कारी / भी
2 1 1 / 22 / 22 / 22 / 22 / 22 / 22 / 2

अध्याय 23

ग़ज़ल में उत्पन्न होने वाले दोष

प्रभावपूर्ण ग़ज़ल कहने के लिए, हमें ग़ज़ल कहने के बाद देखना पड़ता है कि कहीं कोई कमी तो नहीं रह गई है, जिसके कारण ग़ज़ल में कोई दोष पैदा हो रहा हो या प्रभाव में कमी आ रही हो।

ग़ज़ल कहते समय उत्पन्न हो सकने वाले दोषों को सहूलियत के आधार पर निम्नलिखित खण्डों में बाँटा जा सकता है।

1 - रदीफ़ का दोष
2 - क़ाफ़िया का दोष
3 - कहन का दोष
4 - भाषा का दोष
5 - उच्चारण का दोष
6 - बह्र का दोष

इस लेख में क्रम से इन सभी पर चर्चा करेंगे।
(ग़ज़ल के दोष व निराकरण से सम्बन्धित सभी लेखों में प्रस्तुत रचनाएँ लेखक द्वारा विशेष रूप से उदाहरण स्वरूप प्रस्तुत करने के लिए स्वरचित हैं)

1 - ग़ज़ल में होने वाले रदीफ़ के दोष

1.1 - रदीफ़ का हर्फ़ बदलना - हम इस पुस्तक के खंड 2 के शुरूआती लेख में रदीफ़ का परिचय प्राप्त कर चुके है। रदीफ़ के बारे में विस्तार से जानने के बाद स्पष्ट है कि ग़ज़ल में हम रदीफ़ को या इसके अंश को बदल नहीं सकते; यदि ऐसा किया गया तो शे'र में रदीफ़ का दोष पैदा हो जायेगा।

उदाहरण -

झूठ का वो रो गया
और सच्चा हो गया
मेरे सब सच झूठ की
वादियों में खो गए

मत्ला में **गया** रदीफ़ तय होने के बाद अन्य शे'र में **गए** नहीं ले सकते; यह रदीफ़ का दोष है।

निराकरण -

झूठ का वो रो गया
और सच्चा हो गया
एक सच फिर झूठ की
वादियों में खो गया

1.2 - तह्लीली रदीफ़ - शे'र में ऐसे शब्द का प्रयोग करना जिससे क़ाफ़िया और रदीफ़ योजित हो जाएँ और दोनों का पालन हो जाए, ऐसी रदीफ़ को तहलीली रदीफ़ कहते हैं।

उदाहरण -

सब से मिलता है जो रो कर
रह न जाए ख़ुद का हो कर

ले मज़ा आवारगी का
मंज़िलों को मार ठोकर

मत्ला के अनुसार रो, हो क़ाफ़िया हैं और **कर** रदीफ़ है मगर दूसरे शे'र में ठोकर शब्द में क़ाफ़िया और रदीफ़ संयोजित हो कर प्रयोग हुए हैं अर्थात् रदीफ़ क़ाफ़िया के साथ चस्पा हो गई है, इसे तह्लीली रदीफ़ कहते हैं

(अरूज़ की कई किताबों में तहलीली रदीफ़ को दोष माना गया है मगर इस विषय में कुछ मतभेद है क्योंकि तहलीली रदीफ़ को कुछ अरूजियों ने दोष न मान कर गुण माना है। चूँकि इस प्रयोग में काव्य क्षमता का प्रदर्शन होता है इसलिये इसे दोष मानना उचित भी नहीं है।)

1.3 - रब्त न होना - जब शे'र में रदीफ़ का कोई अर्थ नहीं निकल पाए अथवा रदीफ़ का शब्द बेवज्ह ठूँसा गया मालूम पड़ता है तो इससे शे'र में हल्कापन आ जाता है, इसे जानने का सबसे सरल उपाय यह है कि रदीफ़ को हटा कर देखा जाए, अगर वाक्य विन्यास पर कोई फर्क नहीं पड़ रहा है तो रदीफ़ भर्ती की मानी जायेगी। **उदाहरण -**

आप जो हमसे दूर गए
दिल से हम मजबूर गए
आप न थे तो क्या थे हम
आपसे मिल मशहूर गए

स्पष्ट है कि रदीफ़-क़वाफ़ी का प्रयोग नियमानुसार किया गया है, परन्तु पहली पंक्ति में ही रदीफ़ चस्पां हुई है और मत्ला के सानी में और दूसरे शे'र के सानी में रदीफ़ का उचित निर्वाह नहीं हो पा रहा है।

निराकरण -

आप जो हमसे दूर हुए
दिल से हम मजबूर हुए
आप न थे तो क्या थे हम
आपसे मिल मशहूर हुए

1.4- तक़ाबुले रदीफ़ - यदि ग़ज़ल में मत्ला और हुस्ने मत्ला के अतिरिक्त किसी शे'र (जिसके मिस्रा-ए- ऊला में रदीफ़ नहीं होता है) में रदीफ़ का तुकांत अंश आ जाता है तो इसे रदीफ़ का दोष यानी तक़ाबुले रदीफ़ कहा जाता है।

इसका कारण यह है कि शे'र अपने आप में स्वतंत्र होते हैं और शाइर कहीं केवल एक शे'र भी पढ़ सकता है अथवा कोट कर सकता है। इसे अधूरी रचना नहीं कहा जा सकता और तक़ाबुले रदीफ़ दोष होने पर कुछ भ्रम उत्पन्न हो जाते हैं।

स्वतन्त्र रूप से पढ़ने पर तक़ाबुले रदीफ़ दोष युक्त शे'र को पढ़ने वाले पाठक को उस शे'र के मत्ला होने का भ्रम होता है, इस कारण ही इसे दोष माना जाता है। आइये जानें कि यह कैसे होता है ...

उदाहरण - 1

ये ख़ुद तो जान गया हूँ कि क्या हुआ है मुझे
तुझे ये कैसे बताऊँ तेरा नशा है मुझे - मत्ला

वो हर्फ़-हर्फ़ मुझे याद कर चुका है भले
मुझे पता है कहाँ तक समझ सका है मुझे - शे'र

यदि हम मत्ला सहित इस दूसरे शे'र को पढ़ते हैं तो यह स्पष्ट है कि दूसरे शे'र में तक़ाबुले-रदीफ़ का दोष है क्योंकि दूसरे शे'र के मिस्रा ऊला में क़ाफ़िया का उपयोग नहीं हुआ है और हमें पता है कि क़ाफ़िया लिया गया है - *हुआ, नशा, सका* अर्थात् 'आ' कि मात्रा और इन अश्आर में रदीफ़ - **है मुझे** को सही ढंग से निभाया गया है।

परन्तु यदि हमें मत्ला न पढ़ने को मिले केवल दूसरा शे'र पढ़ने को मिले तब?

वो हर्फ़ हर्फ़ मेरा याद कर चुका है भले
मुझे पता है कहाँ तक समझ सका है मुझे

केवल दूसरे शे'र को पढ़ा जाए तो हमें लगेगा कि शाइर ने इस शेर को मत्ला के रूप में कहा है और यह ग़ैर मुरद्दफ़ (बिना रदीफ़ की) ग़ज़ल है, जिसमें क़ाफ़िया है = 'भले' 'मुझे' आदि अर्थात् 'ए' की मात्र को निभाना है और शे'र मत्ला के रूप में बिल्कुल दुरुस्त है। अब देखें तो एक मुरद्दफ़ ग़ज़ल का शे'र, गैर मुरद्दफ़ ग़ज़ल का मत्ला होने का भ्रम पैदा करता है।

भ्रम से बचने के लिए हमें तक़ाबुले-रदीफ़ैन दोष से बचना चाहिए।

निराकरण -

ये ख़ुद तो जान गया हूँ कि क्या हुआ है मुझे
तुझे ये कैसे बताऊँ तेरा नशा है मुझे - मत्ला

वो हर्फ़-हर्फ़ मुझे याद कर चुका है मगर
मुझे पता है कहाँ तक समझ सका है मुझे - शे'र

उदाहरण = 2

वो मेरा हाल जब जब पूछता है
मेरे होने का मतलब पूछता है

उजाला अपने होने पर मगन है
अँधेरा मुझको जब तब पूछता है

यदि हम मत्ला सहित इस दूसरे शे'र को पढ़ते हैं तो यह समझ में आ जाता है कि दूसरे शे'र में तक़ाबुले रदीफ़ का दोष है क्योंकि दूसरे शे'र के मिस्रा-ए-ऊला में क़ाफ़िया का प्रयोग नहीं हुआ है, न ही रदीफ़ (पूछता है) का प्रयोग हुआ है। मगर यदि हमें मत्ला पढ़ने को न मिले तब?

उजाला अपने होने पर मगन है
अँधेरा मुझको जब तब पूछता है

केवल इस शे'र को पढ़ा जाए तो हमें लगेगा कि यह मत्ला भी हो सकता

है। इसे मत्‌ला के अनुसार देखें तो ऐसा आभास होता है कि रदीफ़ 'है' का पालन तो सही से किया गया है, परन्तु शाइर से क़ाफ़ियाबंदी में चूक हो गई है। ऐसे भ्रम से बचने के लिए ही इस दोष को दूर करना आवश्यक है।

निराकरण -

वो मेरा हाल जब जब पूछता है
मेरे होने का मतलब पूछता है

उजाला तो भुला बैठा है मुझको
अँधेरा मुझको जब तब पूछता है

तक़ाबुले रदीफ़ दोष के दो भेद

1.4.1 - लाज़्तमा-ए-ज़ुज्ब-ए-रदीफ़ैन - मत्‌ला के अतिरिक्त यदि रदीफ़ का तुकांत स्वर मिस्‌रा-ए- ऊला के अंत आ जाये तो उसे लाज़्तमा-ए-ज़ुज्ब-ए-रदीफ़ैन कहते हैं

उदाहरण -

ये ख़ुद तो जान गया हूँ कि क्या हुआ है मुझे
तुझे ये कैसे बताऊँ तेरा नशा है मुझे - *मत्‌ला*

वो हर्फ़ हर्फ़ मेरा याद कर चुका है भले
मुझे पता है कहाँ तक समझ सका है मुझे - *शे'र*

देखें - 'है मुझे' रदीफ़ का तुकांत स्वर **'ए'** शे'र के मिस्‌रा-ए-ऊला के अंत में **भले** से टकरा रहा हैं। केवल स्वर टकरा रहा है इसलिए यह लज़्तमा-ए-ज़ुज्ब-ए-रदीफ़ैन दोष है

ध्यान रहे - अरूज़ियों और उस्ताद शाइरों द्वारा लज़्तमा-ए-ज़ुज्ब-ए-रदीफ़ैन दोष को कई स्थितियों में स्वीकार्य बताया गया है।

यदि शे'र ख़राब न हो रहा हो और यह ऐब दूर हो सके तो इससे अवश्य बचना चाहिए, परन्तु इस दोष को दूर करने के चक्कर में शे'र ख़राब हो जा रहा है अर्थात, अर्थ का अनर्थ हो जा रहा है, सहजता समाप्त हो जा रही है अथवा लय भंग हो रही है अथवा शब्द विन्यास गडबड़ हो रहा है तो इस दोष को

नज़रअंदाज़ किया जा सकता है और बड़े से बड़े शाइर के कलाम में यह दोष देखने को मिलता है। उदाहरण स्वरूप ख़ुदा-ए-सुख़न मीर तक़ी मीर साहब की दो ग़ज़लों के मशहूर अश्आर देखें -

1 -

जिस सर को गुरूर आज है याँ ताजवरी का
कल उसपे यहीं शोर है फिर नौहागरी का

हर ज़ख़्मे जिगर दावरे महशर से हमारा
इन्साफ तलब है तेरी बेदादगरी का
(यहाँ दूसरे शे'र में लाज़्तमा-ए-ज़ुज्ब-ए-रदीफ़ैन दोष है)

2 -

फ़क़ीराना आए सदा कर चले
मियाँ ख़ुश रहो हम दुआ कर चले

वो क्या चीज़ है आह जिसके लिये
हर एक चीज़ से दिल उठा कर चले

परस्तिश की याँ तक कि ऐ बुत तुझे
नज़र में सभों की ख़ुदा कर चले
(यहाँ दूसरे और तीसरे शे'र में लाज़्तमा-ए-ज़ुज्ब-ए-रदीफ़ैन दोष है)

1.4.2- लज़्तमा-ए-तक़ाबुल-ए-रदीफ़ैन - मत्ला और हुस्ने मत्ला के अतिरिक्त किसी शे'र में यदि रदीफ़ का तुकान्त पूरा एक शब्द या पूरी रदीफ़ मिस्रा-ए-ऊला के अंत आ जाये तो उसे लज़्तमा-ए-तक़ाबुल-ए-रदीफ़ैन कहते हैं। उदाहरण -

वो मेरा हाल जब जब पूछता है
मेरे होने का मतलब पूछता है
उजाला अपने होने पर मगन है
अँधेरा मुझको जब तब पूछता है

यदि हम मत्ला सहित इस दूसरे शे'र को पढ़ते हैं तो यह समझ में आ जाता है कि दूसरे शे'र में तक़ाबुले रदीफ़ का दोष है क्योंकि दूसरे शे'र के मिस्रा

ऊला में क़ाफ़िया का प्रयोग नहीं हुआ है न ही रदीफ़ (पूछता है) का प्रयोग हुआ है। यहाँ दूसरे शे'र में लाज़्तमा-ए-तक़ाबुल-ए-रादीफैन दोष है।

शे'र के दोषपूर्ण मत्ला होने भ्रम की स्थिति से बचने के लिए इस दोष से बचने की हर संभव कोशिश करनी चाहिए।

हालाँकि कुछ उस्ताद शाइरों और अरूज़ियों द्वारा इसे भी लाज्तमा-ए-ज़ुज्ब-ए-रदीफैन की तरह स्वीकार्य बताया गया है और अपने मत को तर्क संगत ठहराते हुए उन्होंने उस्ताद शाइरों के कलाम पेश किये हैं जिसमें लज़्तमा-ए-तक़ाबुल-ए-रदीफ़ैन मौजूद है, परन्तु मेरा मानना है कि हमें ग़ज़ल में इस दोष से हर-संभव बचना चाहिए।

याद रखें - ग़ज़ल में रदीफ़ का न होना दोष नहीं होता है क्योंकि बिना रदीफ़ की ग़ज़ल भी स्वीकार्य है और इसे ग़ैर-मुरद्दफ़ ग़ज़ल कहते हैं।

2 - ग़ज़ल में होने वाले क़ाफ़िया के दोष

क़ाफ़िया ग़ज़ल का एक मुख्य हिस्सा है। यह ग़ज़ल का केन्द्र है, जहाँ अपने अनूठे प्रयोग से शाइर श्रोता को चौंका भी सकता है, और चमत्कृत भी कर सकता है। क़ाफ़िया के चुनाव और रख-रखाव में बहुत सावधानी बरतनी चाहिए, क्योंकि इसमें छोटी से छोटी चूक के कारण शे'र दोषपूर्ण हो जाता है। क़ाफ़िया के सभी दोषों को बड़ा दोष माना जाता है और इसके कारण शे'र खारिज हो जाता है।

क़ाफ़िया के दोषों को जानने से पहले कुछ तथ्यों से अवगत होना आवश्यक है -

स्वर - अ से अः स्वर होता है (अ, इ, उ ह्रस्व स्वर तथा बाकी स्वर सभी दीर्घ होते हैं)

व्यंजन - क से ज्ञ व्यंजन होता है।

अक्षर - जहाँ स्वर तथा व्यंजन दोनों की बात करनी हो वहाँ 'अक्षर' शब्द का प्रयोग किया गया है। लेख में यथा अर्थ निकालें।

साकिन – जिस व्यंजन में कोई स्वर (हरकत) नहीं होता उसे साकिन हर्फ़ कहते हैं अर्थात् वो व्यंजन हलंत व्यंजन होगा जैस क, ख्, ग् आदि। हिन्दी वर्णमाला में प्रत्येक व्यंजन के साथ अ स्वर पूर्व निहित होता है देखें -

क् + अ = क / ख+ अ = ख / ग् + अ = ग

हिन्दी का शब्द 'चल' उर्दू में इस प्रकार टूटता है – च्+अ+ल् = चल्
ध्यान दें कि चल का ल हिन्दी में अ स्वर युक्त है अर्थात् हलंत नहीं है, परन्तु उर्दू में साकिन अर्थात् हलंत हो जाता है।

मुतहर्रिक - जिसमें हरकत हो उर्दू में मात्रा को हरकत कहते हैं। जिस व्यंजन में कोई स्वर जुड़ा होता है उसे मुतहर्रिक (गतिशील) कहते हैं जैसे -

क + अ = क / क + इ = कि / क + उ = कु / क + आ = का / क + ऊ = कू / क +-ए-= के

क + ऐ =कै / क + ओ = को / क + औ = कौ /क + अं = कं

कोई दो व्यंजन मिल कर शाश्वत दीर्घ तभी हो सकते हैं, जब पहले एक मुतहर्रिक हो और उसके बाद एक सकिन हर्फ़ आए।

जैसे – चमचम को उर्दू भाषा विज्ञान अनुसार चम्-चम् मानेंगे और उस अनुसार इसकी मात्रा 22 होगी। हिन्दी अनुसार यदि इसके चारों हर्फ़ को मुतहर्रिक करके चमचम करेंगे तो इसकी मात्रा 1111 हो जायेगी।

शहर12 और शह्र 21 का मूल किस्सा यही है।

मूल शब्द शह्र की शुद्ध वर्तनी श्+अ+ह् +र् है, इस कारण शह्र 21 होता है, परन्तु जब हम इसके हर्फ़ ह को साकिन से मुतहर्रिक कर देते हैं, अर्थात् श+अ+ह+अ+र तो **ह** मुतहर्रिक हो कर **र** साकिन से मिल कर दीर्घ हो जाता है इस प्रकार श-1 हर-2 हो जाता है।

हर्फ़े-रवी – आगे क़ाफ़िया के दोष पर चर्चा करते हुए क़ाफ़िया के 9 हरूफ़ में से हर्फ़े-रवी का प्रयोग कई जगह हुआ है। इसलिए चर्चा के पूर्व इसे समझना आवश्यक है।

इसकी परिभाषा यह है कि, किसी शब्द के मूल रूप का अंतिम व्यंजन हर्फ़े-रवी होता है।

उदाहरण -

कल में **ल** हर्फ़े-रवी है (मूल लफ़्ज़ का आख़री अक्षर)

बीमार में **र** हर्फ़े-रवी है (मूल लफ़्ज़ बीमार का आख़री अक्षर)

बीमारी (बीमार+ई) लफ़्ज़ में **र** हर्फ़े-रवी है (मूल लफ़्ज़ बीमार का आख़री अक्षर)

पानी में **ई** हर्फ़े-रवी है (मूल लफ़्ज़ पानी का आख़री अक्षर)

दोस्त में **त** हर्फ़े-रवी है (मूल लफ़्ज़ दोस्त का आख़री अक्षर)

दोस्ती (दोस्त+ई) में **त** हर्फ़े-रवी है (मूल लफ़्ज़ दोस्त का आख़री अक्षर)
दोस्ताना (दोस्त+ आना) में **त** हर्फ़े-रवी है (मूल लफ़्ज़ दोस्त का आख़री अक्षर)
चल में **ल** हर्फ़े-रवी है (मूल लफ़्ज़ चल का आख़री अक्षर)
चला (चल+आ) में **ल** हर्फ़े-रवी है (मूल लफ़्ज़ चल का आख़री अक्षर)
चलिए (चल+इए) में **ल** हर्फ़े-रवी है (मूल लफ़्ज़ चल का आख़री अक्षर)
चलना (चल+ना) में **ल** हर्फ़े-रवी है (मूल लफ़्ज़ चल का आख़री अक्षर)
चलता (चल+ता) में **ल** हर्फ़े-रवी है (मूल लफ़्ज़ चल का आख़री अक्षर)
चलवाता (चल+वाता) में **ल** हर्फ़े-रवी है (मूल लफ़्ज़ चल का आख़री अक्षर)
ख़्वाब में **ब** हर्फ़े-रवी है (मूल लफ़्ज़ ख़्वाब का आख़री अक्षर)
ख़्वाबगाह (ख़्वाब +गाह) में **ब** हर्फ़े-रवी है (मूल लफ़्ज़ ख़्वाब का आख़री अक्षर)
सुख़न में **न** हर्फ़े-रवी है (मूल लफ़्ज़ सुख़न का आख़री अक्षर)
सुख़नवर (सुख़न+वर) में **न** हर्फ़े-रवी है (मूल लफ़्ज़ सुख़न का आख़री अक्षर)

नोट - क़ाफ़िया के दोष पर चर्चा करते हुए प्रत्येक स्थान पर अश्'आर को उदाहरण स्वरूप प्रस्तुत करना आवश्यक नहीं है, इसलिए इससे बचा गया है। हाँ जहाँ इससे अतिरिक्त सहायता मिली है वहाँ अश्'आर प्रस्तुत किये गये हैं। जहां दोष मुक्त शे'र उदाहरण स्वरूप प्रस्तुत किये गये है वो अलग-अलग शाइरों की ग़ज़लों से प्रस्तुत हैं तथा जहाँ दोषपूर्ण शे'र का उदाहरण प्रस्तुत किया गया है वह केवल इसी आशय से लेखक द्वारा स्वरचित हैं।

क़ाफ़िया के निम्नलिखित दोष चिन्हित किये गये हैं -

2.1 - शे'र में क़ाफ़िया न होना - ग़ज़ल में रदीफ़ न होने पर भी ग़ज़ल अरूज़ के अनुसार स्वीकार्य है और ऐसी ग़ज़ल को गैर मुरद्दफ़ ग़ज़ल कहते हैं, परन्तु शे'र में क़ाफ़िया होना अनिवार्य है। यदि क़ाफ़िया को नहीं निभाया गया है, तो ऐसी रचना में उन्नत भाव शानदार कहन और अश्'आर के बह्र में होने के बावजूद रचना को ग़ज़ल नहीं कहा जा सकता है। उदाहरण -

जो जैसा है उसे वैसा कहा कर
अरे ओ आइने तू सच कहा कर

कहा कर रदीफ़ के पूर्व **झूठा सच** अल्फाज़ हमक़ाफ़िया नहीं हैं, अर्थात् इस मतले में क़ाफ़िया है ही नहीं। इस शे'र को ग़ज़ल का मत्ला नहीं कहा जा सकता है। इसे यूँ सुधार कर दोष मुक्त किया जा सकता है -

जो झूठा है उसे झूठा कहा कर
अगर आईना है तो हक़ अदा कर

2.2 - इक्वा दोष (ह्रस्व स्वर का विरोध) स्पष्ट है कि किन्ही दो शब्दों के हमक़ाफ़िया होने के लिए दोनों के हर्फ़े-रवी का साम्य होना आवश्यक है। मत्ला में कवाफ़ी का चुनाव करते समय हमें ध्यान रखना होता है कि उनमें व्यंजन के पूर्व का स्वर भी एक ही हो।

उदाहरण – **चल पल** को यदि ग़ज़ल में क़ाफ़िया के लिए प्रयोग करते हैं, तो **ल** की बाध्यता स्पष्ट है मगर इसके पहले के **अ** स्वर को भी समान रखना पड़ेगा। इसके पहले **च प** व्यंजन में 'अ स्वर' का साम्य है, अर्थात् दोनों शब्द हमक़ाफ़िया हैं। आगे के अश्'आर में भी ऐसा क़ाफ़िया लेना होगा, जिसमें **ल** के पहले **अ** स्वर हो। जैसे **कल हल दल** आदि, अर्थात् हमें **ल** के पूर्व **अ** स्वर को भी निभाना होगा। **ल** के पूर्व कोई और स्वर ले लिया गया तो इक्वा दोष पैदा हो जायेगा, अर्थात् *चल पल* के बाद *मिल खिल कुल खुल* को क़ाफ़िया नहीं ले सकते।

एक और उदाहरण देखें - यदि मतले में हमने ऐसे क़वाफ़ी ले लिए, जिनमें हर्फ़े-रवी के पहले का व्यंजन भी साम्य हैं। जैसे - **हवा, दवा;** तो हम बाध्य हो जाते हैं कि **आ** की मात्रा के साथ-साथ **व** व्यंजन को भी हर क़ाफ़िया में निभाया जाए। मगर इसके साथ हमें **व** के पहले आए ह्रस्व स्वर को भी निभाना होता है, अर्थात् **वा** के पहले के व्यंजन में जो ह्रस्व स्वर है उसे भी हर क़ाफ़िया में निभाना होगा। **हवा, दवा** के बाद हम *सिवा* या *युवा* को नहीं ले सकते क्योंकि इनमें **वा** के पहले का ह्रस्व स्वर **हवा, दवा** से भिन्न है। यदि ऐसा किया गया तो इक्वा का दोष हो जाता है।

कुछ और उदाहरण देखें - *क़ातिल मुश्किल शामिल* आदि के साथ, *मक़्तल, बादल, घायल, मंजुल, खुल* आदि का प्रयोग करने पर इकवा दोष हो जायेगा, क्योंकि क़ातिल मुश्किल शामिल में **ल** के पूर्व **इ** ह्रस्व स्वर है, और मक़्तल, बादल, घायल, मंजुल, खुल में अ अथवा उ ह्रस्व स्वर है।

इस दोष के कारण हम **पागल, बादल** के साथ **दिल** क़ाफ़िया नहीं बाँध सकते **पागल, बादल** के बाद क़ाफ़िया में **अल** को निभाना होगा।
जैसे - **पायल, काजल** आदि।

2.3 - सिनाद दोष - (दीर्घ स्वर का विरोध) - इक्वा दोष में हमने जाना

कि मत्ला में क़वाफ़ी का चुनाव करते समय हमें ध्यान रखना होता है, कि उनमें जो व्यंजन समान हों उनके पहले आये ह्रस्व स्वर का पालन अवश्य रूप से हो। यही बात दीर्घ स्वर के साथ भी लागू होती है; क़ाफ़िया में तुकांत व्यंजन के पूर्व दीर्घ स्वर का विरोध होने पर सिनाद दोष पैदा हो जाता है।

उदाहरण - देता, नेता को यदि ग़ज़ल में क़ाफ़िया के लिए प्रयोग करते हैं तो हम बाध्य हो जाते हैं कि **आ** की मात्रा के साथ-साथ **त** को भी हर क़ाफ़िया में निभाया जाए मगर इसके साथ हमें **त** के पहले आए दीर्घ स्वर को भी निभाना होता है, अर्थात् देता, नेता के पहले के क़वाफ़ी में जो दीर्घ स्वर **ए** है उसे भी हर क़ाफ़िया में निभाना होगा। देता, नेता के बाद हम *रोता* या *आता* को नहीं ले सकते, क्योंकि इनमें **ता** के पहले का दीर्घ स्वर ए से भिन्न है यदि ऐसा किया गया तो सिनाद का दोष हो जाता है।

कुछ और उदाहरण देखें -

दीवार, आसार बीमार के बाद हमें **र** के पहले **आ** मात्रा को भी निभाना होगा। *तासीर, शमशीर, मज्दूर, मज्बूर* आदि क़ाफ़िया नहीं लिया जा सकता है। ऐसा करने पर सिनाद दोष हो जायेगा, क्योंकि दीवार, आसार, बीमार में **र** के पूर्व **आ** दीर्घ स्वर है जिसका पालन तासीर शमशीर मजदूर मजबूर में नहीं हुआ है।

2.4 - इक्फ़ा दोष (मिलते जुलते अक्षर के कारण हर्फ़े-रवी बदल जाना) - यदि ऐसे शब्दों को हमक़ाफ़िया मानकर शे'र में बाँध दिया जाए जो अस्ल में अलग-अलग उच्चारण के हों अर्थात् दो अलग-अलग हर्फ़ हों तो इक्फ़ा दोष हो जाता है। हिन्दी भाषा में केवल **श** और **ष** में ही ऐसा उच्चारण साम्य है इसलिए इसके द्वारा इस दोष को समझना आसान होगा।

यदि हम **शेष** के साथ **केश** का क़ाफ़िया बाँधेंगे तो शे'र दोषपूर्ण हो जायेगा क्योंकि उच्चारण साम्य होने के बावजूद दोनों अलग-अलग व्यंजन हैं, इसलिए इक्फ़ा दोष हो जाता है।

इसी प्रकार उर्दू वर्णमाला के कई हर्फ़ हिन्दी लिपि में आ कर उच्चारण अनुसार समान हो जाते है, अर्थात हिन्दी भाषी उन हर्फ़ों का एक तरह से उच्चारण करते हैं। परन्तु वह अस्ल में अलग व्यंजन होते हैं। इसलिए एक ही ग़ज़ल में क़ाफ़िया के रूप में प्रयोग करने पर इक्फ़ा दोष पैदा हो जाता है।

उदाहरण - उर्दू वर्तनी में हिन्दी भाषा के व्यंजन ज के उच्चारण से मिलते-जुलते पाँच अक्षर हैं तथा उनके उच्चारण में बहुत कम अन्तर है। इन पाँचों अक्षर से अंत होने वाले शब्द हमक़ाफ़िया नहीं हो सकते। अर्थात् - 'राज़' के साथ 'आज' को क़ाफ़िया मानना ग़लत है। इससे इक्फ़ा दोष हो जाता है।

अन्य उदाहरण - सलाह (हाय हुत्ती) के साथ गवाह (हाय हव्ज़) को बाँधना

ग़लत है,इससे इक्फ़ा दोष हो जाता है।

परन्तु उर्दू के समीपवर्ती अथवा समान उच्चारण के कारण हिन्दी में आ कर समान प्रतीत होने वाले अक्षर के क़वाफ़ी में अंतर कर पाना हिन्दी-भाषी के लिए संभव नहीं है। इसलिए उर्दू के समीपवर्ती अथवा साम्य कुछ अक्षरों को हिन्दी भाषा में प्रयोग करने पर इसे दोष नहीं माना गया है।

हाँ, हिन्दी में जिन अक्षरों का अंतर स्पष्ट है उनसे अवश्य बचना चाहिए।

जैसे - पास-ताश, तोड़-रोड, झूठ-टूट, सात-साथ, लूट-रूठ आदि को हमक़ाफ़िया मानने से भी इक्फ़ा का दोष पैदा हो जाता है। इससे निश्चित तौर पर बचना चाहिये।

2.5 - गुलू दोष - यदि हर्फ़े-रवी साकिन हो अर्थात् हलंत व्यंजन हो तो इसके साथ मुतहर्रिक हर्फ़ अर्थात् सस्वर व्यंजन को रवी बना कर क़ाफ़िया नहीं लिया जा सकता है ऐसा करने पर गुलू दोष पैदा हो जाता है।

उदाहरण - **आसमान् - उड़ान्** के साथ **ख़ता न** बाँधने पर गुलू का दोष हो जायेगा।

अर्थात् -

जो हौसले से उड़ा है तो फिर उड़ान् समझ
हुआ-हुआ, न हुआ ख़त्म आसमान् समझ

ये शीरीं लब जो पियाला बनें तो पी लूँ ज़हर
ये अज़्म है, तू इसे भूल कर ख़ता न समझ – (स्वरचित)

उड़ान्, आसमान् में न साकिन (हलंत) है जबकि ख़ता न में मुतहर्रिक (गतिशील) है इस वजह से यहाँ गुलू का दोष पैदा हो रहा है।

2.6 - ईता दोष – जब ग़ज़ल के मत्ला में लिए गये हर्फ़े-कवाफ़ी अस्ल में समतुकांत न हो कर भी सम्तुकांत होने का भ्रम पैदा करें तो इसे ईता का दोष कहते हैं।

क़ाफ़िया के बारे में जानने से स्पष्ट है कि हम समतुकांत शब्दों को ही ग़ज़ल में क़ाफ़िया रख सकते हैं। उदाहरण - *चल, कल, पल, हल, जल* आपस में समतुकांत हैं इसलिए एक ग़ज़ल के क़ाफ़िया हो सकते हैं।

अभी - रही में ई की मात्रा को निभाया गया है अतः यह भी हमक़ाफ़िया शब्द हैं।

अरूज़ की ज़बान में कहा जाए तो अल्फाज़ को हर्फ़े-कवाफ़ी होने के लिए उसके मूल शब्द के अंत का कम से कम एक हर्फ़ साम्य होना आवश्यक है।

उदाहरण – पानी - यारी आपस में हमक़ाफ़िया अल्फाज़ हैं।

ईता दोष की परिभाषा - जब दो शब्दों के मूल रूप के अंत में अक्षर सामान न होते हुए भी शब्द किसी कारण समतुकांत होने का भ्रम पैदा करें और उसे क़ाफ़िया के रूप में मतले में प्रयोग कर लिया जाये तो इससे ईता दोष उत्पन्न हो जाता है।

याद रखें - हर्फ़े-रवी, मूल (अस्ल) अर्थात् रूढ़ शब्द का अंतिम अक्षर होता है न कि यौगिक (वस्ल) शब्द का अंतिम अक्षर। लेख के आरम्भ में इस बारे में विस्तार से बताया गया।

ईता दोष को समझने के लिए शब्द के मूल (अस्ल) और यौगिक (वस्ल) रूप को समझना ज़रूरी है। मुख्य रूप से शब्द के दो स्वरूप होते हैं -

1 - मूल (अस्ल)

2 - यौगिक (वस्ल)

1. मूल (अस्ल, रूढ़ शब्द) - जिस शब्द के स्वरूप में कुछ अन्य अक्षर न जोड़ा गया हो उसे मूल शब्द अथवा रूढ़ शब्द कहते हैं। जैसे – चल, पानी, हम, दोस्त, दुश्मन, आदम, सुन्दर, सेठ, लोहा, रंग, बहुत, बच्चा आदि।

मूल शब्द को पहचानने का आसान तरीका यह है कि किसी अर्थवान शब्द के पीछे से एक-एक अक्षर हटा कर देखा जाए, यदि एक-एक अक्षर हटाते हुए कहीं समान अर्थ का शब्द नहीं मिलता है तो वह मूल शब्द है।

उदाहरण -

अ) चल में से ल हटाने पर च बचता है जो निरर्थक है अतः चल मूल शब्द है।

ब) पानी में से ई हटाने पर पान बचता है जिसका अर्थ बदल गया। अर्थ जल से बदल कर पान (पान-सुपारी वाला) हो गया है। अब पान से न हटाने पर पा बचता है जो पानी के अर्थ में अर्थवान नहीं है अब पा से आ हटाने पर प बचता है।

अतः पानी मूल शब्द है।

इसी प्रकार एक अन्य उदाहरण देखें

स) दोस्ती (मित्रता) में से ई हटाने पर दोस्त(मित्र) बचता है जो समान अर्थवान है अतः *दोस्ती* मूल शब्द नहीं है। मूल शब्द *दोस्त* है।

2. यौगिक (वस्ल, योजित) - जिस शब्द के पहले अथवा बाद में कोई

अक्षर या अक्षर समूह जोड़ कर शब्द का अर्थ बदल दिया जाये या दो मूल शब्दों को जोड़ कर शब्द बनाया जाये उसे यौगिक शब्द (लफ़्ज़े वस्ल) कहते हैं।
यौगिक शब्द के मुख्य रूप से चार प्रकार हैं -

अ) संधि - दो समीपवर्ती वर्णों के मेल से शब्द में परिवर्तन होता है तो उसे संधि कहते हैं

नव + आगत = नवागत

मत + अनुसार = मतानुसार

रजनी + ईश = रजनीश

कमल + ईश = कमलेश

विमल + ईश = विमलेश

सत् + जन = सज्जन

अनु + छेद = अनुच्छेद

ब) समास - जब दो मूल (अस्ल) शब्दों को जोड़ कर नया शब्द बनाते हैं जिसमें दोनों मूल शब्द का अर्थ मिल जाता है तो उसे समास कहते हैं (इसकी पहचान यह है कि दोनों शब्दों को अलग करने पर दोनों शब्द अलग-अलग अपना मूल अर्थ रखते हैं)

उदाहरण -

प्रति + दिन = प्रतिदिन (रोज़)

हाथ + कड़ी = हथकड़ी (हाथ में लगाने वाले कड़ी)

त्रि + लोक = त्रिलोक (अर्थ स्पष्ट है)

समास का एक भेद बहुव्रीहि समास है जिसमें दो मूल शब्द मिल कर एक तीसरे अर्थ वाला शब्द बनाते हैं। जैसे -

महा + वीर = महावीर (तीसरा अर्थ = हनुमान)

पीत + अम्बर = पीताम्बर (तीसरा अर्थ = श्री कृष्ण)

गुल + आब = गुलाब (तीसरा अर्थ = एक विशेष पुष्प)

शर + आब = शराब (तीसरा अर्थ = मद्य)

ऐसे शब्द को हिन्दी व्याकरण में योगरूढ़ शब्द माना गया है अर्थात् समास होने के बाद भी ये मूल रूढ़ शब्द के रूप में प्रयोग होते हैं।

स) उपसर्ग - जब मूल (अस्ल) शब्द के पहले कोई अक्षर या अक्षर समूह

जोड़ कर शब्द के स्वरूप और अर्थ को बदल दिया जाता है तो उसे उपसर्ग कहते हैं उपसर्ग वो अक्षर अथवा अक्षर समूह होते हैं जिनका अलग से कोई अर्थ नहीं होता मगर मूल (अस्ल) शब्द के शुरू में जुड़ कर उसके अर्थ को बदल देते हैं।

उदाहरण -

ना + पसंद = नापसंद

निः + डर = निडर

अप + यश = अपयश

(उपसर्ग का क़ाफ़िया के दोष में कोई महत्त्व नहीं है, इसे केवल यौगिक शब्द के चारों प्रकार बताने के लिए लिख दिया गया है इसलिए इस पर विस्तार से चर्चा करने की कोई ज़रूरत नहीं समझी गयी)

द) प्रत्यय - जब मूल (अस्ल) शब्द के बाद कोई अक्षर या अक्षर समूह जोड़ कर शब्द के स्वरूप और अर्थ को बदल दिया जाता है तो उसे प्रत्यय कहते हैं प्रत्यय वो अक्षर अथवा अक्षर समूह होते हैं जिनका अलग से कोई अर्थ नहीं होता मगर मूल (अस्ल) शब्द के अंत में जुड़ कर उसके अर्थ को बदल देता है।

हिन्दी के कुछ प्रत्यय

प्रत्यय	**मूल शब्द / धातु**	**प्रत्यय जुड़ने के बाद**
अक	लेख, पाठ्, कृ, गै	लेखक, पाठक, कारक, गायक
अन	पाल्, सह्, ने, चर्	पालन, सहन, नयन, चरण
अहि	लड़, सिल, पढ़, चढ़	लड़हि, सिलहि, पढ़हि, चढ़हि
आन	उड़, मिल, दौड़	उड़ान, मिलान, दौड़ान
इ	हर, गिर, दशरथ, माला	हरि, गिरि, दाशरथि, माली
इया	छल, जड़, बढ़, घट	छलिया, जड़िया, बढ़िया, घटिया
इत	पठ, व्यथा, फल, पुष्प	पठित, व्यथित, फलित, पुष्पित
इत्र	चर, पो, खन्	चरित्र, पवित्र, खनित्र
वाला	देना, आना, पढ़ना	देनेवाला, आनेवाला, पढ़नेवाला
हार	होना, रखना, खेवना	होनहार, रखनहार, खेवनहार
आइ	पछताना, जगना	पछताइ, जगाइ
आइन	पण्डित, ठाकुर	पण्डिताइन, ठकुराइन
अहि	पण्डित, ठाकुर, लड़	पण्डितहि, ठकुरहि, लड़हि
आनी	सेठ, नौकर, मथ	सेठानी, नौकरानी, मथानी

आयत	बहुत, पंच, अपना	बहुतायत, पंचायत, अपनायत
आहट	चिकना, घबरा, चिल	चिकनाहट, घबराहट, चिल्लाहट
इष्ठ	कन्, वर्, गुरु, बल	कनिष्ठ, वरिष्ठ, गरिष्ठ, बलिष्ठ
ई	सुन्दर, बोल, पक्ष, खेत	सुन्दरी, बोली, पक्षी, खेती
ईय	भवत्, भारत, पाणिनी	भवदीय, भारतीय, पाणिनीय
ए	बच्चा, लेखा, लड़का	बच्चे, लेखे, लड़के
एल	फुल, नाक	फुलेल, नकेल
एरा/ऐरा	अंध, साँप, बहुत, मामा	अँधेरा, सँपेरा, बहुतेरा, ममेरा,
क	धम, चम, बैठ, बाल	धमक, चमक, बैठक, बालक
कर	विशेष, ख़ास	विशेषकर, ख़ासकर
त	रंग, संग, खप	रंगत, संगत, खपत
तर	गुरु, श्रेष्ठ	गुरुतर, श्रेष्ठतर
ती	कम, बढ़, चढ़	कमती, बढ़ती, चढ़ती

उर्दू के कुछ प्रत्यय

आ	सफ़ेद	सफेदा
आना	जुर्म, दस्त, मर्द	जुर्माना, दस्ताना, मर्दाना
आनी	जिस्म, बर्फ	जिस्मानी, बर्फानी
इयत	इंसान, खैर	इन्सानियत, ख़ैरियत
कार	दस्त, सलाह	दस्तकार, सलाहकार
खोर	घूस, हराम	घूसखोर, हरामखोर
गर	बाज़ी, जादू	बाजीगर, जादूगर
गार	परहेज़, मदद	परहेज़गार, मददगार
गी	ज़िंदा, बंदा	ज़िंदगी, बंदगी
चा/ची	देग, संदूक़	देगचा, संदूक़ची
ज़ाद/ ज़ादा	आदम, शाह	आदमज़ाद, शाहज़ादा
दाँ	उर्दू, क़द्र	उर्दूदाँ, क़द्रदाँ
दान	इत्र, क़लम	इत्रदान, क़लमदान
दानी	चाय, गोंद	चायदानी, गोंददानी

दार	ईमान, माल	ईमानदार, मालदार
बाज़/बाज़ी	चाल, मुक़दमा	चालबाज़, मुक़दमेबाज़ी
बान	दर, बाग़	दरबान, बाग़बान
मंद	अक़्ल, दौलत	अक़्लमंद, दौलतमंद
साज़	घड़ी	घड़ीसाज़

अंग्रेजी के कुछ प्रत्यय

इज़्म	बुद्ध, सोशल	बुद्धिज़्म, सोशलिज़्म
इस्ट	बुद्ध, सोशल	बुद्धिस्ट, सोशलिस्ट

अब ईता दोष को विस्तार से समझते हैं, जैसा कि हमने परिभाषा में समझा ...

जब अल्फ़ाज़ समतुकांत न होते हुए भी समतुकांत होने का भ्रम पैदा करें और उसे मत्‌ला में क़ाफ़िया के रूप में प्रयोग कर लिया जाये तो इससे ईता का दोष उत्पन्न हो जाता है!

यदि हम क़ाफ़िया के रूप में शब्द के दो स्वरूप में से पहले स्वरूप अर्थात् मूल शब्दों (अस्ल) का प्रयोग करते हैं तो ईता दोष उत्पन्न हो ही नहीं सकता है उदाहरण - चल - पल / पानी - रानी / कर - पत्थर / हुनर - सफ़र / सलाम - कलाम / शाम - काम / क़ातिल - मुश्किल

ये सभी मूल शब्द हैं अतः ऐसे शब्दों को मतले में क़ाफ़िया के रूप में प्रयोग करने पर ईता दोष हो ही नहीं सकता है; उदाहरण स्वरूप कुछ अश्‌आर देखें जिनमें मूल शब्द (अस्ल) का क़ाफ़िया बाँधा गया है -

शैख़ साहब से रस्मो-राह न की
शुक्र है ज़िंदगी तबाह न की - फ़ैज़ अहमद फ़ैज़

देखें क़रीब से भी तो अच्छा दिखाई दे
एक आदमी तो शह्‌र में ऐसा दिखाई दे - ज़फ़र गोरखपुरी

बेनाम सा ये दर्द ठहर क्यों नहीं जाता
जो बीत गया है वो गुज़र क्यों नहीं जाता - निदा फ़ाज़ली

जिसे दुश्मन समझता हूँ वही अपना निकलता है
हर इक पत्थर से मेरे सर का कुछ रिश्ता निकलता है - मुनव्वर राणा

आँगन में धूप ढल गई हम देखते रहे
बीमार शमअ जल गई हम देखते रहे - कुमार रवीन्द्र

और अब आइये ऐसे मत्लों की बात भी कर ली जाए जो ईता दोष युक्त हैं। मतलब अब हम हर्फ़े-वस्ल की ओर बढ़ते हैं जहाँ ज़रा सी चूक होने पर ईता दोष हो जाने की संभावना बन जाती है।

जब हम मतले के दोनों मिस्रों में यौगिक शब्द को क़ाफ़िया बनाते हैं तभी ईता दोष की संभावना बनती है।

संक्षेप में ईता दोष का एक उदाहरण देखें - मिटाया / जलाया

जब हम इन्हें मत्ला में क़ाफ़िया रखते हैं तो ईता दोष उत्पन्न हो जाता है, आइये देखें कि ये कैसे होता है

अपने दिल को ही जलाया जाए
इस अँधेरे को मिटाया जाए - (उदाहरण हेतु स्वरचित)

स्पष्ट है कि दोनों क़ाफ़िया यौगिक शब्द हैं। अरूज़ के अनुसार क़ाफ़िया के मूल शब्द जल - मिट में वस्ल हुए हर्फ़ 'आया' को भी रदीफ़ का हिस्सा माना लिया जाता है, और आया को हटाने के बाद क़ाफ़िया के लिए जल - मिट बचता है जो समतुकांत नहीं है, अर्थात् हम-क़ाफ़िया नहीं हैं अतः इन्हें हमक़ाफ़िया नहीं मान सकते।

इस तरह ईता दोष उत्पन्न हो रहा है क्योंकि मिटाया-जलाया अनुसार तो ये सम्तुकांत होने का भ्रम पैदा कर रहा है, परन्तु अस्ल जल-मिट में सम्तुकांतता नहीं है।

अब ईता दोष विस्तार से .....

ईता दोष के दो भेद हैं

1 - ईता-ए-खफ़ी (सूक्ष्म)   2- ईता-ए-जली (स्थूल)

2.6.1 - ईता-ए-खफ़ी (सूक्ष्म, अस्पष्ट) - ईता दोष के अंतर्गत जब क़ाफ़िया में ईता दोष स्पष्ट न दिख रहा हो और विशेष रूप से समास-विग्रह (दोनों पद को अलग-अलग करना), प्रत्यय-विग्रह अथवा संधि-विच्छेद के बाद

ही दोष स्पष्ट होता हो तो उसे ईता-ए-खफ़ी कहते हैं।

यह दोष तब उत्पन्न होता है जब बहुव्रीही समास से यौगिक हुए दो शब्दों को मत्ला में क़ाफ़िया बनाया जाता है अथवा प्रत्यय से शब्द का स्वरूप बदल कर मूल शब्द का भ्रम पैदा होने वाले दो शब्दों को मत्ला में क़ाफ़िया बनाया जाता है।

उदाहरण 1 - (बहुव्रीही समास के कारण)

उनकी शुहरत गुलाब जैसी है
और फितरत शराब जैसी है

अरूज़ के अनुसार गुलाब- शराब यौगिक क़ाफ़िया में से दूसरा मूल शब्द आब हटाने पर गुल और शर् शब्द बचते हैं, जो सम्तुकांत नहीं हैं अतः इसमें ईता-ए-खफ़ी दोष हो रहा है।

(परन्तु गुल+आब का अर्थ फूल के अर्क से न निकाल कर एक विशिष्ट पुष्प की संज्ञा के रूप में प्रयोग होता है और शर आब को भी बुरे पानी के अर्थ में न ले कर (वाइन, मद्य) के अर्थ में प्रयोग होता है अर्थात् ये योगरूढ़ शब्द हो गये हैं। अतः मेरा विचार है, कि गुलाब - शराब को मत्ला में प्रयोग करने पर ईतादोष नहीं मानना चाहिए)।

उदाहरण 2 - परिच्छेद / अनुच्छेद जैसे संधि हुए शब्द को मत्ला में क़ाफ़िया बनाने पर ईता-ए-जली दोष उत्पन्न हो जायेगा, क्योंकि संधि विच्छेद करने पर परि + छेद / अनु + छेद होता है परि/अनु आपस में हमक़ाफ़िया नहीं हैं।
मगर यह स्पष्ट नहीं दिखता इस लिए ईता-ए-खफ़ी दोष हो जाता है।

(मेरा विचार है कि ऐसे शब्दों को प्रयोग करने पर ईतादोष नहीं मानना चाहिए)

2.6.2- ईता-ए-जली (स्थूल, स्पष्ट) - ईता दोष के अंतर्गत जब क़ाफ़िया में बिना समास विग्रह (दोनों पद को अलग अलग करना), प्रत्यय विग्रह अथवा संधि विच्छेद के ईता दोष स्पष्ट दिख रहा हो तो उसे ईता-ए-जली कहते हैं। ईता-ए-जली दोष के प्रकार देखें -

अ) भ्रमपूर्ण क़ाफ़िये -

गाँव में पंखा नहीं है फिर भी रहकर देख लें
इन हवाओं में है मस्ती साँस भरकर देख लें (उदाहरण हेतु स्वरचित)

रहकर-भरकर न मूल शब्द हैं, न प्रत्यय से बने यौगिक शब्द, न समास से बने यौगिक शब्द हैं, न ही इनमें संधि हुई है। इन्हें भ्रमवश मूल शब्द मान कर क़ाफ़िया बनाने से ईता-ए-जली दोष है क्योंकि **कर** हटाने के बाद मत्ला में क़ाफ़िया बच ही नहीं रहा है।
यहाँ स्पष्ट रूप से दिखने के कारण ईता-ए-जली दोष है।

ब) समास का क़ाफ़िया -

समास शब्द सूर्यपुत्र / राजपुत्र को मत्ला में क़ाफ़िया बनाने पर ईता-ए-जली दोष उत्पन्न हो जायेगा क्योंकि समास विग्रह करने पर पुत्र हटाने पर दोनों शब्द सूर्य/राज आपस में हमक़ाफ़िया नहीं हैं।

स) प्रत्यय का क़ाफ़िया -

प्रत्यय के शब्द - दोस्ती/दुश्मनी को मत्ला में क़ाफ़िया बनाने पर ईता-ए-जली दोष उत्पन्न हो जायेगा, क्योंकि दोनों में से प्रत्यय ई हटाने पर दोनों शब्द दोस्त/दुश्मन सम तुकांत नहीं हैं।
ईता-ए-जली दोष युक्त क़ाफ़िया के अन्य उदाहरण देखें -

दोस्ती - ख़ुशी
सदाएँ - साँसें
उखड़ेगा - टूटेगा
जला - मिटा
सुनाने - जलाने
बेबसी - ख़ुशी
दबाए - सजाए

द) क़ाफ़िया न होने की दशा में -

जब यहाँ पीने को कोई जल नहीं है
आप कहते हैं कि गंगाजल नहीं है ? (उदाहरण हेतु स्वरचित)

एकबारगी जल - गंगाजल क़ाफ़िया के रूप में दिखाई पड़ते हैं, परन्तु गंगा-जल समास को अलग करने पर दोनों मिस्रों में **जल** रदीफ़ का हिस्सा हो जा रहा है, और उसके पूर्व मत्ला में हर्फ़े-क़ाफ़िया है ही नहीं, इसलिए यहाँ भी ईता-ए-खफ़ी दोष उत्पन्न हो रहा है। इसे निश्चित रूप से दुरुस्त करना पड़ेगा

क्योंकि क़ाफ़िया के बिना ग़ज़ल हो ही नहीं सकती है।
इसका एक अन्य उदाहरण - नाम / बद-नाम

ईता दोष में मिलने वाली छूट व दोष मुक्त क़ाफ़िया

हमने देखा कि ऐसे शब्दों को हम क़ाफ़िया नहीं मान सकते जिसके हर्फ़े-रवी न मिल रहे हों अन्यथा ईता दोष उत्पन्न हो जायेगा, परन्तु ऐसा करने से शाइर पर बहुत बड़ी बंदिश लग जाती है, कि वह प्रत्यय के शब्दों को खुल कर प्रयोग नहीं कर सकता है क्योंकि प्रत्यय के पूर्व के अक्षर अर्थात् रवी को मिलाना आवश्यक होता है।
इसलिए उस्तादों ने कुछ छूट निर्धारित कर दी है जिसके अनुसार क़ाफ़िया ईता दोष से मुक्त हो सकते हैं। ईता दोष में मिलने वाली छूटें निम्नलिखित हैं।

क) दोनों क़ाफ़िया यौगिक होने पर भी हर्फ़े-रवी एक होने पर - मत्ला में यदि दोनों क़ाफ़िया यौगिक शब्द हैं, परन्तु बढ़े हुए अंश को हटाने के बाद भी शब्द आपस में सम्तुकांत होते हैं तो क़ाफ़िया दोषमुक्त है।
उदाहरण -

सूलियों से गुज़रना पड़ा
हमको क़िश्तों में मरना पड़ा - नुसरत ग्वालियरी

गुज़रना/मरना से ना हटाने के बाद भी गुज़र / मर मूल शब्द आपस में सम तुकांत हैं इसलिए ये क़ाफ़िया दोष मुक्त हैं क्योंकि दोनों क़ाफ़िया में हर्फ़े-रवी 'र' है।
अन्य उदाहरण देखें -

अह्ले दुनिया देखते हैं कितनी हैरानी के साथ
ज़िंदगी हमने बसर कर ली है नादानी के साथ - महताब हैदर नक़वी
(क़ाफ़िया में हर्फ़े-रवी न है)

यही आवाज़ का मौसम है न टालो मुझको
कुछ जवाबों से निपटने दो सवालो मुझको - रमेश 'तन्हा'
(क़ाफ़िया में हर्फ़े-रवी ल है)

किस महूरत में दिन निकलता है
शाम तक सिर्फ़ हाथ मलता है - बालस्वरूप 'राही'
(क़ाफ़िया में हर्फ़े-रवी ल है)

ख) एक मूल एक यौगिक क़ाफ़िया - एक मूल क़ाफ़िया और एक यौगिक क़ाफ़िया लेने पर ईता दोष उत्पन्न नहीं हो सकता है क्योंकि ऐसा करने पर हर्फ़े-रवी का मिलान बढ़े हुए अक्षर से हो जाता है।

उदाहरण - आग पानी हुई हुई न हुई
मेहरबानी हुई हुई न हुई - बलबीर सिंह 'रंग'

मत्ला में पानी/ मेह्रबानी क़ाफ़िया लेने पर मूल शब्द पानी का हर्फ़े-रवी ई यौगिक शब्द मेह्रबान+ई से तुकांत हो गया है और हर्फ़े-रवी मिलने पर क़ाफ़िया दोषमुक्त माना जाता है।

ग) मत्ला के दोनों क़ाफ़िया में प्रत्यय अलग-अलग होना अथवा समास अथवा संधि में दूसरे पद का अलग -अलग होना।

सतह के समर्थक समझदार निकले
जो गहरे में उतरे गुनहगार निकले - शेरजंग गर्ग

समझदार/गुनाहगार क़ाफ़िया में बढ़े हुए अंश अलग-अलग हैं इसलिए अब शब्द के पहले अंश से कोई मतलब नहीं रह जाता है। अब क़ाफ़िया का शब्द दार/गार तय हो गया और इसमें र हर्फ़े-रवी हो गया। इस तरह इस मत्ला में दोष पैदा ही नहीं हो रहा है, और अन्य शे'र में क़ाफ़िया में केवल आर निभाने की बंदिश होती है। इस ग़ज़ल का दूसरा शे'र देखें -

गुलाबों की दुनिया बसाने की ख़्वाहिश
लिए दिल में जंगल से हर बार निकले

इसके अन्य उदाहरण देखें -

लूटा गया है मुझको अजब दिल्लगी के साथ
इक हादिसा हुआ है मेरी बेबसी के साथ – सुरेश रामपुरी

दिल+लगी / बेबस + ई के कारण लगी का ई हर्फ़े-रवी हुआ अब अन्य शे'र में केवल ई को निभाना है। इस ग़ज़ल का दूसरा शे'र देखें -

मैं क्यों किसी से उसकी जफ़ा का गिला करूँ

मजबूरियाँ बहुत हैं हर इक आदमी के साथ

सीलबंद / अक़्लमंद (बंद / मंद = द हर्फ़े-रवी)
सलाहकार / कर्ज़दार (कार / दार = र हर्फ़े-रवी)

घ) व्याकरण भेद - मत्ला में यदि दोनों क़ाफ़िया यौगिक शब्द है तथा हर्फ़े-रवी अलग अलग हैं, परन्तु दोनों क़ाफ़िया के शब्द में व्याकरण भेद है, तो छूट के अनुसार मत्ला दोषमुक्त हो जाता है। उदाहरण -

रस्मे दीवानगी-ए-शौक़ निभा दी जाए
रोशनी हो कि धुँआ आग लगा दी जाए

निभा / लगा दोनों क़ाफ़िया का बढ़ा हुआ अंश भी एक है और निभ लग मूल शब्द में हर्फ़े-रवी अलग-अलग हैं इसलिए इसमें ईता-ए-जली दोष है, परन्तु निभ भाववाचक शब्द है और लग क्रिया शब्द है इसलिए छूट अनुसार मत्ला दोषमुक्त हो जाता है।

अन्य उदाहारण देखें -

इक चुभन काँटों सी फूलों सी हँसी देता है कौन
ये जो इन्साँ है इसे ग़म और ख़ुशी देता है कौन - राजेश रेड्डी
हँसी / ख़ुशी = हँस (क्रिया) / ख़ुश (भाव)

दोस्ती / हँसी (भाववाचक/ क्रिया)

च) मत्ला में दो अलग अर्थ वाला एक ही क़ाफ़िया -

तबीअत वहीं मूल शंकर की बदली
मिटे कुफ़्र बस दिल से यह शर्त बद ली

कुल्हाड़ी पये नख़्ले अवतारे बद ली
हुई सर-ब-सर शिर्क की दूर बदली - नारायण प्रसाद 'बेताब'

1- बदल गई 2 - प्रतिज्ञा 3 - संभालना 4- बादल, मेघ

एक ही शब्द बदली के अलग-अलग अर्थों में प्रयोग से अश्आर दोष मुक्त हो गये हैं।

अन्य उदाहरण -

बुरा हो इस घड़ी का, इस समय का ऐसे अवसर का
महासागर बना पायाब जल सामान्य से सरका

पसीना भी तो पहुंचा बह के एड़ी तक मेरे सर का
मगर अफ़सोस इसपर भी न पर्वत बाल भर सरका - नारायण प्रसाद 'बेताब'

छ) दोनों क़ाफ़िया के ज़माना (काल) में अंतर - मत्‌ला में यदि दोनों क़ाफ़िया यौगिक शब्द के हैं और बढ़ा हुआ अंश हटाने पर हर्फ़े-रवी अलग-अलग हों तो इससे ईता-ए-जली दोष उत्पन्न हो जायेगा।

परन्तु यदि दोनों क़ाफ़िया में काल का अंतर हो अर्थात् एक भूत काल और एक वर्तमान काल हो अथवा दोनों भूत, वर्तमान और भविष्य काल में से अलग-अलग हों तो छूट अनुसार मत्‌ला दोष मुक्त हो जाता है।

छ) एक अक्षर के बढ़ने पर - कुछ जानकारों का मानना है कि दोनों क़ाफ़िया के मूल शब्द में एक स्वर बढ़ा हो और किसी प्रकार दोष मुक्त न हो रहा हो, तो उसे भी दोषमुक्त मानना चाहिए यदि एक से अधिक अक्षर बढ़ा हो तो उसे दोषयुक्त मानना चाहिए।

उदाहरण - रही / कमी

(इस अनुसार 'रही/कमी' ईता-ए-जली से दोष मुक्त हो जायेगा, परन्तु यह इस प्रकार की छूट मुझे व्यक्तिगत रूप से तर्कसंगत नहीं लगती)

3 - ग़ज़ल में होने वाले बह्‌र के दोष

अच्छी ग़ज़ल अरूज़ के सभी दोषों से मुक्त होती है। मेयारी ग़ज़ल कहने का एक मात्र उपाय यह है, कि हमें जानकारी हो कि कैसे ग़ज़ल दोषपूर्ण हो जाती है, तथा हम उस दोष को दूर कर सकें। इस लेख में बह्‌र में उत्पन्न होने वाले दोषों पर चर्चा करेंगे।

3.1 - तसलीम (बेबह्‌र शे'र) - किसी मिसरे में कोई शब्द इस तरह प्रयोग करना कि वह अर्कान के अनुसार न आ कर मिसरे को बह्‌र से ख़ारिज कर दे तो

तसलीम ऐब माना जाता है। तसलीम ऐब के कारण मिस्रा ग़ज़ल की निश्चित बह्र से ख़ारिज हो जाता है, अर्थात् शब्द अपने वज़्न अनुसार तो सही प्रयोग किया गया हो, मगर अर्कान में जिस जगह रखा गया हो वहाँ किसी और वज़्न की ज़रूरत हो।

3.2 - बेबह्र ग़ज़ल -एक ग़ज़ल के सभी अश्'आर यदि एक ही अर्कान में न हों तो ग़ज़ल बेबह्र हो जाती है। यदि ग़ज़ल में अश्'आर ख़ुद पूरी तरह बह्र में हैं मगर आपस में एक ही बह्र में नहीं हैं तो ग़ज़ल का वह शे'र बह्र से ख़ारिज हो जाता है।

3.3 - जुड़वाँ बह्रों का प्रयोग - कई ऐसे लय हैं जो मात्रिकता लगभग साम्य होने के कारण गुनगुनाने पर भ्रमवश लयात्मक रूप से अलग-अलग न हो कर एक ही लगते हैं

जो शाइर तक़्तीअ नहीं करते, केवल गुनगुना कर लय में लिख कर ग़ज़ल को अंतिम रूप प्रदान करते हैं वो अक्सर ऐसी जुड़वाँ बह्रों में धोका खाते हैं

जैसे 2122 1212 22 और 2122 1122 22

2122 1122 1122 22 और 2122 1212 1122 22

1212 1122 1212 22 और 1212 1212 1212 22

221 2121 1221 212 और 221 1221 1221 212

इसके चलते एक ग़ज़ल में एक से अधिक बह्र के अश्'आर होने के कारण ग़ज़ल बह्र से खारिज हो जाती है।

3.4 - शब्द को ग़लत वज़्न में बाँधना – जब हम किसी शब्द को ग़लत उच्चारण तथा ग़लत मात्रा अनुसार प्रयोग कर लेते हैं तो इससे भी बह्र का दोष पैदा हो जाता है।

जैसे अमन 12 / तजुर्बा 122 / तुम्हारा 222 / मोहब्बत 222 / चेहरा 212 आदि मात्रा लेने पर शे'र बेबह्र हो जाता है क्योंकि इन शब्दों की सही मात्रा ये है – अम्न 21 / तज्रिबा 212 / तुम्हारा 122 / मुहब्बत 122 / चह्रा 22.

3.5 - दो स्वतंत्र लघु को दीर्घ मानना – यदि किसी शब्द में दो स्वतंत्र लघु आ रहा हो तो उसे दीर्घ मात्रिक नहीं माना जा सकता है, ऐसा करने से शे'र बेबह्र हो जाता है। जैसे - 'किसी' की मात्रा 12 को गिराकर 11 किया जा

सकता है। यहाँ यह दोनों लघु स्वतन्त्र हैं, अब इन्हें जोड़ कर 11 की जगह 2 नहीं किया जा सकता है।

3.6 - शाश्वत दीर्घ को दो स्वतंत्र लघु मानना – जब, तब, कल, यदि, किस, आदि शब्द शाश्वत दीर्घ मात्रिक होते हैं। इनको दो स्वतंत्र लघु 11 के अनुसार प्रयोग नहीं किया जा सकता है। ऐसा करने पर शे'र बेबहर हो जाता है। जैसे - कल की मात्रा को 11 नहीं माना जा सकता है।

3.7 - मात्रा को अनुचित गिराना – मात्रा गिराने का एक निश्चित नियम होता है। हर जगह हर शब्द की मात्रा नहीं गिरायी जा सकती है। अनुचित ढंग से मात्रा गिराने पर शे'र बेबहर हो जाता है। जैसे - क्या / सौ / और आदि शब्द को अनुचित रूप से 1 मात्रिक मान कर प्रयोग करने से शे'र बेबहर हो जाता है।

3.8 - लघु मात्रिक हर्फ़ को दीर्घ मात्रिक मानना – जब मिसरे में किसी स्थान पर दीर्घ मात्रा की आवश्यकता हो तो वहाँ लघु मात्रिक शब्द रख कर उसे दीर्घ मात्रिक मान लेने से शे'र बेबहर हो जाता है जैसे – **न, कि, व** आदि शब्द लघु मात्रिक हैं इसको **ना, की, वा** लिख कर दीर्घ मात्रिक बनाना अनुचित है

3.9 - हर्फ़-ए-इल्लत का गिरना - जिस फ़ारसी शब्द के अंत में अलिफ़ (आ), वाव(ऊ) ये (ई) हो उसकी मात्रा को गिराना अनुचित है मगर हिन्दी में रच बस गये शब्दों को लोग हिन्दी का शब्द मान कर गिराने लगे हैं (यह उचित है अथवा अनुचित इस पर अलग-अलग उस्तादों की अलग-अलग राय सामने आती है इसलिए इसे हिन्दी भाषा में शाइरी कर रहे शाइर की ख़ुद की सोच पर छोड़ देना चाहिए कि वो कहाँ तक नियमों का पालन करना चाहता है)

4 - ग़ज़ल में होने वाले भाषागत दोष

4.1 - इंतज़ाल - शे'र में शब्द संयोजन का विशेष महत्त्व है, ऐसे शब्द का प्रयोग करने पर, जो वज़्न में तो सही हो मगर शे'र के प्रवाह में अटकाव ला रहा हो, कटु हो, गँवार हो तो इंतज़ाल ऐब पैदा होता है।

4.2 - तज्बीब - नदी को नद्‌दी, उठी को उट्ठी कहना आदि तज्बीब ऐब पैदा हो जाता है।

(इसका प्रयोग अब स्वीकार्य है, व ऐसे प्रयोग से अब शे'र को बेबहृ नहीं माना जाता)

4.3 - तवालि-ए-इज़ाफ़त - इज़ाफ़त को लगातार तीन से अधिक बार प्रयोग करने से तवालि-ए-इज़ाफ़त ऐब पैदा हो जाता है।

4.4 - तग़य्युर - तख़ल्लुस अथवा किसी के नाम (किसी संज्ञा) को अशुद्ध उच्चारण के साथ प्रयोग करना अथवा नाम की मात्रा को गिराने से तग़य्युर ऐब पैदा हो जाता है।
जैसे राधा22 को राध21 नहीं कर सकते।

4.5 - कर्ता का न होना – जब शे'र में क्रिया और सहायक क्रिया हो, परन्तु कर्ता न हो अथवा स्पष्ट न हो तो शे'र को सही नहीं माना जाता है, ऐसा होने से पता नहीं चलता कि शे'र अपनी ओर से कहा जा रहा है या क्रिया किसी दूसरे व्यक्ति की ओर इंगित है।

4.6 - हफ़्ज़े लफ़्ज़ (सहायक शब्द न होना) - जब शब्द के साथ सहायक शब्द न हो तो भाषा का ऐब पैदा हो जाता है। जैसे क्रिया के साथ सहायक क्रिया न होना।

4.7 - हश्वे कवायद (भर्ती शब्द) - मात्रा को पूरा करने की कोशिश में जब हम अनावश्यक शब्द शे'र में भर देते हैं, तो हश्वे कवायद ऐब पैदा हो जाता है।

4.8 - एब-ए-शुतुर-गुरबा - जब हम एक ही वस्तु के लिए बेमेल शब्दों का प्रयोग करते हैं तो ऐब-ए-शतुर-गुरबा पैदा हो जाता है इसके दो प्रकार हैं -

> **4.8.1 - शुतुर-गुरबा सीगी (सर्वनाम सम्बन्धित दोष) -** जब हम किसी शे'र में एक ही व्यक्ति के लिए तू तुम आप आदि अनुसार शब्द का प्रयोग एक साथ कर लेते हैं तो ऐब-ए-शुतुर गुरबा सीगी पैदा हो जाता है जैसे - आप गया क्या, तू गए क्या.. आदि
>
> **4.8.2 - शुतुर गुरबा ज़मानी (काल दोष) –** जब हम भूतकाल वर्तमान काल तथा भविष्य काल का सही प्रयोग नहीं करते और वाक्य में काल को अनुचित ढंग से प्रस्तुत करते हैं तो शुतुर

गुरबा ज़मानी ऐब पैदा हो जाता है।

4.9 - जोफ्रे-तालीफ़ - मुहावरेदार भाषा और लोकोक्ति सूक्ति, आदि के प्रयोग से ग़ज़ल में सौंदर्य कई गुना बढ़ जाता है, परन्तु लोकोक्ति, मुहावरे को तोड़ मरोड़ कर पेश करने, बदल देने, अनगढ़ मुहावरे, सूक्ति गढ़कर प्रयोग कर लेने से "ऐब-ए-जोफे तालीफ़" पैदा हो जाता है। उदाहरण - *नौ दो ग्यारह होना* की जगह *आठ तीन ग्यारह होना* प्रयोग दोष पूर्ण है।

4.10 - विलोम शब्दों का ग़लत प्रयोग – विलोम शब्द भाषा के अनुसार तथा अपने शब्द धर्म के अनुसार निश्चित होते हैं,उनमें मनमाना फेरबदल करके शे'र में प्रयोग करने से भाषा का दोष पैदा हो जाता है। उदाहरण -

सुबह -शाम = सुबह-संध्या

रात-दिन = रात-प्रातः

प्रातःकाल-संध्याकाल = प्रातःकाल-शामकाल

इब्तिदा-अंजाम = इब्तिदा-परिणाम

4.11 - विशेषण का अनुचित प्रयोग; अतिरिक्त विशेषण - प्रत्येक वस्तु का अपना मौलिक धर्म होता है जिसका अलग से विवरण प्रस्तुत करना उचित नहीं होता क्योंकि यदि वह वस्तु अपने उस धर्म को खो देगी तो उसकी सत्ता ही समाप्त हो जायेगी।

जैसे – पानी का धर्म है गीला होना। इसलिए 'गीला पानी' लिखना ग़लत है।

कोयला काला ही होता है इसलिए 'काला कोयला' कहना ग़लत है।

नदी के जल में बहाव आवश्यक है, पानी के एक जगह रुकते ही वह नदी नहीं रहती तालाब हो जाता है, इसलिए 'बहती नदी' लिखना दोष पूर्ण है।

4.12 - वचन दोष और क्रिया संबंधी दोष - एक वचन को बहुवचन अथवा बहुवचन को एक वचन में प्रयोग करना अनुचित है।

4.13 - क्रिया संबन्धित वचन दोष - एक वचन की क्रिया भी एक वचन में होगी। बहुवचन की क्रिया भी बहुवचन होती है। इसमें विरोधाभास होने पर भाषागत् दोष उतपन्न हो जाता है।

4.14 - लिंग दोष- किसी स्त्रीलिंग शब्द को पुल्लिंग प्रयोग तथा पुल्लिंग शब्द के स्त्रीलिंग प्रयोग से दोष पैदा हो जाता है।

4.15 - तकल्लुफ (जमा उल जमा) - बहुवचन का बहुवचन - किसी बहुवचन शब्द को फिर से बहुवचन बनाने से दोष पैदा हो जाता है।

जज्बा = जज्बात = जज्बातों

लफ़्ज़ = अल्फाज = अल्फाजों

हाल = हालात = हालातों

4.16 - समास का ग़लत प्रयोग - (हिन्दी समास, इज़ाफत, वाव-ए-अत्फ़) दो शब्दों में समास लगाते समय ग़लत प्रयोग करने से भाषा का दोष पैदा हो जाता है।

5- ग़ज़ल में होने वाले उच्चारण के दोष

5.1 - इत्तेसाल बाद सकूत -(नैकट्य दोष) - दो शब्द उच्चारण अनुसार मिल कर तीसरा शब्द बना दें जिसका कोई अर्थ न हो तो ऐब-ए-इत्तेसाल बाद सकूत पैदा हो जाता है।

5.2 – इसकाल बाद सकूत (नैकट्य दोष) - दो शब्द उच्चारण अनुसार मिल कर तीसरा शब्द बना दें जिसमें कोई तीसरा अर्थ प्रकट हो रहा हो जिसकी आवश्यकता न हो अथवा अर्थ का अनर्थ हो जा रहा हो तो ऐब-ए-इसकाल बाद सकूत पैदा हो जाता है।

5.3 – तनाफ़ुर दोष - तनाफुर का शब्दकोशीय अर्थ है नफरत। ऐब-ए-तनाफ़ुर उस वक़्त पैदा होता है जब किसी शब्द का आख़री व्यंजन साकिन (अर्थात् बिना हरकत या मात्रा के) हो और उसके बाद वाले शब्द का पहला व्यंजन सामान अथवा एक ही वर्ग से सम्बंधित हो.

ध्यान रखें - यदि पहला व्यंजन 'मुतहर्रिक' (अर्थात् हरकत या मात्रा युक्त) हो तो यह दोष नहीं होता।

उदाहरण के लिए 'रात तक' में 'रात' का अंतिम व्यंजन साकिन है और दूसरे शब्द का पहला अक्षर 'त' होने की वजह से 'रात तक' का उच्चारण 'रात्तक' हो

जाएगा, यह अशुद्ध उच्चारण ही तनाफ़ुर दोष कहलाता है। हालाँकि कई विद्वानों की नज़र में यह कोई बहुत बड़ा दोष नहीं है, मगर ग़ज़ल की रवानगी का तकाज़ा है के इस ऐब से बचा जाए ताकि शेर की ख़ूबसूरती और निखर कर सामने आ सके।

आइये तनाफुर को और विस्तार से जानते हैं -

ग़ज़ल में यह स्थिति तब उत्पन्न- होती है जब उच्चारण के एक ही उद्गम स्थल के दो हर्फ़ एक साथ आ जाते हैं, जैसे कि क, ख, ग, घ में से किसी हर्फ का इसी वर्ग के किसी हर्फ के बाद आना या इसी प्रकार अन्य किसी वर्ग की यही स्थिति होना। इसे उच्चारण द्वारा अधिक सरलता से समझा जा सकता है। एक ही स्थान से उत्पन्न होने के कारण दूसरे हर्फ़ के उच्चारण के बाद विराम की स्थिति नहीं बन पाती और अगला अक्षर उच्चरित हो जाता है। ऐसा होने से विराम लोप हो जाता है और दूसरा शब्द पहले शब्द के साथ जुड़ जाता है। परन्तु यदि पहले शब्द के अंत में कोई मात्रा हो तो ऐसा नहीं हो पाता है।

'कम मत' को जल्दी में पढ़ेंगे तो 'कम्मत' हो सकता है, परन्तु 'कमा मत' को कैसे भी पढ़े वो 'कमाम्त' या 'कम्मात' नहीं हो सकता है। यह असंभव है। अतः ऐसी दशा में तनाफ़ुर दोष उत्पन्न नहीं होता है।

तनाफुर ऐब होने पर शब्द एक दूसरे पर चढ़ तो जाते हैं, परन्तु उनके वज़्न में कोई अंतर फिर भी नहीं होता है इसलिए इसे अरूज़ का दोष नहीं माना जाता है, परन्तु तरन्नुम में अटकाव आता है इसलिए उच्चारण का दोष माना जाता है। जब हम कहते हैं - 'जब भी' तो वह 'जब्भी' हो जाता है।

इस प्रकार -

राम मत - राम्मत

राम पर - राम्पर

तुम में - तुम्में

हम में - हम्में

रात तक - रात्तक

हो जाता है, परन्तु जब हम कहते हैं - 'राजा जब', 'सका कब' आदि तो इसमें अटकाव कहाँ पैदा हुआ?

तनाफुर ऐब का एक और कमाल देखें - मैं किन नरों से पूछूँ ? मैं किन्नरों से पूछूँ ?

'किन नरों', 'किन्नरों' बन कर अर्थ का अनर्थ कर दे रहा है। ये है तनाफुर का ऐब

एक और उदाहरण देखें -
तुम क़सम मत देना = तुम क़सम्मत देना।
अर्थ समाप्त हो जा रहा है।

'लब-बस्ता', 'जब भी' आदि ऐसे शब्द, जिनमें रद्दो-बदल संभव नहीं है; इस ऐब के साथ भी स्वीकार किये गए हैं और इस तरह के शब्द उस्तादों की ग़ज़लों में कभी कभी देखने को मिलते हैं क्योंकि नियम भाषाई सुंदरता को बढ़ाने के लिए बनाए जाते हैं न कि तर्क -वितर्क-कुतर्क के लिए।
भाषाई सुंदरता पर भी कुछ उदाहरण देख लें -

'अलिफ़ वस्ल' उच्चारण अनुसार प्राप्त छूट है जिसमें 'रात और दिन' 'रातौर दिन' हो जाता है तो क्या - 'पद आहट' को 'पदाहट' करना उचित होगा? क्या इससे सुंदरता बढ़ी? या नष्ट हो गई?

साल का बहुवचन सालों है मगर जानकार लोग सालों न लिख कर 'वर्षों' से काम चलाते हैं और बताने की ज़रूरत नहीं है कि ऐसा क्यों करते हैं।

क्योंकि तनाफुर ऐब अरूज़ का ऐब नहीं है, इसलिए शाइर को अरूज़ के एतबार से इस ऐब के लिए नहीं टोका जा सकता है और किसी अरूज़ी या उस्ताद द्वारा शे'र को ख़ारिज नहीं किया जा सकता है, परन्तु नई नवेली दुल्हन की कलाई सूनी हो तो यह खटकता है; इसी तरह हर्फ़ टकराए और एक दूसरे पर चस्पाँ हो रहे हों तो यह खटकता है और यह शे'र की सुंदरता को घटाता है। इसलिए यथासंभव इससे बचने का प्रयास करना चाहिए। शे'रीयत पर असर पड़ रहा हो या रवानगी ख़त्म हो रही हो और दूसरा कोई विकल्प न हो तो इस दोष को उस्तादों द्वारा स्वीकार किया गया है। जैसे तक़ाबुले-रदीफ़ दोष स्वीकार किया गया है।

6 - ग़ज़ल में होने वाले कहन के दोष

6.1 - तातील - (तक्दीम ओ ताखिर) - मिस्रा सानी और मिस्रा ऊला में अर्थ विन्यास उल्टा हो। जब किसी शे'र के एक मिसरे में हम कोई बात कहें अथवा तथ्य प्रस्तुत करें और दूसरे मिसरे में अपनी बात को ही काट दें तो ऐब-ए-तातील पैदा हो जाता है।

6.2 - सुस्त बंदिश (निरर्थक शब्द का प्रयोग) – किसी विचार को जब हम कम शब्दों में बयाँ कर सकते हों, परन्तु अर्कान के अनुसार अधिकाधिक

शब्दों का प्रयोग करें और अर्थ को विस्तार न दे सकें तथा एक ही बात को कई तरह से कहें तो 'ऐब-ए-सुस्त बंदिश' पैदा हो जाता है।

6.3 - गरावत - (शे 'र में बेमेल शब्द का प्रयोग) शे'र में जब हम प्रतीक का प्रयोग करते हैं तो उनका गुण धर्म एक होना चाहिए, जैसे यदि हम किसी की सुंदरता को प्रतीक रूप में प्रस्तुत करेंगे तो फूल को प्रतीक बनायेंगे, ऐसे में सुंदरता के लिए खार का प्रतीक प्रस्तुत करने से कहन का दोष पैदा हो जाएगा। इसी तरह शीतलता के लिए चाँदनी का प्रयोग करेंगे न कि धूप का।

6.4 - पहलू-ए-जम – जब शे'र में शब्द संयोजन के कारण ऐसा कोई अर्थ स्पष्ट होने लगे जो अश्लील हो तो 'पहलू-ए-जम' एब पैदा हो जाता है।

बेमानी शे 'र – जिस शे'र में अरूज़ के हर नियम का पालन हो, परन्तु उस शे'र में कोई अर्थ ही न निकल पा रहा हो तो शे'र बेमानी हो जाएगा। ग़ज़ल में शे'र की संख्या बढ़ाने के लिए नौसिखिया शाइर अक्सर ऐसे शे'र कहते हैं, जिनका कोई अर्थ स्पष्ट नहीं हो पाता।

6.5 - एक शे 'र में बात पूरी न् होना – ग़ज़ल में प्रत्येक शे'र स्वतन्त्र इकाई होता है। जब एक शे'र में हम अपनी बात को पूरा नहीं कर पाते और उस विचार को आगे के अश्आर में पूरा करते हैं, अथवा किसी शे'र के अर्थ को समझने के लिए उसके पहले के शे'र को पढ़ना आवश्यक हो तो इससे कहन का दोष पैदा हो जाता है।

6.6 - मुश्किल तश्बीहें (क्लिष्टता दोष) शब्द क्लिष्टता, भाव क्लिष्टता जब शे'र में दुष्कर ढंग से प्रतीक प्रस्तुत किया जाए; शब्द संयोजन दुष्कर कर दिया जाये भाव संयोजन दुष्कर कर दिया जाए तो कहन का दोष पैदा हो जाता है।

6.7 - भद्दी तश्बीह (घटिया उपमा) – जब किसी विषय-वस्तु के लिए उसके अनुरूप उचित प्रतीक अथवा बिम्ब न प्रस्तुत करके निम्नस्तरीय प्रतीक प्रस्तुत कर दिया जाए तो कहन का दोष पैदा हो जाता है।

6.8 - बे-लुत्फे-तकरार - एक अर्थ के लिए कई शब्द का प्रयोग करना – एक विषय को स्पष्ट करने के लिए शब्दों को अत्यधिक प्रयोग करने से यदि

शे'र का सौंदर्य बढ़ने की जगह घट जाता हो तो इसे बेलुत्फ़ तकरार कहते हैं।

6.9 - इख़्लाल - (नामौजूद अल्फाज) – जब शे'र में कोई शब्द छूट जाए जिसके बिना वाक्य पूरा न होता हो तो इख़्लाल ऐब पैदा हो जाता है।

6.10 - तकीदे-लफ़्ज़ी - (कर्ता, कर्म और क्रिया को ग़लत क्रम में रखना। शब्दों को ग़लत क्रम में रखना) वाक्य विन्यास में जब हम शब्दों को इस प्रकार संयोजित कर देते हैं कि अर्थ अस्पष्ट हो जाते हैं तो ऐब-ए-ताकीदे-लफ़्ज़ी पैदा हो जाता है।

6.11 - ताकीद मानवी – जब वाक्य विन्यास तथा उसके शब्दों का क्रम सही होने पर भी अर्थ स्पष्ट न हो पा रहा हो तो।

6.12 - बे-लुत्फे मुबालगा - शे'र में तर्कविहीन बात करना तथा अविश्वसनीय तथ्य प्रस्तुत करना कहन का ऐब माना जाता है।

6.13 - शिकस्ते नरवा – कुछ बह्र जिसमें ज़िहाफ़ के बाद अर्कान को दोहराया जाता है अर्कान के बीच यति होना आवश्यक होता है ऐसा न होने पर यति भंग हो जाता है जिसे कहन का दोष माना जाता है।

6.14 - नंगा बयान - शे'र में ऐसे शब्दों का प्रयोग करना जिससे भद्दा इशारा प्रकट होता हो, सपाट ढंग से शे'र में अर्थ इकहरा हो , अर्थ विस्फोट न हो, केवल सूचना देने जैसी बात हो।

6.15 - इबहाम - शब्दों के ग़लत स्थान पर होने के कारण जब शे'र में कोई अनुचित अथवा विरोधाभासी अर्थ भी प्रकट होने लगे जो शे'र कहने की मंशा न रही हो तो इबहाम ऐब पैदा हो जाता है।

6.16 - पहलूदार बयान - एक शब्द के कई अर्थ हों और वाक्य में ग़लत अर्थ प्रकट हो रहा हो जिससे वाक्य का अर्थ स्पष्ट न हो - जैसे - खिलाना।

6.17 - सपाट बयानी, शे'रीयत का अभाव - जब शे'र में लालित्य का अभाव होता है और बयान सपाट हो जाता है तो सूचनापुंज बन कर रह जाता है,

जिससे शेरियत के अभाव के कारण शे'र में कोई लुत्फ़ पैदा नहीं हो पाता।

6.18 - गैरज़रूरी इख़्तेसार (अनावश्यक संक्षिप्तता) जब वाक्य विन्यास पूरा हो, मगर अर्थ विन्यास में अनावश्यक संक्षिप्तता हो जिसके कारण अर्थ निकाल पाना मुश्किल हो तो यह दोष पैदा हो जाता है।

6.19 - बे लुत्फ़ लफ्ज़ी रिआयत – वाक्य में कोई अनुचित छूट लेना।

6.20 - ऐब-ए-रब्त (शे'र में बातों का सम्बन्ध न होना) शे'र में दो ऐसी बात अथवा तथ्य प्रस्तुत करना जिसका आपस में कोई सम्बन्ध न हो।

6.21 - दो लख़्त – शे'र के दो मिस्रों में अलग-अलग बात कहना, जिसमें एक ही बात को दो ढंग से प्रस्तुत कर दिया गया हो।

अध्याय 24

ग़ज़ल में मिलने वाली छूट

ग़जल जैसी और कोई दूसरी विधा नहीं है। यह जितनी आर्कषक है उतनी ही कठिन। ग़ज़ल की बारीकियों को समझते समझते उम्र गुज़र जाती है,फिर भी ऐसा दावा नहीं किया जा सकता कि उम्रभर अभ्यास करने के बाद अच्छी ग़ज़ल कहनी आ जाएगी। कुछ ख़ुदादाद नेमत और बाक़ी अभ्यास से बात बन तो जाती है मगर जो उम्र भर शाइरी कर रहा है वो भी ऐसा कोई दावा नहीं कर सकता कि उसकी ग़ज़लों में कोई कमी नहीं मिलेगी।

यह ग़ज़ल का आकर्षण ही है कि अन्य काव्य विधाओं के पारंगत कवि भी ग़ज़ल कहना चाहते हैं, इसमें कुछ अनुचित भी नहीं दिखता; वहीं नए रचनाकार भी ग़ज़ल के प्रति तेजी से आकर्षित होते हैं।, परन्तु जब ऐसे नए ग़ज़लकार व स्थापित कवि अधिक अभ्यास न करके जल्दबाज़ी में ख़ुद को ग़ज़लकार के रूप में भी स्थापित करवाना चाहते हैं तो अक्सर ग़ज़ल की बारीकी को समझे बिना अपनी ग़ज़लों में हास्यास्पद स्थिति पैदा कर देते हैं।

अक्सर जब ऐसा कुछ होता है तो ऐसे लोग अपना बचाव करते हुए 'नाच न जाने आँगन टेढ़ा' कहावत को चरितार्थ करते हुए ग़ज़ल विधा पर ही आक्षेप लगाने लगते हैं अथवा नए प्रयोग का राग अलापने लगते हैं।

सच तो यह है कि ग़ज़ल का शिल्प अपने नियमों को लेकर उतना सख़्त नहीं है जितना हिन्दी का छंद शास्त्र। एक उदाहरण देखें - यदि हमें दोहे में 13-11 की मात्रिकता चाहिये तो दोहा इसमें 1 मात्रा की भी घट-बढ़ स्वीकार नहीं करता।आप चाहे जैसे पढ़ें, हिन्दी छंद में मात्रा वही गिनी जायेगी जो लिखी जायेगी।

पिंगलशास्त्र व अरूज़ के गम्भीर अध्येता इस बात को स्पष्ट स्वीकार करेंगे कि ग़ज़ल कहने के लिये अनेक छूटें मिलती हैं जिनके बारे में अन्य किसी काव्य विधा में सोचा भी नहीं जा सकता। इसका एक कारण यह भी है कि अरूज़ की मात्रिकता उच्चारण अनुसार तय होती है। ऐसी दर्जनों छूटें जो केवल अरूज़ में मान्य हैं उनकी वजह से ग़ज़ल कहना आसान हो जाता है। जहाँ अरूज़ में मिलने वाली अधिकतर छूटों के लिये तर्क होते हैं वहीं ऐसी कई छूटें भी मान्य हैं जिसके बारे में कोई तर्क नहीं दिया जा सकता तथा उनको नियम मान कर अन्य प्रकार से लागू नहीं किया जा सकता।

ऐसी छूटों पर क्रमबद्ध चर्चा के लिये हमें इन्हें कुछ वर्गों में बाँटना पड़ेगा जो निम्नलिखित हैं -

1 - मात्रा गिराने की छूट

अरूज़ में हमें जो सबसे बड़ी छूट मिलती है वह है 'मात्रा गिराना'। ग़ज़ल के विधान को सीखने के क्रम में शाइर जिस विषय पर सबसे अधिक परेशान होते हैं वह है 'मात्रा गिराने का नियम'। मात्रा कहाँ गिरेगी, कहाँ नहीं गिरेगी, क्यों गिरेगी, क्यों नहीं गिरेगी जैसे प्रश्न शाइर के मन में घुमड़ते रहते हैं। मैंने दर्जनों पुस्तकें पढ़ी, परन्तु इस विषय पर क्रमबद्ध व विस्तृत लेख नहीं मिल सका। इस पुस्तक के माध्यम से एक कोशिश की गई है जिसमें निश्चित ही और विस्तार की आवश्यकता है।

मात्रा गिराने की छूट हम इस हद तक लेते हैं कि इसे अब धीरे-धीरे नियम के जैसी स्वीकृति मिल चुकी है तथा इसे अब नियम के रूप में ही प्रयोग किया जा रहा है। इस विषय पर पुस्तक में एक पूरा अध्याय मौजूद है जहाँ इस छूट को नियम मानते हुए चर्चा की गयी है। इस विषय में पुस्तक में विस्तार पूर्वक लिखा जा चुका है इसलिये उन्हीं बातों को यहाँ दोहराना आवश्यक नहीं है। हाँ यह आवश्यक है कि इस लेख को आगे पढ़ने से पहले 'मात्रा गिराने का नियम' लेख को फिर से पढ़ लिया जाये।

मात्रा गिराने के नियम के अतिरिक्त अपवाद स्वरूप शब्द के वज़्न में मिलने वाली छूट

मात्रा गिराने के जिन नियमों के तहत हम मात्रा को गिराते हैं उसका आधार 'शब्द का उच्चारण' है। हम शब्द के उच्चारण के अनुसार ही मात्रा को गिरा सकते हैं। इसीलिये हम संज्ञा की मात्रा नहीं गिरा सकते क्योंकि संज्ञा का उच्चारण नहीं बदलना चाहिये, परन्तु मात्रा गिराने के नियम के अतिरिक्त कुछ शब्दों की मात्रा अनुचित ढंग से भी गिराते हैं जिन्हें सर्वसम्मति से स्वीकार किया जाता है।

ऐसे शब्दों की मात्रा गिराने की स्वीकार्यता को मात्रा गिराने के नियम अनुसार परखें तो हमें यह बात अनुचित लगेगी, परन्तु इन्हें अपवाद स्वरूप सही माना जाता है।

हाँ यह ध्यान में रखना आवश्यक है कि इन्हें अपवाद मान कर ही स्वीकार करें। अपवाद को नियम न मानें। यहाँ अपवाद और नियम के मूल अंतर को समझना आवश्यक हो जाता है। अपवाद और नियम में मूल अन्तर यह है कि नियम अपने मानकों के अनुसार सर्वग्राह्य होते हैं।

उदाहरण देखें - मात्रा गिराने का एक नियम है कि यदि शब्द का आखिरी व्यंजन दीर्घ स्वर के कारण कारण दीर्घ मात्रिक हुआ है तथा वह शब्द संज्ञा नहीं है न ही तत्सम शब्द है तो आखिरी व्यंजन की मात्रा गिरायी जा सकती है, तो यह नियम सभी ऐसे शब्दों पर लागू होगा जो इस मानक का पालन करते होंगे।
जैसे - **किसी** को 12 की जगह मात्रा गिराते हुए किसि 11 वज़्न में भी प्रयोग कर सकते हैं।
इसी नियम अनुसार **तुम्हारा, हमने** आदि शब्दों के आख़िरी दीर्घ मात्रा को भी गिराया जा सकता है।

परन्तु यदि यह अपवाद स्वीकार्य है कि **मेरा** शब्द की पहली दीर्घ मात्रा को गिरा कर **मिरा** उच्चारण अनुसार 12 मात्रा में भी प्रयोग कर सकते हैं तो इसे आधार बना कर हम **मेवा** शब्द के **मे** की मात्रा को नहीं गिरा सकते। अपवाद उन्हीं शब्दों पर लागू होंगे जिनकी स्वीकार्यता है।

आइये कुछ ऐसे शब्दों को जानें जिनकी मात्रा अपवाद स्वरूप गिरती है -

शब्द तथा मूल वज़्न	मात्रा गिराने के नियम अनुसार	अपवाद स्वरूप स्वीकार्य	कुल इतने प्रकार से लिख सकते हैं
मेरा 22	21	12	22, 21, 12, 11
तेरा 22	21	12	22, 21, 12, 11
कोई 22	21	12	22, 21, 12, 11
और 21	-	2	21, 2
तरह 12	-	21	12, 21
ख़ामोशी222	221	122, 212,	222,221, 122, 212
मैं 2	-	1	2, 1
है 2	-	1	2, 1
पर 2	-	1	2, 1
आईना 222	221	212	222, 221, 212

भ्रमवश छूट मानते हुए अनुचित प्रयोग

मात्रा गिराने के नियम में अपवाद को आधार बना कर कुछ शाइर ऐसे शब्दों की मात्रा गिरा देते हैं जो स्वीकार्य नहीं है

जैसे - दीर्घ मात्रिक शब्द 'क्या' को गिरा कर 1 मात्रिक नहीं किया जा सकता है

'और' शब्द अपवाद स्वरूप 2 मात्रिक स्वीकार्य है, परन्तु इसे 1 मात्रिक नहीं किया जा सकता है।

2 - बह्र में मिलने वाली छूट

ग़ज़ल के आधारभूत मूल तत्वों में बह्र सबसे महत्वपूर्ण है। बह्र के नियम लेख को पढ़ कर हम जानते हैं कि हम मतले में जिस बह्र को लेते हैं पूरी ग़ज़ल के अन्य सभी शे'र उसी बह्र में होना आवश्यक है, परन्तु उच्चारण के नियम को आधार बना कर हमें बह्रों में कई छूटें मिलती हैं, जिनके अनुसार हम एक ही ग़ज़ल के कुछ मिस्रों में अलग अर्कान का इस्तेमाल कर सकते हैं और इसके प्रयोग पर संख्या की कोई बंदिश नहीं होती, चाहें तो केवल एक मिसरे में छूट लें और चाहें तो ग़ज़ल के सभी मिस्रों में भी छूट ले सकते हैं, परन्तु इन छूटों के लिये रुक्न का स्थान सुनिश्चित होता है।

(पुस्तक में ग़ज़लों की तक़्तीअ करते समय ज़रूरत पड़ने पर ऐसी छूटों का जिक्र किया गया है। सभी छूटों को बिना उदाहरण दिये एक साथ यहाँ भी प्रस्तुत किया जा रहा है। यदि उदाहरण सहित समझना है तो तक़्तीअ के लेख को पूरा पढ़ें)

बह्र में मिलने वाली छूटें निम्नलिखित हैं -

हम किसी भी बह्र के आखिरी रुक्न के अन्त में एक लघु मात्रा बढ़ा सकते हैं जिसे अन्य मिस्रों में बढ़ाना आवश्यक नहीं है।

वो सभी बह्रें जिसका आखिरी रुक्न **फ़ेलुन** 22 हो तो उस ग़ज़ल के किसी भी मिसरे में अखिरी रुक्न **फ़ेलुन** 22 की जगह **फ़इलुन** 112 लिया जा सकता है।

फ़ाइलातुन / मुफ़ाइलुन / फैलुन 2122/1212/22 अर्कान के किसी भी

मिसरे के पहले रुक्न फ़ाइलातुन 2122 को फ़इलातुन 1122 भी लिया जा सकता है।

फ़ाइलातुन / फ़इलातुन / फ़इलातुन / फैलुन 2122/1122/1122/22 अर्कान के किसी भी मिसरे के पहले रुक्न फ़ाइलातुन 2122 को फ़इलातुन 1122 भी लिया जा सकता है।

मात्रिक बह्र जिसे बह्रे-मीर के नाम से भी जाना जाता है, में 2222 रुक्न को 12122, 21122 आदि कई प्रकार से बाँधा जा सकता है। जिसके बारे में तक़्तीअ खंड में विस्तार से बताया गया है।

ध्यान देने योग्य - कुछ ऐसे शब्द होते हैं जिसके एक से अधिक उच्चारण भाषा में स्वीकार्य होते हैं। इसलिये उनके लिये दो या दो से अधिक प्रकार की मात्राओं का प्रयोग किया जाता है, उनमें मात्रा गिराने का नियम प्रयोग नहीं होता है न ही मात्रा गिराने का कोई अपवाद उन पर लागू होता है। ऐसे शब्द अपने मूल उच्चारण की भिन्नता के कारण कई वज़्न में बाँधे जा सकते हैं

ऐसे कुछ शब्द देखें -

राहबर 212	रहबर 22
राहज़न 212	रहज़न 22
तक 2	तलक 12

कभी-कभी हम ग़ज़ल कहते हुए ऐसी छूटें भी लेने लगते हैं जो किसी दशा में स्वीकार्य नहीं होतीं। इसी पुस्तक की शुरूआत में ग़ज़ल के इतिहास को खँगालते हुए हमने जाना कि ग़ज़ल वह विधा है जिसने हिन्दुस्तान को उर्दू जैसी मीठी ज़बान दी है और भाषा के परिष्कार में ग़ज़ल ने महत्वपूर्ण भूमिका निभायी है। जो विधा भाषाओं को पैदा करने की शक्ति रखती है उससे भाषा को बिगाड़ने की छूट हमें कभी नहीं प्राप्त हो सकती। इसलिये भाषागत प्रयोग करते समय हमें अपने दायित्य को समझना पड़ेगा कि कहीं हमारे प्रयोग से भाषा बिगड़ तो नहीं रही है। ग़ज़ल विधा में भाषागत प्रयोग के लिये 'मारो कहीं लगे वहीं' और 'मारो घुटना फूटे आँख' के अन्तर को समझना आवश्यक है।

अध्याय 25

शब्द का मूल स्वरूप एवं उचित रखरखाव

अरबी फ़ारसी के हज़ारों अल्फाज़ उर्दू के हवाले से हमारी ज़बान पर चढ़े हैं जिनमें से कुछ अरबी फ़ारसी तथा अन्य भाषा के अल्फाज़ अपनी भाषा का शुद्ध रूप खो कर अथवा थोड़ा बहुत परिवर्तित हो कर उर्दू में आ गए, या कह लें कि हिन्दुस्तानी अवाम की ज़बान पर चढ़ते-चढ़ते बदल गये। उर्दू में आ कर कई अल्फाज़ के अर्थ तो ऐसा बदले कि हैरान कर जाते हैं...

उर्दू में आकर जिनका अर्थ बदल गया, आइये पहले उन्हीं में से कुछ अल्फाज़ को देख लें - (मूल भाषा व परिवर्तित अर्थ सहित)

शब्द	**मूल भाषा**	**अर्थ**	**हिन्दुस्तानी ज़बान में आ कर नया अर्थ**
फ़ैलसूफ़ी	यूनानी	दार्शनिक/वैद्य	मक्कार
खसम	अरबी	शत्रु	प्रियतम
तकरार	अरबी	दोहराव	लड़ाई
खातिर	अरबी	ख्याल	हमारे लिए/ स्वागत सत्कार
रोज़गार	अरबी	समय/काल	नौकरी/ धंधा
अख़बार	अरबी	खबर का बहुवचन	समाचार पत्र
नाश्ता	अरबी	जिसने सुब्ह से कुछ न खाया हो	अल्पाहार

फ़ैलसूफ़ी - यूनानी और अरबी दोनों में ही प्रचलित है और इसके तीनों ही अर्थ समान रूप से मान्य हैं जो हैं - विद्वता/धूर्तता/फ़िज़ूलख़र्ची!

तकरार - अरबी शब्द है, इसके भी दोनों ही अर्थ समान प्रभावी हैं, अर्थात् 'झगड़ा-विवाद' तथा 'दोहराव'

ख़ातिर - यह भी अरबी शब्द है और इसके कई अर्थ हैं - दिल-जिगर/ध्यान-मर्ज़ी-ख़्याल-विचार/मुरव्वत-लिहाज़-स्नेह/आतिथ्य/मिज़ाज-तबीयत/वास्ते-के लिए

रोज़गार- अरबी शब्द है जिसके दोनों अर्थ मान्य हैं - ज़माना-समयकाल और पेशा-व्यवसाय-तिजारत

अख़्बार - अरबी शब्द है और ख़बर का बहुवचन है, जो वस्तुतः ख़बरों के समूह को इंगित करता है जो हमें मिलता है समाचार पत्र में..

ऐसे और अनेक शब्द हैं।
अब ऐसे अल्फाज़ देखें जिनका उच्चारण अन्य भाषा से हिन्दुस्तानी ज़बान तक आते-आते या आ कर बदल गए मगर अर्थ वही रहा और मूल की जगह बदला हुआ लफ़्ज़ प्रचलित हो गया चंद अल्फाज़ के दोनों रूप भी ख़ूब प्रचलित हैं।

अस्ल - असल / नक़्ल - नक़ल / मन्अ - मना / जम्अ - जमा / सहीह - सही / अलविदाअ - अलविदा / महल्ला - मुहल्ला / महब्बत - मुहब्बत / कागद - काग़ज़ / खज़ीना - खज़ाना / फाल्टो - फालतू / कैप्टन - कप्तान / गो-डाउन - गोडाम - गोदाम / असूल - उसूल / मसल - मिसाल / ज़बान - ज़ुबान / जिल्वा - जल्वा / सम्त - सिम्त / जुमुआ - जुम्आ / जुमा / तश्नगी - तिश्नगी / मकाम - मुकाम / माहीना - महीना / शह्द - शहद

मगर यह बदलाव होना उस समय की बात है जब हिन्दुस्तान में हिन्दी उर्दू का झगड़ा नहीं था। निश्चित ही ज़बान के हिन्दी-उर्दू बँटवारे से स्थिति में बदलाव आया। बोलचाल की ज़बान में एक बड़ा फ़र्क़ इसलिए भी आया कि उर्दू में तद्भव शब्द की परिपाटी नहीं है जबकि हिन्दी के साथ मामला ठीक उल्टा है।

उर्दू साहित्य में जहाँ शब्द जस के तस रहने पर ज़ोर दिया गया हिन्दी और हिन्दुस्तानी अवाम की ज़बान की खराद पर चढ़ कर अल्फाज़ अपना रंग बदलते रहे...

अब देंखे उर्दू के वो शब्द जो हिन्दी साहित्य और आम बोलचाल में अपना उच्चारण बदल बैठे और नए रूप में अधिक प्रयोग होने लगे ...

सुब्ह - सुबह / नस्ल - नसल / शमअ - शमा / मआनी - मानी/माने (अर्थ, आशय का बहुवचन) / मुआमला - मामला / मुहल्ला - मोहल्ला / मुहब्बत - मोहब्बत / मुह्र - मोहर / मुह्रा - मोहरा / तुह्फ़ा - तोहफा / कुह्रा - कोहरा / जह्र - जहर / शह्र - शहर / कह्र - क़हर / मेह्र - मेहर / ख़त्म - खतम / क़त्ल - क़तल / जुर्म - जुरम / शर्म - शरम / गफ़्लत - गफ़लत / गर्ज़ - गरज़ / गर्द - गरदा / ग़ाइब - ग़ायब / शाइर - शाइर / शाइरी - शाइरी / चराग़ - चिराग़ / जन्म - जनम / ज़ियादा - ज्यादा / जल्वा - जलवा / जुम्आ - जुमा / मेह्रबां - मेहरबान / मेह्मान - मेहमान / सय्याद - सैय्याद / तज्रिबा - तजुर्बा / तआरुफ़ - तारीफ़ (परिचय के अर्थ में) / तख़्त - तखत / तक्लीफ - तकलीफ / तह्रीर - तहरीर / मक़्सद - मक़सद / मख़्मल - मखमल / मज़ादार - मज़ेदार / मज़्हब - मज़हब / मुह्नआ - मुह्ना / मुआफ - माफ / मुआफ़िक़ - माफ़िक़ / मुक़ह्नमा - मुक़दमा / मुज्रा - मुजरा / मुशाअरा - मुशाइरा - मुशाइरा / वुसूल -

वसूल / कुसूर - कसूर / सह्न - सहन (आँगन) / हज़्म - हज़म / हज़्रत - हज़रत / हर्ज - हरज / चेह्रा - चेहरा / हस्रत - हसरत / हल्का - हलका / वज्ह - वजह / वग़रना - वरना/वर्ना / वज़्न - वज़न

ऐसे अल्फाज़ हज़ारों में हैं, कहाँ तक ज़िक्र किया जाए....

कुछेक ऐसे भी लफ़्ज़ हैं जिनके पीछे कुछ अघोषित किन्तु प्रचलित नियम लागू होते हैं किन्तु उन नियमों को सीमा से परे जा कर दूसरे शब्दों पर भी अनभिज्ञता में प्रयोग कर लिया जाता है!

उर्दू साहित्य और उर्दू ज़बान के दानिशवरों के बीच तो इस शब्दावली का पहला रूप ही मान्य है, साथ ही बोलचाल की अपेक्षा हिन्दी साहित्य/हिन्दी काव्य की भाषा अधिक तत्सम, संस्कृतनिष्ठ और सुगठित होती है साथ ही शब्द के रूप/स्वरूप को सही बनाए रखने का बड़ा दायित्व भी साहित्यकार के कन्धों पर ही होता है।

इस विषय में प्रयोगधर्मी विचार की इज़्ज़त करनी चाहिए, परन्तु साथ ही विरासत में मिली असातिज़ा की शाइरी से तय हुए अल्फाज़ के उसूलों को भी मानना चाहिए... कहीं ऐसा न हो कि अंधाधुंध अनुचित प्रयोग करते हुए हम गुमरही की राह पर इतना आगे बढ़ें कि वापस आने की राह न सूझे।

इससे बचने के लिए हमें सतर्क रहने की ज़रूरत है और निश्चित ही ग़ज़ल विधा के साथ हमें और अधिक सावधान होना पड़ता है क्योंकि उर्दू-हिन्दी भाषा का संगम जैसा ग़ज़ल में होता है वैसा किसी और विधा में कम ही देखने को मिलता है। ग़ज़ल को अपनाने वालों की कमी नहीं है मगर 'सिन्फे नाज़ुक' ग़ज़ल जिसे अपनाती है, उसकी क़िस्मत पर वक़्त भी रश्क करता है।

ग़ज़ल हमें अपनाए इसके लिए जरूरी है कि हम ख़ुद को उसके क़ाबिल साबित करें और इसके लिए ज़रूरी है कि हम ग़ज़ल की बारीकियाँ, उसके पेचो-ख़म को समझें। ग़ज़ल से सच्ची मुहब्बत करने वाला ही इसका हक़दार हो सकता है, अल्फाज़ से खेलने का हुनर पैदा कर पाना ऐसा मुश्किल काम है जिसमें ज़िंदगी ख़र्च हो जाती है, मगर मुस्तैद रहें तो चंद वर्षों में इस हुनर को अपनी क़ाबलियत के दम पर हासिल किया जा सकता है।

हम जिससे मुहब्बत करते हैं उसकी क़द्र भी करते हैं। ज़बान(भाषा) की क़द्र करने के लिए हमें ज़बान से मुहब्बत करनी होगी। अल्फाज़ का सही रखरखाव और उसकी देखभाल हमारी मुहब्बत का बयान है।

यह बात तय है कि जो इंसान अपने बुजुर्गों की सच्ची इज़्ज़त करता है उसके दिल में हर बुज़ुर्ग के लिए इज़्ज़त होती है।

हम अगर अपनी मादरी ज़बान की सच्ची इज़्ज़त करते हैं तो दूसरी ज़बानों

की भी उतनी ही इज़्ज़त करते हैं; अगर हम ऐसा नहीं करते तो हम अपनी ज़बान की इज़्ज़त भी नहीं कर सकते ....

आइये अब देखें कि कुछ शब्दों का मूल वज़्न क्या है।

मुहब्बत - मु/हब् / बत - 122
कुह्रा - कुह् / रा - 22
मुह्रा - मुह् / रा - 22
चेह्रा - चेह् / रा - 22
क़ह्र - क़ह् /र - 21
बह्र - बह् / र - 21
शह्र - शह् / र - 21
मेह्रबाँ - मेह् / र / बाँ - 212

स्पष्ट है कि शुद्ध उच्चारण के अनुसार जो वज़्न यहाँ लिखे गये हैं उनमें कहीं मात्रा गिराने की ज़रूरत ही नहीं है बल्कि यही इनका मूल वज़्न है।

यदि हम मुहल्ला को मोहल्ला अनुसार 222 करेंगे तो यह अरूज़ के लिहाज से ग़लत है।

इसी प्रकार अन्य अल्फाज़ भी देखें जिनमें अशुद्ध उच्चारण के साथ मात्रा गिराने को ग़लत ठहराया गया है।

कुह्रा = कोहरा 212 ग़लत है।
मुह्रा = मोहरा 212 ग़लत है
चेह्रा = चेहरा 212 ग़लत है
क़ह्र = क़हर 12 ग़लत है
बह्र = बह्र 12 ग़लत है
शह्र = शहर 12 ग़लत है
मेह्रबाँ = मेहरबाँ 122 / 222 ग़लत है

ग़ज़ल विधा में इतनी पाबंदियाँ हैं कि कभी-कभी हम लोग झुँझला भी पड़ते हैं मगर इसके बावज़ूद रदीफ़ क़वाफ़ी और बह्र से जूझते रहते हैं। अल्फाज़ को अदल-बदल कर रखते हैं। वज्न के हिसाब से पर्यायवाची शब्द खोजते हैं। शे'र को कई-कई बार सुधारते हैं, नए-नए ज़ाविये तलाश किये जाते हैं और इसके

बाद भी जब शे'र मन मुआफिक नहीं हो पाता, तो इतनी मेहनत के बावज़ूद शे'र को खारिज़ कर देते हैं।

क्या इससे बेहतर न हो कि हम इन बंधनों में न पड़ कर नस्त्री नज़्म लिखना शुरू कर दें?

बहुत आसान भी है, न रदीफ़, न क़ाफ़िया, न बह्र और उर्दू अदब में नस्त्री नज़्म को भी उतनी ही अहमियत दी जाती है जितनी ग़ज़ल को, और एक समय तो ऐसा आया था कि ग़ज़ल को समय के मुआफ़िक न मान कर ख़ारिज कर दिया गया था और जो ग़ज़ल कहता था उसे बड़ा ही तुच्छ माना जाने लगा था।

इस सन्दर्भ में शाइर रहमत अमरोहवी के ग़ज़ल संग्रह 'इज़ाफ़ा' पर शाइर मजरूह सुल्तानपुरी द्वारा भूमिका में लिखे शब्द याद आते हैं।

> *वो दिन गुज़रते देर नहीं हुई है, यही कोई 1937-38 से 50-51 तक का ज़माना है जब ये कह दिया गया कि ग़ज़ल को ख़त्म कर देना चाहिए, गो ग़ज़ल मर चुकी है। यह कोई मुझसे पूछे कि ग़ज़ल की आराधना करने वाले मुझ पर कैसे-कैसे पत्थर बरसे हैं और कैसे-कैसे हालात का सामना करना पड़ा।*
>
> *- मजरूह सुल्तानपुरी*
>
> *(इज़ाफ़ा - रहमत अमरोहवी 1993 द्वितीय संस्करण)*

ये वो समय था जब नज़्मगोई हर काव्य विधा पर हावी हुई थी।

हम ग़ज़ल क्यों कहते हैं? जब ग़ज़ल को नकार दिया गया था, लोग तब भी ग़ज़ल क्यों कह रहे थे? इसका एक ही उत्तर मुझे समझ में आता है कि हम ग़ज़ल तक वापस लौट कर केवल इसलिए आ सके कि हमें इसकी बंदिशों से मुहब्बत है।

हमें एक एक क़ाफ़िया खोजने में घंटों खर्च करने में ही मज़ा आता है जबकि उतनी देर में कई अतुकांत रचनाएँ लिख सकते हैं।

यह विषय इतना विवादित है कि इस पर लेख लिखना तलवार की धार पर चलने जैसा है। इसलिये यहाँ आकर मैं स्पष्ट कर दूँ कि इस लेख को लिखने का यह आशय कत्तई नहीं है कि कोई शाइर अपनी ग़ज़ल में - श/हर, ज़/हर, ज़्या/दा जैसे बदले हुए रूप को कत्तई इस्तेमाल न करे।

परन्तु सामान्यतः कुछ लोग यही आशय निकाल सकते हैं और मुझे जड़वादी, रवायत का हामी और बदलावों का विरोधी मान सकते हैं, तो कुछ

लोग यह भी समझ सकते हैं कि यह बात इतनी आसान नहीं है जितनी आसानी से यहाँ कही जा रही है। इसलिए आवश्यक है कि इस लेख का आशय स्पष्ट कर दिया जाए।

इस लेख का आशय यह है कि लोग जान सकें कि शह+र पढ़ने पर उच्चारण ग़लत नहीं होगा बल्कि यही शुद्ध उच्चारण है, क्योंकि मूल उच्चारण यही है। अगर कोई शाइर श+हर पढ़ता है तो इसे शुद्ध उच्चारण का बदला हुआ रूप मानते हुए बदला हुआ उच्चारण मानना चाहिए, न कि इसे शुद्ध मान कर शह+र उच्चारण पर ही प्रश्न चिन्ह खड़ा कर दिया जाए।

इस लेख के द्वारा मेरा अनुरोध केवल यह है कि तत्सम शब्द से यदि तद्भव शब्द निकला है तो कम से कम हमें यह तो पता होना ही चाहिए कि कौन सा शब्द तत्सम है और कौन सा तद्भव ...

और यह केवल उच्चारण की बात होती तो भी यह लेख लिखना उतना आवश्यक नहीं था, क्योंकि इस विषय पर बहुत तरह से बहुत बात हो चुकी है ...

बात यह भी है कि मूल वज़्न और उच्चारण न जानने के कारण लोग भ्रमित होते हैं कि दो तरह से शब्द का प्रयोग किस नियम के तहत किया जा रहा है?

सोचिए, यदि एक बार कोई ग़लत निष्कर्ष निकाल कर उस निष्कर्ष को अन्य शब्दों पर लागू करने का सिलसिला शुरू हो गया तो शब्द के स्वरूप के साथ कैसा खिलवाड़ होगा। आइये इस विषय पर एक उदाहरण के साथ बात की जाए।

हिन्दुस्तान में एक अरबी शब्द ख़ूब प्रचलित है जिसका हिन्दी में उच्चारण प्रचलित है - 'मोहब्बत' और इसे हिन्दी काव्य में 222 गिनने की ख़ूब परम्परा है, तो जिनको इसका मूल उच्चारण नहीं पता है उनको लगता है कि मोहब्बत तो मूल रूप से 222 है तो इसे ग़ज़ल में इस्तेमाल करते समय 122 कैसे कर लेते हैं?

और उन कवियों का सीधा-सादा सा निष्कर्ष ये होता है कि मात्रा गिराने की सुविधा के तहत शब्द के प्रथम अक्षर '*मो*' को गिरा कर मु कर लिया जाता है जिससे मोहब्बत 222 से बदल कर मुहब्बत 122 हो जाता है।

इसी अनुसार कवि जानकारी न होने के कारण मोहल्ला, मोहर आदि के विषय में भी यही सहज अनुमान लगाता है कि इसे गिरा कर मुहल्ला, मुहर कर लिया गया होगा।

परन्तु असलियत ये नहीं है; अरूज़ के नियमानुसार हम किसी सूरत में

मोहब्बत के मो को गिरा कर मु नहीं कर सकते हैं।

यह ग़ज़ल में मुहब्बत की मात्रा 122 इस कारण है क्योंकि इसका मूल उच्चारण ही 122 है और इसे किसी सूरत में उठा कर 222 नहीं किया जा सकता है।

एक और कारण देखिए -

यदि भ्रमवश हम यह मान कर चलते है कि मोहल्ला मूल शब्द है तथा इसकी मात्रा को गिरा कर मुहल्ला किया गया है तो शब्द को बिना मात्रा गिराए भी प्रयोग किया जा सकता है अर्थात् लोग ग़ज़ल में मोहल्ला को मूल उच्चारण मानते हुए 222 अनुसार प्रयोग भी करने लगेंगे।

परन्तु मोहब्बत को 222 अनुसार प्रयोग करते ही शे'र ख़ारिज हो जाता है। क्योंकि यह वज़्न ग़लत है।

अब आइये देख लें कि मूल शब्द का सही उच्चारण पता होना ज़रूरी होने के और कौन से कारण है -

यदि हमें यह नहीं पता हो कि मुहब्बत, मुहल्ला, मुहर आदि मूल शब्द हैं तो भ्रमवश हम यही अनुमान लगायेंगे कि मोहब्बत 222 को गिरा कर मुहब्बत 122 और मोहल्ला को गिरा कर मुहल्ला, तथा मोहर को गिरा कर मुहर किया गया है तो भ्रमवश इससे यह नियम सिद्ध होगा कि किसी शब्द के पहले व्यंजन से ओ की मात्रा को गिरा कर उ करते हुए शब्द की मात्रा को बदलना उचित है।

अब ज़रा सोचिये, ये कैसी खतरनाक बात सिद्ध हो रही है और कैसा बेतुका नियम सामने आ रहा है।

हम यदि इसे नियम मानते हुए अन्य शब्दों की मात्रा को भी गिराने लगे तो शब्दों के स्वरूप के साथ कैसा खिलवाड़ होगा ...देखें ...

रोता 22 को रुता 12 करना भी सही माना जायेगा, सोलह को सुलह 12 अनुसार उच्चारण सही ठहराया जायेगा, और शब्दों का मूल स्वरूप कुछ वर्षों में ही नष्ट हो जाएगा।

विद्वान हमेशा कहते हैं कि अगर प्रचलित उच्चारण के साथ (जैसे श/हर, मोहल्ला, तजुर्बा, ज्यादा, आदि) हिन्दी भाषा में ग़ज़ल कहनी है तो मात्रा गिराने की छूट नहीं लेनी चाहिए।

परन्तु प्रचलित शब्द को प्रयोग करने की चाह रखने वाले शाइर इसे हिन्दी के साथ भेद भाव मानते हैं और मात्रा गिराने की छूट का पूरा उपयोग करना चाहते

हैं।

परन्तु जरा सा गहराई में जा कर देखा जाए तो स्पष्ट हो जाता है कि ऐसा करने के कैसे दूरगामी दुष्परिणाम निकलेंगे।

मूल वज़्न की जानकारी शून्य हो जायेगी। नए वज़्न मानक हो जायेंगे और उसके कुछ साल बाद शाइर पुराने शाइरों की ग़ज़ल को उदाहरण स्वरूप प्रस्तुत करके मात्रा गिराने के ऐसे-ऐसे नियम पैदा करेंगे कि ग़ज़ल विधा और उसके जानकार लोग पनाह माँग जायेंगे। परन्तु यदि मात्रा गिराने का नियम ही न होगा तो हिन्दी ग़ज़ल में शाइर जैसा लिखेंगे वैसा ही गिनने को बाध्य होंगे और हिन्दी में शब्द का उच्चारण हमेशा शुद्ध लिखा जाता है; न हम ग़लत लिख सकेंगे न ग़लत गिनने की नौबत आयेगी।

इसके साथ ही यह भी कहना है कि यदि हम शब्द के तद्भव रूप को प्रयोग करना चाहते हैं तो इस बात को स्वीकार करने से पीछे न हटा जाए, खुल के कहा जाए कि - "हाँ, मैंने बोलचाल के उच्चारण अनुसार शब्द को वज़्न की मजबूरी में प्रयोग किया है।"

दिक्क़त यहीं होती है कि लोग *'मजबूरी में प्रयोग किया है'* नहीं कह पाते क्योंकि अपने अहं को ठेस लगती है।

या फिर एक अन्य उपाय है कि हम हमेशा बोलचाल, उच्चारण अनुसार वज़्न का प्रयोग करें और ताल ठोक कर कहें - *"हाँ मैं बोलचाल का यही उच्चारण इस्तेमाल करता हूँ और हमेशा करता हूँ।"*

हाँ, परन्तु फिर ये न हो कि ज़रूरत पड़ने पर किसी अन्य ग़ज़ल में मूल वज़्न का प्रयोग भी किया जाने लगे, क्योंकि तब अपनी बात ख़ुद कट जाती है और स्पष्ट हो जाता है कि हमारा कोई नज़रिया नहीं है; जैसी ज़रूरत होती है वैसा प्रयोग करते रहते हैं।

कुछ ऐसी ही दोहरी सोच हमें दुष्यंत की ग़ज़लों में दखने को मिलती है, जो बोलचाल के शब्दों की हिमायत करते हैं, परन्तु उनकी ग़ज़लों में मूल वज़्न अनुसार शब्द भी दिखते हैं, और इस कारण आलोचना के शिकार होते हैं।

इसका उपाय है कि, मूल उच्चारण की जानकारी अवश्य रखिये और कभी बदले उच्चारण को मूल उच्चारण साबित करने की कोशिश न कीजिये। अपनी एक सोच स्थापित की जाए कि हमें क्या इस्तेमाल करना है,क्योंकि इसी से हमारे लेखन का स्वरूप भी स्पष्ट होता है।

दरअस्ल बोलचाल की भाषा के उपयोग की बात यहीं पर आ कर अटक

जाती है, कि शाइर कहता है - *"मैं बोलचाल की भाषा का इस्तेमाल करूँगा।"* और इसके लिए तर्क देता है कि मैं आम आदमी के लिए शाइरी कर रहा हूँ न कि किसी आलोचक या फ़ारसी अरबी जानने वाले के लिए।

परन्तु ज़रूरत पड़ने पर वही शाइर अपनी ग़ज़ल में ऐसे शब्दों का इस्तेमाल कर लेता है जो उर्दू में भी प्रचलित नहीं होते...उस समय *'आम आदमी के लिए शाइरी कर रहा हूँ'* का विचार न जाने कहाँ लोप हो जाता है।

मैं इस विरोधाभास का विरोध करता हूँ।

दूसरी बात यह है कि, अगर आम आदमी के लिए लिखते हैं तो ख़ूब लिखिए, फिर आप ग़ज़ल को भी गजल कहिये और शह्र को श/हर कहिये, परन्तु फिर अपने लिखे को किसी आलोचक से प्रमाणित करवाने की क्या ज़रूरत है? कठिन सरल की चर्चा में पड़ने की ही क्या ज़रूरत है? अगर आपकी शाइरी में कुछ भी वज़्न होगा तो एक दिन लोग आपकी शाइरी को अपनाने को ख़ुद मजबूर होंगे।

अक्सर मैंने देखा है कि *'आम आदमी के लिए शाइरी कर रहा हूँ'* की वकालत करने वाले लोग ही ऐसी जी तोड़ मेहनत करते हैं कि वज़्न के लिहाज़ से उनकी ग़ज़ल हर तरह से सही रहे। ऐसे लोग ख़ुद ग़ज़ल को गजल नहीं कहते, परन्तु लोगों को इसके लिए प्रेरित अवश्य करते हैं कि ग़ज़ल को गजल कहिये।

इस सन्दर्भ में मुझे धर्मवीर भारती जी के कुशल संपादन में निकलने वाली धर्मयुग पत्रिका की याद आती है जिसमें हमेशा ग़ज़ल को गजल शीर्षक से छापा गया और यही कार्य वर्तमान में डॉ. महेंद्र अग्रवाल जी के कुशल संपादन में 'हिन्दी गजल' पत्रिका कर रही है।

लोग ये नहीं कहते कि, *"कोई और शब्द नहीं मिल रहा था तो मैंने शब्द का प्रचलित रूप रख लिया।"* बल्कि चाहते हैं पहले ग़ज़ल में बोलचाल की भाषा और शब्दों को प्रमाण पत्र मिल जाये, तब हम इस शब्दावली का प्रयोग करें। ख़ुद शुरूआत का जोख़िम कोई नहीं उठाना चाहता। ये वही लोग होते हैं जो ज़रूरत पड़ने पर उर्दू और हिन्दी के अप्रचलित शब्दों का इस्तेमाल करते हैं और हिन्दी की तत्सम शब्दावली और उर्दू के कठिन शब्दों की ऐसी खिचड़ी बनाते हैं कि शाइरी का सत्यानाश हो जाता है।

मेरा मानना है कि राहबर बनने से पहले ख़ुद उस राह पर चला जाये; कम से कम 8-10 साल किसी आलोचक की परवाह किये बिना हिन्दी बोलचाल के उच्चारण में शब्दों का प्रयोग करके ग़ज़ल कह लें, तब किसी को आम बोलचाल की भाषा में लिखने की नसीहत दी जाए।

मेरा विश्वास है कि यदि किसी अन्य का उदाहरण दिया जाये तो लोग स्वीकार नहीं करते। इसलिए अपनी विचारधारा को स्थापित करने के लिए ख़ुद अपने आप को उदाहरण बना कर प्रस्तुत करने की ज़रूरत है-

मैं अकेला ही चला था जानिबे मंज़िल मगर

लोग साथ आते गए और कारवाँ बनता गया

जब एक दिन कारवाँ बन जायेगा तो आलोचक प्रमाणपत्र देने पर मजबूर होंगे, मगर इसके लिए अकेले शुरूआत करने की ज़रूरत है।

भाषा के विकास के लिये शब्दों का बदलना, उनके अर्थों का बदलना, भाव का बदलना, शब्द विन्यास का बदलना आवश्यक है। यह बदलाव कोई जानबूझ कर नहीं करता है बल्कि बोलचाल से वो शब्द ख़ुद हट जाते हैं जो सुगढ़ नहीं होते। जब हम 'परन्तु' की जगह 'पर' से काम चलाने लगे तो 'परन्तु' बोलचाल से कम होता गया। हमें उसी आशय का कोई अधिक सरल, सुगढ़, तद्भव शब्द मिल जाता है तो हम तत्सम शब्द का प्रयोग कम कर देते हैं।

इस सम्बन्ध में एक तालिका दे कर कुछ शब्द आपके सामने रखता हूँ जिसमें संस्कृत से प्राकृत और फिर हिन्दी में हुए अंतर को स्पष्ट देखा जा सकता है कि कैसे हम सरल शब्दों की ओर बढ़ते हैं।

संस्कृत	**प्राकृत**	**हिन्दी**
आत्मन्	अत्ता/ अप्पा	आप
जिह्वा	जिहा/ जिभा	जीभ
अग्निः	अग्गी	आग
रात्रिः	रत्ती	रात
हस्ती	हत्थी	हाथी

परन्तु किसी भी भाषा में रचनाकर्म के लिये उस भाषा में प्रचलित मूल शब्दों के विन्यास से अवश्य परिचित होना चाहिये। साथ ही यदि हम किसी अन्य भाषा के शब्द का प्रयोग अपनी भाषा में करते हैं, तो उसका भी सम्यक् पालन होना चाहिये।

प्रचलन में आए शब्दों को अवश्य मान देना चाहिए, परन्तु इसके साथ यह अवश्य जोड़ना चाहता हूँ कि जब संस्कृत से प्राकृत निकली या प्राकृत से अपभ्रंश निकली तो उसका स्वरूप तैयार होने में 150 से 200 वर्षों का समय

लगा था। जिसे प्राकृत के समय गिरी पड़ी भाषा माना गया वही अपभ्रंश समय के साथ आधुनिक आर्य भाषाओं की नींव की ईंट बनी जिस पर आज आर्य भाषाओं का महल खड़ा है।

परन्तु इस बदलाव में भी 400 वर्षों का समय लगा। यह कोई 2-4 साल में होने वाला बदलाव नहीं है। आज हम संचार क्रान्ति के युग में जी रहे हैं तो शायद अब ऐसे बदलाव मात्र 20 -30 साल में ही हो जाएँ।

क्या आपने ध्यान दिया कि जिस अंग्रेज़ी और हिन्दी को भारत में मानक रूप में स्थापित किया गया, हमारे देखते ही देखते यह दोनों भाषाएँ मिलकर एक नया रंग अख्तियार कर रही हैं जिसमें इस तरह के शब्द मिल रहे हैं। कुछ शब्द देखें -

जोड़ियों – जोडीज़ / अनारकलियों – अनारकलीज़ / मैजिक-ए-मसाला / लव-आजकल

तमाम शब्द गढ़े जा रहे हैं जो आज भाषा की नज़र से हमें बुरे लगते हैं मगर हो सकता है आने वाले समय में यह बोलचाल से हिन्दी और उर्दू को ही ख़त्म कर दें; जैसे आज संस्कृत बोलचाल से ख़त्म है। भाषा बहता नीर ... मगर साहित्य की भाषा में ऐसे बदलाव इतनी जल्दी नहीं आते।

अभी हम जोडीज़, डांसने जैसा अपभ्रंश का प्रयोग टीवी चैनल के कलाकारों द्वारा प्रयोग करना देख रहे हैं मगर जोडीज़, डांसने जैसे शब्द इतनी जल्दी आपको साहित्य में देखने को नहीं मिलेंगे और कोई अभी ये प्रयोग करे भी तो उसके ख़ारिज होने की संभावना ही अधिक रहेगी.... कुछ अल्फ़ाज़ देखें -

मेम्बर्स = मेम्बरान, मेम्बरों

ऑफिसर = अफसर = अफसरशाही, अफसरान, अफसरों

मगर इनको साहित्य में स्वीकार होने में एक लंबा समय लगा है; आगे भी इस तरह के शब्द बनने बंद नहीं होंगे, बनते ही रहेंगे, कोई रोक नहीं सकता।अब हमें ही विचार करना है कि हम ग़ज़ल में शब्दों के इस बदलाव को किस रूप में स्वीकार करते हैं क्योंकि यह सर्वमान्य तथ्य है कि साहित्य की भाषा बोलचाल की भाषा से हमेशा एक क़दम पीछे चलती है।

अध्याय 26

संशोधन व इस्लाह का महत्व

1 - संशोधन व इस्लाह का महत्व : जब हम अरूज़ की मूलभूत जानकारी पा जाते हैं तो ग़ज़ल कहने के अभ्यास में एक सोपान पूरा हो जाता है। अक्सर इस पड़ाव तक हर वो शाइर पहुँच जाता है जो सीखने के लिए अपने मन में एक ललक रखता है। इस पड़ाव तक सब कुछ पूर्व निर्धारित होता है। सब कुछ नियमबद्ध होता है। नियमों को गहराई से आत्मसात कर लेना हमें इस पड़ाव तक ले आता है, मगर इसके बाद अगला पड़ाव पाने के लिए हमें ख़ुद राह बनानी होती है। ग़ज़ल का निर्दोष होना एक बात है और ग़ज़ल का बेहतरीन होना उससे बिलकुल अलग।

नियमों को जान लेने से ही ग़ज़ल कहने का हुनर नहीं आ जाता है। ग़ज़ल में एक ही बात व एक ही बिम्ब को अलग-अलग शाइर अपनी कहन में प्रस्तुत करते हैं मगर हम देखते हैं कि एक शाइर अपने विचार को सटीक ढंग से अभिव्यक्त कर लेता है और दूसरा शाइर अपने विचारों के साथ शब्द जाल में फँस जाता है। अपने विचार को सटीक, सरल, सहज व समग्र रूप से प्रकट कर पाना एक कला है, जिसको सीखने में वर्षों बीत जाते है। यह एक साधना है, तप है। इस तपस्या में सफल होने के लिए हमें कुछ उपाय अपनाने पड़ते हैं जिनमें एक महत्वपूर्ण उपाय अपनी ग़ज़लों को बार-बार ख़ुद संशोधित करते रहना है।

ग़ज़ल कहते समय हमारे मन में जो विचार उत्पन्न होते हैं, वह बहुत अनगढ़ रूप में होते हैं। हमें उनको माँजना, साफ़ करना और चमकाना होता है। हम जिस शिद्दत से ऐसा करने में सफल होते हैं, ग़ज़ल वैसे ही निखर कर अपनी चमक बिखेरती है। जब हम ग़ज़ल के अश्आर कहते हैं तो एक उत्पादक (शाइर) की भूमिका में होते हैं और जब तक अपनी ग़ज़ल से संतुष्ट नहीं होते, तब तक उसमें संशोधन करते हैं और एक समय आता है जब हम अपनी ग़ज़ल से संतुष्ट हो जाते हैं। एक बार संतुष्ट होने के बाद हम उसे और संशोधित करना बंद कर देते हैं मगर ये बात ध्यान देने की है कि इस प्रक्रिया में हमारी भूमिका एक उत्पादक (शाइर) की ही रहती है।

अगर अपनी ग़ज़ल में और चमक पैदा करनी है तो हमें अपनी भूमिका बदलनी चाहिए। जब तक हम एक उत्पादक (शाइर) से आगे एक उपभोक्ता (पाठक) की भूमिका तक नहीं पहुँचते और तटस्थ रह कर अपनी ग़ज़ल का आकलन करने में सक्षम नहीं होते, ग़ज़ल में और संशोधन नहीं कर सकते।

अपनी भूमिका को बदलने के लिए हमें ग़ज़ल को कुछ समय देने की ज़रूरत होती है। ग़ज़ल कहने के बाद जब हम उससे संतुष्ट हो जाते हैं उसके बाद अपनी भूमिका को बदलने के लिए ग़ज़ल से विमुख होने की ज़रूरत पड़ती है। ऐसा कर पाना बहुत कठिन होता है। अधिकतर शाइर ऐसा करने के लिए ख़ुद को सक्षम नहीं कर पाते और ग़ज़ल कहते ही उसे मित्रों को सुनाने के लिये उत्सुक हो जाते हैं। जैसे ही किसी मित्र को सुनाया और चंद अश्आर में दाद मिल गई तो शाइर इसे ग़ज़ल की सफलता के साथ जोड़ कर अपनी ग़ज़ल को श्रेष्ठ मान लेते हैं। मगर इसी समय होना यह चाहिए था कि हम अपनी ग़ज़ल से कुछ दिन के लिए विमुख हो जाएँ, बिलकुल भूल जाएँ कि हमने कोई ग़ज़ल कही है।

कुछ दिनों के बाद जब हम उस विचार तरंग और मनोभाव से मुक्ति पायें तो एक पाठक के रूप में उस ग़ज़ल का आकलन करें, क्या अब भी हम उस ग़ज़ल से उतना ही संतुष्ट हैं जितना ग़ज़ल कहने के दिन हो गए थे?

हमारे पास अनेक ऐसे बिंदु होते हैं जिस पर हम अपनी ग़ज़ल का आकलन कर सकते हैं जैसे –

- हमने जो विचार शे'र में प्रस्तुत किया था, क्या वह उचित ढंग से अभिव्यक्त हो सका है?

- क्या पाठक उस शे'र से कोई अर्थ निकाल पाने में कामयाब होगा?

- कहन में ताज़ापन है?

- क्या शे'र में तग़ज़्ज़ुल है?

- कहीं शे'र सपाटबयानी का शिकार तो नहीं हो गया है?

- शे'र में हमने बात को किसी प्रतीक के साथ प्रस्तुत किया है? अथवा प्रतीक और शे'रीयत के अभाव में रदीफ़ क़ाफ़िया बह्र युक्त एक सूचना मात्र तो नहीं बन गया है।

- क्या शे'र में शब्द संयोजन को बदलकर भावाभिव्यक्ति को और ख़ूबसूरत बनाया जा सकता है?

- क्या शे'र में विचार को और सघन करके, प्रस्तुति को और शानदार बनाया जा सकता है?

- शे'र, ग़ज़ल के अन्य अश्आर की तुलना में कमज़ोर तो नहीं है ?

अब निश्चित ही हमें कुछ संशोधन की ज़रूरत महसूस होती है। हम वो संशोधन करते रहें और अब एक शाइर को नहीं,अपने अंदर के पाठक को संतुष्ट करने की कोशिश करें। स्पष्ट है कि जब तक हम किसी ग़ज़ल से अपने आप को संतुष्ट नहीं कर सकते वो ग़ज़ल किसी अन्य व्यक्ति को कैसे संतुष्ट कर सकती है। यदि ख़ुद संतुष्ट न हो पा रहे हों तो इस प्रक्रिया को कुछ दिन बाद फिर से दोहराने से बात बन सकती है। यदि कई बार के बाद भी ऐसा संभव न हो पा रहा हो तो ग़ज़ल को ख़ुद ख़ारिज करने की हिम्मत भी पैदा कर लेनी चाहिए। क्या ज़रूरी है कि जो कुछ हम लिखें उसमें हल्कापन होने के बाद भी उसे पाठक तक पहुँचने दें।

इसके आगे एक और चरण; ख़ुद को आलोचक की भूमिका में रख कर ग़ज़ल का आकलन भी किया जा सकता है, मगर यदि हम ईमानदारी से पाठक के रूप में अपने धर्म को निभा ले जाएँ तो इसकी नौबत नहीं आती है क्योंकि एक पाठक ही हमारी रचनाओं का सबसे बड़ा आलोचक होता है।

कई चरणों में संशोधन किये बिना ग़ज़ल अक्सर भावों की गठरी बन कर रह जाती है जिसमें कपड़े तो हैं जिनको पहना भी जा सकता है, मगर गठरी को खोलने पर हमें कपड़ों में तमाम सिलवटें मिलती हैं।

संशोधन का सबसे बड़ा फ़ायदा यह मिलता है कि यदि कहीं कोई महीन से महीन दोष बचा रह जाता है तो वह भी हमारी नज़र में आ जाता है और हम ग़ज़ल को निर्दोष कर सकते हैं।

2 - इस्लाह का महत्व : संशोधन के महत्त्व को समझने के बाद और उसके सुखद परिणाम को प्राप्त करने के बाद अपनी ग़ज़ल पर उस्ताद शाइर से इस्लाह लेना, हमारे सीखने के क्रम का अगला क़दम होता है। अपनी जानकारी को बढ़ाते रहने का इससे बढ़िया दूसरा कोई विकल्प हो ही नहीं सकता है। उस्ताद शाइर अपने अनुभव से जब हमारी ग़ज़ल का आकलन करते हैं तो निश्चित ही ऐसी महीन बातों और बिंदुओं को पकड़ लेते हैं जिन पर हमारा ध्यान नहीं जा सका होता है। अक़्सर हमें लगता है कि हमने शे'र को बिलकुल नए अंदाज़ में कह दिया है, आज तक इस विषय को ऐसे नहीं कहा गया होगा, मगर अस्लियत ये होती है कि हमारा बिम्ब बहुत घिसा-पिटा होता है।

अक़्सर ये भी होता है कि शे'र में हम अपने आप को शब्दों से बाँध लेते हैं। चाहते हैं कि यही शब्द किसी तरह शे'र में घुमा-फिरा कर इस्तेमाल कर लें।

ऐसे में हम उस शब्द के मोह में फँस जाते हैं। जब उस्ताद शाइर उस शे'र को देखते हैं तो वो इस दुविधा में नहीं होते और अक़्सर उस शब्द की जगह ऐसा शब्द प्रस्तुत कर देते हैं जो हमारी बात को अधिक सहज तथा स्पष्ट रूप से प्रस्तुत कर सकता है।

अक़्सर उस्ताद शाइर हमें, हमारी ग़ज़ल में, भाषा, कहन आदि के वो दोष बताते हैं जो हमें पता ही नहीं होते और जानकारी में न होने के कारण हमारी ग़ज़ल दोषपूर्ण रह जाती है। जब उस्ताद शाइर हमें वो दोष इंगित करते हैं तो हम संशोधन करके अपनी ग़ज़ल को निर्दोष कर पाते हैं, और हमारी जानकारी में भी इज़ाफा होता है। ये सीखने की एक निरंतर चलने वाली प्रक्रिया है जिसमें हमारी जानकारी और समझ बढ़ती रहती है, हम सीखते रहते हैं, हमारा कलाम दुरुस्त होता रहता है। ख़ूबसूरत होता रहता है।

ग़ज़ल पर किसी उस्ताद से इस्लाह लेने के पूर्व ये ज़रूर देख लेना चाहिए कि उस्ताद शाइर का मिज़ाज और ग़ज़ल कहने का रंग आपके मिज़ाज और कहन के रंग से कितना मेल खाता है। क्योंकि कहीं अगर हम जदीद शाइरी करते हों और उस्ताद शाइर रवायत को निभाने में यक़ीन रखते हों या हम भाषा के नए स्वरूप को अपनाना चाहते हों और उस्ताद पुराने रंग के कलाम को श्रेष्ठ मानते हों, तो उस्ताद की इस्लाह से हमारा कलाम और सुन्दर न होकर ऐसा बन जाता है जिसमें कहन का रंग ही अलबेला हो जाता है। रवायत और जदीदियत की ऐसी खिचड़ी पकती है जो बेस्वाद होती है। वहीं अगर हमने ऐसे उस्ताद शाइर से इस्लाह ली जो हमारी कहन को समझते हों और ख़ुद भी उस रंग से मुतासिर हों तो इस्लाह से ग़ज़ल को चार चाँद लग जाते हैं।

खण्ड 3

अध्याय 27

अज़्ज़ा-ए-अर्कान

जैसा कि हम जानते हैं बह्र अर्कान से बनती है तथा अर्कान को तोड़ें तो हमें रुक्न मिलते हैं, अर्थात् रुक्न के क्रम से ही बह्र बनती है। इन्हें अज़्ज़ा-ए-अर्कान कहा जाता है 'जुज़' का अर्थ है टुकड़ा, खंड। जुज़ के बहुवचन को अज़्ज़ा कहते हैं।

यदि हम एक अर्कान लेते हैं -
मुफ़ाईलुन / मुफ़ाईलुन / मुफ़ाईलुन / मुफ़ाईलुन

इसको देखने से स्पष्ट है, कि इसमें हज़ज का रुक्न मुफ़ाईलुन 4 बार इस्तेमाल किया गया है। तथा एक शे'र के दोनों मिस्रों में 8 बार मुफ़ाईलुन का इस्तेमाल किया जायेगा।

प्रत्येक मिसरे में हर रुक्न का स्थान निश्चित होता है तथा प्रत्येक रुक्न का एक नाम होता है।

जैसे - *मेरी अर्ज़े / तमन्ना पर / सितमगर कुछ / नहीं कहता*
गुज़र जाता / है रस्ते से / वो हँस कर कुछ / नहीं कहता - राकेश दिलबर
यहाँ आठ रुक्न हैं तथा आठों रुक्न का अपना नाम है
अज़्ज़ा-ए-अर्कान के 6 भेद होते हैं
1. सदर 2. हश्व 3. अरूज़
4. इब्तिदा 5. हश्व 6. ज़रब

1. सदर (शाब्दिक अर्थ - प्रारम्भ) - किसी शे'र के मिस्रा-ए-ऊला के पहले रुक्न को सदर कहते हैं क्योंकि यहाँ से शे'र का प्रारम्भ होता है।

<u>मेरी अर्ज़े</u> / तमन्ना पर / सितमगर कुछ / नहीं कहता
गुज़र जाता / है रस्ते से / वो हँस कर कुछ / नहीं कहता - राकेश 'दिलबर'

2. अरूज़ (शाब्दिक अर्थ - उत्कर्ष) - किसी शे'र के मिस्रा-ए-ऊला के अन्तिम

रुक्न को अरूज़ कहते हैं क्योंकि यहाँ शे'र का उत्कर्ष होता है।

मेरी अर्ज़े / तमन्ना पर / सितमगर कुछ / **नहीं कहता**
गुज़र जाता / है रस्ते से / वो हँस कर कुछ / नहीं कहता

3. हश्व (शाब्दिक अर्थ - विकास) - किसी शे'र के मिस्रा-ए-ऊला के पहले तथा आख़िरी रुक्न के बीच जितने रुक्न होते हैं उन्हें हश्व कहते हैं क्योंकि यहाँ शे'र का विकास होता है।

मेरी अर्ज़े / **तमन्ना पर / सितमगर कुछ** / नहीं कहता
गुज़र जाता / है रस्ते से / वो हँस कर कुछ / नहीं कहता

4. इब्तिदा (शाब्दिक अर्थ - आरम्भ) - किसी शे'र के मिस्रा-ए-सानी के पहले रुक्न को इब्तिदा कहते हैं क्योंकि शाइर शे'र कहते समय पहले दूसरा मिस्रा लिखता है और बाद में पहले मिसरे की गिरह लगाता है। देखा जाये तो शे'र लिखने की शुरूआत इसी रुक्न से होती है।

मेरी अर्ज़े / तमन्ना पर / सितमगर कुछ / नहीं कहता
गुज़र जाता / है रस्ते से / वो हँस कर कुछ / नहीं कहता

5. ज़रब (शाब्दिक अर्थ - अंत) - किसी शे'र के मिस्रा-ए-सानी के अन्तिम रुक्न को ज़रब कहते हैं क्योंकि यहाँ शे'र का अंत होता है।

मेरी अर्ज़े / तमन्ना पर / सितमगर कुछ / नहीं कहता
गुज़र जाता / है रस्ते से / वो हँस कर कुछ / **नहीं कहता**

6. हश्व (शाब्दिक अर्थ - विकास) - किसी शे'र के मिस्रा-ए-सानी के पहले तथा आखिरी रुक्न के बीच जितने रुक्न होते हैं उन्हें हश्व कहते हैं क्योंकि यहाँ भी शे'र का विकास होता है।

मेरी अर्ज़े / तमन्ना पर / सितमगर कुछ / नहीं कहता
गुज़र जाता / **है रस्ते से / वो हँस कर कुछ** / नहीं कहता

मेरी अर्ज़ें / तमन्ना पर / सितमगर कुछ / नहीं कहता
सदर / हश्व / हश्व / अरूज़

गुज़र जाता / है रस्ते से / वो हँस कर कुछ / नहीं कहता
इब्तिदा / हश्व / हश्व / ज़रब

हश्व के बहुवचन को हश्वैन कहते हैं। हश्व एक रुक्न दो रुक्न अथवा कई रुक्न के भी हो सकते हैं। जो मिस्रा दो रुक्नों का ही होता है उसमें हश्व नहीं होता है।

हमने रुक्न के स्थानों के बारे में जाना कि प्रत्येक स्थान का अपना एक नाम है तथा उन नामों व उनके स्थान से परिचित हुए।

अध्याय 28

जुज़

पिछले लेख में हम अज्ज़ा-ए-अर्कान से परिचित हुए। अब हम रुक्न को तोड़ेंगे। जैसा कि हम जानते हैं रुक्न मात्राओं से बनता है।

जैसे - फ़ाइलातुन रुक्न 2,1,2,2 मात्राओं से मिल कर बना है।

रुक्न मात्राओं से बनता है। जैसे 2122 में 4 मात्राएँ हैं, दीर्घ लघु दीर्घ दीर्घ।

मगर मात्राओं से सीधे रुक्न नहीं बनता है। मात्राओं से पहले जुज़ बनता है और तब जुज़ को जोड़ कर जुज़बंदी करते हैं जिससे रुक्न बनते हैं। हम इस लेख में जुज़ के बारे में जानेंगे।

जब हम रुक्न को तोड़ते हैं तो हमें मात्राएँ प्राप्त होती हैं मगर ये मात्राएँ अलग-अलग न हो कर मात्रा पुंज होती हैं; इन्हें ही जुज़ कहते हैं। जुज़ का शाब्दिक अर्थ है - हिस्सा, खंड।

जैसा कि हमने जाना, जुज़ मात्राओं से बनता है। यह मात्राएँ दो प्रकार की हैं। लघु और दीर्घ। इन्हीं को अलग अलग प्रकार से जोड़ कर जुज़ बनता है और प्रत्येक जुज़ का एक नाम निश्चित है। ज़िहाफ़ का आधार यही जुज़ है। रुक्न में जुज़ को पहचान कर ज़िहाफ़ लगाया जाता है इसलिये जुज़ से अच्छी तरह परिचित होना आवश्यक है।

जैसा कि हमने जाना कि फ़ाइलातुन रुक्न 2,1,2,2 मात्राओं से मिल कर बना है। अब अगर इसमें जुज़ की पहचान करें तो इसमें तीन जुज़ हैं और यह रुक्न जुज़ के अनुसार इस तरह टूटता है - फ़ाइलातुन = फ़ा / इला / तुन

जुज़ की पहचान करने के लिये तथा इसे तोड़ते समय इसी तरह क्यों तोड़ा गया यह बात जानने के लिये पहले हमें सभी जुज़ की पहचान करनी होगी।

जुज़ तथा अरूज़ से सम्बन्धित आगे के लेखों को समझने के लिये ज़रूरी है कि हमें मुतहर्रिक (स्वर सहित) तथा साकिन (स्वर रहित) की जानकारी हो जाये। इसलिये पहले हम मुतहर्रिक और साकिन की परिभाषा को समझेंगे।

अध्याय 29

मुतहर्रिक, साकिन

मुतहर्रिक और साकिन की अवधारणा को हिन्दी में समझने और समझाने में थोड़ी दिक्कत हो सकती है क्योंकि हिन्दी में लिखते समय अक्षर के साथ उसका स्वर जुड़ा होता है तथा अक्षर बोध करवाते समय अर्थात् हमें स्वर और व्यंजन की जानकारी देते समय इसे अलग से नहीं बताया जाता।

मूल रूप से सभी व्यंजन हलंत होते हैं, परन्तु हिन्दी में लिखा जाता है तो इसमें हलंत व्यंजन के साथ स्वर भी जुड़ा होता है। तथा यदि बिना स्वर के लिखना हो तो हम इसे हलंत के साथ लिखते हैं। चाहें तो उच्चारण द्वारा देख लें। यदि हम पूरा अक्षर बोलते हैं तो उच्चारण के अंत में अ स्वर भी स्वयं उच्चरित होता है।

जब हम दो अक्षर वाले शब्द का उच्चारण करते हैं जिसमें कोई दीर्घ मात्रा न हो तो पहले अक्षर के साथ तो अ स्वर उच्चरित होता है मगर दूसरे अक्षर के साथ अ स्वर नहीं निकलता। चाहें तो बोल कर देखें - कल। जब कल बोलेंगे तो इतनी ध्वनियाँ उच्चरित होंगी - क् अ ल्

अरूज़ में मात्राएँ उच्चारण अनुसार बनती हैं न कि लिखने के अनुसार। हमें यह समझना होगा कि जब हम ऐसे अक्षर का उच्चारण करते हैं तो हमारी ज़बान से कौन कौन सी ध्वनियाँ निकलती हैं। उदाहरण - 'जब' - ज् अ ब्

अतः उच्चारण अनुसार लिखें तो इसे इस तरह लिखा जायेगा - जब्

परन्तु हिन्दी में इसे लिखते समय **जब** लिखा जाता है अर्थात् दोनों अक्षरों को अ स्वर युक्त माना जाता है इसीलिये हिन्दी में जब की मात्रा 11 गिनी जाती है और यह 11 दो स्वतन्त्र लघु होते हैं। इन्हें जोड़ कर 2 नहीं किया जाता। उर्दू में मात्रा उच्चारण अनुसार गिनी जाती है इसलिए इसे 2 गिना जाता है।

अतः अब सीधा सा नियम देखें कि,

✎ जिस अक्षर के साथ स्वर अपने आप उच्चरित हो रहा है वह **स्वर सहित** अक्षर है अर्थात् मुतहर्रिक है। मुतहर्रिक का अर्थ है - जिसमें हरकत हो।

✎ जिस अक्षर के साथ स्वर अपने आप उच्चरित नहीं होता है उसे स्वर रहित अक्षर है अर्थात् साकिन है। साकिन का अर्थ है - अकेला।

जिस अक्षर में हम कोई दीर्घ मात्रा लगाते हैं उसमें **हलंत अक्षर** और **अ**

स्वर के बाद ही वो दीर्घ मात्रा आती है। अर्थात् -

का - क +अ+ अ

को - क +अ+ ो

की - क +अ+ ी

कै - क +अ+ ै

कुछ अन्य शब्दों को भी देख लें

दिन - द् +इ+ न्

कुछ - क +उ+ छ्

आप - अ +अ+ प्

कान - क +अ+ अ+ न्

ध्यान रखें कि यदि अक्षर का पूरा उच्चारण करते हैं तो उसमें **अ इ उ** में से कोई एक स्वर पहले ही जुड़ा होता है। तथा लिखते समय हिन्दी में अ इ उ को अलग से नहीं लिखना पड़ता।

मात्रा गिनने के लिये भी यह सरल नियम याद रखें कि स्वर युक्त अक्षर 1 मात्रिक होता है तथा स्वतन्त्र होता है। वहीं हलंत अर्थात् साकिन अक्षर भी 1 मात्रिक होता है, परन्तु यह स्वतन्त्र नहीं होता है। यह उच्चारण अनुसार अपने निकट लघु के साथ जुड़ कर उसे दीर्घ कर देता है। जैसे -

क - 1

ब् - 1

कब् - 2

यदि तीन अक्षर का कोई शब्द हो तो उच्चारण अनुसार एक अक्षर साकिन हो जाता है जैसे - कमल शब्द का उच्चारण करें तो क+मल बोलते हैं इसमें क म मुतहर्रिक है ल साकिन है इसलिये क1म1ल्1 होते हुए भी ल् म के साथ जुड़ जाता है और मात्रा 12 हो जाती है। मगर हिन्दी में तीनों अक्षरों को मुतहर्रिक माना जाता है और कमल को 111 गिना जाता है। कुछ अन्य शब्द देखें -

किन्तु - क+इ+न् + त् + उ - 21

परन्तु - प+अ+र् +अ + न् + त् + उ - 121

आम - अ +अ+ म् - 21

अध्याय 30

जुज़ के भेद

जुज़ के तीन भेद होते हैं 1. सबब 2. बतद 3. फासला

1. **सबब**

सबब का शाब्दिक अर्थ है दो हर्फी। सबब दो अक्षरों से बना जुज़ है। सबब जुज़ के दो भेद होते हैं -

1.1 सबब-ए-ख़फ़ीफ़ - (ख़फ़ीफ़ का शाब्दिक अर्थ - हल्का) सबब-ए-ख़फ़ीफ़ दो अक्षरों से बना ऐसा जुज़ है जिसमें पहला अक्षर पूरा होता है अर्थात् स्वर युक्त होता है तथा दूसरा अक्षर हलंत अर्थात् स्वर रहित होता है, अर्थात् पहला अक्षर मुतहर्रिक और दूसरा साकिन होता है। जैसे - कल् हट् तक् आदि।

सबब-ए-ख़फ़ीफ़ की मात्रा 2 बनती है तथा ऐसे शब्द जो सबब-ए-ख़फ़ीफ़ हों उन्हें किसी दशा में तोड़ा नहीं जा सकता है। अर्थात् यदि हमें बह्र में 11 की आवश्यकता हो तो वहाँ सबब-ए-ख़फ़ीफ़ का इस्तेमाल नहीं कर सकते हैं।

1.2 सबब-ए-सकील - (सकील का शाब्दिक अर्थ - भारी) सबब-ए-सकील दो अक्षरों से बना ऐसा जुज़ है जिसमें दोनों अक्षर मुतहर्रिक होते हैं अर्थात् दोनों अक्षर स्वर युक्त होते हैं।

दोनों अक्षर के स्वर युक्त होने के कारण ये दोनों स्वतन्त्र होते हैं और 1और 1 जुड़ कर दो नहीं हो पाते इसलिये सबब-ए-सकील की मात्रा 11 होती है, इसे किसी दशा में जोड़ा नहीं जा सकता है अर्थात् 1और 1 को 2 नहीं किया जा सकता है।

अरबी फ़ारसी में ऐसे शब्द इज़ाफ़त के कारण बनते हैं। जैसा कि हम जानते हैं इज़ाफ़त से मात्रा नहीं बढ़ती है। देखें -

नादान दिल को इज़ाफ़त लगाते हुए दिले नादाँ किया गया तो - दि 1 ले1 नादाँ

यहाँ दिल के उच्चारण को देखें - द् इ ल्

अब जब ल् में-ए-जुड़ता है तो हलंत ल भी स्वर युक्त हो जाता है अर्थात् द और ल दोनों मुतहर्रिक हो गये।

आपको याद होगा कि मेरा शब्द को गिरा कर 11 भी कर लिया जाता है

मगर इसे किसी दशा में 2 नहीं कर सकते। इसका यही कारण है कि मेरा - **म् अ-ए-र् अ अ** में से हम-ए-और अ की मात्रा गिरा लेते हैं तो बचता है **म् अ र् अ** अब हम देखते हैं कि दोनों मुतहर्रिक हैं इसलिये ये दोनों स्वतन्त्र होते हैं।

2. वतद

जुज़ का दूसरा प्रकार है वतद। वतद का शाब्दिक अर्थ है तीन अक्षर वाला शब्द

वतद के भी दो भेद हैं

2.1 वतद मज्मूअ - इसे वतद मक्रून भी कहते हैं - ऐसा शब्द जिसमें तीन अक्षर हों तथा पहला और दूसरा मुतहर्रिक हो और तीसरा साकिन अर्थात् स्वर विहीन हो तो ऐसे जुज़ को वतद मज्मूअ कहते हैं। पहला और दूसरा अक्षर मुतहर्रिक होने के कारण दोनों स्वतन्त्र लघु होते हैं, परन्तु तीसरा अक्षर स्वर रहित होने के कारण दूसरे मुतहर्रिक से जुड़ जाता है और उसे 2 मात्रिक कर देता है।

उदाहरण -

चमन - च् +अ / म् +अ +न् - 1/1+1 - 12

अगर - अ् +अ / ग् +अ +र् - 1 / 1+1 - 12

अर्थात् वतद मज्मूअ की मात्रा 12 होती है।

2.2 वतद मफ़्रूक - ऐसा शब्द जिसमें तीन अक्षर हों तथा पहला और तीसरा मुतहर्रिक हो और दूसरा साकिन आर्थात् स्वर विहीन हो तो ऐसे जुज़ को वतद मफ़्रूक कहते हैं। पहला और तीसरा अक्षर मुतहर्रिक होने के कारण दोनों स्वतन्त्र लघु होते हैं, परन्तु दूसरा अक्षर स्वर रहित होने के कारण पहले मुतहर्रिक से जुड़ जाता है और उसे 2 मात्रिक कर देता है उदाहरण - चश्मः - च् + अ +श् / म् + : 1+1/1 = - 21

मूलतः चश्मः 21 अर्थात् म मुतहर्रिक और उसमें कोई दीर्घ मात्रा नहीं जुड़ी हुई है मगर : की मात्रा उच्चारण अनुसार दीर्घ होने के कारण इसे चश्मा 22 गिना जाता है।

इज़ाफ़त लगने से मुतहर्रिक होने के कारण भी शब्द का वज़्न वतद मफ़्रूक हो जाता है।

जैसे - शह् र शब्द में

श - मुतहर्रिक

ह् - साकिन
र - साकिन
मगर जब हम इजाफ़त लगाते हैं तो र हर्फ़ साकिन से मुतहर्रिक हो जाता है।

3. फासला

फासला जुज़ का तीसरा रूप है। 4 मात्रिक जुज़ को फासला कहते हैं। फासला के दो भेद हैं।

3.1 फासला सुग्रा – फासला सुगरा उस जुज़ को कहते हैं जिसमें चार हर्फ़ हों। फासला सुग्रा सबब के दो जुज़ को मिला कर भी बनाया जा सकता है।
जैसे - एक सबब ख़फ़ीफ़ और एक सबब सकील = 211

3.2 फासला कुवारा – फासला कुवारा उस जुज़ को कहते हैं जिसमें पाँच हर्फ़ हों।
फासला कुवारा दो जुज़ 'सबब और वतद' से मिल कर भी बन सकता है।

रुक्न बनाने के लिये केवल सबब ख़फ़ीफ़ और वतद मज्मूअ का इस्तेमाल किया जाता है। यहाँ सभी 6 प्रकारों को केवल इसलिये लिखा गया है जिससे जुज़ की पूरी जानकारी प्राप्त रहे।

अध्याय 31

रुक्न का निर्माण

जैसा कि आपने पिछले लेख में पढ़ा है अर्कान जुज़ से बनते हैं। अब हम जानेंगे कि जुज़ से रुक्न कैसे बनते हैं। सबसे पहले उन अज्ज़ा और मात्राओं को जान लें जिनसे रुक्न बनते हैं।

अरूज़ के अनुसार सभी 7 मूल रुक्न सबब और वतद जुज़ के योग से बनते हैं। सभी 7 मूल रुक्न में बतद मज्मूअ जुज़ अवश्य मिलता है। आठवाँ रूक्न मफऊलातु वतद मफ़्रूक से बनता है।

सबब-ए-ख़फ़ीफ़ (2) = एक मुतहर्रिक एक साकिन हर्फ़
सबब-ए-सकील (11) = दो साकिन हर्फ़
वतद मज्मूअ (12) = दो मुतहर्रिक एक साकिन हर्फ़
वतद मफ़्रूक (21) = एक मुतहर्रिक एक साकिन हर्फ़ एक मुतहर्रिक

अब आइये देखें रुक्न का निर्माण कैसे हुआ है

<u>पाँच हर्फ़ी रुक्न</u>

मुतक़ारिब - फ़ऊलुन = मज्मूअ + ख़फ़ीफ़ (122)
मुतदारिक - फ़ाइलुन = खफ़ीफ़ + मज्मूअ (212)

<u>सात हर्फ़ी रुक्न मज्मूई</u>

हज़ज - मुफ़ाईलुन = मज्मूअ + ख़फ़ीफ़ + ख़फ़ीफ़ (12+2+2)
रजज़ - मुस्तफ़्यलुन = ख़फ़ीफ़ + ख़फ़ीफ़ + मज्मूअ (2+2+12)
रमल - फ़ाइलातुन = ख़फ़ीफ़ + मज्मूअ + ख़फ़ीफ़ (2+12+2)
कामिल - मुतफ़ाइलुन = सकील + ख़फ़ीफ़ + मज्मूअ (11+2+12)
वाफिर - मुफ़ाइलतुन = मज्मूअ + सकील + ख़फ़ीफ़ (12+11+2)

<u>सात हर्फ़ी रुक्न मफ़्रूकी</u>

मफऊलातु = ख़फ़ीफ़ + ख़फ़ीफ़ + मफ़्रूक (2+2+21)

यूँ तो शे'र कहने के लिए हमें अजज़ा-ए-अर्कान, जुज़ और रुक्न बनाने की क्रिया को समझना ज़रूरी नहीं है मगर ज़िहाफ़ के बारे में जानने के लिये ये सभी बातें जानना ज़रूरी है। ज़िहाफ़ मूल रूप से अरूज़ का विषय है। इसके बारे में न जानने वाला व्यक्ति भी अच्छी शाइरी कर सकता है।

नोट - कुछ अरूज़ियों ने सात हर्फ़ी मज्मूई रुक्न को वतद मफ़्रूक जुज़ से भी निर्माण करके ज़िहाफ़ की सूरतों को बदलने और नये अर्कान बनाने का काम किया है मगर ऐसा करना और इसके बारे में गहराई से जानना आवश्यक नहीं है क्योंकि सभी महत्वपूर्ण बह्‌रें मज्मूई रुक्न से बन जाती हैं।

अध्याय 32

ज़िहाफ़

ग़ज़ल को जो लय प्राप्त होती है उसका सारा श्रेय बह्र को जाता है। बह्रों के कारण ग़ज़ल में एक कसाव आता है। बह्र के बारे में इस पुस्तक में विस्तार से बताया गया है। ज़िहाफ़ के बारे में भी इस पुस्तक में संक्षेप में बताया जा चुका है। आइये अब ज़िहाफ़ के बारे में विस्तार से जानते हैं।

ज़िहाफ़ का शाब्दिक अर्थ है - न्यूनता, कमी।

बह्र के संन्दर्भ में ज़िहाफ़ शब्द का प्रयोग रुक्न में मात्रा की कमी के लिये किया जाता है। जब हम किसी रुक्न में कोई मात्रा कम करते हैं तो उसे 'ज़िहाफ़ लगाना' कहते हैं। ज़िहाफ़ लगाने की क्रिया को ज़िहाफ़त कहते हैं।

जैसा कि हम जानते हैं मूल रुक्न 8 हैं जिनमें से 8 पर सालिम और मुजाहिफ बह्रें कही जाती हैं। आठवें रुक्न से मुरक्कब बह्र बनती है

इन मूल रुक्न के उप रुक्न भी होते हैं रुक्न से उपरुक्न बनाने के लिये मूल रुक्न में ज़िहाफ़ लगाना पड़ता है।

जैसे - फ़ाइलातुन रुक्न के अन्तिम 2 मात्रा को हटा दें तो हमें 212 प्राप्त होता है अतः इसे रमल का उपरुक्न कहेंगे।

उपरुक्न बनाने के लिये ज़िहाफ़ को समझना आवश्यक है।
अपने मन से किसी भी मात्रा को कहीं भी कम नहीं किया जा सकता है। ज़िहाफ़ की संख्या निश्चित है। अरूज़ के अनुसार ही ज़िहाफ़ लगाया जा सकता है।
मानक बह्रों के निर्माण के लिये ज़िहाफ़ की पूरी जानकारी होनी आवश्यक है।

हमवज़्न रुक्न का मानक रुक्न

जैसा कि आपने जाना कि रुक्न की मात्रा को गिराने, कम करने और बढ़ाने की क्रिया को ज़िहाफ़त कहते हैं।

सभी 8 मूल अर्कान में ज़िहाफ़ लगाये जा सकते हैं तथा इनसे अलग-अलग उपरुक्न प्राप्त होते हैं जिनका नाम अलग-अलग होता है। इतने अधिक नामों को याद कर पाना मुमकिन नहीं है इसलिये अरूज़ियों ने हम वज़्न रुक्नों में से एक रुक्न को मानक मान कर स्थायी बना दिया जिससे आसानी हो जाये।
उदाहरण -

मफ़ाईलुन 1222 में से ईलुन 22 हटाने पर मफ़ा बचता है।
फ़ाइलुन 212 में से फ़ा2 हटाने पर इलुन12 बचता है।
फ़ऊलुन 122 में से लुन2 हटाने पर फ़ऊ 12 बचता है।
(अन्य अर्कान से भी 12 के हमवज़्न रुक्न मिलता है)

बचे रुक्न हमवज़्न हैं अतः इन तीनों के लिये मानक रुक्न **फ़अल** 12 का प्रयोग किया जाता है। कुछ मानक रुक्न तथा उनकी मात्रा निम्नलिखित है -

फ़ा/फ़े	2
फ़अल	12
फेल	21
फ़ैलुन	22
फ़इलुन	112
फ़ऊलु	121
फ़ैलान	221
मफ़्ऊलुन	222
फ़इलातु	1121
मफ़ाईलु	1221
मुफ़ाइलुन	1212
फ़इलातुन	1122
फ़ाइलातु	2121

अध्याय 33

ज़िहाफ़ के प्रकार

मात्रा कम करने के लिये ज़िहाफ़ बनाये गये है तथा ज़िहाफ़ लगाने की क्रिया को ज़िहाफ़त कहते हैं। सबसे पहले हम कुछ ज़िहाफ़ और उनकी ज़िहाफ़त से परिचित होंगे।

ज़िहाफ़ के तीन प्रकार हैं।

अ. ख़ास ज़िहाफ़ (वह जो किसी ख़ास रुक्न में ही लगता हो)

ब. आम ज़िहाफ़ (वह जो एक से अधिक रुक्न में लगता हो)

स. मुरक्कब ज़िहाफ़ (वह जो दो ज़िहाफ़ से मिल कर बना हो)

द. अन्य ज़िहाफ़

अ . ख़ास ज़िहाफ़

(वह जो किसी ख़ास रुक्न में ही लगता हो)

1. सलम / अस्लम - फ़ऊलुन् 122 के लघु को हटाने से अस्लम जिहाफ बनता है। फ़ऊलुन् से ऊलुन बचता है जिसे मानक रुक्न फेलुन से बदल लेते हैं।

122 = 22

2. हब्ब / मज्बूब - मफ़ाईलुन 1222 के अंतिम दो दीर्घ मात्रा अर्थात् ईलुन 22 को हटाने से मफ़ा 12 बचता है जिसे मानक रुक्न फ़अल से बदल लेते हैं।

1222 - 12

3. ख़रम / अख़रम - मफ़ाईलुन् 1222 से लघु मात्रा अर्थात् म हटाने से फ़ाईलुन बचता है। जिसे मफ़ऊलुन से बदल लेते हैं।

1222 - 222

4. कश्फ - मफऊलातु 2221 से तु अर्थात् लघु मात्रा हटाने पर मफ़ऊला बचता है जिसे मफ़ऊलुन से बदल लेते हैं।

2221 - 222

ब. आम ज़िहाफ़

(वह जो एक से अधिक रुक्न में लगता हो)

1. इज़ाला / मज़ाला - जिस रुक्न के अंत में वतद मज्मूअ आता है उसमें अंत से एक हर्फ़ पहले अलिफ बढ़ा देते हैं जिससे रुक्न के अंत में 1 मात्रा बढ़ जाती है।

ऐसा तीन रुक्नों में होता है -

फ़ाइलुन 212 = फ़ाइलान 2121

मुस्तफ़्यलुन 2212 = मुस्तफ़्यलान 22121

मुतफ़ाइलुन 11212 = मुतफ़ाइलान 112121

2. तस्बीग / मसब्बिग - जिस रुक्न का अंत सबब ख़फ़ीफ़ से हो तस्बीग ज़िहाफ से उसके अंत में एक हर्फ़ पहले अलिफ बढ़ा देते हैं जिससे रुक्न में 1 मात्रा बढ़ जाती है। ऐसे 4 रुक्न हैं।

फ़ऊलुन 122 = फ़ऊलान 1221

फ़ाइलातुन 2122 = फ़ाइलातान 21221

मुफ़ाईलुन 1222 = मुफ़ाईलान 12221

मुफ़ाइलतुन 12112 = मुफ़ाइलतान 121121

3. हज़ज / महज़ूज - जिस रुक्न का अंत वतद मज्मूअ से होता है उसके अंत से वतद मज्मूअ को लुप्त कर देते हैं।

ऐसा तीन रुक्नों में होता है -

फ़ाइलुन 212 = फ़ा 2

मुस्तफ़्यलुन 2212 = मुस्तफ़ 22

मुतफ़ाइलुन 11212 = मुतफ़ा 112

4. हज़फ़ / महज़ूफ़ - यदि रुक्न के अंत में सबब ख़फ़ीफ़ आ रहा है तो हज़फ जिहाफ उसे लुप्त कर देता है।

ऐसा 4 रुक्नों में होता है।

फ़ऊलुन 122 = फ़ऊ 12

फ़ाइलातुन 2122 = फ़ाइला 212

मुफ़ाईलुन 1222 = मुफ़ाई 122

मुफ़ाइलतुन 12112 = मुफ़ाइल 1211

5. खब्न / मख़्बून - सबब ख़फ़ीफ़ जुज़ से शुरू होने वाले रुक्न में खबन जिहाफ शुरूआती ख़फ़ीफ़ जुज़ के दूसरे हर्फ़ को गिरा देता है अर्थात् 2 से 1कर देता है।

ऐसा 3 रुक्नों में होता है –

फ़ाइलुन 212 = फ़इलुन 112

फ़ाइलातुन 2122 = फ़इलातुन 1122

मुस्तफ़्यलुन 2212 = मुतफ़्यलुन 1212

6. तय / मुतव्वी - जिस अर्कान के प्रारंभ में दो सबब ख़फ़ीफ़ आते हैं उनमें से दूसरे ख़फ़ीफ़ के दूसरे हर्फ़ को गिरा देते हैं अर्थात् दूसरी दीर्घ मात्रा को गिरा कर लघु कर देते हैं।

ऐसा रजज़ रुक्न में होता है।

मुस्तफयलुन 2212 = मुस्तयलुन 2112

7. कस्र / मक्सूर - यदि रुक्न के अंत में सबब ख़फ़ीफ़ आ रहा है तो कस्र ज़िहाफ़ उसके दूसरे हर्फ़ को लुप्त कर देता है अर्थात् 2 से गिरा कर 1 कर देता है।

ऐसा 4 रुक्नों में होता है

फ़ऊलुन 122 = फ़ऊलु 121

फ़ाइलातुन 2122 = फ़ाइलातु 2121

मुफ़ाईलुन 1222 = मुफ़ाईलु 1221

मुफ़ाइलतुन 12112 = मुफ़ाइलतु 12111

8. कतअ / मक़्तूअ - जिस रुक्न के अंत में वतद मज्मूअ आता है उसमें मज्मूअ के आखिरी हर्फ़ को गिराता है और उसके बाद दूसरे हर्फ़ को साकिन कर देता है। अर्थात् 12 से 2 बचता है।

ऐसा तीन रुक्नों में होता है -

फ़ाइलुन 212 = फ़ाइल् 22

मुस्तफ़्यलुन 2212 = मुस्तफ़्यल् 222

मुतफ़ाइलुन 11212 = मुतफ़ाइल् 1122

9. कब्ज़ / मक़्बूज
जिस रुक्न की शुरूआत वतद मज्मूअ से हो और उसके बाद सबब ख़फ़ीफ़ आये तो रुक्न के पाँचवें हर्फ़ अर्थात् ख़फ़ीफ़ के दूसरे हर्फ़ को गिरा दिया जाता है अर्थात् 122 को 121 कर देता है।
ऐसा 2 रुक्नों में होता है
फ़ऊलुन 122 = फ़ऊलु 121
मुफ़ाईलुन 1222 = मुफ़ाइलुन 1212

10. कफ / मक्फ़ूफ़ - यदि सात हर्फ़ हैं और अंत ख़फ़ीफ़ से होता है तो अन्तिम में आये ख़फ़ीफ़ के दूसरे रुक्न को गिरा देता है अर्थात् अन्त में 2 से 1 कर देता है; ऐसा 4 रुक्नों में होता है।
मुफ़ाईलुन 1222 = मुफ़ाईलु 1221
फ़ाइलातुन 2122 = फ़ाइलातु 2121
मुफ़ाइलतुन 12112 = मुफ़ाइलतु 12111

स. मुरक्कब ज़िहाफ़

(वह जो दो ज़िहाफ़ से मिल कर बना हो)

1. ख़रब / अख़रब - ख़रम और कस्र जिहाफ एक साथ लगाने पर उसे ख़रब जिहाफ कहते हैं।

2. शतर / अश्तर - ख़रम और कब्ज़ जिहाफ एक साथ लगने पर उसे शतर जिहाफ कहते हैं।

3. शक्ल / मशकूल - खबन और काफ जिहाफ एक साथ लगाने पर उसे शक़्ल जिहाफ कहा जाता हैं।

4. बत्र / अबतर - असलम और महज़ूफ़ दो जिहाफ से बनता है

5. सरम / असरम - सलम और कब्ज़ जिहाफ एक साथ लगने पर उसे सरम जिहाफ कहते हैं।

द.अन्य ज़िहाफ़

1. तस्कीन / मसक्किन - रुक्न में यदि कहीं सबब सकील जुज़ अर्थात् 11 आता है तो तस्कीन ज़िहाफ उसे 2 कर देता है।

2. अहज / अहज्ज - फ़ाइलुन और मुसतफ़इलुन के वतद मज्मूअ जुज़ अहज जिहाफ लुप्त कर देता है।

3. रफा / मारफो - मफ़ऊलात 2221 का लघु हटाकर दूसरे दीर्घ को लघु बनाने से मारफो जिहाफ बनता है।

4. मन्हूर - मफ़ऊलात 2221 का लघु व दो दीर्घ हटाने से मन्हूर जिहाफ बनता है।

अध्याय 34

ज़िहाफ़ का वर्गीकरण

ज़िहाफ़ के बारे में आगे जानने से पूर्व हम इसके दो प्रकार को जान लेते हैं। रुक्न में दो प्रकार के ज़िहाफ़ लगते हैं -

1. सकवत - जब मूल रुक्न में कोई हर्फ़ गिरा कर उपरुक्न बनाया जाता है अर्थात् मात्रा गिराई जाती है तो उसे सकवत कहते हैं। ऐसा हमेशा मूल रुक्न में होता है। और एक बार में एक से अधिक ज़िहाफ़ लगा कर भी उप रुक्न बनाए जाते हैं।

2. ज़िहाफ़ा या तहरीकी - जब रुक्न में कोई हर्फ़ बढ़ाया जाता है अर्थात् मात्रा बढ़ाई जाती है तो उसे ज़िहाफ़ा या तहरीकी कहते हैं। ऐसा मूल रुक्न के साथ साथ सकवत रुक्न में भी किया जाता है। जब सकवत हो चुके रुक्न में ज़िहाफ़ा करते हैं तो सकवत और ज़िहाफ़ा दोनों का नाम लिखा जाता है।
इसके बारे में हमने दूसरे खंड में तक़्तीअ लेख के अन्तर्गत अतिरिक्त लघु के रूप में पढ़ा है।
यह किसी भी मिसरे में लगाया जा सकता है और आगे अन्य मिस्रों में इसे निभाना आवश्यक नहीं है।

ज़िहाफ़, ज़िहाफ़त और उसके स्थान

ज़िहाफ़ को जानने के बाद अब हम रुक्न के अनुसार इसकी वर्गीकरण करेंगे और जानेंगे कि किस रुक्न में कौन-कौन से ज़िहाफ़ लगते हैं। ज़िहाफ़ लगने से पहले रुक्न का मूल रूप क्या है, ज़िहाफ़ लगने के बाद क्या रुक्न बचता है और बचे रुक्न का मानक रुक्न क्या है। ज़िहाफ़ का नाम क्या है और ज़िहाफ़त का नाम क्या है। यदि ज़िहाफ़ मुरक्कब है अर्थात् दो या दो से अधिक ज़िहाफ़ से बना है तो उनका नाम क्या है। सबसे महत्वपूर्ण जानकारी हम यह प्राप्त करेंगे कि ज़िहाफ़ को रुक्न के किस स्थान पर लगाया जा सकता है। जैसा कि हमने जाना है कि सभी ज़िहाफ़ का एक निश्चित स्थान होता है। कुछ ज़िहाफ़ सभी जगह लगते हैं, कुछ केवल विशेष स्थान पर।

यह सभी जानकारी प्राप्त होने के बाद हम रुक्न से मान्य बह्र बनाने का तरीक़ा सीख लेंगे। मूल ज़िहाफ़ तथा मुरक्कब ज़िहाफ़ की संख्या यूँ तो 72 तक बतायी गयी है मगर अलग अलग ज़िहाफ़ से भी वही मात्रा प्राप्त होती थी जिसके कारण एक ही रुक्न की एक ही बह्र के कई नाम बन जाते थे इसलिये अरूज़ियों ने मानक स्थापित करते हुए इनकी संख्या घटा कर 30 के आस पास कर दिया। घटाव की संख्या निश्चित न होने के कारण अलग-अलग सन्दर्भ ग्रन्थों में यह संख्या अलग अलग मिलती है और ज़िहाफ़ के नाम भी अलग दिखते हैं।

सारिणी देखने से पहले एक बात स्पष्ट करना आवश्यक है कि यह सारिणी अभी अपूर्ण है मुझे जितनी जानकारी हासिल हो सकी मैंने प्रस्तुत करने की कोशिश की है।

अध्याय 35

मुतक़ारिब 122 रुक्न के ज़िहाफ़ (सकवत)

मूल रुक्न	ज़िहाफ़ लगने के बाद बचा रुक्न	बचे रुक्न का मानक रुक्न	ज़िहाफ़ का नाम	ज़िहाफ़त	यदि दो ज़िहाफ़त है तो दोनों के नाम	ज़िहाफ़ लगने का निश्चित स्थान
फ़ऊलुन 122	फ़ऊलु 121	फ़ऊलु 121	कब्ज़	मक्बूज़	-	सभी स्थान पर
फ़ऊलुन 122	ऊलुन 22	फ़ेलुन 22	सलम	अस्लम	-	सभी स्थान पर
फ़ऊलुन 122	ऊलु 21	फ़ाअ 21	सरम	असरम	-	सद्र-इब्तिदा
फ़ऊलुन 122	ऊ 2	फ़ा 2	बत्र	अबतर	असलम महज़ूफ़	अरूज़-ज़रब
फ़ऊलुन 122	फ़ऊ 12	फ़अल 12	हज़्फ़	महज़ूफ़	-	अरूज़-ज़रब
फ़ऊलुन 122	फ़उलुन 112	फ़इलुन 112	हिब	मुहबक	-	अरूज़-ज़रब

मुतक़ारिब 122 रुक्न के ज़िहाफ़ (ज़िहाफ़ा और तहरीक)

ज़िहाफ़ लगने से पहले रुक्न	ज़िहाफ़ लगने के बाद बना रुक्न	मानक रुक्न	ज़िहाफ़ का नाम	ज़िहाफ़त	यदि दो ज़िहाफ़त है तो दोनों के नाम	ज़िहाफ़ लगने का निश्चित स्थान
फ़ऊलुन 122	फ़ऊलान 1221	फ़ऊलु 121	तस्बीग	मस्बीग	-	अरूज़-ज़रब
फ़उलुन 112	फ़उलान 1121	फ़इलान 1121	-	-	मस्बीग मुहबक	अरूज़-ज़रब
ऊलुन 22	ऊलान 221	फ़ेलान 221	-	-	मस्बीग असलम	अरूज़-ज़रब
ऊ 2	ऊल 2	फ़ाल 21	-	-	मस्बीग अबतर	अरूज़-ज़रब
फ़ऊ 12	फ़ऊलु 121	फ़ईल 121	-	-	मस्बीग महज़ूफ़	अरूज़-ज़रब

मुतदारिक 212 रुक्न के ज़िहाफ़ (सकवत)

मूल रुक्न	ज़िहाफ़ लगने के बाद बचा रुक्न	बचे रुक्न का मानक रुक्न	ज़िहाफ़ का नाम	ज़िहाफ़त	यदि दो ज़िहाफ़त है तो दोनों के नाम	ज़िहाफ़ लगने का निश्चित स्थान
फ़ाइलुन 212	फ़इलुन 112	फ़इलुन 112	ख़ुब्न	मख़्बून	-	सभी स्थान पर
फ़ाइलुन 212	फ़ाइल 22	फ़ेलुन 22	कत्अ	मक़्तूअ	-	सभी स्थान पर
फ़ाइलुन 212	फ़इल 12	फ़अल 12	खल्अ	मुखल्ला	मख़्बून मक़्तूअ	अरूज़-ज़रब
फ़ाइलुन 212	फ़ा 2	फ़ा 2	हज़ज़	महज़ूज़	-	अरूज़-ज़रब

मुतदारिक 212 रुक्न के ज़िहाफ़ (ज़िहाफ़ा और तहरीक)

ज़िहाफ़ लगने से पहले रुक्न	ज़िहाफ़ लगने के बाद बना रुक्न	मानक रुक्न	ज़िहाफ़ का नाम	ज़िहाफ़त	यदि दो ज़िहाफ़त है तो दोनों के नाम	ज़िहाफ़ लगने का निश्चित स्थान
फ़ाइलुन 212	फ़ाइलान 2121	फ़ाइलान 2121	इज़ाला	मज़ाला	-	अरूज़-ज़रब
फ़ाइलुन 212	फ़इलातुन 1122	फ़इलातुन 1122	तर्फ़ील	मुरफ़्फ़िल	-	अरूज़-ज़रब
फ़ाइलुन 212	फ़इलातुन 1122	फ़इलातुन 1122	-	-	मुरफ़्फ़िल मख्बून	अरूज़-ज़रब
फ़इलुन 112	फ़इलान 1121	फ़इलान 1121	-	-	मज़ाला मख्बून	अरूज़-ज़रब
फ़ाइल 22	फ़ाईल 221	फ़ेलान 221	-	-	मज़ाला मक्तूअ	अरूज़-ज़रब
फ़इल 12	फ़ईल 121	फ़ऊल 121	-	-	मज़ाला मुखल्ला	अरूज़-ज़रब

फ़ा 2	फ़ाअ 21	फ़ाअ 21	-	-	महज़ूज़ मस्बीग	अरूज़-ज़रब

हज़ज़ 1222 रुक्न के ज़िहाफ़ (सकवत)

मूल रुक्न	ज़िहाफ़ लगने के बाद बचा रुक्न	बचे रुक्न का मानक रुक्न	ज़िहाफ़ का नाम	ज़िहाफ़त	यदि दो ज़िहाफ़त है तो दोनों के नाम	ज़िहाफ़ लगने का निश्चित स्थान
मुफ़ाईलुन 1222	मुफ़ईलुन 1122	मुफ़इलुन 1122	अहबक	मुहबक	-	सभी स्थान पर
मुफ़ाईलुन 1222	मुफ़ाइलुन 1212	मुफ़ाइलुन 1212	कब्ज़	मक्बूज़	-	सभी स्थान पर
मुफ़ाईलुन 1222	मुफ़ाईलु 1221	मुफ़ाईलु 1221	कस्र या कफ़	मक्सूर या मक्फ़ूफ़	-	सद्र-इब्तिदा हश्वैन
मुफ़ाईलुन 1222	फ़ाईलु 221	मफ़ऊलु 221	खर्ब	अखरब	-	सद्र-इब्तिदा
मुफ़ाईलुन 1222	फ़ाईलुन 222	मफ़ऊलुन 222	खरम	अखरम	-	सद्र-इब्तिदा
मुफ़ाईलुन 1222	मफ़ाई 122	फ़ईलुन 122	हजफ़	महज़ूफ़	-	अरूज़-ज़रब

मुफ़ाईलुन 1222	फ़ाइलुन 212	फ़ाइलुन 212	शतर	अशतर	अखरम महज़ूफ़	सद्र-इब्तिदा हश्वैन
मुफ़ाईलुन 1222	मुफ़ाइ 121	फ़ऊलु 121	हत्म	अहत्म	महज़ूफ़ मक्बूज़	अरूज़-ज़रब
मुफ़ाईलुन 1222	मफ़ा 12	फ़अल 12	जब	मज्बूब	-	अरूज़-ज़रब
मुफ़ाईलुन 1222	फ़ा 2	फ़ा 2	बत्र	अबतर	अखरम मजबूब	अरूज़-ज़रब
मुफ़ाईलुन 1222	फ़ाइ 21	फ़ाअ 21	जलल	अज्जल	अखरब मजबूब	अरूज़-ज़रब
मुफ़ाईलुन 1222	मफ़ई 112	फ़इलुन 112	-	-	महफ़ूज़ मुहबक	सद्र-इब्तिदा हश्वैन
मुफ़ाईलुन 1222	मफ़ईलु 1121	मफ़ऊलु 1121	-	-	मुहबक मक्सूर	सद्र-इब्तिदा हश्वैन

हजज़ 1222 रुक्न के ज़िहाफ़ (ज़िहाफ़ा और तहरीक)

ज़िहाफ़ लगने से पहले रुक्न	ज़िहाफ़ लगने के बाद बना रुक्न	मानक रुक्न	ज़िहाफ़ का नाम	ज़िहाफ़त	यदि दो ज़िहाफ़त है तो दोनों के नाम	ज़िहाफ़ लगने का निश्चित स्थान
मुफ़ाईलुन 1222	मुफ़ाईलान 12221	मुफ़ाईलान 12221	तस्बीग	मस्बीग	-	अरूज़-ज़रब
मुफ़ाईलुन 1222	मुफ़ाईलातुन 12222	मुफ़ाईलातुन 12222	तर्फ़ील	मुरफ्फ़िल	-	अरूज़-ज़रब
मुफ़ाइलुन 1212	मुफ़ाइलान 12121	मुफ़ाइलान 12121	-	-	मक्बूज़ मज़ाल	अरूज़-ज़रब
मफ़ाई 122	मफ़ाईल 1221	फ़ऊलान 1221	-	-	महज़ूफ़ मस्बीग	अरूज़-ज़रब
मफ़ा 12	मफ़ाल 121	मफ़ाल 121	-	-	मज्बूब मजाल	अरूज़-ज़रब
फ़ा 2	फ़ाल 21	फ़ाल 21	-	-	अबतर मस्बीग	अरूज़-ज़रब

मुफ़ईलुन 1122	मुफ़ईलान 11221	मुफ़ईलान 11221	-	-	मुहबक मस्बीग	अरूज़-ज़रब

रमल 2122 रुक्न के ज़िहाफ़ (सकवत)

मूल रुक्न	ज़िहाफ़ लगने के बाद बचा रुक्न	बचे रुक्न का मानक रुक्न	ज़िहाफ़ का नाम	ज़िहाफ़त	यदि दो ज़िहाफ़त है तो दोनों के नाम	ज़िहाफ़ लगने का निश्चित स्थान
फ़ाइलातुन 2122	फ़इलातुन 1122	फ़इलातुन 1122	ख़ुब्न	मख़्बून	-	सभी स्थान पर
फ़ाइलातुन 2122	फ़ाइलातु 2121	फ़ाइलातु 2121	कस्र	मक्सूर	-	सद्र-इब्तिदा हश्वैन
फ़ाइलातुन 2122	फ़इलातु 1121	फ़इलातु 1121	शक्ल	मश्कूल	मख़्बून मक्सूर	सद्र-इब्तिदा हश्वैन
फ़ाइलातुन 2122	फ़ालातुन 222	मफ़ऊलुन 222	तश्ईस	मुश्ईस	-	सभी स्थान पर
फ़ाइलातुन 2122	फ़ालातु 221	मफ़ऊलु 221	-	-	मुश्ईस मक्सूर	सद्र-इब्तिदा हश्वैन
फ़ाइलातुन 2122	फ़ाइला 212	फ़ाइलुन 212	हज़्फ़	महज़ूफ़	-	अरूज़-ज़रब

फ़ाइलातुन 2122	फ़ला 12	फ़अल 12	रुबा	मरतूअ	महफ़ूज-मक्तूअ मख्बून	अरूज़-ज़रब
फ़ाइलातुन 2122	फ़ा 2	फ़ा 2	हज़फ़	महज़ूफ़	-	अरूज़-ज़रब
फ़ाइलातुन 2122	फ़इला 112	फ़इलुन 112	-	-	मख्बून-महज़ूफ़	अरूज़-ज़रब
फ़ाइलातुन 2122	फ़ाला 22	फ़ैलुन 22	बत्र	अबतर	मुश्ईस महज़ूफ़	अरूज़-ज़रब

रमल 2122 रुक्न के ज़िहाफ़ (ज़िहाफ़ा और तहरीक)

ज़िहाफ़ लगने से पहले रुक्न	ज़िहाफ़ लगने के बाद बना रुक्न	मानक रुक्न	ज़िहाफ़ का नाम	ज़िहाफ़त	यदि दो ज़िहाफ़त है तो दोनों के नाम	ज़िहाफ़ लगने का निश्चित स्थान
फ़ाइलातुन 2122	फ़ाइलातान 21221	फ़ाइलातान 21221	तस्बीग	मस्बीग	-	अरूज़-ज़रब
फ़इलातुन 1122	फ़इलातान 11221	फ़इलातान 11221	-	-	मख़्बून मस्बीग	अरूज़-ज़रब
फ़ालातुन 222	फ़ालातान 2221	मफ़ऊलान 2221	-	-	मुश्ईस मस्बीग	अरूज़-ज़रब
फ़ाइला 212	फ़ाइलान 2121	फ़ाइलान 2121	कफ़	मक्फ़ूफ़	महज़ूफ़ मजाल	अरूज़-ज़रब
फ़ला 12	फ़लान 121	फ़ऊल 121	-	-	मरतूअ मजाल	अरूज़-ज़रब
फ़ा 2	फ़ाल 21	फ़ाअ 21	-	-	महज़ूज मस्बीग	अरूज़-ज़रब

फ़इला 112	फ़इलान 1121	फ़इलान 1121	-	-	मख़्बून-महज़ूफ़ मजाल	अरूज़-ज़रब
फ़ाला 22	फ़ालान 221	फ़ैलान 221	-	-	अबतर मस्बीग	अरूज़-ज़रब

रजज 2212 रुक्न के ज़िहाफ़ (सकवत)

मूल रुक्न	ज़िहाफ़ लगने के बाद बचा रुक्न	बचे रुक्न का मानक रुक्न	ज़िहाफ़ का नाम	ज़िहाफ़त	यदि दो ज़िहाफ़त है तो दोनों के नाम	ज़िहाफ़ लगने का निश्चित स्थान
मुस्तफ़्इलुन 2212	मुस्तफ़् 22	फ़ैलुन 22	हज़द	अहज़	-	सभी स्थान पर
मुस्तफ़्इलुन 2212	तफ़्इलुन 212	फ़ाइलुन 212	रफ़अ	मरफ़ूअ	-	सभी स्थान पर
मुस्तफ़्इलुन 2212	मुस्तफ़्लुन 222	मफ़ऊलुन 222	कत्अ	मक्तूअ	-	सभी स्थान पर
मुस्तफ़्इलुन 2212	मुतफ़्इलुन 1212	मफ़ाइलुन 1212	खुब्न	मख्बून	-	सभी स्थान पर
मुस्तफ़्इलुन 2212	मुस्तइलुन 2112	मुफ़तइलुन 2112	तय	मुत्तवी	-	सभी स्थान पर
मुस्तफ़्इलुन 2212	मुस् 2	फ़ा 2	-	-	अहज महज़ूफ़	अरूज़-ज़रब

मुस्तफ़्इलुन 2212	मुतफ्लुन 122	फ़ऊलुन 122	खल्अ	मुखल्लअ	मख़्बून मक्तूअ	अरूज़-ज़रब
मुस्तफ़्इलुन 2212	फ़ा 2	फ़ा 2	हजफ़	महज़ूफ़	अहज मख़्बून	अरूज़-ज़रब
मुस्तफ़्इलुन 2212	फ़इला 112	फ़इलुन 112	-	-	अहज मक्सूर	अरूज़-ज़रब

रजज 2212 रुक्न के ज़िहाफ़ (ज़िहाफ़ा और तहरीक)

ज़िहाफ़ लगने से पहले रुक्न	ज़िहाफ़ लगने के बाद बना रुक्न	मानक रुक्न	ज़िहाफ़ का नाम	ज़िहाफ़त	यदि दो ज़िहाफ़त है तो दोनों के नाम	ज़िहाफ़ लगने का निश्चित स्थान
मुस्तफ़्इलुन 2212	मुस्तफ़्इलान 22121	मुस्तफ़्इलान 22121	इजाल	मजाल	-	अरूज़-ज़रब
मुस्तफ़्इलुन 2212	मुस्तफ़्इलातुन 22122	मुस्तफ़्इलातुन 22122	तर्फ़ील	मुरफ्फ़िल	-	अरूज़-ज़रब
मुतफ़्इलुन 1212	मुतफ़्इलान 12121	मफ़ाइलान 12121	-	-	मख्बून मजाल	अरूज़-ज़रब
मुस्तइलुन 2112	मुस्तइलान 21121	फ़ाइलतान 21121	-	-	मुत्तवी मजाल	अरूज़-ज़रब
तफ़्इलुन 212	तफ़्इलान 2121	फ़ाइलान 2121	-	-	मरफ़ूअ मजाल	अरूज़-ज़रब
मुस्तफ्लुन 222	मुस्तफ्लान 2221	मफ़ऊलान 2221	अर्ज	आरज	मक्तूअ मजाल	अरूज़-ज़रब

मुतफ्लुन 122	मुतफ्लान 1221	फ़ऊलान 1221	-	-	मुखल्लअ मजाल	अरूज़-ज़रब
मुस्तफ़् 22	मुस्तफ़्अ 221	फ़ैलान 221	-	-	अहज तस्बीग	अरूज़-ज़रब
मुतफ़ 12	मुतफ़्अ 121	फ़ईल 121	-	-	अहज-मख्बून तस्बीग	अरूज़-ज़रब

मुतफ़ाइलुन 11212 रुक्न के ज़िहाफ़ (सकवत)

मूल रुक्न	ज़िहाफ़ लगने के बाद बचा रुक्न	बचे रुक्न का मानक रुक्न	ज़िहाफ़ का नाम	ज़िहाफ़त	यदि दो ज़िहाफ़त है तो दोनों के नाम	ज़िहाफ़ लगने का निश्चित स्थान
मुतफ़ाइलुन 11212	मुतफ़ालुन 1122	फ़इलातुन 1122	कत्अ	मक्तूअ	-	सभी स्थान पर
मुतफ़ाइलुन 11212	मुस्तफ़्इलुन 2212	मुस्तफ़्इलुन 2212	-	मुज़मिर	-	सभी स्थान पर
मुतफ़ाइलुन 11212	तफ़ाइलुन 1212	मुफ़ाइलुन 1212	-	मौकूस	-	सभी स्थान पर
मुतफ़ाइलुन 11212	मुस्तइलुन 2112	फ़ाइलतुन 2112	-	मखजूल	-	सभी स्थान पर
मुतफ़ाइलुन 11212	मुस्तफ़्लुन 222	मफ़ऊलुन 222	-	-	मुज़मिर मक्तूअ	सभी स्थान पर
मुतफ़ाइलुन 11212	मुतफ़ा 112	फ़इलुन 112	हज़ज	महज़ूज	-	सभी स्थान पर

मुतफ़ाइलुन 11212	मुस्तफ़ 22	फ़ैलुन 22	हज़ज़	महज़ूज़	मुजमिर महज़ूज़	सभी स्थान पर
मुतफ़ाइलुन 11212	फ़ाइलुन 212	फ़ाइलुन 212	-	-	मुजमिर मरफ़ूअ	सभी स्थान पर

मुतफ़ाइलुन 11212 रुक्न के ज़िहाफ़ (ज़िहाफ़ा और तहरीक)

ज़िहाफ़ लगने से पहले रुक्न	ज़िहाफ़ लगने के बाद बना रुक्न	मानक रुक्न	ज़िहाफ़ का नाम	ज़िहाफ़त	यदि दो ज़िहाफ़त है तो दोनों के नाम	ज़िहाफ़ लगने का निश्चित स्थान
मुतफ़ाइलुन 11212	मुतफ़ाइलान 112121	मुतफ़ाइलान 112121	इजाल	मजाल	-	अरूज़-ज़रब
मुस्तफ़्इलुन 2212	मुस्तफ़्इलान 22121	मुस्तफ़्इलान 22121	-	-	मुजमिर मजाल	अरूज़-ज़रब
तफ़ाइलुन 1212	तफ़ाइलान 12121	मुफ़ाइलान 12121	-	-	मौकूस मजाल	अरूज़-ज़रब
मुस्तइलुन 2112	मुस्तइलान 21121	फ़ाइलतान 21121	-	-	मख़्ज़ूल मजाल	अरूज़-ज़रब

मुफ़ाइलतुन 12112 रुक्न के ज़िहाफ़ (सकवत)

मूल रुक्न	ज़िहाफ़ लगने के बाद बचा रुक्न	बचे रुक्न का मानक रुक्न	ज़िहाफ़ का नाम	ज़िहाफ़त	यदि दो ज़िहाफ़त है तो दोनों के नाम	ज़िहाफ़ लगने का निश्चित स्थान
मुफ़ाइलतुन 12112	1222	-	-	मासूब	-	सदर-इब्तिदा हश्वैन
मुफ़ाइलतुन 12112	2112	-	-	आज़ब	-	सदर-इब्तिदा हश्वैन
मुफ़ाइलतुन 12112	1212	-	-	माकूल	मासूब मक्बूज	सदर-इब्तिदा हश्वैन
मुफ़ाइलतुन 12112	1221	-	-	मकूस	मासूब मक्सूर	सदर-इब्तिदा हश्वैन
मुफ़ाइलतुन 12112	122	-	-	मक्तूफ़	मासूब महज़ूफ़	अरूज़ - ज़रब
मुफ़ाइलतुन 12112	222	-	-	अकसम	मासूब अखरम	सद्र-इब्तिदा

मुफ़ाइलतुन 12112	212	-	-	अज्जम	मासूब अश्तर	सदर-इब्तिदा हश्वैन
मुफ़ाइलतुन 12112	221	-	-	आक़्स	मासूब अखरब	सदर-इब्तिदा

मुफ़ाइलतुन 12112 रुक्न के ज़िहाफ़ (ज़िहाफ़ा और तहरीक)

ज़िहाफ़ लगने से पहले रुक्न	ज़िहाफ़ लगने के बाद बना रुक्न	मानक रुक्न	ज़िहाफ़ का नाम	ज़िहाफ़त	यदि दो ज़िहाफ़त है तो दोनों के नाम	ज़िहाफ़ लगने का निश्चित स्थान
मुतफ़ाइलुन 11212	मुतफ़ाइलान 112121	-	-	-	-	अरूज़-ज़रब

मफ़ऊलान 2221 रुक्न के ज़िहाफ़ (सकवत)

मूल रुक्न	ज़िहाफ़ लगने के बाद बचा रुक्न	बचे रुक्न का मानक रुक्न	ज़िहाफ़ का नाम	ज़िहाफ़त	यदि दो ज़िहाफ़त है तो दोनों के नाम	ज़िहाफ़ लगने का निश्चित स्थान
मफ़ऊलान 2221	ऊलान 21	फ़ेल 21	-	-	-	-
मफ़ऊलान 2221	मउलान 1121	फ़इलातु 1121	-	-	-	-
मफ़ऊलान 2221	मऊलान 1221	फ़ईलातु 1221	-	-	-	-
मफ़ऊलान 2221	मफ़उलान 2121	फ़ाइलातु 2121	-	-	-	-
मफ़ऊलान 2221	मफ़ऊल 221	फ़ाईलु 221	-	-	-	-
मफ़ऊलान 2221	मलान 121	फ़ईलु 121	-	-	-	-

मफ़ऊलान 2221	मफ़ऊला 222	मफ़ऊलुन 222	कश्फ़	-	-	-
मफ़ऊलान 2221	112	-	-	-	-	-
मफ़ऊलान 2221	22	-	-	-	-	-
मफ़ऊलान 2221	212	-	रफ़ा	मारफ़ो	-	-
मफ़ऊलान 2221	2	-	-	मन्हूर	-	-

अध्याय 36

सारिणी से मानक बह्र बनाने का तरीका

सारणी से मानक बहर बनाना बहुत आसान है। केवल जिस स्थान पर किसी रुक्न को रखना स्वीकार्य है उस स्थान पर रुक्न को रख लिया जाये और अलग अलग रुक्न रख कर अलग अलग बहर बनाई जा सकती है।

उदाहरण के लिये मुतक़ारिब रुक्न की एक उप बहर बनाते हैं -

फ़ेल फ़ऊल फ़ेलुन फ़इलुन 21 / 121/ 22 /112

अब एक एक करके देखें कि क्या ये रुक्न जिस स्थान पर रखे गये हैं वहाँ रखना मान्य है। हम पाते हैं कि -

पहला रुक्न सद्रो-इब्तिदा पर रखा जा सकता है और ज़िहाफ़ है - असरम

दूसरा रुक्न 121 सभी स्थान पर रखा जा सकता है और ज़िहाफ़ है - मक्बूज़

तीसरा रुक्न 22 सभी स्थान पर रखा जा सकता है और ज़िहाफ़ है - अस्लम

चौथा रुक्न 112 अरूज़ो-ज़रब में रखा जा सकता है और ज़िहाफ़ है - मुहबक

अर्थात चारों रुक्न उचित स्थान पर रखे गये हैं

अब इस बहर का नाम निकाल लेते हैं-

रुक्न का नाम - मुतक़ारिब

रुक्न की संख्या चार है अतः - मुसम्मन

क्रमशः चार ज़िहाफ़ के नाम - असरम, मक्बूज, असलम, मुहबक

अतः बहर का नाम बनेगा -

बहरे मुतक़ारिब मुसम्मन असरम मक्बूज असलम मुहबक

एक अन्य उदाहरण से परखते हैं -

एक प्रचलित मुरक्कब बहर है - मुफ़ाइलुन फ़इलातुन मुफ़ाइलुन फ़ैलुन

आइये देखें कि यह बहर मानक है अथवा नहीं और इस बहर का पूरा नाम क्या है? सबसे पहले हम देखेंगे कि यह मुजाहिफ़ मुरक्कब बहर किस सालिम

मुरक्कब के क़रीब है।

मुफ़ाइलुन हमें हजज़ का रुक्न प्रतीत होता है और फ़इलातुन रमल का रुक्न लगता है तो अब हम जानेंगे कि क्या ऐसी कोई मुरक्कब बहर है जो इन दोनों रुक्नों से बनती हो।

इस पुस्तक में पृष्ठ 120 में दी गयी सारणी से पता चलता है कि मुरक्कब बहर मुज़ारे का रुक्न यही है। अर्थात - मुफ़ाईलातुन, फ़ाइलातुन, मुफ़ाईलुन, फ़ाइलातुन

अतः यह आभास हो गया कि यह उप बहर मुज़ारे की उप बहर हो सकती है। अब हम एक एक रुक्न को जाँचेंगे।

पहला रुक्न मुफ़ाइलुन हजज़ का रुक्न है और हजज़ के ज़िहाफ़ सकवत सारिणी को देखें तो पाते हैं कि मुफ़ाईलुन रुक्न को मक्बूज़ ज़िहाफ़त से मुफ़ाइलुन किया जा सकता है और इसे सभी स्थान पर रखा जा सकता है।

दूसरा रुक्न फ़ाइलातुन से बना है अतः अब रमल रुक्न के जिहाफ़ सकवत की सारिणी को देखेंगे कि क्या फ़ाइलातुन ज़िहाफ़ से फ़इलातुन रुक्न बन सकता है और क्या इसे हश्व स्थान पर रखना उचित है?

रमल की ज़िहाफ़ सकवत सारिणी से पता चलता है कि मख्बून ज़िहाफ़त से रुक्न फ़इलातुन हो सकता है और इसे किसी भी स्थान पर रखा जा सकता है। अतः दूसरा रुक्न भी सही है।

तीसरी रुक्न फ़िर से मुफ़ाइलुन है और हम पहले ही जान चुके हैं कि यह रुक्न हजज़ अनुसार किसी भी स्थान पर आ सकता है अतः यह भी उचित स्थान पर रखा गया है।

अब चौथे रुक्न को देखें - फ़ैलुन

रमल की सारिणी में देखने पर पाते हैं कि यह अबतर ज़िहाफ़ से बना है और अरूज़ो-ज़रब में रखा जा सकता है

अतः हमने पाया कि चारों रुक्न मानक अनुसार सही प्रयोग किये गये हैं। अतः बहर अरूज़ के मानक पर बिलकुल सही है।

अब देखें कि इस बहर का नाम क्या बनेगा -

मुरक्कब बहर का नाम - मुज़ारे

रुक्न की संख्या चार है इसलिये - मुसम्मन

क्रमशः चार ज़िहाफ़ लगे हैं - मक्बूज़ मख्बून मक्बूज़ अबतर

अतः बहर का नाम बनेगा -

मुज़ारे मुसम्मन मक्बूज़ मख्बून मक्बूज़ अबतर

इस प्रकार हम किसी भी मुफ्रद अथवा मुरक्कब बहर की जाँच कर सकते हैं और पता लगा सकते हैं कि अर्कान अरूज़ के अनुसार मान्य हैं अथवा नहीं।

अध्याय 37

इल्मे-क़ाफ़िया

हम इस पुस्तक के दूसरे खंड में क़ाफ़िया से अच्छी तरह परिचित हो चुके हैं और क़ाफ़िया में उत्पन्न हो सकने वाले दोषों पर भी विस्तार से चर्चा कर चुके हैं। दोषरहित ग़ज़ल कहने के लिये शाइर को जो जानकारी होनी चाहिये वह पहले ही प्रस्तुत की जा चुकी है। परन्तु जिस विषय पर हमने व्यावहारिक ढंग से चर्चा किया है उसके संगठनात्मक स्वरूप को समझ लेने से हमारी जानकारी और गहरी हो जायेगी।

क़ाफ़िया को अरूज़ में बहुत गहराई से समझाया गया है तथा क़ाफ़िया को परिभाषित करते हुए इसके 9 हरूफ़ और 6 हरकतों के बारे में बताया गया है।
ध्यान दें - 9 व्यंजन की जगह 9 अक्षर इसलिए कहा गया है क्योंकि व्यंजन कहने पर हम उस स्थान पर मात्रा अर्थात स्वर को नहीं रख सकते परन्तु अक्षर कहने पर स्वर तथा व्यंजन दोनों का बोध होता है।
9 हरूफ़ निम्नलिखित हैं -

1. हर्फ़-ए-तासीस	2. हर्फ़-ए-दख़ील
3. हर्फ़-ए-क़ैद	4. हर्फ़-ए-रद्फ़
5. हर्फ़-ए-रवी	6. हर्फ़-ए-वस्ल
7. हर्फ़-ए-ख़ुरुज	8. हर्फ़-ए-मजीद
9. हर्फ़-ए-नाइरा	

इनके अतिरिक्त 6 हरकतें जो कि हिन्दी की छोटी मात्रा अर्थात **अ, इ, उ** होते हैं

1. रस्स	2. इश्बाअ
3 हज्व	4. तौजीह
5. मजरा	6. नफ़ाज़

आइये इनके बारे में विस्तार से जानते हैं -

क़ाफ़िया के हरूफ़ में जो हर्फ आना अनिवार्य है वह है 'हर्फ़े रवी'। इसकी पहचान पहले भी बतायी जा चुकी है। किसी शब्द के मूल रूप का अन्तिम अक्षर 'रवी' कहलाता है।

हर्फ़े रवी के पहले चार हर्फ आते हैं जिन्हें हर्फ़े असली कहते हैं, क्योंकि यह शब्द के मूल स्वरूप में होते हैं। यह चार हर्फ निम्नलिखित हैं -

1. हर्फ़-ए-तासीस 2. हर्फ़-ए-दख़ील

3. हर्फ़-ए-क़ैद 4. हर्फ़-ए-रद्फ़

हर्फ़े रवी के बाद चार हर्फ आ सकते हैं जिन्हें हर्फ़े वस्ली कहते हैं क्योंकि यह मूल शब्द के बाद जोड़े जाते हैं। यह चार हर्फ निम्नलिखित हैं -

1. हर्फ़-ए-वस्ल 2. हर्फ़-ए-ख़ुरुज

3. हर्फ़-ए-मज़ीद 4. हर्फ़-ए-नाइरा

सबसे पहले हम हर्फ़े रवी को विस्तार से समझेंगे।

हर्फ़े रवी

किसी शब्द के मूल रूप का अंतिम अक्षर हर्फ़े रवी होता है। उदाहरण -

रह - बह में ह हर्फ़े रवी है।

कमल - टहल में ल हर्फ़े रवी है।

कर - पर में र हर्फ़े रवी है।

क़ाफ़िया में हर्फ़े रवी के पहले रिद्फ़, क़ैद और दख़ील में में कोई एक हर्फ ही आता है। जिस क़ाफ़िया में दख़ील आता है उसके पहले तासीस भी आता है।

हर्फ़े रिद्फ़

क़ाफ़िया के शब्द में यदि हर्फ़े रवी के पूर्व कोई दीर्घ मात्रा होती है तो उसे हर्फ़े रिद्फ़ कहते हैं।

उदाहरण - **कार हार** में र हर्फ़े रवी है और उसके पहले दीर्घ मात्रा आ है। यह दीर्घ मात्रा हर्फ़े रिद्फ़ है। हर्फ़े रिद्फ़ के दो प्रकार है -

1. हर्फ़े रिद्फ़ मुफ्रद - यदि हर्फ़े रवी के ठीक पहले कोई दीर्घ मात्रा आ रही है तो उसे हर्फ़े रिद्फ़ मुफ़रद कहते हैं।

अन्य उदाहरण देखें -

तीन - बीन में ई की मात्रा हर्फ़े रिद्फ़ है।

फूल - भूल में ऊ की मात्रा हर्फ़े रिद्फ़ है।

नेक - टेक में ए की मात्रा हर्फ़े रिद्फ़ है।

गैर - बैर में ऐ की मात्रा हर्फ़े रिद्फ़ है।

कोट - बोट में ओ की मात्रा हर्फ़े रिद्फ़ है।

और - दौर में औ की मात्रा हर्फ़े रिद्फ़ है।

2 .हर्फ़े रिद्फ़ मुरक्कब - यदि हर्फ़े रवी के ठीक पहले कोई हलंत व्यंजन आये और उसके बाद कोई दीर्घ मात्रा आए तो हलंत व्यंजन को **हर्फ़े रिद्फ़ मुरक्कब** और उसके पहले की दीर्घ मात्रा को **हर्फ़े रिद्फ़ मुफ़रद** कहेंगे।
उदाहरण - दोस्त - पोस्त में
त हर्फ़े रवी है
स् **हर्फ़े रिद्फ़ मुरक्कब** है।
ओ की मात्रा **हर्फ़े रिद्फ़ मुफ़रद** है।
आगे क़ाफ़िया में रवी के साथ रिद्फ़ मुरक्कब और रिद्फ़ मुफ़रद को समान रूप से निभाना अनिवार्य है। अर्थात क़ाफ़िया में इसे बदला नहीं जा सकता है।

हर्फ़े क़ैद

हर्फ़े रवी के ठीक पहले यदि कोई अर्ध व्यंजन आता है तो उसे हर्फ़े क़ैद कहते हैं। हर्फ़े क़ैद आगे के क़ाफ़ियों में हर्फ़े रवी के साथ अनिवार्य रूप से निभाना पड़ता है।
उदाहरण - सख़्त तख़्त में त हर्फ़े रवी है और ख् हर्फ़े क़ैद है।
मतला में हर्फ़े क़ैद को बदला नहीं जा सकता है। अर्थात यदि एक शब्द सख़्त लेना चाहते हैं तो दूसरे मिसरे में वक्त नहीं ले सकते। हमें त के पूर्व ख् को ही लेना पड़ेगा।

रिद्फ़ मुरक्कब और क़ैद में यह अंतर है कि रिद्फ़ मुरक्कब तभी आता है जब उसके पहले कोई दीर्घ मात्रा अर्थात रिद्फ़ मुफ़रद आये। यदि हर्फ़े रवी के पहले हलंत अक्षर है और उसके पहले कोई दीर्घ मात्रा नहीं है तो उस हलंत अक्षर को हर्फ़े क़ैद कहते हैं।

हर्फ़े दख़ील

यह भी हर्फ़े रवी के ठीक पहले आता है। यदि हर्फ़े रवी के पहले कोई पूर्ण अक्षर है और उसके पहले कोई दीर्घ मात्रा है तो रवी के पहले आये अक्षर को हर्फ़े दख़ील कहते हैं। उदाहरण -
घायल - पायल में ल हर्फ़े रवी के पहले य व्यंजन आया है और उसके पूर्व आ की मात्रा है। अतः य व्यंजन हर्फ़े दख़ील है।
ध्यान रखें कि - हर्फ़े दख़ील तभी आता है जब उसके पहले कोई दीर्घ मात्रा

आये।

हर्फ़े तासीस

दख़ील के पहले जो दीर्घ मात्रा आती है उसे हर्फ़े तासीस कहते हैं। क़ाफ़िया में दख़ील और तासीस एक साथ आते हैं। हम जानते हैं कि यदि क़ाफ़िया में दख़ील नहीं है अर्थात रवी के ठीक पहले कोई पूर्ण अक्षर नहीं है और रवी के ठीक पहले कोई दीर्घ मात्रा आती है तो उसे हर्फ़े रिद्फे मुफ़रद कहते हैं।

उदाहरण - क़ातिल - शामिल में।

ल हर्फ़े रवी है।

त दख़ील है।

आ की मात्रा हर्फ़े तासीस है।

ध्यान रखें - हर्फ़े दख़ील क़ाफ़िया में अलग भी हो सकता है। अर्थात मतला में क़ातिल के साथ शामिल क़ाफ़िया लिया जा सकता है। देखें तो क़ातिल में दख़ील त है और शामिल में म दख़ील का हर्फ है। ऐसा करने पर हम आगे के क़ाफ़िया में कोई अन्य हर्फ भी ले सकते हैं। अर्थात त और म दख़ील का हर्फ अलग-अलग होने के कारण आगे हम ग़ाफ़िल दाख़िल जैसे शब्द को क़ाफ़िया बना सकते हैं।

परन्तु यदि मतला के दोनों मिसरों में क़ाफ़िया के शब्द में दख़ील का व्यंजन एक ही लिया गया है तो हमें आगे भी दख़ील के उस अक्षर को हू-ब-हू लाना होगा।

उदाहरण - यदि मतला में कामिल - शामिल ले लिया गया तो म दख़ील को आगे के क़ाफ़िया में भी निभाना होगा। आगे के शेर में क़ाफ़िया हो सकते हैं - हामिल, जामिल, आमिल आदि।

यदि क़ाफ़िया में हर्फ़े तासीस आया है तो अरूज़ अनुसार तासीस की मात्रा को किसी सूरत में नहीं बदला जा सकता है। अर्थात हैरत-गैरत क़ाफ़िया लेने के बाद हम ऐ की मात्रा को निभाने के लिये बाध्य है। यदि दख़ील बदल कर लिया है तब भी हम तासीस को नहीं बदल सकते हैं। अर्थात नियम अनुसार क़ातिल शामिल लेने के बाद भी हम मुश्किल क़ाफ़िया नहीं ले सकते हैं क्योंकि इससे तासीस बदल जा रहा है।

परन्तु अब शाइर तासीस की इस बंदिश को नहीं मानते अर्थात क़ातिल,

शामिल के बाद मुश्किल क़ाफ़िया रखने को ग़लत नहीं मानते।

मुक़य्यद (ब-मय क़ैद)

हर्फ़े रवी के पूर्व आने वाले चार अक्षरों को जानने के बाद एक और नियम को जान लेना आवश्यक है।

यदि मतला में क़ाफ़िया लेते हैं, **कमर - समर** तो र हर्फ़े-रवी है और इसके पहले न तो क़ैद है, न ही रिद्फ़ है, न ही दख़ील है, दख़ील नहीं है तो तासीस भी नहीं आएगा। अतः रवी के पहले क़ाफ़िया का कोई हर्फ नहीं है। परन्तु दोनों क़ाफ़िया में रवी के पहले म को भी निभाया गया है। अतः म हर्फ मुकय्यद रवी है अर्थात रवी के साथ उसकी क़ैद है। ऐसा होने पर आगे के क़ाफ़िया में रवी के साथ म को भी निभाना आवश्यक है। अर्थात आगे के क़ाफ़िया में र के साथ म को भी निभाना होगा। अतः **सफ़र शज़र** आदि शब्द को आगे क़ाफ़िया नहीं बनाया जा सकता है। आगे **अमर** क़ाफ़िया लेना होगा। इसमें म को मुक़य्यद रवी कहेंगे।

यदि क़ाफ़िया लेते हैं - **कलाम सलाम** तो इसमें म हर्फ़े रवी हुआ और उसके पहले आ की मात्रा है तो यह रिद्फ़ मुफ़रद हुआ। मगर दोनों शब्दों में उसके पहले ल शब्द भी आया है जो कि क़ाफ़िया का कोई हर्फ़ नहीं है इसलिये इसे मुक़य्यद रिद्फ़ कहेंगे और आगे के क़ाफ़िया में रवी और रिद्फ़ मुफ़रद के साथ साथ ल को रखना भी आवश्यक है। अतः आगे क़ाफ़िया के लिये काम हराम आदि को क़ाफ़िया नहीं बना सकते। आगे क़ाफ़िया के लिये ऐसे शब्द लेने पड़ेगे जिसके अंत में लाम अक्षर आ रहा हो।

यदि क़ाफ़िया लेते हैं अक्कल बक्कल तो ल हर्फ़े रवी के पहले क़ाफ़िया का कोई हर्फ नहीं है मगर यहाँ क्क मुकय्यद रवी है अर्थात आगे का क़ाफ़िया बनेगा - झक्कल, टक्कल आदि। निश्चित ही तथ्य स्पष्ट हुए होंगे।

अब आगे बढ़ते हैं और हर्फ़े रवी के बाद के चार हरूफ़ से परिचित होते हैं। क़ाफ़िया में रवी के बाद जोड़े गये हरूफ़ चार हैं, हर्फ़े रवी के बाद आने वाले हरूफ़ को बदला नहीं जा सकता है।

7

हर्फ़े - वस्ल

रवी के बाद क़ाफ़िया के शब्द में जो व्यंजन अथवा दीर्घ मात्रा आती है उसे हर्फ़े वस्ल कहते हैं। उदाहरण -

चला - मला में ल हर्फ़े रवी है और आ की मात्रा हर्फ़े वस्ल है।
रही - कही में ह हर्फ़े रवी है और ई की मात्रा हर्फ़े वस्ल है।
रहना - में ह हर्फ़े रवी है और न व्यंजन हर्फ़े वस्ल है।
करवाना - में र हर्फ़े रवी है और व व्यंजन हर्फ़े वस्ल है।

हर्फ़-ए-ख़ुरूज़

क़ाफ़िया में हर्फ़े वस्ल के बाद जो व्यंजन अथवा दीर्घ मात्रा आती है उसे ख़ुरूज कहते हैं। उदाहरण -
बहना, रहना - में ह हर्फ़े रवी है, न व्यंजन हर्फ़े वस्ल है और आ की मात्रा हर्फ़े खुरूज है।
भरवाना, करवाना - में र हर्फ़े रवी है और व व्यंजन हर्फ़े वस्ल है और उसके बाद वाली आ की मात्रा हर्फ़े ख़ुरूज है।

हर्फ़-ए-मजीद

क़ाफ़िया में हर्फ़े ख़ुरूज के बाद जो व्यंजन अथवा दीर्घ मात्रा आती है उसे मजीद कहते हैं। उदाहरण -
भरवाना, करवाना - में र हर्फ़े रवी है, व व्यंजन हर्फ़े वस्ल है, उसके बाद वाली आ की मात्रा हर्फ़े ख़रूज है और न व्यंजन हर्फ़े मजीद है।

हर्फ़-ए-नायरा

क़ाफ़िया में हर्फ़े मजीद के बाद जो व्यंजन अथवा दीर्घ मात्रा आती है उसे नायरा कहते हैं। उदाहरण - **करवाना -** में न व्यंजन हर्फ़े मजीद है और उसके बाद आ की मात्रा नायरा है।
ध्यान रखें - अगर एक शब्द के हर्फ़े रवी का दूसरे शब्द के रवी अथवा रवी के आगे के हरूफ़ से मिलान हो जाता है तो क़ाफ़िया सही होता है। दोनों शब्दों के हर्फ़े रवी का आपस में मिलना ही आवश्यक नहीं है। उदाहरण - पानी में ई की मात्रा हर्फ़े रवी है जिसे यारी के साथ क़ाफ़िया बाँधा जा सकता है जबकि यारी में र हर्फ़े रवी है और ई की मात्रा हर्फ़े वस्ल है। इसी तरह आकार और तरफ़दार क़ाफ़िया भी सही है।

हरकत

जैसा कि पहले भी बताया गया है क़ाफ़िया की 6 हरकतें होती हैं। पहले हम हरकत को समझ लेते हैं, जैसा कि हमने मुतहर्रिक और साकिन को समझा है। जिस व्यंजन में हरकत होती है उसे मुतहर्रिक कहते हैं। ये हरकतें तीन होती हैं -

1. अ 2. इ 3. उ

अर्थात जिस अक्षर में अ इ उ में से कोई मात्रा लगी होती है उसे मुतहर्रिक कहते हैं।

क़ाफ़िया के शब्द में हरकत 6 तरह से लगती है अतः इसके 6 प्रकार बताए गये हैं।

मगर उनको जानने से पहले कुछ शब्दों को तोड़ कर मुतहर्रिक शब्द को उदाहरण सहित समझ लेते हैं।

आ = अ अ, ई = इ इ, ऊ = उ उ, क = क अ, कि = क इ, का = क् अ अ

की = क् इ इ, कू = क् उ उ, कल = क् अ ल, आज = अ अ ज्,

करना = क अ र् न अ अ, ग़ज़ल = ग़ अ ज़ अ ल्, किताब = क इ त अ अ ब्

अभ्यास होने पर उच्चारण से मुतहर्रिक और साकिन की पहचान आसानी से की जा सकती है। अब हम 6 हरकतों से परिचित होते हैं।

1. रस्स 2. इश्बाअ 3 हज्व 4. तौजीह 5. मजरा 6. नफ़ाज़

रस्स

हर्फ़े तासीस की हरकत को रस्स कहते हैं। अर्थात तासीस के हर्फ़ को तोड़ने पर तासीस पर जो हरकत मिलती है उसे रस्स कहते हैं। उदाहरण -

क़ातिल बातिल - का और बा में जो आ की मात्रा है वह हर्फ़े तासीस है। जब इसे तोड़ते हैं तो इसकी हरकत को रस्स कहते हैं।

अर्थात - क् **अ** अ त् इ ल्

ब् **अ** अ त् इ ल्

अन्य उदाहरण देखें - बोतल - होटल में बो और हो की दीर्घ मात्रा ओ तासीस है। जब हम तासीस की संधि विच्छेद करते हैं तो तासीस की जो हरकत प्राप्त होती है उसे रस्स कहते हैं। अर्थात - ब् **अ** उ त् अ ल् ह् **अ** उ ट् अ ल्

इश्बाय

दख़ील पर जो हरकत होती है उसे इश्बाय कहते हैं।

उदाहरण -

बादल पागल में द और ग पर जो अ की हरकत है उसे इश्बाय कहते हैं।

अर्थात - ब् अ अ द् **<u>अ</u>** ल्

प् अ अ ग् **<u>अ</u>** ल

एक अन्य उदाहरण देखें - जानम ख़ानम में न पर जो अ की हरकत है उसे इश्बाय कहते हैं।

अर्थात - ज् अ अ न् **<u>अ</u>** म्

ख् अ अ न् **<u>अ</u>** म्

हज़्ब

रिदृफ़ मुफ़रद को संधि विच्छेद करने पर जो हरकत प्राप्त होती है उसे हज़्ब कहते हैं।

उदाहरण - काम और राम में आ की मात्रा रिद्फ़ मुफ़रद है। इसमें क और र पर जो हरकत लगी है वह हज़्ब है।

अर्थात - क् **अ** अ म्

र् **अ** अ म्

एक अन्य उदाहरण देखें - आसान बेईमान में स और म पर जो आ की मात्रा है वह रिद्फ़ मुफ़रद है और इसे तोड़ें तो स और म पर जो हरकत है वह हज़्ब है।

अर्थात - अ अ स् **<u>अ</u>** अ न्

ब् अ इ इ इ म् **<u>अ</u>** अ न्

तौजीह

रवी के पूर्व यदि क़ाफ़िया का कोई हर्फ नहीं है तो रवी के पूर्व के अक्षर की हरकत को तौजीह कहते हैं। उदाहरण - कल पल में ल हर्फ़े रवी है और उसके पूर्व क़ाफ़िया का कोई हर्फ नहीं है तो पूर्व के व्यंजन क और प की हरकत को तौजीह कहेंगे।

अर्थात - क् **<u>अ</u>** ल्

प् **<u>अ</u>** ल्

कुछ अन्य उदाहरण देखें -

खिल, मिल = ख् **इ** ल्, म् **इ** ल्
ठाकुर, गुर = ठ् अ अ क् **उ** र, ग् **उ** र्

माजरा

क़ाफ़िया में हर्फ़े रवी अगर मुतहर्रिक है तो रवी की हरकत को माजरा कहते हैं। हर्फ़े वस्ल के कारण रवी साकिन से मुतहर्रिक हो जाता है। उदाहरण - यारी, हमारी में र हर्फ़े रवी है और उस पर जो ई की मात्रा है वह वस्ल है। वस्ल की वजह से हर्फ़े रवी मुतहर्रिक हो गया है। रवी की हरकत को माजरा कहते हैं।
अर्थात - य् अ अ र् **इ** इ
ह् अ म् अ अ र् **इ** इ

नफ़ाज़

रवी के बाद आने वाले चारों हर्फ की हरकत को नफ़ाज़ कहते हैं।

अब कुछ शब्दों को तोड़ कर उसके सभी हरूफ़ को पहचानने का अभ्यास करते हैं -

क़ातिलाना (मूल शब्द क़ातिल) = क् अ अ त् इ ल् अ अ न् अ अ

आभारोक्ति

इस लेखन यात्रा में जिन पत्र, पत्रिका, संग्रह, ग्रन्थ आदि ने दिग्दर्शक की भूमिका निभाई है उनकी सूची निम्नलिखित है, मैं सभी लेखकों सम्पादकों के प्रति हृदय से आभारी हूँ,

जिन्होंने इस सूची में सम्मिलित पुस्तकों को उपलब्ध करवाने में अपना योगदान दिया है; मैं सभी के प्रति हृदय तल से आभारी हूँ।

शोध ग्रन्थ / शोध पत्र / आलोचना ग्रन्थ आदि	**-लेखक/संपादक/शोधविद**
छन्द प्रभाकर (1894)	- बाबू जगन्नाथ प्रसाद
आहंग और अरूज़ (1911)	- कमाल अहमद सिद्दीकी
प्रासपुन्ज (1919)	- नारायण प्रसाद 'बेताब'
पुरानी हिंदी (19--)	- चंद्रधर शर्मा गुलेरी
हिन्दी (192-)	- बदरीनाथ
हिंदी उर्दू और हिन्दुस्तानी (1932)	- पद्म सिंह
हिंदी भाषा का इतिहास (1933)	- धीरेन्द्र वर्मा
शे'र -ओ- शाइरी (1948)	- अयोध्या प्रसाद गोयलीय
शे'र -ओ- सुखन भाग - 1 से 5 (1951-1954)	- अयोध्या प्रसाद गोयलीय
दक्खिनी हिन्दी (1952)	- डॉ. बाबू राम सक्सेना
फ़न-ए-शाइरी (1954)	-अल्लामा अख़लाक़ हुसैन देहलवी
उर्दू साहित्य का इतिहास (1956)	- डॉ. सरला शुक्ल
शाइरी के नए दौर भाग - 1 से 5 (1958-1961)	- अयोध्या प्रसाद गोयलीय
शाइरी के नए मोड़ भाग - 1 से 5 (1958-1963)	- अयोध्या प्रसाद गोयलीय
उर्दू भाषा और साहित्य (1962)	- रघुपति सहाय 'फ़िराक़' गोरखपुरी
हिन्दी उद्भव विकास और रूप (1965)	- डॉ. हरदेव बाहरी
आधुनिक हिन्दी कविता में उर्दू के तत्व (1973)	- डॉ. नरेश
नागरी लिपि उद्भव और विकास (1978, शोध ग्रन्थ)	- डॉ. ओम प्रकाश भाटिया
उर्दू काव्य शास्त्र में काव्यांग (1980)	- डॉ. राम दास 'नादार'
इल्मे क़ाफ़िया	- मुमताजुल रशीद
शाइरी की पहली किताब	- इशरत लखनवी
शाइरी की दूसरी किताब	- इशरत लखनवी

शाइरी की तीसरी किताब	- इशरत लखनवी
शाइरी की चौथी किताब	- इशरत लखनवी
रुबहिः एक रुबहिमुतालमा	- अज़िमुर्रहमान
नसीमुल बलागत	- मौलवी हाफ़िज़ जलालुद्दीन
आबे हयात	- मौ. मुहम्मद हुसैन आजाद
दक्खिनी का गद्य साहित्य (1982 शोध ग्रन्थ)	- डॉ. वेद प्रकाश शास्त्री
ग़ज़ल एक अध्ययन (1983)	- चानन गोविन्द पुरी
उर्दू शाइरी : नक्श और रंग (1985)	- बालकृष्ण
उर्दू साहित्य एक झलक (1986)	- फज़ले इमाम
ग़ज़ल का व्याकरण (1996)	- डॉ. कुँवर बेचैन
समकालीन हिंदी काव्य धारा और हिंदी ग़ज़ल (शोध ग्रन्थ, 1999)	- डॉ. बहादुर राम
हिन्दी ग़ज़ल की नई दिशाएँ (2000)	- सरदार मुजावर
सिहरुल अरूज़ (2001)	- सैयद हसन काज़मी 'अरूज़'
हिन्दी ग़ज़ल : ग़ज़लकारों की नज़र में (2001)	- सरदार मुजावर
ग़ज़ल : सौंदर्य मीमांसा (2002)	- डॉ. अब्दुर्रशीद ए. शेख
उर्दू शाइरी का मिज़ाज (2003)	- वज़ीर आग़ा
ग़ज़ल लेखन कला (2005)	- राम प्रसाद शर्मा 'महर्षि'
शऊर-ए-अरूज़ (2006)	- शऊर आज़मी
व्यवहारिक छंद शास्त्र (2006)	- राम प्रसाद शर्मा 'महर्षि'
हिन्दी ग़ज़ल सौन्दर्य और यथार्थ (2006)	- अनिरूद्ध सिन्हा
हिन्दी ग़ज़ल की विकास यात्रा (2006)	- ज्ञान प्रकाश विवेक
हिन्दी की छायावादी ग़ज़ल (2007)	- सरदार मुजावर
साठोत्तरी हिन्दी ग़ज़ल : शिल्प और संवेदना (2007)	- डॉ. सादिक़ असलम नवाब 'सहर'
द्वारिका प्रसाद 'उफ़ुक़' (शोध ग्रन्थ)(2008)	- डॉ.कोमल भटनागर
ग़ज़ल और ग़ज़ल की तकनीक (2009)	- राम प्रसाद शर्मा 'महर्षि'
हिन्दी ग़ज़ल उद्भव और विकास (शोध ग्रन्थ 2010)	- डॉ. रोहिताश्व अस्थाना
ग़ज़ल प्रवेशिका (2011)	- राजेंद्र पराशर
ग़ज़ल सृजन (2012)	- आर पी शर्मा 'महर्षि'
आसान अरूज़ (2012)	- डॉ. आज़म
समकालीन हिन्दी ग़ज़ल पहचान और परख (2013)	- डॉ. साएमा बानो
ग़ज़ल ऐसे लिखें (2013)	- डॉ. ललित सिंह
उर्दू साहित्य का इतिहास (द्वितीय सं. 2014)	- डॉ. सभापति मिश्र
परवाज़-ए-ग़ज़ल (2014)	- कैलाश गुरू स्वामी
मीर की कविता और भारतीय सौन्दर्यबोध (2014)	- शम्सुर्रहमान फ़ारुक़ी
शायरी और व्याकरण (2014)	- अनवार अहमद

ग़ज़ल - हिन्दी गज़ल (2015) - सुल्तान अहमद

पत्र-पत्रिका **- संपादक**

‘धर्मयुग’ साप्ताहिक (17 अक्टूबर 1976,
21 जनवरी 1979, 16 नवंबर 1980) - धर्मवीर भारती
‘सारिका’ (मई 1976) -
‘गुफ्तगू’ त्रैमासिक (2004 से अब तक)
(राम प्रसाद शर्मा ‘महर्षि’ के आलेख) - नाजिया गाज़ी
‘हिन्दुस्तानी’ त्रैमा. उर्दू विशे. (अप्रैल-जून 2006) - कैलाश गौतम
‘सरस्वती सुमन’ त्रैमासिक
(ग़ज़ल विशेषांक,जन.-मार्च 2011) - डा. आनंद सुमन सिंह
‘अभिनव प्रयास’ त्रैमासिक (मुक्तक रुबाई विशेषांक) - अशोक अंजुम
नया ज्ञानोदय (ग़ज़ल विशेषांक जनवरी 2013) - रवींद्र कालिया
गुफ़्तगू ग़ज़ल व्याकरण अतिरिक्तांक - नाज़िया गाज़ी
ग़ज़लकार अंक 1 (जनवरी-जून 2014) - दीपक रूहानी
ग़ज़लकार अंक 2 (जुलाई-दिसम्बर 2014) - दीपक रूहानी

ब्लॉग **- ब्लागर**

सुबीर संवाद सेवा (2007) - पंकज ‘सुबीर’
ग़ज़ल का सफ़र (2010) - पंकज ‘सुबीर’
अथ कथित (2010) - तिलक राज कपूर ‘राही’

शब्दकोष **- लेखक**

हिन्दी शब्दकोष (संस्करण - 2004) - प्रो. राम चंद्र पाठक
उर्दू हिन्दी शब्दकोष (बारहवाँ संस्करण-2010) - मु. मुस्तफा खाँ ‘मद्दाह’
एजुकेशनल हिन्दी-उर्दू कोश - मुस्तफ़ा कमाल पाशा

www.ingramcontent.com/pod-product-compliance
Ingram Content Group UK Ltd.
Pitfield, Milton Keynes, MK11 3LW, UK
UKHW041121071026
15587UKWH00009B/19

9 789383 969142